L'élixir magique

Cara Lynn Shultz

L'élixir magique

DARKISS

Collection : DARKISS

Titre original :
SPELLCASTER

Traduction de l'américain par FATIMA KHALLOUK

DARKISS® est une marque déposée par le groupe Harlequin

Réalisation graphique couverture : VIVIANE ROCH

83-85 boulevard Vincent-Auriol, 75646 PARIS CEDEX 13.
Service Lectrices — Tél. : 01 45 82 47 47
www.harlequin.fr
ISBN 978-2-2802-8496-7 — ISSN 2109-7631

Loi n° 49-956 du 16 juillet 1949 sur les publications destinées à la jeunesse.

Prologue

> Tu ne te souviens sans doute pas de moi mais, moi, je me souviens de toi. Nous avons un ennemi commun. Que dirais-tu de rendre la monnaie de leur pièce à Brendan Salinger et Emma Connor ? Tu es exactement la personne qu'il me faut pour m'aider à les frapper là où ça fait mal…

J'ai envoyé cet e-mail il y a deux mois à peine. Et, maintenant que nous sommes sur le point de mettre notre plan à exécution, j'ai bien du mal à croire que j'ai failli renoncer et effacer le message. Je ne m'imaginais pas alors que quiconque, lié, de près ou de loin, avec la Vincent Academy, accepterait de s'associer à moi. Mais j'ai tout de même tenté ma chance et cliqué sur le bouton « Envoyer ».

Aujourd'hui, enfin, tout ce que j'ai toujours désiré est à deux doigts de se réaliser.

Devant moi, Brendan et Emma se dirigent vers la station de métro numéro six, sur la 86e Rue. Ils partagent une glace. Je les suis à bonne distance. Un cornet de glace pour deux, quelle scène romantique… Il ne leur reste plus qu'à se tenir par la main en sautillant dans un champ de pâquerettes et le tableau serait complet. Et pourquoi ne pas s'embrasser devant un coucher de soleil, pendant qu'ils y sont ? Quels idiots ! J'imagine que c'est ça, l'amour avec un grand A : ça vous rend débile.

La promesse d'une revanche m'a servi d'appât pour convaincre mon complice, qui savourait déjà l'idée de terroriser Emma. Et en regardant cette dernière, radieuse, comme je comprends cette haine… Pour qui se prend-elle, à étaler son amour parfait et son bonheur sans nuages ? Chaque fois que Brendan la regarde avec ce sourire niais à vous donner envie de vomir, j'ai une envie dévorante d'étrangler Emma.

Avant de voir de mes yeux ces deux imbéciles roucouler, je ne croyais pas une seconde à cette stupide vieille légende. Mais pour de l'amour, c'est de l'amour ! Et je vais prendre un plaisir immense à… le détruire. Si tu savais, Emma, frêle et petite Emma… Tu n'as aucune idée de ce que je vais te faire, comme je peux te tourmenter, te torturer à petit feu. J'espère que tu profites bien du temps que tu passes avec ton cher Brendan, Emma. Parce que tu vas devoir fuir New York très vite. Tu seras terrifiée, paniquée, et Brendan ne sera plus là pour te sauver la vie cette fois.

Demain, tout va changer.

Et rien ni personne ne pourra plus m'arrêter.

1

Non, ce n'est pas toi qu'elles regardent, Emma. Tu te déplaces aussi furtivement qu'un ninja, et ces filles ne t'ont même pas remarquée. Non, elles ne te regardent pas. Je me répétais ces phrases dans ma tête, comme une formule magique, tout en faisant semblant d'être absorbée par le choix d'une boisson dans la vitrine. Mais, en jetant un coup d'œil rapide à ma gauche, je me suis vite rendu compte que je me faisais des illusions.

Vêtues d'un uniforme d'école privée qui ressemblait au mien, en tweed noir, bleu marine et vert, trois filles étaient plantées là. Elles ne s'arrêtaient de chuchoter entre elles que pour me dévisager. Vite, avant qu'elles n'aient le temps de m'adresser la parole, j'ai saisi une bouteille d'Ice Tea et me suis dirigée vers la caisse.

Tout va bien, Emma, tout va bien. Elles n'ont pas l'air de vouloir te parler, ai-je continué à me répéter en silence dans la file d'attente, en donnant des petits coups de pied nerveux dans le présentoir de bonbons. Mais en fait je pensais : *Arrête de te raconter des histoires, Emma. Elles vont forcément dire quelque chose.*

La plus grande du groupe s'est lancée, tout en étudiant mon visage. Les extensions qu'elle avait ajoutées à ses longs cheveux noirs la faisaient paraître encore plus mince. *Si seulement j'avais eu des lunettes de soleil,* me suis-je dit. *Et un chapeau. Et pourquoi pas une cagoule.*

— Euh… est-ce que c'est toi… je ne sais pas trop comment te demander ça, a-t-elle dit.

J'ai soupiré. Et voilà, ça recommençait ! *Oui, je suis bien Emma Connor. Oui, mon copain, Brendan, a bien risqué sa vie pour sauver la mienne, dans un combat épique avec Anthony, un camarade psychopathe, à Central Park, juste après le bal de l'école l'hiver dernier. Mais ce que tu ignores, c'est que j'ai utilisé certains de mes pouvoirs magiques pour nous sauver tous les deux et que là, maintenant, tu me mets sacrément en retard pour le cours d'envoûtement que doit me donner mon amie Angélique. Ah, au fait, elle aussi est une sorcière ! C'est bon, j'ai tout dit ?*

D'accord, il valait mieux que je taise cette dernière partie… J'avais moi-même du mal à le croire, alors que je l'avais vécu ! Et je n'avais aucune envie de ressasser chaque détail de cette terrible soirée avec trois filles avides de ragots.

La plus petite a pris le relais. Elle avait jeté un regard mauvais à Miss Extensions et jouait avec le pendentif brillant, platine et diamants, qu'elle portait autour du cou.

— Je crois qu'elle veut juste savoir si tu es bien Emily ? La fille de la Vincent Academy, celle de la grosse bagarre d'il y a quelques mois ?

Emily, moi ? J'ai failli corriger l'erreur de prénom — quelques journaux s'étaient en effet trompés en parlant de moi. Mais une idée de génie me vint alors. *Leur mentir, évidemment. Oui, pourquoi ne pas me contenter de mentir ?*

— Oh, tu sais, on me prend tout le temps pour elle ! Je crois que c'est juste parce que nous avons toutes les deux de longs cheveux noirs.

J'ai ri comme si de rien n'était.

Puis, discrètement, j'ai jeté un coup d'œil dans la

rue. Pas de Brendan en vue. En fait, il devait être juste au coin, toujours en pleine conversation téléphonique avec Liam, un copain du basket. Liam l'avait appelé pour lui raconter ses derniers déboires et Brendan était resté dehors pendant que j'allais me chercher à boire. La glace m'avait donné soif.

— Mais tu la connais, non, quand même ? a insisté la Naine. Je veux dire, vous allez dans la même école ?

J'étais sur le point de mentir une nouvelle fois. Heureusement, je me suis souvenue à temps que Brendan m'avait prêté son sweat — parce qu'il faisait froid —, le sweat de l'équipe de basket avec le blason bleu et gris de… la Vincent Academy.

— Oui, je la croise dans les couloirs de temps en temps, ai-je répondu.

J'ai haussé les épaules, feignant l'indifférence, avant de conclure :

— Je ne la connais pas vraiment-vraiment, en fait.

Soudain prise d'inspiration, j'ai ajouté :

— Mais il paraît qu'elle est cool.

A ce stade, j'ai envisagé une seconde d'inventer une histoire hallucinante sur « Emily », genre elle a sauvé femmes et orphelins d'un immeuble en flammes, et pourquoi pas des chatons et un bébé panda. *Mauvaise idée.* Au lieu de cela, j'ai affirmé :

— Oui, elle doit être vraiment cool.

— Elle a intérêt, a rétorqué la Naine, qui était visiblement le leader du petit groupe.

Sur ces mots, elle a reniflé d'un air entendu, avant de se pencher vers moi comme une conspiratrice.

— Tu veux savoir pourquoi j'ai compris tout de suite que tu n'étais pas elle ? J'ai vu sa photo dans le *Post.*

Tu es beaucoup plus jolie que cette Emily — ce qui ne veut pas dire grand-chose !

La Naine a ricané de sa propre blague, en rejetant ses cheveux blonds et sales en arrière. Moi, j'enrageais intérieurement. Quelques journaux avaient publié nos photos. Les photos d'identité de l'école. Autant dire que j'étais affreuse sur la mienne : on aurait dit un zombie dépressif, tout droit sorti d'un film d'horreur de George Romero. Tout le contraire de Brendan, évidemment, qui arborait l'air nonchalant du parfait candidat de téléréalité pour ados fans de rock. Dans l'affaire, j'étais le monstre prêt à l'attaquer. Super.

— Elle est bien plus mignonne en vrai, ai-je marmonné.

— Vaut mieux pour elle ! a encore ironisé la Naine.

Elle s'est rapprochée et a murmuré sur le ton de la confidence, comme si nous étions devenues par magie les meilleures amies du monde, précisant :

— Parce que ce garçon, Brendan, il est super-beau gosse. Il est sorti avec une de mes copines à une soirée l'été dernier. Et cette Emily, elle, elle n'a rien de spécial.

Les trois pestes ont ri aux éclats tandis que je contenais ma colère. *Rien de spécial ? Ah bon ? Combien de sorcières en herbe as-tu croisées à l'épicerie du coin, la Naine ?*

— Ouais, j'imagine, ai-je lâché, dégoûtée.

Je me suis éclipsée aussi rapidement que possible, tirant la porte vitrée et couverte d'autocollants derrière moi. Par chance, le bruit de claquement lorsqu'elle s'est refermée m'a épargné en grande partie leurs gloussements au sujet de Brendan et de ses merveilleuses qualités.

J'ai bu une longue gorgée de mon Ice Tea et j'ai jeté un bref coup d'œil à mon reflet dans la vitrine. *J'en connais un qui pense que tu es une fille spéciale,* ai-je pensé avant d'aller rejoindre ce quelqu'un au coin de la rue. Ce qui m'avait surtout énervée, c'était qu'on me rappelle les anciennes conquêtes de Brendan.

A la vue de Brendan, appuyé contre un mur de briques, mon petit accès de colère s'est dissipé aussi vite qu'il était venu. Il venait de se faire couper les cheveux, mais jamais je ne l'aurais deviné s'il ne me l'avait pas dit avant. Ses boucles noires et épaisses étaient plus indisciplinées que jamais et venaient cacher ses yeux verts et perçants.

— Et voilà ma belle, m'a-t-il dit avec le plus sexy des sourires en coin.

Tant pis pour le léger air frais du mois de mars, qui annonçait une prochaine averse selon la météo : Brendan avait ouvert sa veste noire en laine sur la chemise blanche de l'uniforme du lycée. Dire que cette chemise dissimulait un corps si magnifique ! J'ai écarté sa cravate noire avec impatience et posé les mains sur la rangée de petits boutons blancs. J'ai tenté d'oublier que j'avais de loin préféré voir, deux semaines auparavant, cette même chemise froissée et jetée dans un coin de sa chambre. Le torse de Brendan était *s-pecto-culaire* : pecto comme dans « pectoraux », vous m'avez bien comprise — je sais, le jeu de mots est nul.

— Liam va bien ?

Brendan a hoché la tête d'un air amusé.

— Tu sais qu'il s'est bagarré pendant le match hier soir ?

Oui, je le savais. Brendan a ri en se remémorant la scène. Frank, un autre joueur, et lui avaient dû retenir Liam, qui voulait casser la figure d'un adversaire du lycée Xavier qui s'était montré un peu trop frimeur.

— Ce n'était pas grand-chose, ils se sont juste

énervés un peu, quelques coups de coude, rien de plus. Mais le p'tit Liam flippe : il imagine que l'entraîneur, M. Dunn, va le renvoyer de l'équipe, le suspendre ou je ne sais quoi.

— Tu crois vraiment qu'il pourrait se faire virer pour ça ?

Liam était un des plus jeunes de l'équipe mais il n'en était pas moins très bon sur le terrain.

Brendan a secoué la tête.

— Mais non, ça ira. Il passera peut-être un match sur le banc de touche, c'est tout. Il s'en fait simplement parce qu'il est nouveau dans l'équipe. Après tout, je me suis battu à coups de poing cette année et on ne m'a pas éjecté.

Brendan s'est interrompu puis a ajouté d'un petit air très fier de lui.

— C'était avant ton arrivée. J'ai mis le gars K.-O. d'un seul coup de poing, tu sais.

J'ai souri, indulgente.

— J'en ai entendu parler, crâneur !

— Eh, ce garçon m'avait fait tomber exprès et s'est jeté sur moi après ! Je n'ai fait que me défendre.

Brendan a fait mine d'être vexé et a écarté les bras d'un air innocent.

— Pour Liam, tout ira bien. En plus, ce n'était pas sa faute. Donc je lui ai dit d'arrêter de pleurnicher comme une fille et d'aller voir l'entraîneur, Dunn. Il peut toujours utiliser mon cas comme exemple puisque, après tout, Dunn m'avait seulement suspendu. Ça devrait marcher et, sinon, j'irai voir Dunn moi-même et je le menacerai de laisser tomber l'équipe.

— Tu ferais ça pour lui ?

Je n'en revenais pas. Brendan était sans nul doute

l'un des meilleurs joueurs de l'équipe et, qui plus est, il adorait jouer. C'était une des rares choses qu'il appréciait dans notre lycée. Bien qu'issu lui-même d'une famille riche, Brendan considérait la plupart des élèves de « Vince A » comme des snobs arrivistes et arrogants. Et il n'avait pas tort pour la majeure partie d'entre eux…

— Je n'aurai pas besoin d'aller jusque-là mais, s'il le faut, pourquoi pas ? Il est chouette, notre petit Liam.

Il a haussé les épaules nonchalamment. Et là, je n'ai pas pu retenir un large sourire niais en voyant avec quelle gentillesse il avait pris Liam, un élève plus jeune, sous son aile.

— Hé, il n'y a pas à dire, tu es tellement mignon, ai-je murmuré en tirant sur sa cravate.

— Arrête ça, Em… « Mignon » ? Beurk !

Brendan a froncé le nez comme si le mot lui répugnait.

— Mignon, mignon… Tu parles de moi comme de ces bébés loutres ou de ces chatons des vidéos que tu aimes tant regarder ! Tu sais, les garçons n'apprécient guère de se faire traiter de « mignons » !

J'ai levé les yeux au ciel.

— D'accord, tu es tel-le-ment génial, tu peux soulever un bus d'un seul bras et faire un milliard de pompes. Tu n'es ni mignon ni gentil, c'est mieux comme ça ?

— Tellement mieux, a-t-il dit en riant.

J'ai continué de le taquiner.

— Plus coriace, tu meurs. T'es cap' de frapper une pièce de vingt-cinq cents au kick-boxing et de la transformer d'un coup en cinq pièces de cinq cents.

J'ai levé les poings, prenant la position de combat que j'avais apprise à l'entraînement, et j'ai fait semblant de frapper Brendan. J'avais en effet commencé ce sport de défense juste après m'être remise de « l'épisode » du bal.

— Oh ! voyez-vous ça, notre minininja a de l'humour, s'est-il écrié.

Il a bloqué sans difficulté aucune mon semblant de coup avec son avant-bras.

— C'est bon, tu as fini de te moquer de moi ? m'a-t-il fait.

— Non, je vais être sympa et te laisser raconter ton histoire où tu es tellement mignon et gentil avec Liam. L'horreur, quoi !

Je me suis redressée, un large sourire aux lèvres. Brendan a tiré doucement une mèche sur mon front, puis il a secoué la tête tout en souriant.

— Tu es trop. Pourquoi je ne serais pas le pote de Liam ? C'est quelqu'un de chouette. Tu sais, tu devrais arrêter de te moquer de moi parce que, tout cela, c'est ta faute après tout.

— Qu'est-ce qui est ma faute ?

Il m'a décoché l'un de ses sourires ravageurs légendaires.

— Le fait que j'ai commencé à apprécier des gens de Vince A.

— Quelle tragédie, ai-je répliqué, impassible.

— C'en est une, a insisté Brendan, les yeux grands ouverts en une mimique d'horreur feinte. Je suis en train de perdre toute crédibilité. Je n'ai plus qu'à me faire élire roi de la promo, tant que j'y suis !

Il a frissonné à cette idée et j'ai éclaté de rire en imaginant la scène. Si jamais une couronne de roi de la promo était posée sur cette tignasse noire, la terre s'ouvrirait carrément sous nos pieds et il pleuvrait des météorites !

— Hé, il ne faut pas me reprocher de t'avoir rendu plus sympa avec les autres, c'est toi qui l'as voulu.

J'ai ri et lui ai donné une petite tape. Il a souri jusqu'aux oreilles et m'a pris la main, déposant un baiser sur le bout de mes doigts, avant de m'attirer tout contre lui.

— J'ai envie d'être sympa parce que je suis heureux, et tout cela est ta faute parce que tu es la raison de mon bonheur, a murmuré Brendan à mon oreille.

Son souffle sur ma peau m'a fait frissonner. Ses lèvres m'ont caressée, et soudain j'ai tout oublié, que j'étais censée éviter les filles croisées dans le magasin du coin de la rue et que j'étais censée me trouver ailleurs en cet instant. En somme, j'aurais oublié tout et n'importe quoi, y compris ma tête si elle n'avait pas été vissée fermement sur mes épaules.

C'était sans doute parce que Brendan était intelligent, adorable, prévenant et — soyons honnêtes — beau à tomber par terre. Ou parce qu'il embrassait comme un dieu. Mais surtout parce qu'il était mon âme sœur. La seule, la vraie, réincarnée depuis mille ans, pour être unie puis arrachée à moi, génération après génération, à cause d'un sort jeté jadis sur un seigneur au cœur brisé. *Lord Archer.* Lorsque son épouse bien-aimée, Gloriana, avait été assassinée, lord Archer avait cru œuvrer à leurs retrouvailles dans une autre vie. Il avait conclu un pacte avec une sorcière : son âme et celle de Gloriana seraient réunies en un temps où Archer se réincarnerait dans son descendant et serait beau, riche et puissant.

Mais jamais il n'aurait dû se montrer si égoïste dans ses souhaits, ni si orgueilleux, comme le lui rappela cruellement la sorcière qui exauça ses vœux de grandeur. Car tout contrat passé avec le diable comporte des clauses en petits caractères. La sorcière enchaîna les deux âmes à une malédiction éternelle :

indéfiniment, Archer revivrait la perte de son âme sœur, qui connaîtrait une mort aussi prématurée que violente et tragique. Réincarnation après réincarnation, le même scénario se reproduirait... Un scénario qui m'avait condamnée dès l'instant de ma rencontre avec Brendan. Mais, quand Anthony m'avait attaquée au bal de l'hiver dernier et que Brendan avait risqué sa vie pour sauver la mienne, la malédiction s'était enfin levée. Le sacrifice avait été la clé.

Le combat avait également confirmé que j'avais des pouvoirs magiques très largement inexploités. Gloriana pratiquait la sorcellerie et cette magie avait traversé les âges, gagnant en puissance au fil des siècles. Mon frère jumeau, mort aujourd'hui, avait pu m'avertir de l'imminence du danger par des rêves et des signes très inquiétants. Je m'étais aussi montrée capable de faire appel à son esprit pour m'aider à sauver Brendan d'une mort quasi certaine, alors qu'il était suspendu à des rochers au-dessus du lac Turtle Pond à Central Park, juste après qu'il m'ait sauvée des griffes d'Anthony. C'est là que nous avions compris : une magie très puissante coulait dans mes veines. Avant mon arrivée à New York, jamais je n'avais pensé être ce qu'Angélique appelait une « sorcière née ».

Quatre mois s'étaient écoulés depuis que la malédiction avait été levée, et Brendan et moi vivions un bonheur parfait. A vrai dire, les seuls obstacles se dressant encore entre nous étaient mes notes lamentables en latin — oui, en latin, car le latin était une matière obligatoire à Vince A, langue morte ou pas — et Laura, la mère archi-mondaine de Brendan. Elle s'était montrée plus redoutable presque pour notre relation que la malédiction, c'est dire. Car Laura n'avait guère apprécié que son fils chéri risque sa vie pour sauver la mienne. Je soupçonnais même qu'elle n'aurait eu aucune objection à ce qu'il joue plutôt les preux chevaliers auprès de ce que New York comptait de rejetons de vieilles familles. Mais me sauver, moi, l'intruse transplantée dans le milieu chic de l'Upper East Side par ma tante Christine, après que l'alcoolisme de mon beau-père Henry eut rendu la vie auprès de lui à Keansburg dans le New Jersey — comment dire ? — risquée pour ma santé... Toutefois, la désapprobation de sa mère ne dissuadait pas Brendan de m'intégrer à sa famille. Comme la veille, lorsque je les avais rejoints pour manger chinois. Même si, quand les Salinger mangent chinois, ils ne se contentent pas de se faire livrer par le petit resto asiatique du coin, ils vont *Chez M. Chow*, dont ils connaissent personnellement le propriétaire. Un restaurant dont l'addition est à trois chiffres et où vos voisins de table peuvent être des stars de télé.

Certes, c'était la meilleure cuisine chinoise que j'aie jamais mangée, mais Laura Salinger avait le don de vous couper l'appétit. Elle devrait d'ailleurs proposer ses services à quiconque voudrait perdre du poids. Heureusement, Aaron, le père de Brendan, ne posait pas problème, lui : il m'aimait bien. Et il avait également compris que j'étais l'âme sœur de Brendan et pas juste une amourette passagère. Après tout, la malédiction émanait du côté Salinger de la famille. Mais Laura était une autre paire de manches. Elle arborait une expression tellement maussade pendant ce dîner que j'avais cru qu'elle allait rester bloquée comme ça pour toujours. C'était impressionnant d'ailleurs d'arriver à froncer ainsi les sourcils, pour quelqu'un qui avait subi tellement d'injections de Botox pour paraître à son avantage lors de l'inauguration d'un des hôtels de son mari… Son visage était quasi figé !

Mais toutes mes inquiétudes fondaient systématiquement comme neige au soleil au toucher de Brendan. Ses lèvres caressaient ma peau de baisers légers de mes oreilles à ma bouche. Même après plusieurs mois ensemble et les milliards de fois (au bas mot) où nous nous sommes embrassés, chacun de ses baisers faisait accélérer mon pouls — et d'autres parties de mon corps. J'ai entouré son cou de mes mains jointes et lui ai rendu son baiser sans attendre. Une ambulance toutes sirènes hurlantes a déboulé en direction de l'hôpital St Luke's-Roosevelt tout proche et m'a rappelé soudain où nous nous trouvions. Je me suis écartée de lui.

— Euh, on est en plein milieu de la IXe Avenue.

Brendan m'a souri d'un air mutin.

— Je suis certain que la IXe Avenue a déjà vu des trucs bien plus scandaleux et, en plus, personne ne regarde.

— N'en sois pas si sûr, ai-je grondé, en repensant à ma rencontre de l'épicerie.

J'ai regardé rapidement autour de moi, pour vérifier si le trio infernal était parti.

Et elles étaient encore là. Et elles avaient reconnu Brendan. *Et vu ce que je faisais avec lui.*

Brendan a levé des sourcils inquiets.

— Qu'est-ce qui ne va pas ?

— Rien. Allons-nous-en d'ici, d'accord ?

J'ai fait mine d'ignorer l'envoi frénétique de SMS par les trois pestes, du bout de leurs ongles parfaitement manucurés.

— Qu'y a-t-il ? T'as vu un vieux pervers qui nous regardait ?

Brendan a jeté un bras protecteur autour de mes épaules et m'a conduite vers la xe Avenue.

— Non, ça n'a rien à voir ! Des filles m'ont reconnue, elles ont dit des trucs pas sympas, c'est tout.

J'ai haussé les épaules d'un air de mépris. J'omettais de parler de son histoire avec la copine d'une des pestes… Ame sœur ou pas, j'étais loin de sauter de joie chaque fois que j'entendais parler de l'une de ses — très nombreuses — conquêtes passées. Avant moi, le tableau de chasse de Brendan avait été plutôt fourni. Donc je ne voyais pas l'intérêt, à part pour me faire mal encore et encore, de revenir sur ce passé. Mais la malédiction prévoyait qu'Archer soit réincarné en un homme séduisant et il était vrai que Brendan l'était terriblement. Et les filles ne manquaient pas de le remarquer…

— Qu'est-ce qu'elles t'ont dit ?

Il a fixé le petit groupe d'un air mauvais, les yeux brillants de colère. Je l'ai attrapé par la manche pour le faire avancer.

— Je t'en prie, laisse tomber… S'il te plaît.

Brendan a bien vu l'exaspération sur mon visage et a soupiré, résigné.

— Je suis désolé que tu aies à subir ça sans arrêt.

Il a continué de s'excuser alors que nous nous éloignions de l'épicerie. Les Salinger n'étaient pas seulement riches, ils faisaient partie d'un club restreint, celui des grandes familles new-yorkaises qui donnent leur nom à des bourses universitaires, par exemple. Ou dont certains bâtiments publics portent le nom — vous voyez le genre. D'où la tempête médiatique sur les blogs de potins mondains de New York après les événements de décembre dernier, quand Brendan m'avait sauvé la vie en m'arrachant des griffes d'Anthony. Le seul inconvénient désormais pour Brendan, c'était que de temps à autre un dur essayait de le provoquer pour prouver qu'il était plus fort que lui.

— Ce n'est pas ta faute. J'aimerais juste qu'on arrête de me rappeler constamment ce qui s'est passé.

J'ai accéléré le pas pour mettre plus de distance encore entre nous et les trois filles.

— Les avocats de mon père pensent que le père d'Anthony l'a envoyé quelque part en Europe. Il ne reviendra pas, sinon nous en aurions entendu parler.

Anthony était lui aussi issu d'une famille influente, et son père avait dû bien le cacher — un peu trop bien, même pour les détectives privés que le père de Brendan avait recrutés après l'agression. Aaron avait même mis des gardes du corps à notre service dans les semaines qui avaient suivi le soir du bal.

Brendan a poursuivi, sa voix grave baissant d'un ton alors qu'il m'attirait contre lui.

— Ne t'en fais pas, Em. S'il s'approche de toi, je le tuerai.

Je ne doutais pas une seconde de sa sincérité, surtout après ce qui s'était passé à Central Park. Mais le ton dur et déterminé de sa voix m'a glacé le sang.

— Ne parle pas comme ça, je t'en prie. Je ne veux pas qu'il t'arrive quelque chose ou que…

— Emma…

Brendan m'a interrompue, éclatant de rire. Il m'a soulevée, malgré le poids de mon énorme sac à dos, et a planté un baiser sur le bout de mon nez.

— Je suis un peu vexé de ton manque de confiance en moi.

Il m'a reposée à terre. J'ai remis ma jupe en place, amusée, et nous avons repris notre marche.

— Et puis souviens-toi de la dernière fois : je suis capable de m'occuper de lui.

— Je ne m'en souviens que trop bien, ai-je soupiré. Je me souviens avoir pensé que tu étais mort, suspendu à ces rochers.

— Mais je ne suis *pas* mort. Tout cela est derrière nous.

Brendan a glissé un bras autour de mes épaules.

— Je l'espère. Mais je m'inquiète quand même, ai-je dit avec un nouveau soupir.

— Moi aussi, tu sais. Ce soir-là, quand je n'arrivais pas à te retrouver…

Il n'a pas fini sa phrase et s'est contenté de m'embrasser doucement sur le front.

— Je comprends ton instinct de protection, crois-moi, je le comprends, a-t-il ajouté avec un petit rire sinistre. Mais ne te fais pas de mauvais sang au point de ne plus pouvoir me parler ou me dire des choses parce que tu veux me protéger ou éviter que je ne m'énerve. Même quand il s'agit d'une bande d'idiotes qui ne savent pas tenir leur langue, d'accord ?

— D'accord, ai-je fait avec un petit sourire.

J'ai senti alors mon portable vibrer dans la poche de mon sweat et me suis écartée de lui à contrecœur.

T où ?

— Je vais devoir monter, ai-je marmonné en répondant au SMS d'Angélique.

Nous venions d'arriver devant l'immeuble des parents de cette dernière, à l'angle de la xe Avenue et de la 51e Rue. J'étais de toute façon partie en retard à cause d'un cours de soutien de latin après l'école. Et, pour être tout à fait honnête, quelques bisous volés sur le chemin n'avaient rien fait pour rattraper les choses. Il fallait dire qu'entre mon nouveau job à la bibliothèque en fin de journée, mes cours de sorcellerie avec Angélique, mon entraînement hebdomadaire de kick-boxing et la saison de basket qui battait son plein pour l'équipe de Brendan nous ne passions que peu de temps ensemble en dehors du lycée. Sans oublier évidemment les révisions pour les examens d'admission à la fac. Il m'avait manqué ces derniers temps.

Or, Angélique avait insisté pour me donner un cours aujourd'hui. Brendan et elle n'étaient pas exactement ce qu'on appelle de bons amis, ni même des amis tout court. Elle l'avait dès le départ étiqueté et le voyait comme un gosse de riches pourri-gâté. Et, pour Brendan, Angélique était une sorcière capricieuse et imbue de sa personne. Au moins avaient-ils tous deux raison sur un point : Brendan était riche et Angélique était bien une sorcière. En fait, elle était même issue d'une longue lignée de sorcières. Douée d'un talent d'empathie extraordinaire, elle pouvait ressentir les émotions des autres. Mais son don étant pour l'heure naissant, il était imprévisible et de plus en plus fort chaque jour. Parfois, elle pouvait sentir tout ce qui se passait autour d'elle — elle était en phase avec le monde qui l'entourait. Et d'autres jours, le néant. J'aidais donc Angélique à cultiver ses talents empathiques et elle m'aidait à développer mes pouvoirs nouvellement découverts de « sorcière née ».

Malheureusement, après une première série de sorts réussie, tout ce que j'avais fait au cours du mois écoulé, c'était concocter des potions particulièrement malodorantes — l'une d'entre elles avait même brûlé le tapis de la chambre d'Angélique — et faire voler un Stabilo jaune. Quelques secondes seulement. Angélique répétait sans arrêt que le secret était de contrôler mes émotions mais, en général, soit j'étais trop frustrée parce que je n'arrivais à rien, soit j'étais tellement enthousiaste quand un sort aboutissait que je finissais par tout faire rater. Ce qui expliquait la catastrophe du trou dans le tapis…

— Qu'est-ce que tu dois faire de si important qui justifie un cours de sorcellerie justement aujourd'hui ? Tu souffres toujours d'un blocage ? Comment on dit déjà… C'est quoi l'équivalent de l'angoisse de la page blanche pour les sorcières ?

Brendan a levé un sourcil dubitatif puis a gravi les marches menant à l'entrée de l'immeuble d'Angélique. Au début, l'idée que je sois une sorcière ne lui plaisait guère. Mais, après l'agression, tout ce qui pouvait m'assurer une protection trouvait grâce à ses yeux — que ce soit la bombe lacrymogène qu'il m'avait achetée ou des pouvoirs magiques. Il m'avait même montré quelques coups que je n'apprendrais jamais à mon cours de kick-boxing pour débutants : des trucs pas vraiment fair-play qu'il avait appris dans des bagarres de rue au fil des années. Nous avions d'ailleurs rapidement découvert que j'avais un excellent crochet du droit, aux dépens de Brendan qui s'était, hum, laissé distraire pendant une leçon. Je lui avais présenté un million d'excuses mais il m'avait assuré que ce n'était pas la première fois qu'il saignait du nez et que ce n'était très probablement pas la dernière. J'avais juste dû lui promettre de ne plus porter des débardeurs trop ouverts pendant nos entraînements…

— C'est exactement ça : l'angoisse de la sorcière

débutante, et je suis toujours aussi bloquée, en effet, me suis-je exclamée.

J'ai soupiré et me suis passé la main dans les cheveux avant de tirer sur les longueurs.

— Je n'arrive à me concentrer sur rien, ça me tue ! Je devrais peut-être juste laisser tomber.

— Tu finiras par y arriver, m'a-t-il dit fermement.

Il m'a embrassée sur le front puis a levé mon menton vers lui pour un autre baiser.

Je l'ai repoussé en riant.

— Bien essayé ! Arrête, tu vas me mettre encore plus en retard que je ne le suis déjà !

— Mais tu es toujours en retard ! Pour tout, s'est exclamé Brendan. Et tu es arrivée à destination de toute façon. Alors, dix minutes de plus ou de moins…, a-t-il ajouté en essayant de glisser son bras autour de ma taille.

Sa plaisanterie sur mes retards chroniques me fournissait un bon prétexte pour m'écarter de ses bras — même si je n'y tenais guère.

— Merci beaucoup. Je suis impolie, là, je te signale. Et puis les vacances de Pâques commencent mercredi et, demain, nous aurons toute la journée pour nous.

Nous étudiions tous les deux l'histoire de l'art ce semestre et devions visiter les Cloisters le lendemain, le département du Metropolitan Museum of Art consacré au Moyen Age et situé dans l'Upper Manhattan.

Brendan a fait mine d'être fâché et m'a libérée de son étreinte.

— Parfait. Amuse-toi bien. Sois gentille avec tes copines sorcières.

Je lui ai promis de lui envoyer un SMS dès que je

serais rentrée à la maison et j'ai monté les marches de l'immeuble d'Angélique.

— Excuse-moi, je suis en retard, j'avais soutien de latin après les cours, ai-je lancé quand mon amie a ouvert la porte de l'appartement.

— Mouais, c'est au cours de latin que ton gloss a débordé, m'a-t-elle répondu, laconique, en refermant la porte. Ces déclinaisons ficheraient en l'air n'importe quel maquillage. Comme si j'avais besoin de ça pour savoir ce que tu viens de faire, a-t-elle lâché d'un air mélodramatique.

— Encore un tour de tes dons d'empathie ?

Je me suis essuyé les lèvres du revers de la main, pénaude. Je réagissais comme si tante Christine m'avait surprise à flirter avec Brendan !

— Eh oui…

Angélique a grimacé comme si elle venait de sentir une mauvaise odeur. J'ai baissé la tête d'un air coupable et suivi mon amie le long du couloir peint d'une jolie couleur jaune, vers sa chambre, décorée beaucoup moins gaiement.

— Tu as toujours cet effet-là sur moi, a-t-elle ajouté sèchement.

Pour le coup je me suis sentie encore plus coupable. Angélique avait toujours eu le don d'interpréter les auras et le fait de me rencontrer, de rencontrer une sorcière comme elle, avait apparemment déclenché un don d'empathie latent. Elle apprenait petit à petit à le maîtriser et n'en était pas moins capable de lire en moi comme dans un livre ouvert. « C'est comme si tes émotions étaient en haute définition », s'était-elle plainte. Et c'était de cette manière que je l'aidais à développer son pouvoir : je devais penser à quelque chose qui provoquait chez moi une forte émotion, et elle devait deviner ce que je ressentais. Nous formions une sorte de binôme surnaturel, dont on aurait pu faire un jeu télévisé un peu bizarroïde, intitulé — je ne sais pas, moi — « Arriverez-vous à déjouer ses pouvoirs ? »

— Pourquoi as-tu les cheveux mouillés ?

J'essayais de changer de sujet. Les cheveux d'Angélique, d'un noir de jais, étaient humides, laissant de petites taches sur un T-shirt bordeaux extra-large qui avait l'air très confortable. Elle était blonde en réalité, mais se teignait les cheveux en noir, à l'exception de quelques mèches de couleur.

— Oh ! ça... Ma cousine Miranda, celle qui est à la fac, est en vacances, et elle est venue m'aider à me retoucher les racines. On a ajouté quelques mèches bleues et violettes.

Angélique m'a montré ses cheveux du doigt. Ses ongles étaient vernis d'un noir charbonneux.

Angélique adorait être une sorcière. Et elle aimait encore davantage peut-être *s'habiller* comme une sorcière. Ses tenues gothiques ne lui avaient pas attiré beaucoup d'amis à Vincent Academy, où le sens de l'esthétique penchait plus vers Chanel que vers la série *Charmed*. Mais son goût pour le spectaculaire était une des qualités que je préférais chez Angélique. Le reste de sa famille de sorcières — en tout cas, ceux que j'avais eu l'occasion de rencontrer — ne partageait guère son penchant pour le noir et le côté obscur.

— Bon, on travaille sur quoi aujourd'hui ?

J'ai enlevé mes Mary Jane adorées mais couvertes d'éraflures. Après avoir bu une gorgée de mon Ice Tea — toujours frais —, je me suis installée en tailleur sur le lit d'Angélique, luttant contre l'envie de m'y coucher de tout mon long et d'admirer les étoiles lumineuses collées partout sur les murs violets. Son lit était le lit le plus confortable du monde : un matelas de plumes bien épais, recouvert d'un édredon moelleux en velours noir. Un lit qui vous donnait l'impression de vous allonger sur un marshmallow géant.

— On travaille sur des potions ? Des sorts ? Peut-être un sort qui me permettrait de débloquer mes pouvoirs, ça te dirait ?

J'ai regardé fixement mon sac à dos posé à terre. *Peut-être la présence d'Angélique peut-elle t'aider à jeter un sort, enfin…*

— *Emoveo !* me suis-je écriée en pointant mon sac à dos du doigt. Je me suis arrêtée net, éberluée. *Le sac était en train de glisser lentement sur le lino de la chambre, vers Angélique.* Sauf qu'en fait celle-ci, assise par terre, l'avait tiré vers elle…

Elle m'a regardée d'un air amusé et a secoué la tête.

— Tu as cru que c'était *toi* qui avais fait bouger le sac ?

— En quelque sorte, ai-je reconnu, plutôt gênée.

J'ai inspecté mon vernis à ongles pour ne pas avoir à la regarder en face. Je n'avais pas besoin de la regarder pour savoir que j'étais source de frustration pour elle. Cela s'entendait dans sa voix.

— Tu es très loin d'être suffisamment concentrée. Sorcière née ou pas, tout cela est nouveau pour toi. Il ne suffit pas de lancer des formules magiques à tue-tête, comme je te l'ai dit mille fois, a-t-elle ajouté sévèrement.

— Pourtant, ça marchait au début…

Boudeuse, j'ai cherché à me souvenir de sorts que j'avais réussi à jeter. *C'est sans doute parce que la formule est en latin. Tu détestes le latin.*

— Tu étais beaucoup plus concentrée au début, m'a-t-elle répliqué.

J'ai levé les yeux. Angélique s'est mise debout et a jeté le sac à dos sur le lit à côté de moi.

— Et la formule que tu as dite est un sort de répulsion. Censé éloigner les choses de toi, pas les rapprocher en les faisant glisser sur le sol.

Elle a pris un énorme stylo bleu dans le mug jaune vif — un souvenir de vacances en Floride — qui lui servait de pot à crayons et a fait un peu de place sur son bureau encombré.

— Regarde, m'a-t-elle annoncé.

Elle s'est tournée vers le bureau, les yeux plissés par la concentration. Elle a avancé la main gauche, paume ouverte, et a inspiré profondément.

— *Emoveo*, a-t-elle murmuré.

Ses doigts se sont écartés d'eux-mêmes sous l'effet de la concentration.

J'ai retenu mon souffle. *Le stylo bleu avait bougé.*

— *Emoveo !* a répété Angélique plus fermement.

Elle a tendu le bras davantage. Le stylo a reculé, comme si quelqu'un l'avait tiré à l'aide d'une ficelle invisible. Il est venu heurter le mur et est retombé derrière le bureau. J'ai halluciné.

Angélique s'est retournée vers moi, un sourire satisfait sur les lèvres. Pourtant, elle faisait rarement démonstration de ses pouvoirs juste pour s'en vanter. Parfois, tout de même, il lui arrivait de ressentir les humeurs des gens qu'elle croisait dans le métro et de me donner un coup de coude en me montrant un couple échangeant des regards timides.

— Ils viennent de le faire, j'en suis certaine, murmurait-elle alors.

Mais, en règle générale, Angélique pensait qu'il ne fallait pas se vanter de maîtriser l'art de la sorcellerie.

— Tu as toujours su faire ça ?

J'étais toujours sous le choc de sa démonstration.

— Bien sûr que non ! Je voulais juste te montrer ce qu'on peut faire avec un peu d'entraînement, m'a-t-elle répondu d'une voix lourde de sous-entendus du genre « je-te-l'avais-bien-dit ».

Je me suis inclinée légèrement devant elle.

— Message bien reçu. Je m'entraînerai davantage à contrôler mes émotions.

— Bien, m'a-t-elle dit avec un large sourire. Mais souviens-toi, pratiquer la sorcellerie, c'est un peu jouer avec le feu. C'est dangereux. Plus tu t'entraîneras, plus tu devrais arriver à trouver ton centre de gravité émotionnelle. Tu dois le ressentir toi-même… ce n'est pas vraiment une chose tangible. Comment te dire ? Une fois que tu y auras accès, tes sorts fonctionneront, hum, disons plus efficacement.

Elle a jeté un regard rapide sur le trou de brûlure du tapis.

— C'est pour cette raison que je t'ai demandé d'apporter la robe. Tu y as pensé ?

J'ai hoché la tête et, fouillant dans mon sac à dos, j'en ai sorti ce qu'elle m'avait demandé : la robe en tulle noir que je portais le soir du bal. Je ne savais même pas pourquoi je l'avais gardée. Elle était déchirée et sale, mais je n'avais pas eu le courage de la jeter. J'avais eu le sentiment d'avoir besoin d'un objet qui me rappelle la précarité de mon bonheur actuel. Si bien que la robe avait passé les derniers mois dans un sac en plastique au fond de mon armoire.

— Bien, étant donné que nos deux dernières potions

n'ont pas vraiment donné le résultat escompté, je crois qu'il faut revenir à la base de l'apprentissage, a déclaré Angélique prudemment, avec un nouveau regard en direction du tapis.

— Qu'est-ce que tu veux dire par là ?

Volontairement, je ne regardais pas directement la robe, dont elle était en train d'examiner la doublure en tulle et satin.

— En fait, tes pouvoirs ont été au plus haut quand tu as ressenti les émotions les plus fortes. Et, comme tu es tellement heureuse ces jours-ci, tu as un peu de mal à trouver ton centre émotionnel et à reproduire les sorts. Donc j'ai eu une idée…

Angélique s'est interrompue. Et là, j'ai eu le sinistre pressentiment de savoir où elle voulait en venir.

Cette fameuse nuit, à Central Park, sur les rochers, j'avais réussi — sans savoir comment — à invoquer l'esprit de mon frère pour qu'il m'aide à sauver Brendan, suspendu à des centaines de mètres au-dessus de Turtle Pond. J'avais eu le sentiment de le perdre une seconde fois. Angélique savait pertinemment le chagrin que cette nouvelle perte m'avait fait. Et il n'était pas question d'entrer en contact avec son esprit encore une fois, surtout s'il avait enfin trouvé la paix.

— Non, ai-je dit fermement. Je ne veux pas déranger Ethan ou faire quoi que ce soit de ce genre.

Angélique a levé les mains en signe d'apaisement.

— Ce n'est pas ce que je voulais dire… Je ne parlais pas d'invoquer des esprits, je pense à un sort dont tu as besoin pour que tes pouvoirs se déclenchent. J'espère que cette robe servira de signal — de raccourci, en quelque sorte — vers ton centre émotionnel.

— Donc cette robe me servirait… de GPS ?

— Exactement, a approuvé Angélique.

— J'avais quand même déjà réussi à faire voler un Stabilo *avant*, ai-je rétorqué. Bon, d'accord, c'était cool mais en même temps je ne vois pas bien l'intérêt, ai-je admis en marmonnant.

Je n'avais pas la moindre envie de revivre le combat de Central Park contre Anthony.

— Je n'ai pas l'intention de te faire prendre des risques, rassure-toi. Je pense à un charme qui te sera nécessaire.

Le ton inquiétant de sa voix m'a fait frissonner. J'ai joué nerveusement avec les petits anneaux argentés de mes boucles d'oreilles tandis qu'Angélique sortait une grande boîte à chaussures rangée sous son lit. Elle s'est installée à côté de moi. Le poids de la boîte a fait gonfler l'édredon. Elle a soulevé le couvercle : la boîte contenait un exemplaire usé des *Légendes médiévales d'Hadrian* à la couverture de cuir finement gravée, protégé par du papier de soie et entouré de petits bocaux remplis d'herbes variées.

— Tu l'as encore ? Je croyais que ta mère avait dû le rendre !

J'ai regardé le livre ancien, pleine d'admiration et de respect. C'était dans cet ouvrage que j'avais appris la malédiction qui liait mon âme à celle de Brendan — et me condamnait. C'était également entre ses pages que nous avions compris que la malédiction était levée. Mais notre histoire côtoyait des récits de dragons, de démons et de sorcières qui, eux, n'avaient rien de réel. Sauf bien sûr pour ce qui est de l'existence de la sorcellerie.

— Oh ! elle est un peu distraite, comme tu sais, et

a même oublié que je l'avais. Elle s'en souviendra si la fac le réclame, m'a avoué Angélique.

La mère d'Angélique, Evelyn Tedt, était chercheur et professeur en études médiévales à l'université Fordham. Un cerveau brillant dans son domaine. Elle était capable de dater un manuscrit orné d'enluminures par un simple coup d'œil sur la bordure de l'ouvrage. Mais, contrairement à Angélique et à sa mémoire photographique, Mme Tedt était incapable de se rappeler qu'il fallait remettre le lait dans le frigo. Ce qui provoquait des surprises très désagréables, comme cette fois où Angélique et moi avions voulu déjeuner de céréales…

— Tu ne risques pas d'avoir des ennuis avec ta mère ? Je croyais que ce livre était super-ancien !

— Pas tant que cela. Il date de la fin du XIXe siècle.

Angélique a haussé les épaules, l'air de rien, comme si le livre n'était qu'un vieux magazine sans valeur.

— Angélique, il n'empêche, elle va te tuer si elle s'en aperçoit…

— Je m'en fiche. Je suis contente de l'avoir gardé. D'autant plus que je constate que tu ressens des dizaines d'émotions rien qu'en le regardant, c'est bon signe pour la suite, a-t-elle ajouté avec sagesse.

— Et c'est un euphémisme, ai-je murmuré, les yeux toujours fixés sur le livre.

J'ai brandi alors la robe sous son nez et je l'ai agitée en direction du livre.

— Bon, qu'est-ce que ce sortilège a de si important pour que j'aie besoin d'un signal ?

Angélique arborait cette expression lointaine qu'elle avait toujours lorsqu'elle devait expliquer ce qu'elle ressentait en interprétant les pensées et les émotions d'autrui.

— J'ai senti un truc… Je ne sais pas comment le décrire. J'ai presque l'impression d'être constamment sur le point d'avoir une crise d'angoisse. Tu sais, ce sentiment que tu ressens en regardant un film d'horreur, quand tu sais que le tueur est sur le point de surgir à l'écran ? Et que la musique devient de plus en plus angoissante ? Eh bien, j'ai ce même sentiment, comme si la musique du film allait crescendo. Elle est de plus en plus forte — mais le tueur n'est pas encore apparu.

Angélique s'est frotté l'oreille, comme si elle essayait de faire sortir un son angoissant de son esprit.

— Je me sens vraiment perturbée. La dernière fois que j'ai été comme ça…

Elle s'est tue un instant et a levé les yeux vers moi. Puis elle a expliqué rapidement, d'une voix très basse :

— C'était juste avant le bal… Mais, à l'époque, j'ai cru que c'était à cause de la grippe. Je n'avais jamais ressenti un truc pareil, donc je ne savais pas. Comment aurais-je pu deviner que j'étais en train de capter un danger ? Je ne sais pas si c'est lié à mes dons d'empathie ou si c'est juste que je suis en phase avec l'univers mais, en tout cas, je me suis dit que je ferais bien d'y prêter attention cette fois.

— Tu avais eu le même pressentiment à l'époque ? ai-je murmuré.

Angélique a hoché la tête, enroulant distraitement une mèche bleue autour de son doigt.

— Quand j'y réfléchis bien, oui. J'avais eu la même sensation flippante. Et cette fois je ne voudrais pas passer à côté d'un autre avertissement.

Angélique s'est assise brutalement sur son lit, à côté des *Légendes médiévales d'Hadrian*.

— Il y a tellement de trucs là-dedans, m'a-t-elle avoué

en feuilletant les pages d'une manière distraite. Je n'en suis même pas encore à la moitié. La construction n'est pas très cohérente. Y compris le contexte des histoires : ça passe du XIXe siècle au Moyen Age. Mais ce ne sont pas ces histoires qui me font ressentir cela — mon angoisse a forcément un rapport avec toi.

Elle a reposé le livre et m'a observée, soudain sérieuse.

— Emma, une personne avec la quantité d'énergie mystique que tu possèdes doit faire un peu plus attention. Et je ne parle pas seulement d'Anthony.

Angélique n'était pas le genre de fille à se laisser aller à des démonstrations d'affection — la dernière fois qu'elle avait dû prendre quelqu'un dans ses bras, c'était sans doute pour lui éviter de s'étrangler en mangeant. Les paroles qui suivirent m'ont donc laissée sans voix.

— Qui plus est, Em, je tiens à toi. Tu ne peux pas savoir à quel point c'est sympa d'avoir quelqu'un à qui parler de tout ça. Je n'ai pas eu d'amie sorcière depuis très longtemps. Pas depuis le début du lycée, en fait.

Elle faisait tourner ses nombreuses bagues d'argent autour de ses doigts tout en parlant.

— Angélique…, ai-je murmuré en cherchant une réponse gentille.

Elle a alors levé les yeux vers moi. J'ai rapidement changé de sujet.

— Tu veux dire que tu n'as personne à qui parler ? Et ta mère ? Et Miranda ? Et le reste de ta famille ?

— Pour ma mère, c'est différent. Je veux dire, c'est ma mère ! Je ne peux pas lui parler des sorts qu'elle pourrait considérer comme trop dangereux parce que, sinon, elle flipperait complètement, a soupiré Angélique en fixant l'ourlet de sa jupe.

Elle a paru hésiter, avant de reprendre :

— Parfois, je peux raconter des trucs à Miranda mais elle adore me rappeler qu'elle a quatre ans de plus que moi et qu'elle a *tellement* plus d'expérience. C'est rageant ! « Je me servais de pierres divinatoires quand tu jouais encore à la poupée Barbie », s'est moquée Angélique en imitant la voix aiguë et affectée de sa cousine.

— Tu as joué avec des poupées Barbie, *toi* ?

J'aurais été moins surprise si elle m'avait annoncé que, petite, elle s'amusait avec des grenades dégoupillées. Mais Angélique m'a foudroyée du regard et je n'ai plus rien dit.

— Bref, avant, j'avais une copine avec qui je pouvais pratiquer la sorcellerie et parler de surnaturel, mais ça s'est plutôt mal terminé.

— Qu'est-ce que tu veux dire par là ?

Angélique a soudain semblé mal à l'aise.

— Elle avait toujours été — comment dire — du côté obscur. Mais, un jour, un garçon qui lui plaisait s'est fichu d'elle. Nous nous sommes disputées parce que j'ai refusé de l'aider à lui jeter un sort pour le rendre amoureux d'elle. Elle a fini par changer de lycée après la première année.

Angélique a souri tristement, les lèvres serrées.

— C'est vraiment nul de perdre une amie, quelqu'un avec qui on a tant en commun, pour un garçon, en plus, a-t-elle murmuré.

— C'est qui, le garçon ? Il est à Vince A ?

Rien de tout cela ne me surprenait. On aurait dit qu'ils mettaient des phéromones dans les fontaines à eau de ce lycée, tellement les élèves passaient leur temps à penser à *ça*.

— Aucune importance. Il est parti de toute façon, en fait, a dit Angélique avec dédain. L'essentiel, c'est que je ne veux vraiment pas te perdre, toi aussi, à cause d'un truc bien pire qu'un garçon. Et j'ai de la chance, tu n'es pas déséquilibrée comme elle. Donc faisons en sorte de te mettre à l'abri du danger.

— Euh, Angélique…

Elle ne m'écoutait plus, toute à ses préparatifs. Elle m'a pris la robe des mains et s'est rassise sur le sol.

— Ça t'embête si j'en déchire un bout ?

Sans attendre ma permission — que j'allais lui donner car, de toute façon, la robe était dans un état lamentable — elle a arraché la doublure en satin, l'a posée sur la descente de lit, elle-même déjà bien abîmée, et m'a fait signe de la rejoindre sur le sol.

Elle continuait de s'affairer, sortant quelques bougies et un petit récipient rond en marbre du tiroir de son bureau.

— Nous allons tenter de découvrir si tu cours le moindre danger ou si tu dois te méfier de quoi que ce soit. D'après certains récits que j'ai lus dans le livre, il semblerait que l'amour véritable est un élément extrêmement puissant. Et je ne parle pas uniquement de Brendan et toi…

— Tu n'es pas obligée de faire cette tête chaque fois que tu prononces son nom.

Angélique m'a regardée d'un air boudeur et, prenant une expression exagérément neutre, a repris son explication.

— Brendan et toi pourriez être des cibles pour qui voudrait te faire du mal ou s'emparer de ton énergie mystique pour son bénéfice personnel. C'est peut-être ce qui me fait flipper. Je ne peux pas m'empêcher de me dire que ce terrible pressentiment que j'ai en ce moment a un lien avec toi. Après tout, je te rencontre, et paf, j'acquiers des dons d'empathie. Et tu es la seule personne que je connaisse qui possède un collier qui fait de toi l'objet du véritable amour de quelqu'un et te condamne en même temps. Et puis il y a pas mal de dégâts mystiques autour de toi.

Un vieux réflexe m'a poussée à poser la main sur mon cou, là où se trouvait avant mon médaillon en argent. Mon frère, Ethan, l'avait acheté à l'occasion d'un vide-grenier et me l'avait offert en pensant que je l'aimerais. Il avait eu raison : j'adorais ce pendentif par-dessus tout. Un petit blason médiéval y était gravé et je l'avais porté tous les jours, n'ayant pas la moindre idée, à l'époque, qu'il s'agissait d'une amulette qui, à chacune de mes réincarnations passées, m'avait retrouvée et identifiée comme l'âme sœur d'Archer. Mais le médaillon avait disparu lors de la lutte contre Anthony et avait sans doute atterri quelque part dans les buissons tout près du Belvedere Castle à Central Park. Je me plaisais parfois à imaginer qu'il s'était simplement évanoui. C'était un objet magique, après tout.

— Tu marques un point, ai-je admis. Tes sens avaient-ils été aiguisés après que tu as rencontré cette copine dont tu m'as parlé ?

— Au début, oui, a reconnu Angélique. Mais elle est devenue vraiment maléfique et nous n'étions plus sur la même longueur d'onde. Et, de toute façon, ça n'avait jamais été aussi fort qu'avec toi.

— Peut-être que cela n'a rien à voir avec moi, ai-je répliqué avec espoir. Peut-être que tes voisins font des trucs bizarres, je ne sais pas, moi.

Angélique a pris un air dégoûté.

— Oh ! c'est certain. Je les entends parfois la nuit.

Et je peux te dire que c'est vraiment pénible quand tu as les dons que j'ai. Espérons que ton explication est la bonne…

Elle a croisé les doigts et les a agités sous mon nez, puis a allumé de l'encens parfumé au romarin — l'herbe qui, selon elle, lui permettait de se concentrer. Elle a ouvert une petite fiole de verre et a déposé quelques gouttelettes dans le récipient en marbre.

J'ai reniflé l'air parfumé de la chambre.

— Qu'est-ce que c'est ? Pas le romarin, évidemment. Mais cet autre parfum, c'est quoi ?

— Juste un peu de lavande pour te calmer et t'aider à te concentrer.

Elle a fait tourner le récipient entre mes doigts puis l'a déposé sur ma main.

— Ce sont des cristaux de sel bénis. Si tu cours un danger, ils vont nous le montrer.

— Où te procures-tu tous ces objets ? lui ai-je demandé, étonnée.

Je m'imaginais déjà Angélique frappant à une petite porte discrète, au fond d'une allée sombre et secrète. Aucune des boutiques de sorcellerie où nous étions allées ensemble ne semblait avoir de matériel aussi extraordinaire. Elles vendaient principalement des bougies et des jeux de tarot bien trop chers.

— Surtout sur internet, m'a-t-elle fait, l'air de rien.

Bien sûr. Et un troll assure la livraison…

Angélique a tendu la main, paume vers le bas, au-dessus du morceau d'étoffe noire et brillante. Je l'ai imitée.

— Em, répète après moi, a-t-elle insisté, les yeux fermés.

« Déesse, nous requérons votre aide,
Votre fille a besoin de protection,
Si le danger est imminent, montrez-le-nous
Sumn in periculo ? »

J'ai gardé les yeux fermés et répété les mots d'Angélique en serrant le petit récipient lisse. Que pouvait-il bien se passer avec ces cristaux ? Prendraient-ils la forme du visage d'Anthony, ce qui signifierait qu'il était à ma poursuite ? Des flammes jailliraient-elles des cristaux ? Risquaient-ils de me sauter au visage et de m'aveugler ? Car, malgré mon désintérêt pour le latin, j'avais compris le dernier vers de l'incantation : *Suis-je en danger* ?

— A présent, saupoudre les cristaux sur le tissu. Et concentre-toi ! m'a ordonné Angélique.

J'ai touché l'étoffe noire, me rappelant la joie que j'avais éprouvée en mettant cette robe pour la première fois. Comment Brendan m'avait tenu la main, comment il avait embrassé doucement la cicatrice que j'ai au bras et m'avait fait me sentir belle. Puis j'ai tressailli vivement, songeant à l'issue de la soirée et à Anthony me poursuivant dans Central Park. Je me suis rappelé le corps-à-corps brutal et sans merci qui s'était engagé entre Brendan et lui au-dessus de la falaise de Belvedere Castle. Comment Brendan m'avait protégée de l'assaut renouvelé d'Anthony. Comment Brendan avait failli *perdre la vie*, suspendu aux rochers tandis qu'Anthony plongeait dans les eaux vertes et troubles de Turtle Pond.

J'ai pris une profonde inspiration et j'ai déposé lentement les cristaux de la taille de grains de sable sur le tissu. Ils ont fait comme un petit bruit métallique.

J'ai enfin ouvert les yeux et regardé à contrecœur l'amas de cristaux. J'ai souri, soulagée.

— Oh ! il ne s'est rien passé ! me suis-je écriée en fixant joyeusement le petit tas de sel noir et brillant.

Du doigt, je me suis mise à jouer avec les grains minuscules, creusant un trou dans la pyramide. C'était exactement la même sensation au toucher que du sable.

— Eh bien, tout ça pour ça, ai-je soupiré.

Je me suis tournée vers Angélique. Mon sourire a disparu aussitôt.

Mon amie fixait les cristaux, le visage encore plus pâle qu'à l'accoutumée. Puis elle a levé les yeux vers moi.

— Emma, c'est mauvais signe, a-t-elle murmuré d'une voix rauque. Très, très mauvais signe.

— Très mauvais ? ai-je répété, interdite.

J'ai inspiré profondément.

— Peux-tu définir *très mauvais*, s'il te plaît ? Mauvais, O.K., mais à quel point ?

— Tu es en danger. Un danger mortel, a énoncé Angélique d'une voix plus aiguë que d'habitude.

J'ai laissé tomber le récipient de marbre, qui a heurté le sol avec un bruit sourd.

— Je ne comprends pas. Ce ne sont que des grains de sable noirs. Pas de flammes, pas de cristaux qui volent à travers la pièce…

— C'est du *sel* ! Le sel a une couleur claire, blanchâtre. Tu comprends, maintenant ? C'est du sel !

La voix d'Angélique était montée d'un cran. Elle continuait de fixer, horrifiée, le petit monticule couleur charbon.

— La couleur reflète l'énergie qui est dirigée vers toi. Le blanc et le vert sont des couleurs positives, signe d'énergie pure. Le rouge représente l'amour et la passion…

Angélique a touché à son tour les cristaux du doigt, mais pour les étaler sur l'étoffe satinée. Elle a plissé les yeux et a observé les grains. Puis elle a appuyé sur les cristaux noirs et un grain rouge — un seul — s'est imprimé sur sa peau. On aurait dit une goutte de sang.

— Un seul cristal symbole d'amour ? ai-je murmuré, sous le choc.

— Un seul. Un seul pour les âmes sœurs qui ont été arrachées l'une à l'autre et réunies au fil des siècles. Un seul pour deux personnes, les deux seules qui, au bout de Dieu sait combien de réincarnations, ont réussi à vaincre la malédiction parce que Brendan t'aime au point de sacrifier sa vie pour sauver la tienne.

La voix d'Angélique était à présent quasi monocorde. Elle s'est frotté les doigts et a laissé retomber le cristal rouge au milieu des grains de sel noirci. Il a disparu. J'ai été prise d'un désir presque irrationnel de le retrouver et de le garder précieusement.

Angélique a lissé les grains brillants étalés sur le tissu.

— Brendan est ton âme sœur. Il est raide dingue amoureux de toi.

Le ton de sa voix s'est fait de plus en plus frénétique. Les cristaux qu'elle étalait se sont bientôt fondus avec la couleur noire de l'étoffe.

— Tu sais que je suis loin de l'apprécier beaucoup et qu'il m'énerve le plus souvent. Mais, même si j'adorerais que nous soyons toutes les deux célibataires en même temps et que toute cette histoire d'âmes sœurs attende que tu sois à la fac, je dois reconnaître que ce garçon ferait n'importe quoi pour toi.

Elle a ajouté ces derniers mots sur un ton brusque et a levé les yeux vers moi.

— D'ailleurs, il l'a déjà démontré. Son énergie devrait se trouver ici, parmi les cristaux. D'autant plus que tu viens de le voir. Après tout, tu es encore toute barbouillée de gloss ! Il devrait y avoir plus de cristaux rouges. Je ne comprends pas qu'il n'y ait pas plus de tout, d'ailleurs ! N'importe quoi d'autre !

— Qu'est-ce que cela veut dire, d'après toi ? ai-je demandé d'une toute petite voix.

— Que le danger, quel qu'il soit, est plus puissant que vous ne l'êtes. Cette chose contient plus de haine que vous deux réunis ne contenez d'amour, a-t-elle répondu tristement.

— N'y a-t-il pas une possibilité que nous nous soyons trompées ?

Je voulais me raccrocher au moindre espoir possible. Mais Angélique a secoué la tête.

— Qu'est-ce que je peux faire ?

Cette fois, je sentais la panique monter dans ma poitrine. Angélique a inspiré profondément.

— Je n'en ai absolument aucune idée.

2

— Emma, ma chérie, qu'est-ce qui ne va pas ? Tu es terriblement silencieuse ce soir.

J'ai levé les yeux de mon assiette que j'avais à peine touchée. Tante Christine avait commandé des petits roulés d'aubergine farcis. Elle m'observait, inquiète.

— Rien, je t'assure, tout va bien, ai-je prétendu.

J'ai enfourné un gros morceau de mozzarella et d'aubergine dans ma bouche pour ne pas avoir à en dire plus.

— Je suis fatiguée, c'est tout.

Fatiguée d'avoir une épée de Damoclès au-dessus de ma tête.

J'ai regardé prudemment vers le plafond. Au vu de la tournure qu'avaient prise les événements ces derniers temps, je m'attendais presque à voir cette fameuse épée suspendue au-dessus de la table de cuisine de ma tante, à côté de son lustre Waterford.

— Tout se passe bien au lycée ? m'a demandé tante Christine en enroulant, d'une fourchette experte, ses spaghettis à l'ail et à l'huile d'olive.

— Oui, tout va bien. C'est juste que les profs nous inondent de devoirs avant les vacances de printemps.

Je me suis efforcée de paraître insouciante et j'ai pris un morceau de pain à l'ail. Peut-être me croirait-elle si je mangeais de bon appétit. Je détestais mentir à tante Christine, mais comment pouvais-je lui expliquer que je venais de réaliser un sortilège qui avait révélé que je courais un terrible danger ? *Encore une fois.*

Ma tante n'était pas au courant des aspects magiques de ma vie. Elle pensait simplement que Brendan et moi étions un peu — d'accord, *trop* — sérieux pour notre âge.

— Ma chérie, si ce travail à la bibliothèque te prend trop de temps…

— Oh non, cela n'a rien à voir !

Je l'ai interrompue, si hâtivement que j'en ai postillonné des miettes de pain à l'ail. Je me suis essuyé hâtivement la bouche et j'ai avalé à grand bruit. *Bon sang, Emma, tu manges comme un cochon !* Je me suis essuyé de nouveau la bouche, plus discrètement cette fois, et j'ai bu un peu d'eau.

— Sérieux, tout ce que je fais, c'est ranger les bouquins et vérifier que les ordinateurs sont bien éteints. La plupart du temps, je ne suis pas dérangée et je peux faire mes devoirs et écouter mon iPod.

Impossible de laisser tomber ce job. J'avais perdu ma mère, perdu mon frère jumeau, et j'avais été seule au monde — à part mon beau-père ivrogne — jusqu'au jour où tante Christine m'avait recueillie quand, l'été dernier, Henry avait failli me tuer en conduisant en état d'ivresse. Je m'en étais sortie avec une vilaine cicatrice au bras. Tante Christine payait les frais d'inscription incroyablement élevés du lycée privé que je fréquentais et avait proposé — en fait, elle avait beaucoup insisté — de financer mes futures études universitaires et ne m'avait rien demandé en contrepartie. Elle m'avait secourue et affirmait que me savoir heureuse la récompensait amplement de ses efforts. Mais je me sentais coupable de tout ce qu'elle avait dû faire pour moi et me sentais encore plus mal quand je devais lui demander de l'argent de poche. D'où ce job après les cours, à la bibliothèque de Vince A : au moins, je n'avais plus à embêter ma tante pour quelques billets.

J'ai replongé le nez dans mon assiette d'aubergines et j'ai enroulé un long morceau de mozzarella fondue autour de ma fourchette, en espérant que cela mettrait fin à la conversation.

Je me trompais.

— Emma, ma chérie, a dit ma tante en retirant ses lunettes en écaille de tortue et en les posant sur la nappe à fleurs roses.

C'était chez elle signe de discussion sérieuse.

— Tout va bien entre ton petit ami et toi ? Tes camarades t'empoisonnent-elles encore la vie ?

Je me suis tortillée sous le regard inquisiteur et intense de tante Christine. Parfois, j'avais le sentiment que sa carrière sur les planches théâtrales de New York n'était qu'une couverture et qu'elle avait en fait travaillé pour la CIA et interrogé des espions ! On pouvait dire que ses gentils contre-interrogatoires étaient plus efficaces que les techniques de torture de l'armée américaine.

— Oui, ça se passe bien avec Brendan. Mieux que bien, en fait, ai-je ajouté avec honnêteté.

C'était la vérité, après tout.

— Il est formidable, ai-je repris. J'ai juste énormément de travail, de projets à rendre, etc. Sinon, le lycée, ça va.

Cette dernière partie était un gros mensonge en revanche. La vie sociale de Vince A était semée de tant de mines antipersonnel qu'il était impossible de passer une journée dans les couloirs du lycée sans que quelques-unes d'entre elles ne vous explosent à la figure.

— Tant mieux, ma chérie. Et puis le temps devrait

bientôt s'améliorer, tu pourras reprendre le jogging. Je sais à quel point tu aimes aller courir. Cela pourra t'aider à gérer le stress.

J'ai hoché la tête en signe d'approbation. J'aimais bien le kick-boxing, mais l'entraînement impliquait d'être entourée de trop de gens. Je préférais de loin me retrouver seule, mes écouteurs dans les oreilles, à réfléchir. Je n'avais pas pu aller courir ces dernières semaines à cause du froid. J'avais bien vu quelques accros au jogging courir sur la neige mais je me demandais bien comment ils arrivaient à tenir debout. J'ai soudain été traversée par une sombre pensée : *un danger invisible me guettait dans cette ville.* Courir seule dans le parc n'était donc pas l'idée la plus brillante du monde en ce moment. J'ai gardé le sourire pour donner le change à ma tante tandis qu'elle poursuivait, finissant ses spaghettis :

— Ne te couche trop tard. Tu vas devoir marcher toute la journée aux Cloisters demain, il faut que tu sois bien réveillée.

Je lui ai souri et j'ai hoché la tête. J'ai continué de jouer avec mes aubergines tandis que tante Christine se levait pour aller au bar et se préparer un Martini. C'était son rituel du soir, en hommage à la mémoire de son défunt mari, George. Personnalités extravagantes et ayant le goût du spectacle, grandes figures du théâtre, mon oncle et ma tante avaient pris l'habitude de ce toast, tous les soirs. Après le décès de George, tante Christine avait poursuivi le rituel. Elle préparait deux Martini mais n'en buvait qu'un (sauf le samedi, où elle buvait les deux). Je l'ai regardée faire. J'avais toujours trouvé ce rituel romantique mais ce soir je songeais qu'il était aussi extrêmement triste. Tante Christine avait perdu oncle George. J'avais perdu ma mère et mon frère jumeau à une année d'intervalle. Et personne ne savait où diable pouvait bien se trouver mon père : il nous avait abandonnés quand Ethan et moi étions encore enfants. Bref, ma famille ne semblait pas très douée pour garder les personnes qu'elle aimait auprès d'elle. Quant à Brendan et moi, nous avions peut-être brisé la malédiction originelle, mais rien ne disait que nous n'étions pas condamnés pour autant. Si tante Christine avait perdu son âme sœur, sans qu'aucune malédiction n'en soit la cause, qu'augurait donc pour Brendan et moi le présage des cristaux de sel noirs ?

Une vague de culpabilité m'a envahie quand j'ai pensé à Brendan : je lui avais envoyé un SMS en rentrant, mais j'avais utilisé la bonne vieille excuse du dîner avec ma tante et des devoirs pour éviter un coup de fil. Je savais que, si je l'appelais, je devrais lui raconter le sortilège et je serais encore plus angoissée après… et il sortirait ensuite en cachette pour me voir. Ce qui ne serait guère du goût de sa mère. Ou de ma tante, maintenant que j'y pensais.

Après avoir débarrassé la table, j'ai rejoint tante Christine sur son canapé à fleurs roses pour regarder les vingt premières minutes du journal télévisé. Mais impossible de me concentrer sur les reportages sur le budget de New York, les meilleurs endroits pour observer l'éclipse de lune à venir ou, sujet plus léger, les meilleurs camions de *street food* de la ville. Le stress de la journée m'accablait. Je me suis donc excusée auprès de ma tante en avançant l'argument des devoirs, le même que tout à l'heure. A peine avais-je refermé la porte de ma chambre que j'ai senti les larmes monter. J'ai posé violemment mon iPod sur sa station et j'ai augmenté le volume pour étouffer le bruit de mes sanglots. Je me suis jetée sur le lit, enfonçant mon visage dans mon épais édredon violet pour que tante Christine ne m'entende pas.

En temps normal, j'étais championne du monde pour enfouir mes sentiments au plus profond de moi — par instinct de survie pur et simple. En temps normal, je me recroquevillais dans ma coquille quand ça n'allait pas, en attendant que ça passe si j'étais incapable de trouver une solution. Et, pour moi, la solution habituelle, c'était de ne pas y penser. J'enfouissais tout au fond de moi et continuais à fonctionner comme un bon petit soldat, sans laisser aucune faille apparaître à la surface. Mais ce soir je me sentais carrément accablée. Les failles étaient de la taille du Grand Canyon et je n'y pouvais plus rien. Alors, je me suis laissée aller à une vague d'émotions qui m'a submergée à un point que j'ai eu l'impression de me noyer sous son poids. Ma mère et Ethan me manquaient tellement ! J'aurais voulu que maman me prenne dans ses bras, qu'elle m'embrasse sur le front, qu'elle me borde avec mon petit chien en peluche et qu'elle me dise que tout finirait par s'arranger. J'aurais voulu que mon frère soit là pour m'envoyer des SMS de blagues stupides jusqu'à ce que je me sente mieux. J'aurais voulu retrouver ma famille, toute ma famille… non, pas mon père. Lui pouvait aller au diable, je m'en fichais complètement. Malgré tout, son abandon continuait de faire mal et le souvenir de ma mère, qui avait travaillé tellement dur pour être à la fois notre père et notre mère, m'a fait pleurer de nouveau.

Je me suis noyée dans mon chagrin, et la douleur était à la fois aiguë et sourde. J'avais mal à la poitrine à force de pleurer et j'ai cru que mes doigts allaient exploser de tant les serrer contre ma bouche.

J'avais tellement l'habitude d'être malheureuse mais de faire face tout de même. Mon cœur était comme anesthésié, et cela m'avait convenu parfaitement jusqu'à mon arrivée ici. Seulement voilà, je me rendais compte que je m'étais montrée stupide et ridiculement naïve en me laissant aller au bonheur parfait des quatre derniers mois. J'avais de bons amis. Ma famille — ce qu'il en restait en tout cas — m'aimait. Et j'étais amoureuse. Très amoureuse.

J'avais cependant le sentiment que je n'aurais jamais l'occasion d'en profiter.

Mon portable, posé sur la table de nuit, s'est mis à vibrer. Brendan venait de m'envoyer un SMS. Je me suis frotté les yeux pour éclaircir ma vue brouillée par les larmes.

> Je sais que tu travailles. Je voulais juste te dire que je t'aime. Et que tu es une vraie bombe dans mon sweat. Garde-le.

J'ai laissé échapper un son, mi-rire, mi-sanglot, devant cette gentillesse. J'ai ravalé mes larmes et me suis couchée sur le dos. J'ai regardé le mur contre mon lit. J'y avais collé des photos et des mots, en une sorte de collage artistique. Une photo de ma cousine Ashley et de moi, avec des bois de renne sur la tête, au cours d'un repas de Noël. Une autre d'Angélique et de moi, assises sur les marches du Met, prise pendant mon premier mois à Vince A. Une rose séchée, souvenir du bouquet de Brendan pour la Saint-Valentin, collée à côté d'une série de photos de Photomaton, où nous grimacions tous les deux face à l'objectif. Sur la dernière photo, il a ses bras autour de moi et m'embrasse sur la joue. Et j'arbore le sourire le plus heureux que j'aie jamais vu.

J'ai relu son message et j'ai essuyé mes larmes sur mon édredon. J'ai bondi hors du lit pour fouiller dans la boîte qui contenait l'attirail de sorcière de base que j'avais accumulé : des cadeaux d'Angélique et des feuilles imprimées au cours de mes recherches sur internet. Mes devoirs de lycée attendraient. J'avais autre chose à faire ce soir. *Je voulais juste te dire que je t'aime.* La phrase me revenait sans cesse à l'esprit, me rappelant que je méritais d'être heureuse — nous le méritions tous les deux.

J'ai ouvert un des manuels que mon amie m'avait donnés et me suis effondrée sur le lit. Si un être surnaturel maléfique était à mes trousses, je ferais bien d'aiguiser mes propres pouvoirs magiques.

L'heure n'était plus aux larmes. Il était temps de me préparer à la bataille car je ne me laisserais pas tuer sans me battre d'abord.

J'ai roulé mon édredon en boule et j'ai posé la tête dessus, m'installant confortablement pour lire le chapitre sur la manière de canaliser l'énergie de ses émotions. Je pouvais toujours mémoriser des sortilèges par cœur mais cela ne me serait d'aucune utilité si j'étais incapable de me concentrer. Et cette incapacité à me concentrer, à canaliser mon énergie, était bien l'obstacle que je n'avais pas encore surmonté. Un peu comme si je possédais une voiture sans savoir la conduire. J'ai relu le chapitre une seconde fois et pratiqué les exercices de respiration qui y étaient conseillés. Des gouttes de pluie frappaient d'une musique presque mélodieuse la fenêtre de ma chambre, annonçant l'orage qui était sur le point d'éclater. Quelques heures plus tard, j'ai levé la tête vers l'horloge. *Vendredi déjà*. Dire que, quelques heures auparavant, mon plus gros problème était la curiosité malsaine d'un petit groupe de pestes qui voulaient me tirer les vers du nez parce que mon beau gosse de copain m'avait sauvée des griffes d'un camarade psychopathe !

— Quand je pense que c'était peut-être la partie la plus facile…, ai-je marmonné.

J'ai fermé les yeux et j'ai laissé reposer le livre sur ma tête. *Peut-être le savoir va-t-il entrer dans mon cerveau par osmose ?*

Au lieu de cela, l'obscurité totale dans la pièce et mes chansons préférées m'ont plongée dans un profond sommeil.

Quand je me suis réveillée enfin, le radio-réveil sonnait depuis une demi-heure. J'avais dormi toute la nuit (le livre sur le front, comme une débile) mais j'étais loin d'être reposée. J'avais le cœur lourd, mais j'ai souri en constatant que j'étais déçue qu'aucun horrible cauchemar prophétique ne m'ait réveillée, contrairement à l'année dernière, quand la rencontre avec Brendan avait déclenché la malédiction. Non, aucun rêve cette fois. Aucun signe. *Rien*. Quel que soit le danger, j'allais devoir y faire face seule.

Je me suis dirigée vers la salle de bains. Quelle tête ! Le texte du livre s'était en partie imprimé sur ma peau… Puis j'ai éclaté de rire. *En tout cas, c'est une bonne façon de t'en souvenir — tatouer les instructions sur ton front.* J'avais à peine terminé de nettoyer les marques d'encre les plus tenaces sous la douche quand j'ai entendu la voix de ma cousine Ashley retentir dans le salon. Elle était visiblement de bonne humeur. Ashley était en seconde et habitait assez près pour passer me chercher. Nous allions au lycée ensemble à pied. A la rentrée de septembre, elle n'était qu'une toute petite chose — elle mesurait à peine plus d'un mètre cinquante — mais elle avait fait une poussée de croissance cet hiver. Et pas seulement en hauteur... Ses jupes d'uniforme étaient soudain devenues trop courtes de plusieurs centimètres et le troisième bouton de sa chemise oxford paraissait sur le point de sauter. Car Ashley avait enfin de la poitrine, la poitrine légendaire des femmes de la famille. Elle ne s'en plaignait pas, d'ailleurs, bien au contraire : elle avait plutôt tendance à cambrer le dos et à gonfler son décolleté, comme si elle inspirait en permanence, pour mieux montrer ses nouveaux atouts.

— Désolée, je suis en retard, Ash ! ai-je crié en direction du salon.

J'ai enfilé le sweat de Brendan sur la chemise blanche de mon uniforme. *Si je dois me battre contre cette chose, autant être à mon avantage pendant la lutte...* J'ai secoué mes cheveux humides et j'ai décidé de faire comme si cette journée était une journée normale. Au moins jusqu'à ce qu'Angélique et moi découvrions ce qui nous attendait.

— Nous devrions prendre le métro au lieu de marcher, dans ce cas, m'a répondu Ashley.

J'ai enfilé rapidement mes Mary Jane et me suis précipitée dans la cuisine pour attraper un paquet de Pop-Tarts. J'ai embrassé tante Christine qui buvait un café brûlant, assise sur son canapé, et nous sommes sorties de l'appartement.

J'ai fait de mon mieux pour écarter les pensées sombres qui me venaient à l'esprit et pour caler mon humeur sur celle d'Ashley. Nous marchions vers la station de la ligne six sur Lexington, juste devant Hunter College. Elle se trouvait à un bloc et demi de l'appartement de ma tante sur la 68e, entre Park et Madison. Je mâchouillais ma barre Pop-Tart à la fraise tandis qu'égale à elle-même Ashley bavardait gaiement, me racontant la *Battle of the Bands*, sorte de concours de musique, qu'était en train d'organiser le lycée Magel High, un lycée « jumeau » de Vincent Academy qui se trouvait sur la 65e Rue. Toutes les écoles y étaient invitées. Ni Brendan ni moi n'avions assisté à un quelconque événement scolaire depuis ce maudit bal de l'année précédente.

J'avais à peine essuyé les dernières miettes de mon petit déjeuner sur mes doigts quand nous sommes arrivées à la station. Le métro était en vue. Vite, les tourniquets. Nous avons validé nos cartes et avons dévalé l'escalier humide vers le quai.

Ashley et moi avons à peine eu le temps de nous frayer une place dans une rame bondée — ce qui nous a valu un regard mauvais de la part d'un homme d'affaires qu'Ashley a heurté accidentellement avec son gros sac à dos — lorsque les portes se sont refermées à quelques centimètres de mon épaule.

— Au fait, pour ce concours, Em… Je suppose que tu ne veux pas y aller, n'est-ce pas ?

Ashley faisait la moue, boudeuse. Elle a rangé sa carte de métro dans la poche de sa veste en jean et a failli perdre l'équilibre quand on a redémarré.

— J'y vais, Catharine et Vanessa aussi. Il y aura des tas de garçons mignons ! Des garçons d'autres lycées.

A l'entendre, les garçons des autres lycées chevauchaient des dragons à travers la ville. Au vu de la tournure surnaturelle qu'avait prise ma vie dernièrement, c'était peut-être vrai, après tout.

Elle a insisté :

— Je ne sors jamais du petit monde de Vince A et je ne peux donc jamais rencontrer de garçon qui n'est pas dans notre fichu lycée.

Ashley a fait la moue.

— Ash, pourquoi forcer les choses ? Ne sois pas aussi pressée de te trouver un copain.

J'ai essayé de trouver les bons mots sans brusquer ma gentille cousine, qui avait tendance à plonger tête la première dans tout et n'importe quoi. L'an dernier, elle était tombée amoureuse d'Anthony, avant qu'il ne montre sa vraie nature, en répandant des rumeurs sur le fait qu'ils avaient couché ensemble. Par chance, Brendan était intervenu pour faire taire ces ragots vite fait bien fait. Son expérience avec Anthony avait d'abord rendu Ashley un peu plus prudente avec les garçons. Mais ça, c'était avant sa poussée de croissance. Depuis, elle avait de nouveau envie d'attirer l'attention du sexe opposé.

— Tu as trouvé un copain dès ton arrivée, toi, a-t-elle souligné, feignant d'être contrariée. Et tu es toujours avec lui depuis !

— Oh ! tu n'es pas la seule que cela surprend, ai-je répliqué en imitant le ton de sa voix.

Le métro s'est arrêté sur la 77e Rue. Je me suis rapprochée de ma cousine pour faire de la place aux nouveaux voyageurs. Ashley a fait pareil, tournant sur elle-même pour être face aux portes. Et elle a donné un autre coup de sac à dos à l'homme d'affaires qu'elle avait déjà heurté.

— Ash, pose ton sac par terre, ai-je murmuré en étouffant un rire. Tu vas finir par assommer quelqu'un.

Elle a levé les yeux au ciel et a fait glisser son sac entre ses pieds, tout en serrant fermement la bandoulière.

— Et je sais, Em, que tu avais déjà un copain quand tu étais en seconde au lycée à Keansburg, m'a rappelé Ashley, qui ne désarmait pas.

Les portes se sont refermées et le métro a repris sa route dans le tunnel. *Mince, elle m'a eue, là,* me suis-je dit.

— Ouais. Mais ce n'était pas vraiment un copain-*copain*. Matt et moi nous connaissions depuis que nous étions tout petits.

Je me suis efforcée de lui expliquer ma relation avec mon petit ami de l'époque, un garçon adorable mais écervelé.

— Ce n'était pas une vraie relation, plutôt... comment t'expliquer, deux amis qui s'embrassaient de temps en temps.

— Je n'aurais rien contre ça, moi !

Ashley souriait jusqu'aux oreilles, appuyée contre les portes du métro, une expression rêveuse sur le visage. *Oh ! oh !*

— Prends ton temps, c'est tout ce que je voulais te dire, O.K. ?

— Je n'ai aucune raison de me presser, en tout cas pas à Vince A. Brendan est le seul garçon intéressant. Les autres sont tellement pénibles ! D'accord, il y en a sans doute quelques-uns de cool mais ils sont inaccessibles. Et puis ils savent tous, pour cette histoire avec Anthony, et ces rumeurs idiotes qu'il avait lancées à mon sujet. J'aimerais bien rencontrer quelqu'un qui n'a jamais entendu parler de moi, a-t-elle conclu dans un soupir tout en jouant avec ses mèches rousses.

Pauvre Ashley... Je me suis sentie tout de suite coupable d'avoir pensé que ma cousine ne s'intéressait au monde en dehors de Vince A qu'en raison d'une poussée hormonale un peu excessive. Je savais plus que quiconque combien il était désagréable d'être l'objet de ragots.

— Je comprends tout à fait, je suis désolée, je n'avais pas pensé à cela.

— Pas de souci. Tu as sans doute raison, de toute façon…

Elle s'est tue un instant puis m'a lancé un regard en biais.

— Tu sais, tu ne m'as jamais dit ce que Brendan a répondu quand tu lui as demandé s'il avait des cousins ou des amis mignons à me présenter.

— Ne cherche pas de ce côté, Ash.

J'ai ri doucement en me rappelant la réponse de Brendan.

— Je vais te paraphraser sa réponse : tous ses potes sont de vrais pirates.

— Des pirates ? Comment ça ?

— Il voulait dire que ses amis ne valent pas la peine que tu perdes ton temps, ce sont des types louches.

— Y compris ceux de l'équipe de basket ? Et comment peut-il être sûr que ce serait une perte de temps ? Je pourrais être louche, moi aussi !

Elle m'a lancé un regard de défi, l'air hautain.

Je lui ai souri avec indulgence et j'ai secoué la tête.

— Ashley, tu es tout le contraire et il n'y a absolument rien de mal à cela.

Elle a croisé les bras, boudeuse, jusqu'à l'arrêt du métro sur la 86e.

— Des pirates ! Pourquoi ne me laisses-tu pas en juger par moi-même ? a-t-elle grommelé.

Je me suis contentée de froncer les sourcils. Elle

avait refusé de me croire quand je lui avais parlé de la véritable nature d'Anthony.

— Très bien, comme tu veux.

Elle a renoncé à me convaincre et n'a plus rien dit tandis que nous nous mêlions à la foule qui se dirigeait vers la sortie du métro. Un bref arrêt, pour me permettre d'acheter un sandwich pour la sortie du lycée, et Ashley s'est tournée vers moi, une lueur d'ironie dans les yeux.

— Puisque je n'ai visiblement aucun goût en matière de garçons, vous devriez venir tous les deux avec moi au concours de demain soir et choisir celui qui me conviendra le mieux.

Ashley a souri de toutes ses dents, enthousiaste.

— Désolée, mais tu sais bien que je n'ai pas l'intention d'y aller, lui ai-je aussitôt répondu, un peu gênée.

Son visage s'est assombri. Elle a remis en place la petite barrette brillante qui retenait ses boucles flamboyantes.

— Jolie barrette.

J'espérais ainsi changer de sujet. Ashley a enlevé sa barrette et l'a glissée dans ma main, manquant de trébucher.

— Porte-la aujourd'hui. Mes cheveux frisottent et la barrette ne tiendra pas de toute façon.

Elle a retiré un élastique noir qu'elle portait autour du poignet et noué ses cheveux en un vague chignon.

— Merci !

J'ai relevé mes cheveux et me suis fait une queue-de-cheval lâche à l'aide de la barrette.

Ashley m'a scrutée d'un air entendu.

— Ça te va très bien, les cheveux relevés. Très chic.

Tu pourras toujours arracher la barrette et secouer tes cheveux devant Brendan, façon bibliothécaire sexy.

J'ai levé les yeux au ciel.

— Je crois que tu regardes un peu trop la télé le soir.

Ashley a fait mine de ne pas entendre.

— Donc qu'est-ce que vous allez faire ce week-end, vu que vous vous la jouez mélodramatique, « Oh non, surtout pas d'apparitions en public ! »

Ashley s'est mis la main sur les yeux, en un geste théâtral.

A mon tour de faire semblant de ne pas entendre.

— Rien de spécial. Juste être ensemble. On n'a pas eu l'occasion de passer beaucoup de temps tous les deux ces dernières semaines. Mais la mère de Brendan est partie rejoindre son mari ce matin et nous aurons la maison pour nous tout seuls.

Brendan avait promis qu'il me ferait la cuisine. J'avais juré de ne pas fouiller partout pour trouver les boîtes de plats à emporter qu'il essaierait sans doute de faire passer pour du fait-maison.

— Son père voyage pas mal, n'est-ce pas ?

Ashley a évité une grande flaque d'eau au bord du trottoir. Nous marchions le plus rapidement possible sur Park Avenue mais nous avons dû nous arrêter en plein milieu de l'artère, bloquées par la circulation. Je lui ai expliqué qu'Aaron Salinger supervisait l'ouverture d'une nouvelle station balnéaire en Amérique du Sud. Ashley m'a jeté un regard entendu de ses grands yeux bleus.

— Donc… Brendan est souvent tout seul dans cette grande maison de ville ?

— Oui, enfin, quand sa mère n'est pas là, ai-je répondu avec hésitation, me demandant où elle voulait en venir.

J'espère qu'elle ne veut pas organiser une fête.

— Mais elle est toujours absente, soit elle voyage avec le père de Brendan, soit elle s'occupe de ses œuvres caritatives, ai-je ajouté ; donc ce n'est pas comme si elle était toujours là quand Brendan rentre du lycée. Il se débrouille tout seul, il va bientôt avoir dix-huit ans, quand même !

Sans oublier que Laura Salinger n'était pas le genre de femme à préparer tartines de beurre de cacahuètes et jus de pomme pour le goûter de son fils au retour de l'école.

— Donc… vous passez pas mal de temps seuls tous les deux ?

Ashley a eu une mimique éloquente et là j'ai compris immédiatement ce qu'elle insinuait.

— On dirait que tu as les idées mal placées ce matin, lui ai-je fait.

— Et on dirait que tu n'as pas envie de raconter les détails croustillants à ta cousine. Et ce n'est pas joli-joli !

Je n'ai pu m'empêcher de rire devant son expression triomphante.

— Allez, s'il te plaît, je n'ai pas de copain, moi, donc je dois vivre par procuration à travers toi, m'a suppliée Ashley en cherchant à m'amadouer.

Elle a tiré sur la manche de mon sweat.

— Des détails ! Comment lui as-tu enlevé ce sweat ? Qu'est-ce que tu lui as enlevé *d'autre* ? Je sais, tu m'as déjà dit que vous ne l'aviez pas fait mais, entre ça et les bisous, il peut se passer beaucoup de choses ! Allez, raconte !

Elle a appuyé tellement sur ce dernier mot que j'ai cru qu'elle allait s'étrangler.

— Regarde des films et arrête de me harceler pour avoir des détails salaces !

— Allez, s'il te plaît, raconte ! a insisté Ashley.

Je me suis contentée de sourire, résolue à me taire.

— Je refuse d'en parler — surtout en face du lycée.

Nous attendions que les feux piétons passent au vert. Sans compter qu'il n'y avait pas grand-chose à raconter sur notre relation physique après quatre mois et demi, à part des baisers et des flirts un peu plus poussés. Ma virginité était toujours archi-intacte. J'ai réfléchi à cela tandis qu'Ashley se remettait à bouder et me suis sentie soudain encore plus coupable de ne pas avoir parlé tout de suite à Brendan du sortilège des cristaux. Pas une seule fois, il n'avait essayé de me forcer à faire quoi que ce soit et il avait respecté mes limites chaque fois que j'en avais posé.

J'ai soupiré et j'ai regardé en direction de l'entrée du lycée tout en traversant la rue. Et j'ai vu quelque chose qui a définitivement mis fin à notre conversation.

— Ashley, voilà justement Brendan, alors, je ne veux pas parler de lui maintenant, ai-je dit à ma cousine en repérant Brendan de dos.

Il se tenait à côté du bus. Je ne lui connaissais pas cette veste verte de style militaire et me suis demandé pourquoi il était encore là, si tard. Car Ashley et moi étions tout juste à l'heure. J'avais deux cours avant le départ pour les Cloisters.

— Bon, dis-moi si vous changez d'avis pour demain soir, m'a-t-elle lancé en se dirigeant en courant vers la majestueuse entrée du lycée.

Le bâtiment principal de Vincent Academy était un manoir ancien qui avait été transformé en établissement scolaire. Le hall de marbre ressemblait par conséquent davantage à la demeure d'un riche et vieux milliardaire qu'à l'entrée d'un lycée.

Je me suis approchée de Brendan par-derrière, à pas de loup, admirant la manière dont son pantalon noir le mettait en valeur. Puis je lui ai pincé les fesses et j'ai jeté mes bras autour de sa taille.

— Devine qui c'est ?

Le corps de Brendan s'est raidi sous mon étreinte.

Il a pivoté et m'a regardée d'un air surpris. Horreur ! Ce n'était pas Brendan du tout ! C'était Liam.

— Oh ! Je suis vraiment désolée ! Je… je croyais que c'était Brendan ! Je veux dire, évidemment, je ne voulais pas… Oh, mon Dieu, je t'ai pincé les fesses ! ai-je bredouillé, confuse, au garçon que je venais d'accoster de belle manière en plein milieu de la 86e Rue.

Comment aurais-je pu deviner que Liam commençait à coiffer désormais ses cheveux noirs de telle sorte qu'ils ressemblaient à la chevelure indisciplinée et ébouriffée de Brendan ? Si je n'avais pas été aussi gênée, j'aurais trouvé cela amusant : Brendan, la tête brûlée ; Brendan, qui gardait tellement ses distances, devenait sans le vouloir le modèle à suivre d'un élève plus jeune.

— Bon sang, tu m'as fait peur, a soufflé ce dernier, les bras levés.

— Brendan et toi vous ressemblez beaucoup de dos, ai-je aussitôt expliqué, certaine que je devais être rouge comme une tomate.

— Tu regardais mes fesses donc ? s'est enquis Liam avec un sourire narquois.

Je lui ai donné une tape sur le bras.

— Non, tes *cheveux*, Liam, ai-je répliqué sèchement.

Il a laissé échapper un petit rire nerveux.

— Eh, au moins, je pourrai raconter que j'ai fait une

touche avant même le déjeuner, a-t-il lancé d'un ton moqueur.

Puis il a levé les mains en signe de protestation.

— Non, je ne dirai rien ! Je plaisante, évidemment. Brendan me tuerait, a-t-il ajouté.

— En effet.

J'ai failli ricaner devant la petite crise de terreur de Liam. D'autant plus que Brendan trouverait sans doute l'épisode amusant. N'empêche, je n'arrivais toujours pas à croire que je lui avais pincé les fesses. *Pourquoi ne pas aller tripoter le serveur brun de Starbucks, pendant que tu y es, espèce d'idiote ?*

— Ta cousine t'accompagne d'habitude, non ? m'a demandé Liam en regardant autour de lui.

J'ai montré du doigt mon poignet, comme si j'avais eu une montre.

— Elle est déjà entrée, on est en retard.

— Ouais, c'est vrai, je devrais y aller aussi.

Liam m'a emboîté le pas.

— J'irai voir l'entraîneur pendant l'étude cet après-midi.

Il a grimacé.

— Brendan pense que ça se passera bien, ai-je affirmé, et d'après ce que j'en ai vu ce n'était pas grand-chose.

Le visage de Liam s'est détendu un peu. Sur ce, j'ai monté quatre à quatre l'escalier, direction le cours d'histoire, et j'ai eu à peine le temps d'enlever mon sweat et de m'asseoir à ma place avant la sonnerie. Le sweat ne faisait pas partie de l'uniforme obligatoire de l'école et m'aurait à coup sûr valu une colle. *D'ailleurs, tu serais sans doute plus en sécurité à tailler des crayons en colle qu'à te balader dans Manhattan, vu ta poisse.*

— C'était moins une, Connor, a murmuré ma copine Jenn Hynes avec un clin d'œil.

La prof, Mme Urbealis, venait d'entrer dans la salle, faisant taire les bavardages. Le cours serait plutôt facile, aujourd'hui : nous allions regarder de vieux films d'actualité sur les manifestations américaines contre la guerre du Viêt Nam. J'ai tenté de me concentrer sur les images granuleuses en noir et blanc, m'efforçant d'atteindre l'objectif que je m'étais fixé ce matin : faire de cette journée une journée normale. Mais, à rester assise là à ne rien faire, le sortilège d'Angélique m'est revenu à l'esprit. Et si je racontais tout à Brendan pendant le trajet en bus vers les Cloisters, au lieu d'attendre la fin des cours ? Il avait le droit de savoir, non ?

J'avais maths juste après le cours d'histoire. Je suis donc restée à ma place et j'ai bavardé tranquillement avec Jenn pendant que les autres élèves entraient peu à peu dans la salle. Jenn, les yeux gonflés (et légèrement rougis) faute de sommeil suffisant la nuit dernière, était en train de me raconter ses projets du week-end : elle irait dormir dans la chambre universitaire de sa sœur, étudiante à NYU. Soudain, elle s'est tue et m'a pris le bras, se tournant sur sa chaise.

— Je suis peut-être dingue, mais tu n'as pas l'impression que tout le monde te regarde en chuchotant ? a-t-elle murmuré en se cachant derrière ses cheveux châtains. Précaution bien inutile car n'importe qui aurait deviné ce qu'elle était en train de dire tellement elle était discrète !

— Ce n'est pas nouveau, ai-je répondu sans me troubler aucunement.

Je n'ai même pas pris la peine de baisser la voix. Tout le monde savait que j'étais l'objet de tous les ragots.

— Non, ce n'est pas cela.

Jenn a rejeté ses cheveux en arrière, a regardé autour d'elle, puis a repris sa posture de conspiratrice.

— Pas cette fois. D'habitude, ils sont là à dire « Regarde, c'est Emma, j'ai entendu dire qu'Anthony était à Monaco » ou ce genre de débilités. Non, cette fois, ils n'arrêtent pas de te regarder et de chuchoter.

L'expression sérieuse de Jenn m'a poussée à lever la tête. J'ai fait mine de me gratter le menton et j'ai regardé autour de moi.

Madison Wefald et Rebecca Curry parlaient à voix basse mais la discussion était visiblement animée. Nicole McAllister était tellement penchée vers l'avant et l'oreille de Paul Cuevas qu'elle était pratiquement couchée sur sa table, les fesses en l'air et données en spectacle de premier choix à son voisin, Marcus Colby. Et tous lançaient des regards furtifs dans ma direction.

— Qu'est-ce que tu as encore fait ? m'a demandé Jenn, écarquillant ses yeux parfaitement maquillés.

J'ai haussé les épaules, perplexe — et gênée —, me renfonçant dans ma chaise.

Au même moment, M. Agneta, le prof de maths, est entré dans la pièce à grands pas et a jeté un unique regard vers les élèves. Il a pris son grand compas de bois, dont il se servait pour dessiner des arcs de cercle, et a appuyé le côté craie contre le tableau noir, provoquant un grincement désagréable. Le brouhaha s'est interrompu immédiatement. Nicole est retombée sur sa chaise et Marcus a eu l'air déçu de la fin du spectacle gratuit…

— Navré d'interrompre vos conversations passionnantes. Mais vous allez voir, les maths aussi, c'est passionnant, a lancé le prof.

Sûr : M. Agneta avait regardé dans ma direction. Et je n'avais pas non plus imaginé ce que je venais d'entendre : Marcus Colby chuchotant « Salinger ? Tu es sûre ? » à Nicole, avant de se pencher de nouveau pour mater ses fesses.

Si je m'étais écoutée, j'aurais sorti mon portable pour envoyer un SMS à Brendan. Et si c'était Brendan, la cible du sortilège, et pas moi ? Et s'il était blessé ? Malade ?

J'ai songé un instant à aller aux toilettes pour lui envoyer ce texto ; seulement, vu l'expression sévère de M. Agneta chaque fois qu'il parcourait la salle des yeux et qu'il me voyait tourner la tête vers la porte, l'excuse ne prendrait jamais. Je ne savais pas trop à quoi m'attendre. Brendan n'allait pas surgir avec un grand panneau lumineux pour me donner des explications ! Mais il était évident que *quelque chose* s'était produit — quelque chose de grave.

Je jouais nerveusement avec la bague de Claddagh que Brendan m'avait donnée. J'avais l'estomac de plus en plus noué.

Enfin, le cours s'est terminé. M. Agneta a encore fait grincer le bout crayeux de son compas sur le tableau — il *adorait* faire cela.

— N'oubliez pas, rassemblement des élèves du cours d'histoire dans le hall pour la sortie aux Cloisters ! a-t-il crié.

Mes craintes se sont confirmées quand il a ajouté en me regardant droit dans les yeux :

— Vous aussi, mademoiselle Connor. Le car part dans quinze minutes.

J'ai pris mon sac à dos et j'ai tiré Jenn par la manche.

— Qu'est-ce qui se passe, à la fin ?

J'étais vraiment inquiète.

— Je vais essayer d'en savoir plus, m'a promis Jenn. Va poser tes bouquins dans ton casier, je te rejoins dans le car.

J'ai dévalé l'escalier vers mon casier, qui se trouvait au sous-sol. J'ai été prise d'un frisson, comme chaque fois que j'entrais dans la pièce où Anthony m'avait agressée la première fois. Comme j'étais nouvelle à l'école, on m'avait attribué le casier dont personne ne voulait, au sous-sol, loin de tout. Après le bal de l'an dernier, l'administration avait essayé de m'en trouver un autre, mais l'architecture ancienne du bâtiment n'était vraiment pas faite pour abriter un lycée. Il n'y avait donc pas suffisamment de casiers libres, y compris dans l'annexe. Et je m'étais refusée à reprendre à mon compte le casier d'Anthony laissé vacant. J'étais une sorcière bien trop inexpérimentée pour me livrer aux rites d'exorcisme que cela aurait exigé. Si bien que Brendan me laissait mettre ce que je voulais dans son propre casier, au quatrième étage, et que ce dernier contenait, il faut le dire, de plus en plus d'affaires m'appartenant.

J'ai jeté mes bouquins dans mon casier, pris un bloc-notes vierge et, le sac à dos sur les épaules, j'ai rejoint les autres au car. Jenn était en train de discuter avec notre ami Cisco Fernández. Et, pour une fois, Cisco ne souriait pas. Jenn ouvrait des yeux grands comme des soucoupes.

— Bon, Em, qu'est-ce que tu sais pour l'instant ? m'a demandé Cisco, le front plissé par l'inquiétude.

— Mais rien, j'ai juste entendu le nom de Brendan. Nom d'un chien, qu'est-ce qu'il y a ? Il va bien ?

J'étais de plus en plus nerveuse. Cisco a montré le car d'un signe de la tête.

— Installons-nous et je vous dirai ce que je sais, a-t-il répondu à voix basse.

Je l'ai suivi. La culpabilité me rongeait comme si je venais d'avaler de l'huile de moteur. *Le présage concernait Brendan et pas toi. Et tu ne l'as même pas averti. C'est ta faute. Après qu'il t'a suppliée de toujours lui dire ce qui te préoccupe. « S'il te plaît, ne t'inquiète pas au point de ne rien me dire », c'est ce qu'il a dit. Et toi, tu ne lui as rien dit, justement. Tout est ta faute.*

Cisco s'est dirigé vers les trois places arrière du car, celles dont personne ne veut jamais, juste au-dessus du moteur. Je me suis assise entre Jenn et lui, et le vrombissement assourdissant du moteur a couvert nos voix et ce que nous allions nous dire.

— Cisco, que se passe-t-il enfin ? Dis-moi, je t'en prie, ai-je imploré en lui prenant la main.

— J'avais chimie ce matin et j'étais arrivé plus tôt, a-t-il lâché, parce que c'était le tour de Brendan de rédiger le compte rendu de labo et que je devais le recopier.

Cisco et Brendan formaient un binôme au labo de chimie et avaient mis au point un petit programme : ils faisaient les devoirs à tour de rôle. Leur système était très au point et équitable car au final ils faisaient chacun la moitié du travail.

— Il était là, tôt aussi. Il était comme d'habitude. Je veux dire qu'il allait bien, Emma. Il ne se comportait pas bizarrement ni ne cherchait à se planquer.

— Pourquoi il aurait fait ça ?

Je n'y comprenais rien.

— Laisse-moi finir. Le prof arrive alors, le cours commence, comme d'hab.

Cisco a froncé les sourcils, marquant un blanc.

— Et qu'est-ce qui s'est passé alors ?

— Au bout de vingt minutes de cours, la proviseure, Casey, est entrée en coup de vent et a interrompu le prof en disant : « Brendan Salinger, venez avec moi immédiatement. »

Cisco imitait à merveille le ton agressif habituel de notre proviseure. Casey, avec son rouge à lèvres orange et ses tailleurs sévères, était aussi tendre qu'une scie rouillée.

— Qu'est-ce qu'il a fait cette fois ? ai-je demandé.

Une mauvaise blague aux dépens d'une équipe de basket rivale ? Une remarque insolente en classe ? Une énième violation des règles sur l'uniforme du lycée ? Tout ce qui avait déjà conduit Brendan dans le bureau de Casey par le passé…

— Je n'en sais rien. Je n'en avais strictement aucune idée à ce moment-là. Brendan avait l'air surpris, à vrai dire. Il s'est même montré du doigt en disant « Moi ? Vous êtes sûre ? » Et c'est là que ça devient étrange.

Cisco s'est penché en avant et a posé nerveusement la main sur sa cravate d'uniforme.

— Brendan se lève pour prendre son sac mais Casey lui ordonne de le laisser. Là, Brendan lui répond que toutes ses affaires sont dans son sac. Et là, elle envoie un flic récupérer son sac et ils l'emmènent.

Je me suis étranglée de surprise.

— Un flic ? Pourquoi… pourquoi… e ne comprends pas…, ai-je bredouillé, sans plus savoir ce que je disais.

Jenn a levé la tête, vérifiant d'un coup d'œil qui était autour de nous. Je n'avais pas besoin de regarder pour savoir que tous les élèves devaient nous fixer comme des bêtes curieuses. Dieu merci, le moteur couvrait nos voix. Et tant pis si l'odeur de diesel n'était pas très agréable.

— Ils n'auraient envoyé la police que s'ils pensaient que Brendan avait fait un truc illégal. C'est le cas ? a demandé Jenn.

— Comme quoi ?

Mis à part quelques effractions sans importance, des graffitis et des bagarres, Brendan n'avait jamais rien fait de grave. *O.K., enfin, pas si grave.*

— Laisse-moi terminer, a répété Cisco en se passant la main dans les cheveux. Brendan m'a regardé et a haussé les épaules, comme pour dire « Tu y comprends quelque chose, toi ? » Je veux dire qu'il n'avait pas l'air nerveux ou inquiet ou quoi que ce soit, Emma. Il n'a rien fait, ça j'en suis sûr, a-t-il ajouté, rassurant.

— Je le savais, ai-je répondu avec loyauté.

Mais tu n'as rien fait pour le protéger. Tu aurais dû le prévenir… Tu aurais dû dire quelque chose… parce qu'il est victime d'un coup monté, c'est certain.

— Bref, je vais au cours d'après, en latin, avec Frank, qui était libre juste avant.

Cisco s'est tu. McNelly faisait l'appel.

— Tout le monde est là, a-t-elle annoncé.

Tout le monde sauf Brendan. Et c'est ta faute.

Le car a démarré et, armée de son doctorat, la prof s'est lancée dans des explications sur ce que nous allions voir au musée.

— Donc, a poursuivi Cisco, Frank a dit…

— Personne n'est dispensé d'écouter, l'a coupé McNelly d'une voix péremptoire.

Elle a marché vers nous, se retenant aux sièges en simili cuir rouge pour ne pas perdre l'équilibre.

— Y compris à l'arrière, a-t-elle ajouté.

J'ai remué dans mon siège, gênée. Nous étions forcés de nous taire. J'avais l'estomac noué d'angoisse mais j'ai dû écouter McNelly disserter sur les plus belles pièces que nous allions voir, notamment la célèbre tenture de la *Dame à la licorne.* Avant aujourd'hui, je m'étais fait une joie de voir cette œuvre, sans doute parce qu'une licorne figurait au centre du médaillon d'argent que je portais. Autre hypothèse : je suis une fille, après tout — je suis génétiquement programmée pour aimer les licornes, les chatons, les cœurs et toutes ces niaiseries. Mais je n'arrivais plus à penser à rien en cet instant, à part au fait que Brendan avait des ennuis et que je m'éloignais de plus en plus de lui à chaque tour de roues du bus.

Enfin, après ce qui m'a paru une éternité, McNelly s'est tue et Cisco a pu reprendre le cours de son récit.

— Donc Frank n'avait pas cours en première heure et m'a demandé ce qui s'était passé en chimie ce matin. Je lui ai raconté et là il m'a dit qu'il était arrivé en retard au lycée et qu'en allant à son casier il avait vu deux flics en train de fouiller celui de Brendan, avec des gants et tout et tout. Brendan était à côté.

— Qu'est-ce qu'ils ont bien pu imaginer qu'il avait dans son casier, le virus de la grippe aviaire ?

J'ai compris soudain. *De la drogue, évidemment !* Le lycée avait une politique de tolérance zéro en la matière.

— Emma, il ne…, m'a demandé Jenn sans oser finir sa phrase.

— Non !

J'avais presque crié. Des têtes se sont tournées vers moi. Mais je m'en moquais.

— Brendan n'est pas comme ça, ai-je affirmé avec insistance.

Pour certains élèves de Vince A, c'était une autre paire de manches. J'avais des camarades de classe qui avaient sniffé plus de poudreuse que toute l'équipe olympique de ski réunie — mais pas Brendan. Il ne prenait pas de drogue.

— Excuse-moi, a dit Jenn, penaude. C'est juste qu'il est DJ, qu'il traîne dans des boîtes… Comment savoir ?

— De toute façon, a coupé Cisco en revenant à son histoire, Frank n'a rien pu voir de plus. Sauf qu'après le départ des flics Casey a emmené Brendan par le col de sa chemise. Ils sont descendus — vers le bureau de Casey, je suppose.

— Et ensuite ? ai-je demandé.

— Ensuite, Frank a dû aller en cours. Mais je ne comprends pas. Pourquoi soupçonner Brendan en particulier de prendre de la drogue ? Difficile de trouver un garçon plus sain.

— Ouais, si tu le dis, a murmuré Jenn comme si elle réfléchissait à voix haute.

Surprise, je lui ai donné un coup de coude. Elle a rougi.

— Pardon, euh… je veux dire qu'il n'a pas l'air de prendre du crack ou quoi que ce soit.

— C'est parce qu'il n'en prend *pas,* ai-je insisté.

Vite, j'ai sorti mon portable de mon sac pour envoyer un texto à Brendan. *En espérant qu'il ait son téléphone.* Mais je ne savais pas quoi faire d'autre. Je me sentais tellement démunie…

— Ça craint, ai-je marmonné en posant la tête sur le dossier droit et inconfortable.

J'ai gardé mon portable dans la main, prête à l'ouvrir dès qu'il vibrerait.

— Je suis sûr que ça ira. Casey en profite, à cause de cette politique de tolérance zéro du lycée. Et je crois qu'elle aimerait bien que Brendan ou toi soyez un peu en tort, après toute cette histoire avec Anthony, qui n'a pas donné une bonne image de l'école.

Jenn a hoché la tête en signe d'approbation.

— Ecoute, Emma, tu ne peux rien faire pour le moment, a ajouté Cisco. Essaie de ne plus y penser jusqu'à ce que tu puisses lui parler et peut-être que vous pourrez en rigoler bientôt chez lui, en comptant les diamants de sa mère, en organisant un voyage en Bulgarie ou je ne sais quelle autre activité que vous faites quand tu es dans son super-palace en ville.

— Je doute qu'ils parlent beaucoup…, a objecté Jenn.

Elle s'est passé une main dans les cheveux et a regardé le plafond du bus d'un air rêveur.

— Moi, en tout cas, ce n'est pas ce que je ferais.

J'ai souri — malgré les fantasmes évidents de Jenn sur mon petit ami — et les ai pris tous deux dans mes bras.

— Merci, ai-je murmuré.

Ils ont continué à me rassurer en me disant que ce n'était qu'une mauvaise plaisanterie ou une vengeance. Jenn a même émis l'hypothèse d'un lycée concurrent qui voudrait se débarrasser du meilleur joueur de l'équipe. En vain. Mes pensées revenaient sans cesse au sortilège d'Angélique.

Cette chose contient plus de haine que vous deux réunis ne contenez d'amour.

Ce qui venait de se passer était plutôt haineux, à mon avis.

Nous arrivions au musée. Je vérifiais mon portable toutes les trente secondes, espérant recevoir un message de Brendan… dès qu'ils lui auraient rendu son sac et son téléphone, évidemment. *S'ils le lui rendent…* Pourvu qu'il ne soit ni renvoyé, ni suspendu, ni arrêté. Les paroles d'Angélique résonnaient dans mon esprit, bien plus fortement que tout ce que McNelly pouvait dire. *Cette chose contient plus de haine que vous deux réunis ne contenez d'amour.*

Cette haine serait donc dirigée contre Brendan et non vers moi…

Alors que la classe parcourait les salles du musée, j'ai caressé les murs de pierres. Avais-je marché dans ces mêmes salles dans une vie antérieure ? Les Cloisters étaient le département médiéval du Metropolitan Museum of Art de New York et une partie du bâtiment datait du XIIe siècle. J'ai soigneusement pris des notes, tout en essayant de suivre les explications de la prof, histoire d'aider Brendan en vue du contrôle inévitable qu'il pourrait bien rater puisqu'il n'était pas à la visite. *Enfin, s'il est encore élève à Vince A…*

Bizarrement, mon ennemie jurée au lycée, Kristin Thorn, et sa petite clique gardaient leurs distances autant que possible. Et moi qui m'étais imaginé qu'elles n'hésiteraient pas à me faire des croche-pieds dans l'escalier aux marches de pierre des Cloisters. Cependant, j'ai remarqué que Kristin consultait la page web du musée sur son téléphone et, de temps en temps, faisait un commentaire sur la visite, comme si elle avait tout deviné toute seule. *Pas étonnant qu'elle t'évite, elle n'a pas envie que tu sois témoin de sa lèche éhontée.*

J'aurais dû savoir qu'elle ne s'en tiendrait pas là ! Le petit scandale provoqué par Brendan fournissait matière idéale à ses piques contre moi.

Alors que nous allions déjeuner, Cisco et Jenn ont pris de l'avance pendant que je m'arrêtais pour rattacher la bride de mes Mary Jane. Kristin a foncé dans ma direction et a posé un talon de ses Louboutin à semelles rouges à un centimètre de mon petit doigt.

— Eh, fais gaffe !

Je lui ai jeté un regard noir et j'ai mis ma main à l'abri, me demandant l'espace d'un instant si elle n'avait pas tout bonnement manqué sa cible. Qui sait si elle n'avait pas prévu d'empaler mon doigt avec son talon aiguille comme un kebab ? Cette fille était capable de tout.

— Où est ton petit ami, Emma ? Mauvaise journée pour lui, n'est-ce pas ? Enfin, je veux dire, pire que d'habitude. Vu qu'il perd son temps avec toi, je suppose que toutes ses journées sont nulles, a-t-elle lancé d'une voix aiguë et faussement inquiète.

Ses UV avaient résisté à l'hiver et elle ressemblait à un sandwich au fromage grillé avec un soutien-gorge pigeonnant.

D'habitude, je fais de mon mieux pour ignorer Kristin. Lui répondre ne fait qu'empirer les choses. La garce attitrée du lycée m'en voulait depuis le premier jour. Elle avait craqué pour Anthony et lui avait facilité la tâche lorsqu'il m'avait attaquée en décembre dernier. Son rôle dans cette affaire lui avait valu une semaine de suspension du lycée. J'avais cru (espéré ?) que le traitement brutal qu'Anthony lui avait infligé adoucirait son côté Cruella. Tu parles… Tout récemment, elle avait repris ses brimades. Je suppose que, d'une manière ou d'une autre, dans son petit cerveau de fille à papa pourrie-gâtée, elle avait réussi à se convaincre qu'elle avait eu des ennuis à cause de moi. Qu'Anthony était psychopathe par *ma* faute. Au cours des dernières semaines, elle était devenue pire que jamais et, bien sûr, ses lèche-bottes d'amis l'imitaient. Son béguin pour Brendan — qui n'avait jamais été réciproque — ne faisait qu'alimenter ses attaques, même s'il avait tout fait (sauf peut-être donner une interview dans le *Vincent Academy Observer,* le journal du lycée) pour clamer haut et fort qu'il n'était pas le moins du monde intéressé par elle. Et pourquoi n'avait-elle pas été carrément expulsée ? Quel hasard ! Sa punition légère avait coïncidé avec l'achat de vingt ordinateurs portables pour la bibliothèque. La petite fille à son papa obtenait tout ce qu'elle voulait. Sauf Brendan.

— Donc, les flics sont venus, n'est-ce pas ? Je suppose que c'est à force de traîner avec une miteuse comme toi, m'a-t-elle dit sèchement en me toisant avec ses faux cils et ses yeux trop maquillés pour une simple sortie scolaire.

A ce moment-là, nous avons croisé Kendall, une ex de Brendan, jolie et blonde à vous dégoûter. *Super.*

— Alors, c'est quoi cette histoire avec Brendan, Emma ? m'a demandé cette dernière, s'arrêtant contre la balustrade de l'escalier et croisant ses jambes interminables.

Je l'ai ignorée et je suis passée devant elle.

— Je sais comment faire pour qu'il se sente mieux, contrairement à toi, a ajouté Kendall avant que je ne m'éloigne. Il s'est vraiment éclaté, la dernière fois.

Kristin s'est jointe à ses ricanements pendant que j'essayais d'écarter de mon esprit l'image de Brendan en train d'embrasser Kendall, de la prendre dans ses bras, pendant que ses longues jambes s'enroulaient autour de lui. *Non !* J'avais l'impression qu'un alien venait d'envahir mes pensées et m'obligeait à imaginer différents scénarios. Comme si ces scénarios étaient réalistes, d'ailleurs ! Kendall n'est pas contorsionniste. Enfin…

J'ai marché d'un bon pas, gardant la tête haute et refusant de laisser ces deux garces voir qu'elles m'avaient atteinte. Après ce qui m'a semblé une éternité, j'ai retrouvé Jenn et Cisco, installés sur un mur en pierres qui avait séché suffisamment après l'orage de la nuit dernière.

— Tu as l'air furax, a déclaré Cisco tout en déballant un énorme sandwich au pastrami.

— Kristin.

Ce nom suffisait. Jenn et Cisco ont arboré la même expression de commisération. J'ai sorti mon sandwich de mon sac.

— Si tu arrives à finir l'année sans lui mettre ton poing dans la figure, tu me dois cinq dollars et peut-être même un poney, a dit Cisco.

J'ai étalé de la mayonnaise sur mon sandwich dinde-fromage. J'ai mordu dedans vaillamment, même si la culpabilité, l'inquiétude et l'irritation pure et simple m'avaient coupé l'appétit.

— Ça ne cessera jamais de me surprendre : sous prétexte qu'elle a fait quelques pubs télé quand elle était petite, Kristin croit maintenant qu'elle est mieux que tout le monde !

Jenn a froncé les sourcils en regardant dans la direction de Kristin et Kendall, assises sur un banc. Cette dernière n'avait besoin de faire aucun effort pour avoir l'air glamour. Bon sang, Kristin elle-même était naturellement chic. Pas juste.

— Des nouvelles de Brendan ? m'a demandé Cisco.

J'ai sorti mon portable de la poche de mon sweat et je l'ai vérifié pour la millionième fois cet après-midi.

— Toujours rien.

J'ai secoué la tête avec amertume. Un élan de culpabilité m'a envahie de nouveau. Et si je parlais d'autre chose ?

— Jenn, qu'est-ce qui se passe avec Austin ? Vous n'avez pas l'air… dans les meilleurs termes… dernièrement.

Je voulais changer de sujet de conversation : mission accomplie, mais il faut dire que je l'avais fait sans tact ni délicatesse ! L'histoire d'amour en dents de scie de Jenn avec un délégué de seconde du conseil des élèves, un garçon très enthousiaste, avait toujours été une source d'amusement pour Cisco et moi.

— Il n'arrêtait pas de me pousser à m'inscrire au spectacle de printemps de la chorale, a gémi Jenn.

Elle a ouvert son sandwich bacon-laitue-tomate et a jeté une tomate anémique dans une poubelle à proximité.

— Tu chantes, au moins ?

Elle a secoué la tête avec véhémence. Austin prenait son rôle au sein du conseil beaucoup trop au sérieux. Ce garçon vivait et respirait pour Vince A. Le genre à pleurer probablement toutes les larmes de son corps chaque fois qu'un jour de neige le retenait loin du lycée et à essuyer ses pleurs avec le règlement intérieur.

— Attention, Austin va finir par se faire tatouer le blason de l'école au bas du dos, a dit Cisco en riant.

J'ai failli m'étrangler avec mon sandwich, tellement je riais.

— Oh ! il a bien parlé de se faire tatouer le blason du lycée. Sur son cœur. Si vous saviez… Bref, assez parlé d'Austin.

Jenn s'est impatientée.

— Il y a des tas de gars mignons dans la résidence de ma sœur à la fac. Vous savez, si vous n'étiez pas déjà archi-casés, vous pourriez m'accompagner. Vous pourriez venir quand même et faire semblant d'être célibataires pour me servir d'appât. Les fêtes sont géniales à la fac. Em, tu pourrais amener Ashley. Et Cisco, je suis sûre que Gabe ne t'en voudrait pas.

Elle a souri, espérant le convaincre, mais Cisco a secoué la tête.

— Je suis parfaitement heureux avec Gabe, merci beaucoup.

Il a souri. Il sortait, mais jamais avec des élèves de Vince A, qui avaient tendance à juger les autres comme ils respiraient.

— D'ailleurs, en parlant de Gabe…

Cisco s'est interrompu, a pris son portable et m'a montré un flyer orange vif.

— Je te l'envoie, même si je sais que c'est peine perdue avec toi. Le nouveau groupe de Gabe va jouer à la *battle* demain soir au lycée Magel. Ils sont géniaux. Leur ancien nom, c'était *Duck Duck Goose* mais un groupe de Collegiate avait le même nom. Donc maintenant ils s'appellent *Freeze Tag*. Bref, Em, ce serait sympa que tu puisses les voir bien jouer. Ils reprennent des chansons pop en mode punk, c'est à mourir de rire.

— Son ancien groupe n'était pas si mal, ai-je fait, pleine de bonne volonté.

Je mentais et Cisco a levé un sourcil. En fait, le copain de Cisco, Gabe, jouait de la batterie dans un des pires groupes de l'histoire du rock, avec le pire nom qui soit en prime.

— *Broken Echo* n'existe plus, n'existe plus, plus, plus…

J'ai imité le son d'un écho tout en faisant mine d'essuyer une larme.

— Kenny a décidé de faire du rap en solo. Tu devrais l'entendre rapper sur la vie dans la rue. Comme si la vie à Central Park West était si dure. « Du lait de soja dans mon café *latte*, qui est prêt à pay-er ? »

Les yeux de Cisco lançaient des éclairs ironiques alors qu'il raillait le guitariste grandiloquent du groupe.

Nous avons passé le reste du déjeuner à inventer des raps non officiels pour Kenny. Nous en étions à chercher une rime à « foie gras » quand Jenn a bondi de sa place. Elle s'est essuyé la bouche et dans son agitation a failli trébucher sur l'herbe mouillée, se retenant au mur pour ne pas tomber.

— J'ai encore faim, a-t-elle annoncé. Vous voulez venir avec moi au café acheter des cookies bien trop chers ou un petit quelque chose pour la route ?

Le retour à la maison… quand je découvrirais enfin ce qui était arrivé à Brendan.

Soudain, je me suis sentie horriblement, terriblement coupable de la légèreté dont j'avais profité pendant les dix dernières minutes.

— Je viens, a dit Cisco en se levant plus prudemment que Jenn.

Il a fait une boule du reste de son sandwich.

— Emma, tu viens ?

— Non, je crois que je vais me balader et prendre des photos.

J'ai prétendu que j'avais mis la main sur mon nouvel appareil photo, un cadeau de Noël de tante Christine, qui se trouvait au fond de mon sac. Brendan m'avait dit à quel point il adorait Fort Tryon Park et qu'il n'y était pas retourné depuis qu'il était petit. Je voulais prendre quelques photos du parc pour lui. *Prétexte.* En fait, je voulais juste être seule, au cas où je me mettrais à pleurer. Entre ma petite crise de nerfs d'hier et la culpabilité que je ressentais maintenant, j'étais à fleur de peau. Angélique serait fière de moi et du fait que j'étais en contact avec mon « moi émotionnel ». *Mesdames et messieurs, voici la pire super-héroïne de tous les temps ! Emogirl, dont le super-pouvoir consiste à pleurer sur commande !*

Jenn et Cisco se sont dirigés vers le café. J'ai pris une profonde inspiration et j'ai essayé de calmer mes nerfs à vif. Je me suis promenée dans le parc en prenant des photos du bâtiment des Cloisters, impressionnant de beauté. Tout était beau, ici, en fait. Et calme, beaucoup plus relaxant que Central Park. On entendait mieux les oiseaux car ils n'étaient dérangés que par le bruit du parking voisin.

J'ai voulu cadrer tout le musée et me suis éloignée un peu, m'enfonçant dans le parc tout en cherchant à paramétrer la fonction panoramique de mon appareil.

Tournant à gauche, j'ai pris une photo des arbres, aux feuilles d'un vert tendre.

Direction l'ouest du bâtiment et nouvelle photo. Un chevalier aurait pu sortir de ces portes — plutôt que ces hordes de touristes qui fonçaient directement vers leur car.

J'ai continué mon chemin et je suis entrée dans une partie du parc où les arbres étaient plus serrés. Impossible de paramétrer l'appareil photo car il y avait trop d'ombre.

— Comme si je savais ce qu'est la « balance des blancs », ai-je marmonné à voix haute en jouant avec les boutons.

Coup d'œil sur l'écran numérique. *Et c'est là que j'ai aperçu une ombre plus grande que les autres…*

Aucun doute. Une personne — en tout cas, je crois que c'en était une — toute de noir vêtue, une capuche noire sur le visage, se tenait au milieu des arbres, le visage masqué par l'ombre de la végétation.

Une silhouette qui s'est soudain mise à courir dans ma direction.

3

J'ai d'abord été tétanisée. Mon cerveau ordonnait à mes muscles de se mettre en marche, de courir, mais j'étais incapable du moindre mouvement. Mes membres étaient paralysés par la peur de ce qui était sur le point de m'arriver. Encore une fois.

— C'est impossible ! ai-je murmuré.

J'en avais le tournis. La silhouette encapuchonnée poursuivait sa course entre les arbres, dans ma direction.

— *Cours.*

Un seul mot, prononcé par une voix désincarnée venue de nulle part. Son ton dur a suffi à me faire sortir de l'état de choc où j'étais plongée. Brusquement, j'ai pris conscience que cette voix était la mienne. Pivotant sur moi-même, je me suis mise à courir entre les arbres, en direction du sentier. La panique m'a envahie, me faisant trébucher sur un terrain que je connaissais mal. La dernière fois que j'avais dû courir comme si ma vie en dépendait, c'était juste après le bal, à Central Park, pour échapper à Anthony. Mais je connaissais bien la zone. Je connaissais le parc. Cette fois-ci, ma course éperdue avait lieu à Fort Tryon, un lieu qui m'était totalement inconnu.

J'ai rebroussé chemin vers le sentier qui, je le pensais tout du moins, me conduirait vers les Cloisters. Je me suis frayé un passage tant bien que mal à travers la végétation. Et je n'avais aucune idée de la position de mon poursuivant. Je savais juste que je devais à tout prix m'enfuir.

Mes chaussures ont dérapé sur l'herbe mouillée par les averses de la veille.

Je suis tombée en avant, les paumes à plat, et j'ai heurté le tronc d'un arbre non loin de là. Les semelles lisses de mes Mary Jane ont glissé sur le sol humide. J'ai regardé autour de moi, à la recherche de la silhouette à la capuche. Personne. Mais cela ne voulait rien dire. Il pouvait être n'importe où. Y compris derrière moi.

C'est peut-être Anthony.

Cette dernière pensée a soufflé un frisson glacé en moi. Paniquée, je me suis relevée de la souche couverte de mousse. J'ai inspecté une nouvelle fois les environs : rien que des arbres.

Soudain, j'ai entendu un Klaxon de voiture au loin. C'était par là qu'il fallait que je me dirige ! Vers la West Side Highway — les Cloisters se trouvaient juste au-dessus de cette artère très fréquentée. Je pourrais toujours arrêter quelqu'un. Quelqu'un me verrait.

J'ai balancé les bras pour me donner plus d'élan et j'ai planté fermement le pied au sol à chaque foulée. Entre les arbres, glissant à plusieurs reprises sur l'herbe humide, j'ai fini par trébucher de nouveau. Mon genou gauche est allé frapper une branche cassée, conséquence de l'orage de la veille. Un cri de douleur m'a échappé. Des échardes de bois m'ont déchiré la peau. Je me suis forcée à me relever du sol boueux.

Alors, une douleur différente, une douleur sourde m'a frappée entre mes omoplates. *Il* venait de me pousser en avant. J'ai trébuché, les mains ouvertes, ce qui m'a protégé le visage quand il a tenté de me fracasser la tête contre le tronc d'un arbre. Il m'a tiré les cheveux. La barrette d'Ashley a été arrachée, ainsi que quelques-uns de mes cheveux. Instinctivement, j'ai donné un coup de coude en arrière, atteignant mon agresseur dans les côtes.

Il a étouffé un grognement et m'a relâchée.

C'était la chance à saisir. J'ai tourné sur moi-même vivement et, me baissant légèrement, j'ai levé les poings, adoptant la position d'autodéfense que Brendan et le kick-boxing m'avaient enseignée.

Il était debout à quelques mètres, la main droite sur le ventre, le souffle coupé, visiblement. Il… ou *elle*, difficile à dire, car la silhouette était plus petite que je ne l'avais imaginé. Ce ne pouvait pas être Anthony, qui était plus grand même que Brendan et son mètre quatre-vingt-trois.

Il ou elle, donc, dissimulait son visage derrière un masque de soie noire et un épais sweat-shirt sombre. Le vêtement était tout à fait ordinaire, mais un pentagramme en argent et un autre symbole magique que je n'ai pas reconnu, retenus par un mince cordon enroulé, étaient visibles derrière le masque. Il portait un jean baggy noir et des bottes montantes de cuir noir à lacets. Je m'attendais presque à voir des sabots fourchus au bout de ses membres. Sa tenue ordinaire — et le fait que je lui avais fait mal — était plutôt rassurante. Au moins avais-je affaire à un être humain. Et je pouvais lui faire mal. Je lui avais fait mal.

— Qu'est-ce que tu me veux ? ai-je grondé, m'efforçant de prendre un ton menaçant en dépit de ma frayeur.

J'ai examiné la silhouette sombre, à la recherche d'un indice qui pourrait m'aider à l'identifier. N'importe quel indice. Bon sang, j'aurais au moins aimé savoir si c'était un homme ou une femme !

— Que veux-tu ? ai-je répété.

J'ai avancé d'un pas, le poing droit levé, cherchant à voir son visage derrière le masque noir. Il a reculé un peu, ce qui m'a enhardie.

J'ai foncé. J'ai levé le poing et frappé là où sa joue droite aurait dû se trouver. Il — j'avais décidé que c'était un homme — a levé ses mains gantées de noir et a reculé de nouveau de quelques pas. J'avançais encore — *Pousse-le, Emma, mets-le à terre et sauve-toi* — mais il a tendu alors la main droite derrière lui et a pris quelque chose qu'il avait à la ceinture.

Il a hoché la tête d'avant en arrière. Lentement, comme s'il me faisait des reproches. Il a levé très haut une main droite tremblante. Un rayon de soleil a fait briller l'objet qu'il tenait.

Je savais donner des coups de poing. Je savais également éviter les coups.

Mais je n'avais aucune idée de ce que je devais faire face à la lame en argent que le sombre personnage tenait maintenant au-dessus de sa tête.

Il a baissé la lame vers le sol, faisant tourner la garde sur elle-même, les muscles tendus par l'effort. *C'est pour mieux te poignarder, mon enfant.*

— Pourquoi nous rendre les choses si difficiles, a-t-il dit d'une voix étouffée.

J'ai poussé un cri de surprise. La voix avait l'air si… humaine. Et étrangement fausse, comme si elle avait été volontairement rendue plus aiguë. Presque… féminine ? Non…

— Laisse-moi te couper, juste une fois, *Emma*.

Au secours, ce psychopathe connaissait mon nom !

Et le prononçait avec un tel dégoût. Je me suis mise à hurler le plus fort possible, essayant d'attirer l'attention tout en reculant de quelques pas. Mais mon agresseur masqué ne m'a pas laissée prendre de distance.

— Ne rends pas les choses pires encore pour toi, espèce de garce, a repris la voix dans un grondement.

Cette chose contient plus de haine…

J'ai inspecté rapidement le sol autour de moi, à la recherche d'une pierre ou d'une arme, quelle qu'elle soit. C'est alors que je me suis rendu compte d'une chose.

Moi. Je pouvais être cette arme ! Et c'était sans doute la seule issue.

J'ai pris une profonde inspiration, laissant ma colère et ma peur irradier par chacun des pores de ma peau alors que je levais les poings pour me défendre. Les paumes de mes mains sont devenues brûlantes et cette chaleur s'est propagée dans tout mon corps. Ma vue m'a semblé devenir un peu plus perçante. Juste au moment où le psychopathe brandissait de nouveau le couteau et se lançait vers moi, j'ai levé le genou et tendu la jambe, avec toute la force dont j'étais capable. Et j'ai frappé. Mon pied l'a atteint à l'abdomen. J'ai ouvert la paume de ma main droite et là j'ai crié « *Emoveo !* »

Le sortilège qu'Angélique avait réussi la veille mais que j'avais raté ! *Jusque-là.* Sous l'impact du coup, la silhouette menaçante a reculé brutalement, de plusieurs mètres — bien plus loin que je n'aurais pu y arriver par la seule force de mon coup de pied. Ses pieds se sont agités inutilement dans l'air, le corps secoué comme par une vague de chaleur avant d'aller s'écraser contre un arbre, à plus de deux mètres du sol. Il a alors glissé le long du tronc et s'est effondré au pied de l'arbre, entraînant des morceaux d'écorce dans sa chute.

Là, sa tête s'est redressée brusquement puis s'est immobilisée. Pas besoin de voir son visage pour comprendre que nous arborions tous deux la même expression éberluée. Ahurie, je l'ai vu alors se lever d'un bond — j'ai vu aussi l'empreinte boueuse de ma semelle sur son sweat-shirt noir — et il s'est enfui, s'enfonçant dans le parc en boitillant.

J'étais tellement sonnée que j'ai eu du mal à bouger, les poings toujours levés en posture de défense. Est-ce que je devais pleurer ? Sauter de joie ? Lancer un cri de triomphe à l'intention de mon assaillant ? Un instant, j'ai songé à lui courir après, mais pénétrer davantage dans le parc n'était pas une idée brillante, après tout. Au lieu de ça, j'ai ouvert mon sac à dos et fouillé jusqu'à en sortir la bombe lacrymogène que Brendan m'avait donnée. Je l'ai glissée dans la poche de mon sweat — j'ignorais si elle fonctionnerait contre un agresseur portant un masque mais je préférais l'avoir — et j'ai remarqué soudain un objet brillant dans l'herbe, là où le psychopathe était tombé à terre. Sans doute la barrette d'Ashley… à quelque dix mètres de là. Impressionnant. J'ai regardé mon pied, celui qui l'avait frappé, m'attendant à le voir briller ou à faire jaillir des lasers de mes orteils. Mais non, rien d'autre qu'un peu de boue sur ma chaussure.

Et en me penchant sur l'endroit même où la silhouette s'était effondrée, pour examiner l'objet brillant, je me suis aperçue que ce n'était pas la barrette.

Ma gorge s'est serrée de nouveau. Je me suis accroupie sur l'herbe humide et j'ai regardé fixement le couteau. C'était une arme très finement sculptée et richement ornée. Il semblait surtout extrêmement démoniaque. Maléfique. Pas un simple couteau de cuisine, qu'on aurait pris au hasard pour attaquer une adolescente peu soupçonneuse en se cachant derrière un masque d'Halloween bon marché. Non, ce couteau était *spécial*. Avec une garde sculptée de têtes de mort arborant un rictus sinistre. Mais comment pouvait-il en être autrement ? Ce n'est pas moi qui aurais la chance d'être attaquée avec un bon vieux couteau à viande à manche de bois, n'est-ce pas ? Non… évidemment que non. Il fallait que ce soit des têtes de mort monstrueuses.

Ce couteau effrayant ne me laissait plus aucun doute sur la nature de l'agression. Il s'agissait bien du sortilège maléfique dont avait parlé Angélique.

Un frisson glacé m'a parcourue. Evidemment. Ce que Brendan avait subi au lycée n'était rien de plus qu'une mauvaise blague qui finirait par s'éventer. Le vrai danger était à mes trousses depuis le début.

J'ai utilisé mes manches pour saisir le couteau sans le toucher directement, réprimant une nausée. Pourvu qu'Angélique sache ce qu'il signifiait — ces têtes de mort étaient peut-être connues, mais comment l'aurais-je deviné ? Elle avait bien reconnu mon médaillon pour ce qu'il était, après tout.

Je venais de glisser le couteau dans mon sac lorsque j'ai entendu des pas derrière moi.

Affolée, je me suis retournée brusquement, bombe lacrymogène à la main, et j'ai vaporisé un peu de liquide toxique dans l'herbe, aux pieds de… Cisco.

— Eh ho ! a-t-il crié.

Il a levé les mains en l'air et a reculé, les yeux écarquillés de surprise en voyant dans quel état j'étais.

— Qu'est-ce qui t'est arrivé ?

— J'ai juste… hum…, ai-je bredouillé, le spray toujours à la main.

Tu as juste quoi, Emma ? Utilisé la magie pour désarmer un agresseur démoniaque ? Et frappé au visage ce même agresseur de tes coups de poing non magiques ? Je ne pouvais pas expliquer à Cisco ce qui venait de se passer !

J'ai rangé le spray dans ma poche.

— Je suis tombée. Tu m'as fait peur, ai-je prétendu en essayant de prendre une petite voix. Je pensais que vous étiez au café ?

— Mais on y était. Mais, comme personne n'arrivait à te retrouver, je me suis mis à ta recherche avant que McNelly n'ait une attaque, m'a expliqué Cisco en me regardant bizarrement. Ensuite, j'ai entendu des hurlements et un bruit de chute.

— J'ai dû crier quand j'ai glissé et que je suis tombée, lui ai-je dit en haussant les épaules, me passant la main dans les cheveux comme si de rien n'était. *Menteuse. Il t'a entendue crier, entendue lancer un sort et ensuite il a entendu le psychopathe s'écraser contre un arbre.*

— Ouah, ta jambe saigne, elle pisse le sang, même ! s'est exclamé Cisco.

Ce qui m'a rappelé la plaie ouverte à ma jambe, qui me brûlait maintenant de plus belle.

— Tu saignes vraiment énormément.

J'ai regardé. Le sang s'épanchait au-dessus de ma socquette blanche.

— Quand j'ai trébuché, je me suis étalée sur une branche, ai-je expliqué.

Au moins, ça, c'était vrai.

— Pauvre Emma. Ce n'est vraiment pas ta journée.

Il a sorti des serviettes en papier de son sac et me les a tendues.

— Merci.

J'ai essuyé le filet de sang et tressailli au contact des serviettes avec les échardes.

— Voilà le coupable, m'a fait Cisco en montrant l'arbre qui avait reçu mon agresseur quelques minutes auparavant. Saletés d'arbres. T'inquiète, j'ai un bon portrait-robot du suspect. L'arbre est grand, mince, avec une peau vraiment moche. Suis forcé de faire des blagues nulles parce que ta journée est réellement pourrie, a-t-il ajouté.

— Très drôle.

J'ai esquissé un sourire en pensant que cette description n'était pas vraiment la bonne. *Je dirais pas très grand, sans doute mince, avec un penchant pour les capuches bon marché qui font peur, genre Halloween… et d'œil gauche au beurre noir.*

— Tu as besoin d'aide pour marcher ? Tu as vraiment l'air secouée, franchement, a ajouté Cisco avec un regard en biais. Tu as juste trébuché ? Et tu es tombée ? C'est tout ? Ce genou est franchement moche, Em.

— Oui, je suis tombée, c'est tout. Ça va, mais merci.

J'ai essuyé mes mains sales sur les pans de ma chemise qui dépassaient du sweat et j'ai grimacé en constatant que j'avais étalé sang et saleté partout. *Super, j'ai été agressée et en plus maintenant je suis crade.*

— T'es sûre ? m'a demandé Cisco d'un air espiègle. Je pourrais te porter ? Ou alors tu pourrais poser la main sur ton front et t'évanouir. Histoire de donner aux autres une bonne raison de parler de toi.

— Ouais, et tant que tu y es tu pourrais déchirer à moitié ta chemise pour montrer ton torse. Ton ma-gni-fi-que torse, ai-je plaisanté sur le chemin de retour vers les Cloisters.

— Je serais tout luisant de sueur et mes pecs se gonfleraient.

J'ai levé un sourcil.

— Ils gonflent ?

— Evidemment. Enfin, Emma !

— Là, on dirait que tu parles de la couverture d'un roman-photo.

Je m'étonnais moi-même de pouvoir plaisanter après ce qui venait de se passer.

— Sérieux, ça va ? m'a demandé de nouveau Cisco en jetant un coup d'œil sur mon look échevelé. Tu es vraiment en piteux état, Em — sans vouloir te faire de peine.

— Pas de problème. Mon genou et ma fierté sont blessés mais c'est tout.

J'étais encore sous le choc. Une part de moi aurait voulu appeler Angélique et lui dire qu'elle avait eu raison. *Trop raison.* Les pouvoirs d'une sorcière plongent leurs racines dans les émotions et, au cours des douze dernières heures, j'avais été plus en phase avec les miennes, d'émotions, que la plupart des gourous de développement personnel. Une part de moi aurait voulu aussi se vanter d'avoir réussi à prononcer correctement *Emoveo* — après tout, c'était du latin. Oui : j'aurais voulu annoncer au monde entier que j'avais utilisé mes pouvoirs magiques — et le maître du kung-fu que j'avais en moi — pour désarmer et vaincre un assaillant masqué. Mais lorsque j'ai pris pleinement conscience de ce qui venait de m'arriver — je venais quand même d'être attaquée, exprès ! — je n'ai plus voulu qu'une seule chose : me lover dans les bras de Brendan et m'y reposer une semaine entière.

— Je vais chercher une trousse de secours, m'a dit Cisco alors que nous gravissions les marches du musée.

J'ai protesté une fois de plus.

— Je vais bien, je t'assure. Laisse-moi juste le temps d'aller aux toilettes pour nettoyer tout ça.

J'ai montré mon genou, qui saignait encore.

— Bon, je vais aller dire à McNelly que tu es tombée et que tu as besoin de quelques minutes, a proposé Cisco en partant à la recherche de la prof d'histoire de l'art.

J'ai trouvé les toilettes du musée. Quels dégâts ! Pas étonnant que Cisco n'arrête pas de me demander si ça allait. On aurait dit que j'avais traversé un champ de mines. Mes cheveux étaient en désordre. Des mèches trempées de sueur étaient collées à mon visage — un visage encore plus pâle que d'habitude. Et on aurait parié qu'un zombie avait essayé de me dévorer le genou.

J'ai mouillé une serviette en papier et j'ai nettoyé, du mieux que j'ai pu, le sang séché, la saleté et les échardes, me retenant de crier de douleur. Au moins n'aurais-je pas de cicatrice, apparemment… J'avais de la vitamine E à la maison — l'accident de voiture d'Henry et l'agression d'Anthony avaient provoqué des cicatrices bien pires. De vraies blessures de guerre, bien plus méchantes que ce bobo. Mais les échardes ont été plus difficiles à retirer et j'ai dû me résigner à emporter un souvenir du parc de Fort Tryon jusqu'au retour à la maison…

Si tu dois toucher du bois, au moins tu en auras sous la main !

Je me suis brossé les cheveux et me suis lavé le visage taché de sang. Le bas de ma chemise était irrécupérable. J'ai songé un instant à la nettoyer avec de l'eau mais j'ai changé d'avis : ma vie à Vince A était assez frustrante comme cela sans qu'en plus mes camarades pensent que je m'étais fait pipi dessus. Je me suis donc contentée de cacher les pans de la chemise sous le sweat.

Mes camarades. *Et si mon agresseur était de Vince A ?* J'ai posé les mains sur le lavabo pour me calmer, soulagée d'être seule. La poussée d'adrénaline était terminée et, étonnamment, la colère — et non la peur — s'insinuait lentement en moi. Angélique était une sorcière. J'étais une sorcière réincarnée. La richesse, la force de Brendan — et même son apparence physique — faisaient partie intégrante du pacte millénaire d'Archer. Comment savoir alors si d'autres êtres surnaturels ne parcouraient pas aussi les couloirs de Vince A ? Si j'en croyais le couteau et l'agression, la magie était à l'œuvre dans cette histoire. De toute façon, sinon, comment aurait-on pu savoir où je me trouvais aujourd'hui ?

J'ai mis la main dans ma poche. Mon portable et mon appareil photo y étaient toujours. Ouf ! Ils n'étaient pas tombés pendant ma course. La dernière chose que je tenais à faire, c'était d'avoir à revenir sur mes pas pour les retrouver. En revanche, je voulais à tout prix entendre la voix de Brendan — tout en sachant que, si je lui parlais, je craquerais certainement et lui raconterais tout. Et il deviendrait fou à l'idée d'être bloqué au lycée à attendre mon retour.

S'il était toujours au lycée.

S'il n'était pas renvoyé.

Comment mon bonheur si parfait avait-il pu tourner au désastre en seulement vingt-quatre heures ?

J'ai sorti mon portable et, soulagée, j'ai vu une petite enveloppe sur l'écran. Pendant la dernière demi-heure, Brendan m'avait envoyé un SMS.

Je ne sais pas ce que tu as entendu mais tu sais que c faux. Je vais bien, juste énervé. Dsl de ne pas t'avoir répondu avant. T'attendrai au lycée. Tu viens chez moi après ?

J'ai tapé ma réponse à la vitesse de l'éclair.

Oui ! Je zappe les devoirs ce soir. A tout à l'heure. J'ai vraiment besoin de te voir.

Mon cœur s'est serré. Non, je ne pouvais pas écrire ça. Brendan aurait compris que quelque chose n'allait pas, et ça, il l'apprendrait bien assez tôt. J'ai effacé le message et j'ai soupiré en m'observant dans le miroir. Je me suis passé la main dans les cheveux que j'avais disciplinés tant bien que mal. Bon, j'avais l'air à peu près sereine, en dépit de mes yeux brillants des larmes que je n'avais pas versées et de ma pâleur effrayante après ce que j'avais traversé. Si mon agresseur était élève au lycée, il ne verrait pas qu'il m'avait complètement déstabilisée. *Même si au fond de moi j'étais anéantie.*

Je suis sortie des toilettes du musée et me suis dépêchée de parcourir les salles d'exposition pour retrouver les autres. Ils étaient dans une salle plongée dans une semi-pénombre. J'ai cherché immédiatement à repérer qui pouvait bien cacher une tenue de rechange dans son sac. Difficile à dire. Tous portaient d'énormes sacs à dos. Les profs de Vince A nous donnaient tellement de devoirs qu'ils étaient limite coupables de mauvais traitements sur mineurs. J'ai levé enfin les yeux : je me trouvais dans la salle des tapisseries de la *Chasse à la licorne*.

La plus célèbre des œuvres de la collection du musée. Moi qui m'étais fait une joie de la voir, je ne pensais plus qu'à la douleur lancinante à mon genou et à mon cœur qui battait à l'unisson. J'avais beau essayer de garder mon sang-froid, rien n'y faisait. Mon plaisir était gâché. En plus, je ne pouvais m'empêcher de surveiller les autres élèves du coin de l'œil.

Dans une des tapisseries, la licorne s'élevait de toute sa splendeur lumineuse sur l'étoffe finement tissée. J'ai ensuite admiré les autres panneaux — *La Licorne découverte, La Licorne attaquée par les chasseurs*. Chacun présentait une scène complexe où l'animal mythique était traqué, aux abois. Il se cabre, cerné. Les explications de McNelly voulaient que la licorne soit une allégorie. Elle avait aussi insisté sur les procédés de tissage extrêmement complexes. Mais dès que mon regard s'est posé sur la terrible scène de la mise à mort de la licorne, pour moi, ces propos se sont évaporés. L'animal était sans vie, les yeux clos, la bouche ouverte, mais ne respirant plus. Pourtant, il avait presque l'air détendu — les luttes avaient pris fin pour toujours.

J'ai soupiré. *Je compatis avec ta souffrance, petite sœur.* Peu importait que je me débatte de toutes mes forces, j'étais moi aussi condamnée.

Le fait que mon médaillon représente une licorne devenait presque logique.

J'ai serré les dents et j'ai fixé la tapisserie. Cette fois, je survivrais.

Après avoir vu la dernière œuvre, je me suis avancée vers le hall du musée et me suis mêlée aux autres, direction le parking. J'ai parlé à McNelly. Je lui ai montré mon genou et affirmé que je n'avais pas besoin de soins, seulement de rentrer chez moi. Choquée à la vue de mon bobo à vif, elle a promis d'expliquer mon accident à M. Emerson, le professeur d'anglais, qui était aussi chargé du fonctionnement de la bibliothèque. Car même si j'avais besoin d'argent de poche, je me sentais incapable de ranger le moindre livre aujourd'hui.

Jenn et Cisco m'attendaient pour monter dans le bus. Nous avons été quasiment les derniers à nous installer mais personne n'aurait voulu prendre nos sièges du fond, trop inconfortables et exposés aux mauvaises odeurs du moteur diesel. Je piaffais d'impatience. Les gens faisaient exprès de traîner ou quoi ? Je me suis concentrée sur l'idée que, dans trente minutes seulement, je serais à la maison. Mais j'aurais dû savoir que cette journée infernale serait interminable.

Alors que j'approchais du siège de Kristin, Amanda — le faire-valoir de Kristin, qui occupait le siège juste derrière celle-ci — s'est levée et a pris tout son temps pour ranger sa veste dans le compartiment en hauteur. Ce qui m'a obligée à me tenir à côté de Kristin, la harpie couleur caramel. Comme la chèvre enchaînée du film *Jurassic Park*, livrée en guise de proie au tyrannosaure qui viendrait me dévorer.

Kristin a secoué ses cheveux blonds décolorés. Je rongeais mon frein. Chaque fois qu'elle faisait ça, c'était signe qu'elle allait me lancer une pique particulièrement méchante. Elle aurait fait une piètre joueuse de poker, en tout cas — ses gestes la trahissaient trop.

— Tiens, tiens… pourquoi fais-tu cette tête ? Emma passerait-elle une mauvaise journée, elle aussi ? m'a-t-elle lancé, sarcastique, de sa voix aiguë et désagréable.

L'espace d'un instant, je me suis demandé si c'était elle, mon agresseur. Mais son œil gauche ne portait la trace, malheureusement, d'aucune contusion.

Elle m'a toisée, disséquant ma tenue à la recherche d'un élément à critiquer. Puis elle a vu les taches de sang sur les pans de ma chemise, qui sortaient du sweat, et ma chaussette maculée de sang. Un sourire Ultra Brite a retroussé ses lèvres. J'aurais juré qu'elle avait des crochets pareils à ceux des serpents, au lieu de dents.

— Belle chemise, Emma, a-t-elle gloussé. Alors ? Tu viens d'avoir tes règles ou quoi ? Ta riche tante n'a pas les moyens de t'acheter des tampons ?

Je me suis mordu l'intérieur de la joue pour m'empêcher de lui répondre. Cela n'en valait jamais la peine : plus je me colletais à elle, plus elle devenait vipère.

— Laisse tomber, Kristin, a fait Cisco derrière moi avec irritation.

— Ça va, Cisco, ferme-la, lui a rétorqué Kristin. Qui t'a sonné, toi ?

— Tu peux te dépêcher un peu, Amanda ? Tu retardes tout le monde, ai-je demandé calmement, la tête haute.

Je ne tenais pas à voir mes amis mêlés à cette guéguerre de lycée. Qui était de toute façon bien moins importante pour moi que le combat que je devais mener dans la vraie vie.

— Oh ! ça n'a pas d'importance, pas pour toi en tout cas, Emma, a lancé Kristin. Amanda, elle, est à sa place ici. Pas toi. Et Brendan s'en apercevra bien assez tôt.

Elle a pointé un ongle brillant et manucuré en direction des taches de sang, et ses lèvres roses ont esquissé une moue de dégoût.

— Au moins, on sait maintenant que tu n'es pas enceinte. Pour l'instant. T'es vraiment le genre à essayer de piéger quelqu'un comme Brendan. Il a sûrement déjà chopé une MST à cause de toi, t'es tellement vulgaire. Ou à cause de ta petite garce de cousine.

Ça, c'était trop pour moi ! Le fil tenu qui m'empêchait

de perdre mon sang-froid a craqué. J'ai planté mes yeux droit dans ceux de Kristin.

— Puisque je suis si minable et vulgaire, qu'est-ce qui te fait croire que je ne vais pas te sauter dessus après l'école aujourd'hui ? ai-je lancé.

J'étais tellement en colère qu'à ce moment-là j'étais contente de ne pas savoir comment la transformer en crapaud. Sinon, je l'aurais fait, et sans hésiter. Elle m'avait mise dans une situation dangereuse avec Anthony, m'avait fichu la honte un millier de fois au lycée… alors je n'allais pas, en plus, la laisser calomnier ceux que j'aimais !

— Ne me cherche pas, m'a-t-elle dit froidement, non sans reculer un peu sur son siège. Tu n'auras que ce que tu mérites.

— Tu peux te mettre tes menaces où je pense, Kristin. Tu ne me fais pas peur, ai-je sifflé, sans prendre la peine de choisir mes mots.

Le plus simple était le plus efficace. Je n'ai pas attendu sa réponse. Je lui ai tourné le dos et me suis dirigée d'un pas décidé vers ma place. Cette fois, j'ai choisi le siège près de la vitre. Je regardais dehors quand Cisco et Jenn se sont installés à leur tour. Cisco a dû me donner un coup de coude pour que je m'aperçoive de leur présence.

— Je ne sais pas ce que tu as dit à Kristin, m'a chuchoté Cisco d'un ton approbateur, mais elle a l'air effrayée. Et en colère. Et un peu constipée, aussi.

— C'est son air normal, ai-je répliqué.

J'ai ajouté, à regret :

— Elle va me le faire payer plus tard.

— Tu as bien fait. Quel résultat ! Je n'aurais jamais

cru qu'une peau déjà aussi orange puisse virer au rouge. Une vraie tomate, a dit Cisco, pince-sans-rire.

J'ai émis un petit gloussement.

Jenn était tellement absorbée par un jeu sur son portable que Cisco a baissé la voix et s'est penché vers moi pour remettre ça.

— Tu vas bien ? Je veux dire, vraiment bien ? Ecoute, je suis presque sûr de t'avoir entendue hurler dans le parc. Et d'habitude tu ne laisses pas Kristin t'atteindre si facilement.

Ses yeux m'ont scrutée. J'ai gigoté un peu, gênée de lui mentir.

— Oui, ça va. C'était juste le choc.

— Brendan et toi, ça va ? Je veux dire… d'abord les flics ce matin, et là on dirait qu'on t'a agressée… C'est juste… Je ne sais pas trop, Em.

Cisco a joué avec sa cravate noire, l'enroulant autour de son doigt et la déroulant, pensif.

— Tu sais que tu peux me parler. Je peux garder un secret si quelque chose ne va pas.

— Je sais, honnêtement, je le sais.

Et c'était vrai. Il avait été le premier élève de l'école à qui j'avais raconté mon histoire. Tous les autres continuaient de croire que j'étais venue de Philadelphie, un mensonge qui me permettait de mettre plus de distance encore entre moi et mon douloureux passé. Mais c'était avant. Quand la réalité semblait… réelle. Je n'arrivais pas à m'expliquer comment ma vie avait pu prendre cette tournure surnaturelle.

Ma réalité actuelle était carrément… irréelle.

— D'accord, a repris Cisco. Sache que, si vous êtes impliqués dans un truc louche, je ne suis pas le genre à juger les autres.

Il a levé les mains d'un air innocent et je n'ai pu m'empêcher de rire devant ses insinuations.

— Pas de trafic de drogue, juré. Ni de gangs. Ou de rendez-vous clandestins et sinistres dans le parc. Promis.

— Ou quoi que ce soit d'autre ? Vous avez traversé une histoire traumatisante, il y a quelques mois…

Il s'est tu, observant ma main droite.

— Et tu as la main enflée.

J'ai encore menti, glissant ma main dans ma manche.

— La branche d'arbre. Et je te jure qu'entre Brendan et moi tout va bien.

Ça, au moins, c'était vrai.

— Et j'ai eu des nouvelles de Brendan, au fait. Il va bien. Il est furax, c'est tout. Donc c'était juste une mauvaise blague, j'en suis certaine. Jenn a peut-être raison, sans doute un lycée concurrent.

— Peut-être.

Cisco a haussé les épaules et s'est passé la main dans les cheveux. Il me regardait toujours d'un air soupçonneux.

— Eh bien, si vous voulez sortir en public et leur montrer à tous qu'il ne prend pas de drogue, venez à la *battle* et aidez-moi à soutenir Gabe.

Je me suis contentée d'un sourire d'excuse et j'ai secoué la tête. J'aurais bien voulu soutenir Gabe, mais Brendan et moi évitions les sorties scolaires comme la peste. *Et on fait bien de les éviter. La preuve, tu viens juste d'être attaquée par un démon, ou un être maléfique quelconque, pendant une sortie du lycée.* Les gens de Vince A et moi, ça ne prenait pas.

Jenn a fini son jeu. Cisco et elle se sont mis à parler de se retrouver avant la soirée. Prise d'une migraine, j'ai posé la tête contre la vitre froide du bus. J'ai regardé la ville défiler devant moi. Dieu merci, nous avions dépassé Manhattan et nous n'étions plus qu'à quelque vingt blocs du lycée. J'ai vu passer dans une sorte de brouillard les magasins chics de Lexington et leurs articles de créateurs. Ma détermination à rester calme diminuait à chaque pâté de maisons. Car il s'était écoulé moins de vingt-quatre heures depuis la dernière fois que j'avais vu Brendan et tout mon univers s'était transformé depuis.

Brendan avait dit qu'il m'attendrait à l'extérieur du lycée, et, comme si un fil invisible m'attirait irrésistiblement vers lui, j'ai su exactement où le chercher dès l'arrêt du car.

Les mains dans les poches, il était appuyé contre un mur. Il portait un sweat à capuche bleu marine, la capuche relevée et la tête reposant nonchalamment contre la pierre de taille. Apparemment calme et insouciant. En tout cas, c'est ce que devaient penser les élèves qui passaient devant lui — et ils l'ont regardé tous ou presque, car il était le scandale du jour après tout ! Mais ses yeux étaient fixés sur les vitres teintées du car. Il me cherchait. Je lui ai fait signe et, lorsque nos yeux se sont rencontrés, il m'a souri. Un sourire qui a disparu presque immédiatement.

Son corps s'est raidi et il a plissé les yeux, inquiet.

— Tu vas bien ? a-t-il articulé, enlevant ses écouteurs et les fourrant dans la poche de son sweat.

J'ai secoué la tête.

Les élèves qui s'étaient rendus au musée ont commencé à sortir du bus. J'avais hâte de descendre. Nous étions coincés au fond et il nous fallait attendre qu'ils partent tranquillement. *C'est le week-end, bon sang. Vous n'avez pas tous quelque chose de génial à faire ?* J'ai regardé par la vitre : Kristin s'approchait de Brendan, une brochure du musée et son bloc-notes à la main, comme si elle lui proposait de les lui prêter. Evidemment, elle s'est arrangée pour lui mettre sous le nez sa poitrine pigeonnante — ses seins étaient presque posés sur le cahier. *Ah oui ? Elle croit vraiment que ça va prendre ? Elle doit vraiment vouloir que je lui casse la figure après le lycée !* Elle a dit quelque chose à Brendan mais il a esquissé une moue de dégoût, comme si elle venait de lui proposer de boire l'eau des égouts new-yorkais. Il a agité la main comme pour chasser un insecte gênant et s'est éloigné, sans quitter des yeux le bus. Kristin l'a tiré par la manche. Celle-là, si elle continuait, j'allais lui jeter le même sort qu'au démon ! J'ai senti la même chaleur envahir mon corps et s'agiter sous ma peau. Je n'avais aucun doute : à cet instant, j'étais en mesure de la propulser un bloc plus loin, voire à travers un bâtiment. J'ai respiré profondément, reprenant le contrôle... Et c'est là que Brendan a levé son majeur en direction de Kristin. Le choc s'est dessiné sur le visage orangé de cette dernière. Elle n'aurait pas dû être si surprise : il n'était un secret pour personne qu'il la détestait. Elle est partie en trombe, sortant son portable, sans doute pour se plaindre à l'une de ses groupies.

Maintenant, le bus était presque vide. J'ai étreint Cisco et Jenn pour leur dire au revoir et je suis descendue aussi vite que possible, me retenant de courir me jeter dans les bras de Brendan.

— Que se passe-t-il ? m'a-t-il demandé en me prenant la main, tandis que nous nous dirigions vers le métro.

— Pas ici. On nous écoute, ai-je répondu à voix basse, en regardant les élèves autour de nous.

— Je m'en fiche. Parle-moi. Tu vas bien ?

Il m'a embrassée doucement sur le front. J'ai fait non de la tête.

— Je le savais. Dès que je t'ai vue, j'ai su que quelque chose clochait. Allons-nous-en d'ici, m'a-t-il murmuré, lâchant ma main.

Puis il a enroulé le bras autour de mes épaules et m'a serrée contre lui.

4

— C'est tout ?

J'ai observé Brendan, guettant l'expression d'un quelconque sentiment de colère dans ses yeux. Je n'y ai vu rien d'autre que de l'inquiétude — et un peu de frustration de ne pas avoir été mis au courant. Mais aucune dureté ne se reflétait dans ses yeux verts.

J'ai hoché la tête. Couché sur le côté gauche, la main sous la tête, il a fermé les yeux et a inspiré profondément. Il s'est ensuite penché vers moi et, pour ne pas perdre l'équilibre, a posé la main sur mon épaule gauche. Il faisait attention à ne pas toucher par mégarde mon genou à vif. Nous étions allongés, à peine vêtus, sur son lit immense, dans la grande maison de ville de ses parents. Malheureusement, la situation était tout sauf romantique. A commencer par le sachet de légumes surgelés que je pressais contre mes mains pour les faire désenfler. Cisco avait eu raison : elles étaient rouges et gonflées. Rien de mieux pour créer une atmosphère romantique qu'un sac de brocolis en train de décongeler. *Sérieux, c'est le légume le plus sexy qui soit, non ?*

Brendan ne portait qu'un T-shirt et son pantalon noir d'uniforme. Mes vêtements étaient dans la machine à laver à l'étage en dessous du sien — oui, il avait tout un étage de la maison pour lui tout seul. Brendan, qui était fils unique, avait ce soir-là la maison pour lui seul en fait, car ses parents étaient, comme souvent, en voyage. Un peu comme un Bruce Wayne ado, mais sans le permis de conduire de la Batmobile. A bien y réfléchir, aucun de mes amis de New York n'avait le permis, d'ailleurs.

Je portais donc un boxer et un T-shirt de Brendan, tous deux bien trop grands pour moi. Dès que je lui avais montré le poignard, toute possibilité de romantisme s'était évanouie. Ma colère et mes idées de vengeance étaient revenues rapidement, dès mon arrivée chez lui. J'avais éclaté en sanglots et lui avais tout raconté entre deux crises de larmes : le sortilège, le présage d'une catastrophe à venir pour moi et peut-être aussi pour lui, le sentiment mystique d'Angélique qu'une tragédie se préparait, l'agression des Cloisters, la force magique que j'avais réussi à mobiliser pour désarmer mon ennemi. Je lui avais même raconté les remarques acerbes de Kristin et de Kendall. J'aurais dû éviter cette dernière partie sans doute, mais tous les détails sordides des dernières vingt-quatre heures ne demandaient qu'à sortir et, dans ses bras, j'ai vidé mon sac comme un gros bébé. Et j'ai continué, assise au bord de la baignoire de sa salle de bains en désordre, pendant qu'il soignait tendrement mon genou en morceaux, le nettoyant puis retirant les échardes. Tout cela en me mouchant bruyamment dans du papier toilette. Plus sexy, tu meurs.

— Je comprends pourquoi tu as voulu attendre pour me raconter le sortilège que vous avez fait, avec Angélique. Mais il faut me promettre que tu ne me cacheras plus rien à partir de maintenant, même pour me protéger, a insisté Brendan en essuyant une larme sur ma joue.

J'avais pourtant cru avoir pleuré toutes les larmes de mon corps mais, comme moi, elles avaient souvent un temps de retard…

— D'accord.

J'ai ravalé les larmes qui menaçaient de couler encore.

— Arrête de dire juste « d'accord », m'a-t-il dit plus fermement, avec un air de plus en plus agité. Nous avons parlé de ça hier seulement, tu te souviens ?

Frustré, il a tiré sur une mèche de ses cheveux noirs.

— Promets-moi de ne plus me cacher ce genre de truc, même provisoirement. Surtout quand il s'agit de magie ! Enfin, bon sang, Emma : il y a quatre mois seulement, nous avons vaincu une malédiction millénaire qui aurait pu torturer nos âmes à jamais ! Je ne te demande pas de me tenir au courant chaque fois que tu vas aux toilettes, mais si un sortilège indique qu'un danger te guette, un danger plus fort que nous deux réunis, c'est bien ça que disaient les cristaux, non ? Des milliers de cristaux maléfiques et un minuscule cristal rouge en notre faveur ? Dans ce cas, je veux savoir !

Il a soupiré et a secoué la tête, amer.

J'ai renouvelé mes excuses à voix basse.

— Arrête de t'excuser, a gémi Brendan en s'allongeant sur le dos à côté de moi, si brutalement qu'il a failli heurter le mur.

Il s'est passé les mains sur le visage avec une telle rage que j'ai cru qu'il allait s'arracher le nez. Il s'est redressé enfin, appuyé sur le coude.

— Emma, je sais que la magie est à l'œuvre dans cette histoire, mais n'oublie pas non plus que tu es à New York, tu veux bien ?

Cette fois, ses yeux verts brillaient de colère.

— Qu'est-ce que tu veux dire ?

— Je veux dire que tu as cru que ce sortilège prédisait que quelqu'un s'en prendrait à moi, O.K. ? Et alors ?

Brendan a levé la main en l'air, exaspéré.

— Ça ne veut pas dire que n'importe quel taré ne pourrait pas essayer de t'attaquer si tu te retrouvais toute seule quelque part !

— Je croyais qu'il ne m'arriverait rien en plein jour ! ai-je répliqué pour ma défense. J'étais dans un parc, c'était une sortie scolaire ! Et puis j'avais besoin de m'isoler un peu...

— Tout de même, Emma. Et j'ai une autre question. Franchement, il ne t'est jamais venu à l'idée de — oh oh — je ne sais pas moi, appeler la police ?

J'ai tressailli devant le ton dur de sa voix.

— Tu as peut-être raté la partie où je l'ai mis K.-O., sans doute ?

A mon tour d'être en colère.

— Et alors ? Emma, je me fiche de savoir comment tu es arrivée à le mettre par terre — que ce soit avec quelques-uns des mouvements d'autodéfense que je t'ai appris ou avec de la magie ou une arme martiale, ou même s'il s'est transformé en barbecue après que tu as fait apparaître des boules de feu dans le ciel ! Si quelqu'un t'agresse, tu appelles la police, a-t-il ajouté, les mâchoires serrées.

J'ai protesté.

— Mais Brendan, je n'aurais même pas pu le décrire !

Il m'a coupé la parole.

— Je m'en fiche pas mal. Tu aurais dû...

— D'accord, Brendan, j'appelle la police. Et pour leur dire quoi, exactement ?

D'un geste rageur, j'ai jeté le sac de brocolis surgelés sur la table de nuit.

— *Dites, les gars, quelqu'un — un homme, en tout cas, je crois que c'en est un —, avec un masque noir qu'il a sûrement acheté en solde le lendemain d'Halloween, m'a poussée contre un arbre. Je me suis donc défendue avec les trucs que mon copain, pas si inconnu des services de police que cela, m'avait montrés, je l'ai frappé au visage, il m'a gentiment demandé de le laisser m'entailler la peau, donc j'ai utilisé un sortilège de répulsion pour l'envoyer dix mètres plus loin par la voie des airs. Ah, et je crois qu'il a aussi piqué la barrette de cheveux d'Ashley.*

J'ai poursuivi sur ma lancée, irritée par son obstination.

— Une dernière chose : dis-toi bien que j'aurais été obligée de donner ce couteau à la police avant qu'Angélique ne puisse l'examiner.

Je me suis redressée et lui ai montré le poignard, que j'avais posé sur le bureau de Brendan. Rien que de le voir, j'ai frissonné, comme si quelqu'un pouvait apparaître soudainement dans la pièce et me l'enfoncer dans le cœur — et c'était sans doute le but premier de sa fabrication.

— Raison de plus d'appeler les flics. Si on t'attaque avec un couteau, tu appelles des gens qui portent des armes, c'est aussi simple que ça, a insisté Brendan en fronçant les yeux.

— Tu l'as regardé de près ? C'est sûrement un poignard rituel, ça s'appelle un « athamé », j'ai vérifié, lui ai-je expliqué d'un ton irrité. Et celui-ci a été fabriqué dans un objectif très clair.

— La police a tout le temps affaire à des histoires occultes, Emma. Une agression est une agression, quelle que soit la magie noire que ce type pratique à la maison.

— Et comment aurais-je expliqué que je m'en sois sortie ? Je ne pouvais pas vraiment leur parler du sortilège que j'ai utilisé pour désarmer ce psychopathe ! Ils m'auraient prise pour une dingue !

J'ai frappé du poing sur le matelas, non sans me faire mal au passage, malgré les gros oreillers posés dessus. J'ai laissé retomber ma tête sur l'oreiller de Brendan.

— Réfléchis. Je serais dans une pièce capitonnée à cette heure-ci. Ils diraient que j'ai tout inventé pour attirer l'attention ou je ne sais quoi. Qui se fait agresser deux fois en quatre mois ? Non, il faut qu'on se débrouille tout seuls. Et puis, imagine que les gens commencent à savoir que les sortilèges fonctionnent vraiment, comme dans les contes de fées ! C'est pour ça qu'Angélique dit toujours que la vraie sorcellerie doit rester cachée.

— Peut-être qu'elle ne devrait pas se balader avec une tenue tout droit sortie d'un film de Tim Burton alors, a raillé Brendan.

Il a détourné le regard, avant de prendre une profonde inspiration et de se mordiller la lèvre. Que pouvait-il bien se retenir de dire ? Il m'a regardée de nouveau, plus calme.

— Puisque tu as l'air si sûre que ta copine a réponse à tout, dans ce cas Angélique, toi et moi devrions discuter de tout ça. Le plus tôt sera le mieux.

A cette idée, j'ai fait la grimace intérieurement. Je n'avais aucune envie de supporter Angélique et Brendan dans la même pièce plus de quelques minutes. Je doutais d'arriver à me concentrer tout en essayant de les empêcher de s'envoyer des vannes. Alors que l'essentiel était justement de garder ma concentration…

— J'ai déjà prévu de l'appeler. Je lui ai envoyé un SMS du car en lui disant que j'avais un truc énorme à lui raconter. Elle travaille jusqu'à 6 heures.

Angélique travaillait pour Vince A, en contrepartie de sa bourse scolaire, mais dans le bureau d'accueil des élèves, tout près de la grotte de l'ours Casey et de son adjointe, Mme Gary, une dame de fer habillée invariablement de gris. Je crois l'avoir vue une fois en rose et j'avais failli avoir une attaque.

— Je dois savoir si Angélique a ressenti quelque chose. Je t'ai parlé de ses dons d'empathie ?

Il a hoché la tête, visiblement sceptique.

— Et tu m'as aussi raconté qu'elle n'avait aucune idée de ce que le sortilège d'hier signifiait. Et, après ça, on t'a attaquée aujourd'hui.

J'ai fermé les yeux et j'ai soupiré.

— Arrête de pinailler. Angélique connaît bien son sujet : elle saura ce qui se passe. En tout cas, elle saura au moins comment découvrir ce qui se cache derrière l'attaque d'aujourd'hui, ai-je insisté en ouvrant un œil. Tu n'as pas besoin d'être là, je te raconterai tout ce qu'elle dira, c'est juré.

— Tu rigoles, là ? Essaie seulement de m'empêcher d'aller la voir avec toi !

— Donc je te cache un petit truc de rien du tout et, maintenant, tu ne me fais plus confiance ?

J'avais haussé la voix d'un ton. Je ne pouvais m'empêcher de me sentir un peu insultée.

— Ce n'est pas que je n'ai pas confiance en toi. C'est juste qu'on va se battre ensemble.

Brendan parlait avec la même fermeté que tout à

l'heure mais, cette fois, il a posé la main avec tendresse sur mon menton et m'a caressé doucement la joue.

— Quelqu'un a essayé de te faire du mal. Quelqu'un t'a *fait* du mal. Comment peux-tu imaginer que je ne me sente pas concerné ?

— Je ne remets pas cela en cause, Brendan, c'est simplement… qu'il est difficile pour moi de me concentrer quand vous êtes ensemble. Angélique et toi n'avez pas beaucoup d'atomes crochus.

— En effet, mais c'est son problème, pas le mien, m'a-t-il dit avec un sourire décidé. Quoi qu'il en soit, je préfère que tu n'y ailles pas seule. Je suis fier que tu aies terrassé ce malade et que tu l'aies fait fuir, mais j'aurais voulu que tu n'aies pas à le faire, tu comprends ? Même si je sais que ma copine est une dure.

Il a souri malgré lui.

— D'accord, c'est la première étape. Rendez-vous de sorcières chez Angélique.

Brendan a fait glisser sa main le long de mon flanc et l'a posée sur mon ventre.

— Marché conclu ?

— Marché conclu, ai-je soupiré.

Je savais que j'avais eu tort de ne pas lui parler du sortilège, mais ce que je voulais maintenant, c'était qu'il arrête de vouloir prendre les choses en main, qu'il me réconforte et ne m'en veuille pas. Et je le lui ai dit.

Brendan a repris alors son ton de voix habituel.

— Je ne t'en veux pas, Em. Pas à toi.

Je l'ai regardé longuement dans les yeux. Toute colère y avait disparu.

— Je ne suis pas ravi de la façon dont tu as géré tout ça mais… peu importe. Je sais pourquoi tu l'as fait. Et j'oublierai vite maintenant que tu as promis de ne plus rien me cacher. D'accord ? m'a-t-il répété à dessein.

— D'accord, ai-je marmonné.

— O.K. ? Parce que, comme je viens de le dire, je ne suis pas fâché contre toi. Je suis furieux de ce qui s'est passé. Je n'aime évidemment pas l'idée que quelqu'un s'en prenne à ma copine. *Une deuxième fois.* Et je déteste encore plus l'idée de ne pas avoir été là pour t'aider.

Une détresse nouvelle s'est peinte sur son visage. Il s'imaginait sans doute la scène de ma lutte contre le mystérieux agresseur masqué. Il s'est passé de nouveau la main dans les cheveux sans ménagement.

— Je comprends pourquoi tu ne m'as pas parlé du sortilège. Mais enfin, Emma, si j'avais su qu'il se tramait quelque chose, j'aurais séché l'école et je serais venu te rejoindre — malgré tout ce qui m'arrivait.

Brendan a retiré sa main de ses cheveux, les laissant plus en bataille que jamais. On aurait dit qu'un pétard venait d'exploser dedans.

— Je voudrais que tu te rendes compte que tu n'as pas à te battre toute seule. Je suis concerné, je suis dedans jusqu'au cou. Avec toi. Si pour ça je dois sortir de chez moi en cachette la nuit parce qu'un sort t'a fichu la trouille ou si je dois me tirer du lycée pour te rejoindre en sortie scolaire, je serai là.

Il m'a regardée.

— Je suis là, Emma, m'a-t-il répété en me serrant doucement contre lui. On va s'en sortir ensemble. Promets-moi de t'en souvenir.

— Promis, ai-je murmuré.

Brendan a posé la main sur ma hanche et a glissé le pouce à l'intérieur de l'élastique du boxer à carreaux que je portais. Il l'a regardé avec un petit sourire espiègle.

— Dire que c'est ta petite culotte à toi que je devrais voir.

Il a tiré sur l'élastique avant de le laisser retomber avec douceur.

— Petit malin, va.

J'ai fait mine de lui en vouloir et j'ai essayé de lui donner une tape sur l'épaule mais il m'a attrapé la main au vol.

Il a fermé les yeux et a levé ma main à ses lèvres. Il a embrassé mon poignet lentement, doucement. Puis, son corps en équilibre au-dessus du mien, nos doigts se sont entrelacés. Il m'a caressé légèrement l'intérieur du bras, et sa main s'est mise à tracer un chemin brûlant sur ma peau. Il a continué de me caresser et, quand il a enfin posé la main juste sous ma poitrine, j'ai vu l'expression d'adoration sur son visage. J'en ai eu la gorge serrée.

J'étais contente d'avoir pensé à me raser les aisselles et les jambes la veille, d'autant plus que je ne m'attendais pas à ce que cet après-midi et encore moins cette fichue journée se terminent ainsi. Je ne pensais pas me retrouver à demi nue dans le lit de Brendan, sur ses draps bleu marine si doux. Je n'imaginais pas de pire tue-l'amour que d'avoir les aisselles poilues en pareil moment !

Mais j'ai vite oublié ces considérations sur mon apparence. Je ne pouvais me concentrer ni ressentir autre chose que lui, Brendan. Toutes mes craintes, toute mon angoisse, toute ma rage se sont évanouies dans ses bras. Tout ce qui n'était pas lui disparaissait. Il a glissé la main sous mon dos et je me suis laissé faire tandis qu'il m'installait sur lui en un geste fluide.

J'ai pressé mes lèvres contre les siennes. Sa bouche

était douce. Nous étions comme faits pour nous embrasser — je suppose que c'est cela, d'être des âmes sœurs. Nous étions destinés à nous aimer. Il comprenait sans un mot quand j'avais besoin d'une caresse plus insistante, plus appuyée, et quand j'avais besoin qu'il soit tendre et rassurant. Comme maintenant.

Brendan emplissait tous mes sens. Je ne respirais plus rien d'autre que le parfum frais de son shampooing, les doigts emmêlés dans ses cheveux. Je ne ressentais plus rien d'autre que ses mains sur moi. Sur mes hanches, sur mes cuisses qu'il avait écartées pour que je le chevauche.

Il a mis un bras autour de ma taille et s'est assis, tout en continuant de m'embrasser. Soudain, il m'a lâchée, juste assez longtemps pour enlever son T-shirt. Il l'a balancé à travers la pièce… je ne sais où. Il aurait pu l'envoyer dans une autre dimension, je n'aurais rien remarqué.

Brendan a plongé les doigts dans ma chevelure, il a pris ma tête entre ses mains et m'a embrassée doucement, tendrement, ne s'écartant que pour me murmurer qu'il m'aimait. Ses mains ont trouvé le bord du T-shirt que je portais et l'ont serré fébrilement. Mon T-shirt n'a pas tardé à rejoindre le sien. La sensation de ses caresses sur ma peau, ses étreintes de plus en plus passionnées m'ont fait perdre la raison, catapultée elle aussi dans une autre dimension. Mais, lorsque les lèvres de Brendan se sont posées sur mon cou et que ses doigts ont commencé à tirer sur l'agrafe de mon soutien-gorge, j'ai dû me forcer à revenir sur terre. Bien sûr, j'avais terriblement envie de sentir sa peau contre la mienne, de me perdre entièrement en lui et d'oublier tout le reste… Mais j'ai posé les mains contre son large torse musclé — *concentre-toi, Emma* ! — et je l'ai repoussé doucement.

— Mmm, désolé, a murmuré Brendan en faisant glisser ses mains sur mes épaules.

Il s'est écarté. Ses yeux étaient emplis de désir.

— J'arrête.

— On n'a pas besoin de s'arrêter-s'arrêter, juste de ralentir un peu, lui ai-je fait.

Je lui ai caressé le visage du bout des doigts tout en essayant de calmer ma respiration irrégulière. On aurait dit la respiration d'un asthmatique en train de courir dans une tempête de poussière.

— Non, on devrait arrêter, a dit Brendan d'une voix ferme.

Il m'a prise dans ses bras tout chauds. Je me suis demandé si c'était la température normale de son corps ou ce que nous venions de faire, mais il commençait à faire vraiment chaud dans le lit de Brendan — dans tous les sens du terme.

Il s'est écarté, puis m'a regardée avec le même désir que tout à l'heure.

— Je ne veux pas profiter de la situation… surtout après la journée que tu as vécue aujourd'hui. Mais c'est dur de ne pas me laisser emporter quand je suis avec toi.

— Tu m'étonnes, ai-je soupiré, consciente que l'expression de mon visage devait être la même que la sienne.

Nous étions faits l'un pour l'autre. Et impossible de me raisonner : dès que Brendan me touchait, mon QI était en chute libre.

— Tu es tellement… craquant. Et je t'aime tellement… mais je ne suis pas encore prête à aller plus loin, surtout après aujourd'hui…

Et là, je dois rougir comme une cruche. Ouais, c'est exactement ça, le QI d'un bulot. Et encore, je suis sympa.

Brendan a souri et a planté un baiser chaste sur mes lèvres ouvertes.

— Donc on est d'accord. Tu n'as pas à t'expliquer, je ne me plains pas du tout.

— Tu es sûr ? Je veux dire… Kendall disait des trucs…

Je m'en voulais d'avoir l'air si peu sûre de moi. Non pas que j'aurais accepté de faire quoi que ce soit avant d'être prête, mais je n'avais pas envie de me sentir coupable de frustrer mon petit ami tellement patient.

— Euh, pour être franc… parfois c'est vraiment dur.

— Je sais. Je le vois bien. N'oublie pas que je suis sur toi, là, lui ai-je dit avec un sourire provocant.

Brendan a levé un sourcil.

— Vraiment dur *d'arrêter*, je voulais dire, petite maligne. Et le reste aussi, évidemment. Mais ne t'en fais pas, attendre que tu sois prête, ça en vaut la peine, a souligné Brendan en me pinçant doucement.

Il m'a ensuite caressé le dos tout en parlant, me donnant presque envie d'être prête tout de suite.

— Et pour Kendall, a-t-il ajouté avec une grimace de dégoût, c'était la plus grosse erreur que j'aie jamais faite, à tous points de vue. Elle est aussi sexy qu'une chaussette trempée. Te tenir la main est plus satisfaisant que tout ce que cette fille pouvait inventer, je t'assure.

— J'aurais préféré que tu m'épargnes cette image mais je suppose que c'est un compliment, ai-je rétorqué sèchement.

— Désolé, je voulais être honnête avec toi.

Brendan a haussé les épaules. Il m'a caressé la jambe, heurtant par mégarde mon genou endolori. J'ai eu un mouvement de recul et l'ambiance légère qui régnait entre nous s'est assombrie immédiatement.

— Je suis très fier que tu aies réussi à t'en sortir, mais j'aurais dû être là. Toute cette histoire est incroyablement stupide.

Brendan a soupiré. Son ton était à la fois doux et acerbe.

Moi j'étais au contraire secrètement soulagée qu'il ait été en colle à Vince A à ce moment-là. Je pouvais survivre avec un genou endolori et quelques ecchymoses. Mais je n'aurais jamais supporté que Brendan se fasse poignarder en essayant de me protéger, surtout maintenant que nous savions que j'étais la cible d'un ennemi mystérieux.

— Tu sais, tu ne m'as toujours pas raconté ce qui s'est passé au lycée ce matin. On me l'a raconté, mais je ne sais pas à quel point le récit était exact.

— Qu'est-ce que tu as entendu dire ? m'a demandé Brendan, qui s'est aussitôt tendu.

J'ai relayé ce que Cisco m'avait raconté. Il a hoché la tête tout du long et a confirmé toute l'histoire.

— Tout est vrai, ou presque. Donc, voilà ce qui s'est passé quand je suis sorti de la salle de classe : les flics et Casey m'ont escorté jusqu'à mon casier pour faire une perquisition. Et ils ont tout fouillé. Absolument tout, mes bouquins, les tiens, mes devoirs. Et Casey n'arrêtait pas de me demander si je vendais de la coke ou des cachets et de me dire que je me faciliterais la vie en avouant tout. Et que peut-être alors je m'en sortirais avec une simple exclusion temporaire.

— Pourquoi toi ? Est-ce qu'ils se sont trompés de garçon ?

— Non, ils faisaient exactement ce qu'on leur avait dit de faire, a précisé Brendan en fulminant de colère.

Il a respiré bruyamment. S'il avait pu cracher du feu, il l'aurait certainement fait.

— Casey dit qu'ils ont reçu un appel anonyme. Comme quoi je vends de la coke et des pilules. C'est pour ça que les flics étaient là. Donc ils sont en train de fouiller mon casier et, au début, j'étais un peu nerveux. Après tout, quelqu'un y avait peut-être mis un truc à mon insu ? Je ne le ferme jamais à clé. Et ils ont trouvé quelque chose.

Je me suis raidie.

— Qu'est-ce qu'ils ont trouvé ?

— Je ne savais pas trop au début. J'étais de l'autre côté de la porte du casier, donc je n'ai rien vu. Casey a attrapé le col de ma chemise et m'a traîné dans l'escalier jusqu'à son bureau. Je ne sais pas ce qu'elle porte comme parfum mais il a la même odeur que le désodorisant des toilettes, au fait. J'espère pour toi que tu n'auras jamais à sentir Casey d'aussi près. C'était déjà assez dégueu d'être malmené par elle, m'a dit Brendan, l'air dégoûté.

— Laisse tomber son odeur de Febreze, Brendan, qu'est-ce qui s'est passé ? ai-je répliqué, exaspérée.

— On est allés dans son bureau et, en fait, c'était un petit sachet de talc pour bébé. Ça ne ressemblait même pas à de la coke. J'imagine que quelqu'un l'a collé au fond du casier mais je ne sais pas quand. Ce casier est un vrai bazar ! Il faudrait franchement penser à le nettoyer.

— Donc, tu as eu des problèmes ?

Je tenais à ce que Brendan arrête de faire des digressions et qu'il me raconte la fin de l'histoire.

— Casey a commencé un laïus, comme quoi elle va me tenir à l'œil et que ça ne prouve absolument rien. Je lui ai répondu de me faire passer une analyse de sang, que j'étais prêt à lui filer un échantillon, tout de suite, dans son mug de café si elle voulait, et que je n'avais rien à cacher. Ça ne l'a pas fait rire. Les flics ont rigolé, eux.

Il a fermé les yeux pour mieux se souvenir de la scène et s'est mis à rire. Je l'ai secoué par les épaules.

— Brendan, comment ça s'est terminé ? Tu me tues, là.

— Il ne s'est *rien* passé. Ma remarque sur son mug de café n'est pas bien passée mais, à part ça, pas de souci pour moi. Le coup monté était tellement évident !

Il est parti d'un rire amer.

— Les flics ont dit que c'était soit une blague — une très mauvaise blague — soit une vengeance. Je ne peux pas m'empêcher de croire que la deuxième hypothèse est la bonne.

J'ai grimacé.

— C'est forcément un coup de Kristin.

Mais Brendan a secoué la tête.

— Sans vouloir te blesser, je crois que si cette peste piégeait quelqu'un ce serait toi. Et elle saurait où trouver de vrais cachets pour arriver à te coincer. Cette nana n'a rien d'un enfant de chœur, elle ne fait pas les choses à moitié quand elle en veut à quelqu'un.

— Tu as sûrement raison, ça aurait été moi, ai-je acquiescé avec amertume.

Au lieu de cela, elle a préféré me torturer aux Cloisters.

— Bref, après avoir fouillé toutes mes affaires et n'avoir rien découvert, Casey me demande si j'avais eu des ennuis récemment à l'école, si quelqu'un m'en voulait.

Nous avons échangé le même regard incrédule, genre « Elle blague ou quoi ? »

— Qu'est-ce que tu lui as répondu ?

— Je lui ai demandé si elle plaisantait ! Je n'aime pas particulièrement les gens du lycée mais, à part deux ou trois personnes que je ne peux pas sentir, je n'ai pas d'ennemis mortels.

C'était vrai. Les garçons qui n'aimaient pas Brendan avaient trop peur de lui pour tenter quoi que ce soit. Et quant aux filles elles auraient préféré au contraire tenter quelque chose. Si possible dans son lit.

— Attends, ce n'est pas encore fini, a-t-il marmonné. D'accord, ce n'est pas aussi grave que ce qui t'est arrivé. Mais, en ce qui me concerne, c'est pire que de se faire piéger. Casey m'a renvoyé en classe comme si de rien n'était. Je me suis dit qu'elle pouvait aller se faire voir et que j'allais prendre ma journée et aller traîner à la bibliothèque jusqu'à ton retour. Donc je récupère mon sweat à capuche, sous la paillasse du labo de chimie, et là je m'aperçois qu'on m'a volé mes écouteurs. Ceux que j'utilise pour faire le DJ. Mon meilleur casque.

— Oh non, c'est nul ! me suis-je écriée.

Je voyais tout à fait de quel casque il parlait. Brendan me l'avait prêté plusieurs fois quand je devais travailler à la bibliothèque et qu'il était à l'entraînement de basket. Le son était tellement bon que j'avais l'impression que le groupe que j'écoutais jouait pour moi.

— Ouais, tu m'étonnes, a-t-il soupiré. J'ai des petits écouteurs dans mon casier pour écouter de la musique en cours. Donc je m'en suis servi aujourd'hui. Sauf que j'avais l'impression d'écouter de la musique à travers une éponge. Et super-inconfortable en plus, comme si je m'étais mis de la mousse de matelas dans les oreilles. Le super-casque que j'avais est en rupture de stock.

Brendan a prononcé ces derniers mots dans une grimace. En fait, je comprenais qu'il soit plus furieux qu'on l'ait volé que d'avoir été victime d'un coup monté ridicule visant à l'accuser d'être trafiquant de drogue.

— Et qu'est-ce qui s'est passé d'autre avec Casey ?

— Il fallait *absolument* qu'elle appelle mes parents, évidemment, m'a-t-il dit, sarcastique.

— Qu'est-ce que ta mère a dit ?

Je me suis préparée à entendre un laïus acerbe.

— En fait, ils ont eu mon père au téléphone, donc ça ne s'est pas trop mal passé.

J'ai soupiré de soulagement et j'ai demandé à Brendan comment son père avait réagi. J'avais raison d'être optimiste.

— Il en a sorti une bonne. Casey ne s'y attendait pas. C'était génial. Même si, soyons francs, Emma, je mérite en général de me retrouver dans le bureau de Casey. Il lui a dit : « Je trouve un peu bizarre que vous trouviez tous les prétextes du monde pour faire venir mon fils dans votre bureau. Je me demande si vous n'avez pas une idée derrière la tête. »

Brendan imitait à merveille le ton désagréable que son père avait dû employer avec la proviseure. Puis il a éclaté de rire, se souvenant de ce qu'Aaron Salinger avait dit ensuite.

— Il lui a dit que je n'aurais dix-huit ans qu'en avril et qu'il trouvait dérangeant d'avoir à lui rappeler que je suis mineur.

J'ai éclaté de rire à mon tour devant les insinuations du père de Brendan.

— Casey a dû flipper à mort !

— Elle a commencé à bafouiller comme une malade. Et mon père n'en avait pas fini avec elle. Il lui a demandé s'il fallait qu'un tiers soit présent chaque fois qu'elle me fait venir dans son bureau.

— C'est super qu'il t'ait défendu comme ça.

En revanche, je préférais ne pas imaginer ce que Laura aurait pu dire si elle avait été au bout du fil avec Casey…

— Ouais, mon père est grandiose. Heureusement qu'ils l'ont eu, lui, ma mère était dans un avion, a reconnu Brendan en posant la tête sur mon épaule. Je te jure, Emma, ma mère peut être tellement pénible.

— Qu'est-ce que tu veux dire par là ?

Je me suis retenue de tout commentaire sur le fait que je l'avais trouvée pénible, effectivement, et à la seconde où je l'avais rencontrée.

Il a relevé la tête, cherchant ses mots.

— Elle ne s'est jamais intéressée à ce que je faisais, tant que je ne la mettais pas dans l'embarras ou que je ne nuisais pas à la réputation de la famille, m'a-t-il dit avec amertume. Je dois avouer que j'ai fait pas mal de trucs, juste pour l'énerver ou éviter d'aller à un événement mondain débile où elle voulait me traîner. Mais maintenant elle me demande sans arrêt ce que je fais à l'école, ce que je fais de mon temps libre. Elle a même essayé de m'envoyer à un bal des débutantes — l'horreur — pour servir de cavalier à la fille d'une de ses copines de club en décembre dernier. Elle n'arrive pas à comprendre que je me fiche complètement de ce genre de truc.

— Elle voulait que tu sortes avec *quelqu'un d'autre* ? ai-je répété, blessée.

Je savais qu'elle ne m'aimait pas particulièrement, mais à ce point-là…

— Ce n'est pas un vrai rendez-vous, Em. La fille est censée faire son entrée dans la bonne société et le garçon qui l'accompagne « lui ouvre la voie pour le reste de sa vie », ou un truc de ce genre, a-t-il dit d'un ton moqueur. Je lui aurais servi de potiche. J'ai refusé. En fait, ma mère a cédé grâce à toi.

Brendan a souri, ironique.

— Pourquoi ? Parce qu'on sortait ensemble à ce moment-là ?

— Non, parce que j'étais couvert de bleus et de plaies après la bagarre avec Anthony. Personne n'a envie d'un cavalier avec la tête que j'avais.

Brendan a souri de nouveau, d'un air taquin.

— Sauf toi, évidemment. Mais toi, tu as un goût impeccable.

J'ai essayé de sourire. En vain. A croire que c'était Laura qui voulait se débarrasser de moi et pas un ennemi magique.

— Tes parents vont rentrer plus tôt à cause de cette histoire avec Casey ?

J'ai regardé nos tenues. Elles n'auraient guère plu à des parents : j'étais en sous-vêtements (ceux de Brendan) et il ne portait que son pantalon.

— Non, toujours lundi.

Il a souri largement et m'a donné une petite tape sur les fesses.

— Ta tenue me convient parfaitement, si tu veux rester comme ça. Sauf quand tu sortiras tout à l'heure. Il faudra quand même t'habiller. D'ailleurs, ton uniforme doit être sec maintenant, a ajouté Brendan.

J'étais tout contre lui. Il m'a regardée et a soudain froncé les sourcils.

— Mouais, à la réflexion, je ne vais pas y arriver si tu restes dans cette tenue. Il vaut mieux que tu t'habilles tout de suite, a grommelé Brendan.

Il m'a attirée contre lui pour un dernier baiser passionné, plus brûlant encore que tous ceux qui l'avaient précédé.

Soit j'avais de la chance, soit les parents de Brendan avaient la machine à laver la plus efficace de la terre — il ne faisait aucun doute qu'ils en avaient les moyens — mais les taches sur ma chemise avaient disparu. J'ai raconté à Brendan comment je l'avais confondu avec Liam. J'avais eu raison, sur le coup : il a trouvé cela très drôle mais a juré de torturer Liam avec cette histoire. Je me suis habillée et assise par terre contre le lit pour téléphoner à Angélique. Elle était sans doute chez elle maintenant. Brendan, allongé sur le lit, me caressait les cheveux. Il n'avait pas remis son T-shirt. Je ne m'en plaignais pas…

— Déjà ? Je parie que c'est pour ça que tous les cristaux étaient noirs, a-t-elle crié au moment même où je finissais de lui raconter l'agression aux Cloisters. Si l'on avait réalisé le sortilège il y a une semaine, les choses auraient été différentes. Le danger était imminent.

J'ai commencé à répéter ce qu'elle me disait à Brendan, qui m'a interrompue sur-le-champ.

— Je l'entends parfaitement bien, merci.

— Franchement, Emma, a poursuivi Angélique, j'ai toujours, par vagues, cette sensation de terreur. Elle n'a pas disparu. Il faut que l'on voie si cet athamé peut nous donner des indices.

J'ai regardé le poignard. A en juger par son aspect, son propriétaire était un grand tordu.

— Dis-moi encore comment tu as réussi à te concentrer sur le sortilège *Emoveo*, a-t-elle insisté avec enthousiasme. J'ai mis presque trois ans à y arriver !

J'ai poursuivi mon récit — en prenant un peu plus de temps pour me vanter cette fois — mais Brendan m'a interrompue de nouveau.

— Elle peut venir demain ? Ou alors, on va chez elle ? Tu pourras lui raconter les détails plus tard, m'a-t-il demandé en me tirant doucement par les cheveux pour attirer mon attention.

— Est-ce qu'il faut vraiment qu'il soit là ? On y arrivera plus vite toutes les deux.

Angélique avait baissé la voix — mais pas suffisamment.

— J'ai entendu et la réponse est oui, a répliqué calmement Brendan.

Angélique a poussé un juron — un ton plus haut, cette fois.

— J'ai entendu ça aussi, a-t-il marmonné.

— J'irai chez lui, a soupiré Angélique, résignée. Donne-moi son adresse par SMS. Je ne veux pas qu'il se moque de l'immeuble où on habite.

Angélique avait eu une bourse pour s'inscrire à Vince A, et cela, en plus de ses bizarreries de sorcière, ne lui avait pas attiré beaucoup d'amis à Snobville. Même si Brendan, lui, s'en fichait complètement. Après tout, je n'avais pas non plus un passé très linéaire. Mais Angélique le mettait dans le même sac que les autres élèves du lycée.

— Angélique, arrête.

— Où était-il ce matin pendant que tu te battais avec un psychopathe ? m'a-t-elle demandé en changeant de sujet.

— Tu n'en as pas entendu parler ?

— Emma, tu es à peu près la seule personne de la classe qui vaut la peine que je lui adresse la parole, m'a-t-elle simplement répondu.

Je lui ai donc donné une version abrégée de ce qui était arrivé à Brendan ce matin.

Elle a gardé le silence quelques instants.

— Angélique, tu es toujours là ?

— A la réflexion, il vaut mieux que vous veniez ici, a-t-elle dit enfin avec insistance. Venez tôt, vers 10 heures. Je demanderai à ma cousine d'être là. Ma mère va sortir avec la sienne. Si elle était là, elle flipperait complètement. Mais Miranda sait tenir sa langue.

— Pourquoi as-tu changé d'avis ? Et hum… pourquoi demander de l'aide ?

Angélique était la plus jeune sorcière de sa famille.

— Tu ne vois pas ? s'est-elle écriée. Brendan n'était pas là parce qu'il *fallait* qu'il ne soit pas là. Celui qui l'a piégé est impliqué dans l'attaque des Cloisters. Réfléchis : il ou elle savait que Brendan t'aurait protégée. Sans lui, tu devenais une proie facile.

Décomposée, je me suis tournée vers Brendan, et son expression m'a indiqué qu'il avait tout entendu.

— Ça m'a l'air logique, a-t-il murmuré.

— Je ne sais pas de quels livres nous aurons besoin, donc il vaut mieux faire cela ici, a repris Angélique.

Elle s'est tue.

— Et apporte l'athamé, évidemment.

Brendan est venu me chercher le lendemain. De mauvaise humeur, il se plaignait du son pitoyable des vieux écouteurs bon marché qu'il avait autour du cou. Par chance, tante Christine — qui avait crisé en voyant la plaie ouverte sur mon genou — n'a pas posé de questions. Je lui ai seulement dit que nous allions chez Angélique. Le fait qu'il avait failli mourir pour me sauver la vie faisait de Brendan un garçon acceptable pour ma tante — même si elle insinuait souvent que notre relation était « trop sérieuse ». La seule règle qu'elle imposait était que la porte de ma chambre reste ouverte quand il était là, histoire de décourager, comme elle disait, « tout fricotage ».

J'ai pris une grosse gorgée de café et étouffé un bâillement. Nous traversions l'esplanade bétonnée en direction de l'immeuble d'Angélique. En rentrant chez moi la veille, j'avais essayé de déplacer une paire de bottes, que j'avais placée au milieu de ma chambre, avec le sortilège *Emoveo*. Je n'étais arrivée à rien, à part manquer de trébucher dessus ce matin en allant dans la salle de bains. Apparemment, au vu de mes derniers exploits en magie, je n'arrivais à me concentrer que si je me sentais menacée. Toute la nuit, la déception et la peur l'ont disputé à l'incertitude d'être incapable de mobiliser mes pouvoirs de nouveau si nécessaire. Evidemment, j'avais eu du mal à dormir…

— Tu as fermé l'œil la nuit dernière ? m'a demandé Brendan en passant la main dans ses cheveux déjà très décoiffés.

Nous attendions près de l'Interphone qu'Angélique nous ouvre.

— Pas beaucoup.

J'ai soupiré et j'ai levé mon méga-gobelet Starbucks.

— Ça ne suffira jamais. J'aurai besoin de litres de café pour tenir le coup aujourd'hui.

— On ira t'acheter un tonneau de cappuccino après, promis, m'a taquinée Brendan.

Malgré son ton léger, il avait l'air épuisé tout comme moi, et je me suis rendu compte qu'il n'avait pas dû beaucoup dormir lui non plus.

— O.K. pour le tonneau de cappuccino. Tu veux partager ?

Brendan m'a ouvert la porte.

— Non, merci, tu mets trop de lait et de sucre. Tu ferais mieux d'ailleurs de prendre un milkshake à la place, m'a-t-il dit en souriant.

Nous étions dans l'ascenseur.

— C'est toi mon milkshake !

Cette remarque m'a valu un petit sourire fatigué.

— Tu n'as pas dû beaucoup dormir non plus, ai-je ajouté, faussement désinvolte, en appuyant sur le bouton de l'étage d'Angélique.

— Je vais bien, m'a-t-il répondu, tel un automate. Je m'inquiète pour toi, c'est tout.

— Je peux me défendre, ne t'en fais pas. Ce loser a un œil au beurre noir maintenant, grâce à ce que tu m'as appris.

Les portes de l'ascenseur se sont ouvertes sur le couloir éclairé de néons. Brendan s'est appuyé contre le mur près de la porte d'Angélique. J'ai sonné.

Elle a ouvert avec un joyeux « Salut, Emma ! »

Puis Brendan s'est approché et le sourire d'Angélique s'est effacé aussi vite qu'un château de sable balayé par la marée.

— Oh ! Salut Brendan, lui a-t-elle dit avec raideur et un sourire forcé sur ses lèvres maquillées de noir.

— Salut, a-t-il répondu brièvement.

Je savais qu'il était agacé que quelqu'un d'aussi proche

de moi ne l'aime pas. La seule personne qui détestait les snobs de Vince A plus qu'Angélique était Brendan lui-même. Comble de l'ironie, d'ailleurs, car sa famille était sans doute la plus riche de toutes. Mais Angélique et Brendan ne se supportaient pas plus de dix minutes avant que l'un (généralement elle) ne lance une petite pique à l'autre. D'ordinaire, il l'ignorait, mais c'était parce qu'il n'avait jamais à être avec elle plus de dix minutes…

Angélique portait une longue jupe noire fluide. Elle a refermé la porte.

— J'ai résumé la situation à ma cousine. Elle a apporté certains des livres de sa mère et les siens. Elle accepte de nous aider parce qu'elle pense que c'est super-passionnant, a-t-elle murmuré sur le ton de la conspiration. Mais évidemment elle cherche avant tout à démontrer qu'elle en sait bien plus que moi…

Brendan et moi l'avons suivie dans la cuisine — Angélique, ses cheveux méchés, son maquillage outrancier et ses dizaines de bracelets en argent. Sa cousine était installée devant plusieurs piles de bouquins. Je l'avais vue une fois, brièvement, donc je savais qu'elle avait l'air beaucoup moins gothique qu'Angélique — contrairement à Brendan, qui avait dû s'attendre à voir une fille avec un chapeau pointu traverser l'appartement à cheval sur un balai.

Il ne pensait certainement pas tomber sur une Miranda Tedt assise tranquillement à la table de la cuisine, en train de lire un gros ouvrage poussiéreux. L'étudiante en première année à l'université Fordham était vêtue d'une robe-tablier rétro bleu pâle. Ses boucles blondes étaient retenues en arrière avec une barrette à fleurs. Elle ressemblait à une Alice aupays des merveilles version bucolique. Elle avait peint un grain de beauté au coin de sa bouche, et ses yeux bruns étaient maquillés à la perfection d'un trait d'eye-liner en œil de biche — yeux qui se sont éclairés en voyant Brendan, provoquant l'irritation immédiate d'Angélique.

— Ravi de te rencontrer, Miranda. Merci beaucoup d'avoir pris le temps de nous aider aujourd'hui, on apprécie, a-t-il dit avec courtoisie en lui serrant la main.

Miranda a rougi légèrement et j'ai bien cru qu'Angélique allait exploser. Je lui ai tendu la main à mon tour, un peu nerveuse de rencontrer une sorcière plus chevronnée.

— Appelez-moi Randi, inutile d'être formels, a répondu Miranda en repoussant ma main et en me serrant dans ses bras. Un geste très surprenant, à en juger par le comportement en général distant de sa cousine.

— Donc c'est vous, les deux âmes sœurs ? C'est tellement mignon, a lancé Miranda en souriant jusqu'aux oreilles de ses lèvres rouge vif.

Elle nous a observés longuement. Je me suis sentie gênée par son regard curieux, comme si j'étais un bébé tigre au zoo du Bronx. Pour le coup, j'ai soudain compris pourquoi Brendan détestait le mot « mignon ».

Heureusement, Randi a fini par se rasseoir, lissant sa jupe derrière elle. Puis elle nous a fait signe de nous installer sur les chaises blanches de la cuisine. Hormis un cristal par-ci ou une bougie sculptée par-là, rien dans l'appartement ne témoignait des penchants magiques de ses occupants (à part, bien sûr, la décoration de la chambre d'Angélique).

Nous nous sommes assis. Brendan a retiré son sweat. Il portait une chemise gris foncé toute simple sur un maillot de basket à manches longues. Randi n'en ratait pas une miette visiblement. *Quelle subtilité !*

— Où est cet athamé ? a-t-elle demandé tout en lissant un set de table bleu de ses mains manucurées au vernis rouge.

J'avais laissé le poignard chez Brendan la veille. Je refusais de le garder près de moi. Il a plongé la main dans son sac à dos et en a sorti le T-shirt noir dans lequel il l'avait enroulé.

— Je ne savais pas trop comment le transporter sans que ça se voie, a-t-il expliqué en déroulant le vêtement.

Le couteau est tombé sur la table avec un bruit sourd. Il a tournoyé sur lui-même légèrement et a fini par s'immobiliser, la pointe face à moi. J'espérais que c'était une coïncidence…

— J'espère que c'est un T-shirt propre, a dit Angélique dans sa barbe.

Sa cousine et moi lui avons lancé un regard noir en même temps.

— Il *est* propre, a rétorqué Brendan, les dents serrées, d'une voix aussi calme que possible.

Là, je ne lui en ai pas voulu de s'énerver. J'ai jeté un coup d'œil sur l'horloge de la cuisine et me suis rendu compte que le seuil des dix minutes n'était même pas dépassé et que, déjà, Angélique et Brendan étaient fâchés. *Super.*

Randi a observé le poignard, le retournant dans tous les sens.

— Je n'en ai jamais vu d'aussi… grossier, a-t-elle dit en inspectant les têtes de mort gravées sur le manche.

Elle a froncé le nez.

— Ce n'est pas parce que cet objet est maléfique qu'il

ne peut servir qu'au mal. Je pourrais aisément m'en servir pour réaliser un sortilège de protection, tu sais.

— Tu crois ? lui ai-je fait, très dubitative. Cette chose est vraiment répugnante.

J'ai regardé les têtes de mort, avec leurs yeux désorbités et leurs mâchoires grimaçantes. J'ai tressailli.

— Oui, mais c'est le propriétaire qui a rendu cet objet maléfique.

Randi a froncé les sourcils et a poussé le poignard du bout du doigt vers le centre de la table. Elle ne paraissait pas vouloir toucher l'objet macabre plus longtemps que nécessaire, elle non plus.

— Un athamé n'est pas censé être une arme, nous a-t-elle expliqué en passant la main dans ses cheveux fins. Je sais, je sais, c'est un couteau mais, en réalité, il est censé servir de prolongement du corps de la sorcière, servir dans les rites, pour couper des herbes, etc. Les symboles ne signifient rien, franchement. Ils sont effrayants et bizarres, d'accord, mais cela ne veut pas dire que l'athamé est destiné à un sortilège particulier.

Randi a réfléchi un instant.

— Ce qui compte dans l'aspect de cet athamé, c'est qu'une sorcière ait choisi un instrument aux symboles aussi sinistres. Cette chose — Randi a poussé de nouveau le couteau du doigt — veut dire quelque chose pour quelqu'un.

— Ce quelqu'un a fait du mal à Emma.

Je sentais la tension dans la voix de Brendan. Il jouait nerveusement avec sa boucle d'oreille en argent.

— A *essayé* de me faire du mal, lui ai-je rappelé en levant la main, beaucoup moins enflée aujourd'hui. Mlle Poings-en-furie, tu te souviens ?

Je me suis tournée vers Randi et, plus pour Brendan que pour moi, j'ai ajouté d'un ton assuré :

— Je l'ai envoyé au tapis.

— Emma, peux-tu me raconter toute l'histoire, du début à la fin ? m'a demandé Randi en se penchant en avant, la main sur le menton. Angela m'a raconté mais je voudrais l'entendre de ta bouche.

— *Angélique,* a lâché mon amie avec un regard noir en direction de sa cousine.

Angélique préférait la version plus romantique — ou dramatique ? — de son prénom.

J'ai pris une profonde inspiration et me suis lancée dans le récit des détails sordides de l'attaque de la veille, en essayant de ne pas embellir mes exploits et de ne pas me vanter d'avoir réussi à catapulter mon agresseur dans les airs avec le sortilège *Emoveo.*

— Extraordinaire, a murmuré Angélique, en ouvrant de grands yeux. J'ai mis des années à faire bouger un simple stylo. Et toi, tu as carrément déplacé une personne ! Je n'ai jamais connu quiconque qui ait réussi à le faire avec ce sortilège. Même celle qui l'a inventé, c'est dire !

Elle m'a jeté un regard jaloux.

— Je veux bien que tu prennes ma place, lui ai-je répondu d'un ton lugubre.

— Désolée… Je ne voulais pas avoir l'air d'une envieuse. Tu as dû avoir tellement peur ! D'autant plus que ce type connaissait ton nom et voulait t'entailler.

Elle a fermé les yeux et a grimacé.

— Bien. Je suis d'accord avec Angela — pardon, *Angélique* —, a dit Randi en levant les yeux au ciel à cette lubie de sa cousine. Brendan a été écarté exprès.

Emma était sa cible. L'agresseur, clairement, voulait éviter que son…

Randi a regardé Brendan et a rougi, un sourire séducteur sur les lèvres.

— Eviter que son petit ami fort et musclé soit là pour la défendre, parce que c'est ce qu'il aurait fait, forcément.

— Là-dessus, tu as raison, a approuvé Brendan d'un ton décidé qui a fait rougir Randi une nouvelle fois.

Elle s'est éclairci la voix et a pris une gorgée d'eau d'une gourde en aluminium imprimée de fleurs posée sur la table. Si cela continuait, elle allait bientôt avoir besoin d'une douche froide…

— Donc, hum, qui pourrait être au courant que Brendan ferait n'importe quoi pour la protéger ?

— Quiconque lit le journal, lui ai-je répondu d'une voix sinistre. C'était partout dans la presse il y a quelques mois. Le fait que Brendan ait risqué sa vie pour sauver la mienne.

— Oui, c'est vrai ! Vos photos étaient dans le journal, non ?

Angélique venait de redresser la tête.

— Son collier.

J'ai posé la main sur mon cou nu, par réflexe.

— Elle ne l'a plus, a souligné Brendan. Elle l'a perdu dans la lutte.

Angélique a écarté ces propos d'un geste irrité, elle s'est levée et a disparu dans le couloir. Elle est revenue une minute plus tard, son ordinateur portable à la main. Elle l'a posé sur la table, face à sa cousine, et s'est mise à tapoter furieusement sur le clavier, ses bracelets en argent cliquetant contre le métal du PC.

— Tu vois, Miranda ? a dit Angélique quelques

minutes plus tard. J'avais complètement oublié cette photo. Quiconque a vu cette photo *sait*. C'est pour cette raison qu'il ou elle est à ses trousses. D'où cette menace de « l'entailler ». Cette chose est au courant.

Randi a regardé rapidement l'écran. Elle a ouvert de grands yeux.

— Mince.

Elle a soupiré et a tourné l'ordinateur de façon à ce que nous puissions voir.

A l'écran, la version électronique de la fameuse chronique mondaine Page Six du *New York Post*, publiée en décembre. Le gros titre était « Le fils d'un puissant homme d'affaires risque sa vie pour sauver sa copine de classe ». Pire encore que le titre ridicule qui était à vomir — copine *de classe* ? —, nos photos d'identité. Avec ses cheveux en bataille et son sourire sexy, Brendan pouvait faire figure d'objet de fantasme pour n'importe quelle fille. Alors que j'avais la bouche à moitié ouverte, l'air idiot, car je ne m'étais même pas rendu compte qu'on prenait ma photo — photo qui me poursuivait partout depuis.

— Oui, O.K., cette photo de moi est horrible.

J'ai reculé sur ma chaise.

— Mais quel est le rapport, les filles ? Je veux dire, ils se sont même trompés sur mon prénom. Certains croient que c'est une Emily un peu bizarre qui…

— Pas la photo, patate, m'a interrompue Angélique en secouant la tête d'un air amusé. Regarde !

— L'article sur Brendan ? O.K., ils sont au courant que Brendan m'aurait protégée hier.

J'ai hoché la tête, comprenant ce qu'elles voulaient dire. Du moins le pensais-je.

— Tu n'y es pas, m'a fait Randi en tapotant l'écran. Elle a posé un ongle rouge au niveau de mon cou.

— Voilà pourquoi on t'a prise pour cible.

Elle montrait le collier. Chaque détail du pendentif apparaissait clairement. Une licorne au centre, une rose fanée et une épée en arrière-plan.

Randi a inspiré profondément et a regardé d'abord sa cousine — l'air très inquiet — puis moi.

— Bien, nous savions que tu étais la cible. Et nous savons maintenant pourquoi tu es visée, a-t-elle ajouté gravement. Celui ou celle qui est à tes trousses en veut à ton sang.

— Le sang d'Emma ? a répété Brendan lentement. Qu'est-ce que tu veux dire ?

Il m'a serré la main.

— Son sang, ton sang, cela n'a pas d'importance, a-t-elle répondu. Même si je parie, Brendan, que ce dingue s'est dit que tu serais plus difficile à atteindre. Après tout…

Elle a tapoté de nouveau l'écran de l'ordinateur du bout des ongles. Tout était là, en noir et blanc : comment Brendan avait combattu Anthony, presque à mort.

— Il n'avait aucune idée qu'Emma était capable de faire le type de sortilège qu'elle a utilisé, est intervenue Angélique.

— Emma n'en avait aucune idée elle-même, ai-je marmonné.

— Ce que je veux dire, c'est que quiconque connaît ce blason et lit cet article sait immédiatement que vous êtes des âmes sœurs réincarnées. Celles qui ont levé une malédiction millénaire.

Angélique nous a montrés tour à tour du doigt.

— Donc notre sang est vraiment ancien et puissant ?

J'ai regardé les veines bleutées sous ma peau, comme si je m'attendais à les voir sortir de mon corps pour combattre le crime.

— Non, franchement, ça n'a rien à voir avec les réincarnations, a expliqué Randi. Vous symbolisez l'amour véritable.

Brendan et moi les avons regardées, sans comprendre où elles voulaient en venir.

— Et alors ? On est amoureux. Comme des milliers de gens. Des millions, même. Pourquoi serions-nous si spéciaux ?

J'ai écarté une mèche de cheveux de mon front.

— Tu ne vois pas ? L'amour vrai. L'amour véritable, entier, est censé être l'une des forces les plus pures et les plus puissantes qui soient. C'est pour cette raison que de si nombreux poèmes épiques et chants l'évoquent. Pensez à tous les films romantiques qu'Hollywood fabrique à la chaîne. Pas besoin d'être sorcière pour comprendre qu'il y a de la magie là-dedans.

Ces paroles étaient celles d'Angélique et j'ai été surprise que son ton soit dénué de tout sarcasme pour une fois. Je trouvais le propos un peu ridicule, alors même que j'avais le sentiment d'être sur un nuage rose porté par de petits anges chaque fois que Brendan me souriait…

— Dans votre cas, grâce à la photo de ce bijou, votre ennemi a eu la preuve que ce n'est pas une simple histoire d'amour physique ou une amourette, mais l'amour, le vrai, a ajouté Randi d'une voix grave. S'il voulait réaliser un sortilège maléfique du sang, il a compris que vous étiez ceux qu'il lui fallait dès que cet article a été publié.

Elle a tapoté l'athamé et a poursuivi :

— C'est pour cette raison qu'il a demandé à te

couper. Il ne voulait pas te tuer — ce qui est une bonne nouvelle. Par contre, il s'est énervé quand tu as refusé, ce qui est moins bien. Même si ce n'est pas vraiment une surprise : quelqu'un qui se sert de son athamé comme d'une arme n'est pas exactement un enfant de chœur.

Randi a reculé sur sa chaise et s'est concentrée sur les bords du set de table bleu.

— Il y avait une histoire dans ce livre que tu m'avais prêté, Angélique, les *Légendes d'Hadrian*, qui évoquait les pouvoirs supposés de l'amour véritable, a-t-elle ajouté en se tournant vers sa cousine. Tu l'as rendu à ta mère, j'imagine ? Dommage. Bon, je crois qu'il y a un autre récit dans un de mes bouquins. Mais il ne l'explique pas aussi bien. Tant pis, on fera avec.

Randi s'est levée pour chercher dans ses piles de livres. J'ai regardé Angélique avec insistance. Le livre en question était caché dans une boîte à chaussures sous son lit…

— Hum, Randi, a soufflé Angélique. J'ai toujours les *Légendes d'Hadrian*. Ne dis rien à ma mère, O.K. ? Tu sais comme elle est. Elle a oublié que je l'ai encore.

— Eh, je n'avais pas fini de le lire quand tu me l'as repris en disant que ta mère en avait vraiment besoin ! s'est exclamée Randi en se rasseyant sur sa chaise.

Sa jupe a tourbillonné autour d'elle.

— Laisse-moi l'emmener à la fac.

— Pas question, a protesté Angélique. Et si ma mère le veut ?

Randi lui a souri avec condescendance.

— Elle est prof à Fordham. Je suis à Fordham. Je pourrai le lui rendre plus rapidement, a-t-elle affirmé.

D'un air suffisant, elle a ajouté :

— Et puis j'ai quand même quatre ans de plus que

toi. Il me sera plus utile qu'à toi. Et je ne dirai rien à ta mère si tu me le prêtes.

Elle s'est penchée en arrière et a croisé les bras sur sa poitrine, fière de son argument imparable.

— D'accord, Miranda, a marmonné Angélique, battant en retraite.

Elle a couru dans sa chambre pour revenir une minute après avec le gros ouvrage relié de cuir. Elle l'a posé soigneusement face à Randi, qui l'a ouvert et a tourné les pages poussiéreuses avec le même soin. Angélique s'est rassise, boudeuse.

— Je crois que je me souviens de l'histoire dont tu parles.

Mes pensées sont revenues à la soirée où j'avais découvert la légende de mon collier dans un exemplaire différent et très abîmé du livre ancien, me perdant dans le langage fleuri de ses récits mystiques.

— C'était un peu inquiétant, il manquait les dernières pages. Je crois que l'histoire est dans la première moitié du livre.

Randi est revenue en arrière de quelques pages et l'a trouvée.

— La voici au complet, dans toute sa gloire, a-t-elle annoncé en admirant une page richement ornée. Elle a parcouru l'histoire rapidement, puis a soupiré et m'a regardée avec gravité.

— Tu as raison, Emma, cette histoire est vraiment effrayante. Mais elle explique parfaitement bien à quel point la force vive des vrais amants peut être convoitée par des êtres animés d'intentions maléfiques.

Randi s'est tue avant de reprendre sur un ton sinistre :

— Désolée, mais vous n'allez vraiment pas aimer ce que je vais vous raconter.

5

« Le sombre élixir du Pouvoir Ultime »

Au-delà des villages et des collines,

Au clair de lune, sous un vent froid,

Ils se serraient autour du feu.

Les flammes léchaient le chaudron posé sur le foyer,

Le liquide bouillant brûlait ceux qui étaient le plus près,

Se mêlant au parfum âcre de la mort et de la peur.

« Cette potion marchera », dit l'Ancienne.

Ses yeux jaunes scrutèrent la Conspiration de la Terreur.

Les sorcières noires la craignaient, dans leurs robes elles tremblèrent de peur,

Peur qu'elle ne possède le Pouvoir Ultime.

Du sang toujours sur les mains à cause de sa terrible mission,

L'Ancienne versa la potion dans son fût.

« Pourquoi cette potion est-elle si sacrée, ô sage Ancienne ?

Est-ce cette nuit ? Cette lune de sang ? Qu'as-tu fait ? »

Une main sur le visage, la plus jeune pleurnichait.

« Comment oses-tu ! » répondit l'Ancienne.

Elle leva la potion à ses lèvres et prit une petite gorgée.

Le liquide rouge sombre coula sur son menton.

« Je puis sentir l'amour, l'angoisse, toute leur douleur ! »

Elle sourit. Ses dents cassées étaient tachées de sang.

« La perte, la passion, le besoin pressant de l'autre ! »

Elle but goulûment de l'élixir.

« Je devrais te remercier de ton cadeau, de ta précieuse contribution. »

Elle se tourna vers une jeune fille tremblante de peur.

Elle serrait ses bras entaillés autour d'elle, comme les bras de son amant auraient dû la serrer.

Des larmes coulaient sur ses joues car jamais plus il ne pourrait le faire.

Le corps de son amant gisait près d'elle, sans vie, vidé de son sang.

Son visage était gracieux et lisse, nulle peine ne le marquait plus.

Elle sanglotait sur sa poitrine et murmurait à son oreille.

Elle entendit alors un ricanement résonner au-dessus d'elle.

« Ton sang est précieux, ma chère, il est vraiment délicieux tel le nectar, tel le miel ; ton sang est un délice.

Je ne vois qu'un défaut prévisible, c'est qu'il cesse de couler ! A présent, amenez-la-moi. »

L'Ancienne devenait plus jeune à mesure qu'elle buvait la potion,

Et sortit son athamé en un geste vif.

Ses suivantes obligèrent la jeune fille à se lever.

Elles la traînèrent auprès de l'Ancienne, qui tendit la main vers elle.

La jeune fille se défendit et frappa d'un poing affaibli.

Mais l'Ancienne s'en saisit et lui entailla le poignet.

Le sang coula de ses veines vers la coupe de l'Ancienne.

Avec un sourire avide, elle leva sa coupe et but tout le liquide.

« Directement à la source, quel délice !

Ne t'inquiète pas, ma chère, tu ne survivras pas à cette nuit.

Tu rejoindras ton amant dans son repos éternel, la peur donne plus de pouvoir à ton sang.

Je vivrai mais tu mourras dans l'heure ! »

Les yeux de la jeune fille se fermèrent, elle s'écroula sur l'herbe.

« Finissez le travail, bande d'idiotes ! Ne laissez pas ce moment passer.

Cette récolte ne reviendra pas, c'est la dernière.

Ce sang est rare et puissant ! N'en renversez pas une goutte ou vous aurez affaire à moi.

Sa terreur et son chagrin rendent son sang tellement plus sucré.

Collectez tout l'élixir car j'ai encore besoin d'elle ! »

Les sorcières vidèrent la jeune fille de tout son sang alors que l'Ancienne jubilait.

« Le sang de l'amour véritable ! Je sens qu'il me donne des forces !

La richesse ! Le pouvoir ! Tout est à moi ! »

La jeune sorcière qui l'avait interrogée sentit son cœur se briser.

« J'ai un amour, un amour vrai et qui m'aime.

Quand elle n'aura plus de potion, ce destin sera-t-il aussi le mien ?

Tuera-t-elle mon Silas lorsque son pouvoir commencera à décliner ? »

La jeune sorcière cessa de trembler de honte.

Elle se tint derrière l'Ancienne qui buvait, concentrée.

Elle sortit son propre athamé d'un geste déterminé, le leva dans le dos de l'Ancienne

Et le plongea profondément dans son cou jusqu'à entendre la lame craquer.

L'Ancienne recula et se retourna, un sourire aux lèvres.

« Ta révolte m'amuse, mon enfant. »

Elle leva un doigt noueux et l'agita.

La lame sortit de son dos et tomba sur le sol.

« Comment as-tu pu faire ? » hurla la jeune sorcière.

« Je suis invincible, incomparablement toute-puissante !

J'obéis à Sonneillon en détruisant un amour si pur.

Il me donne du pouvoir, jeune idiote.

Et ma prochaine offrande, ce sera toi. »

La vieille s'empara du poignard d'un geste du poignet.

Un autre tour de main et la lame s'enfonça dans le corps de la jeune sorcière,

Nouvelle victime de l'Ancienne.

« Quelle idiote ! N'a-t-elle pas conscience du pouvoir que je détiens ?

Je suis pleine de la vitalité et de la force que le sang me prête.

Je bois toute l'énergie d'une vie non vécue.

Leur sang trempe le sol, il pleut sur l'Enfer.

Sur les têtes des démons qui dansent au son du glas de l'amour véritable.

Ils célèbrent l'amour pur que j'ai tué pour leur obéir.

Gloire au démon Sonneillon, dont j'ai honoré le pacte ! »

La sorcière leva sa coupe pleine de sang vers le ciel, comme pour porter un toast.

« Le sang de l'amour véritable me donne du pouvoir, à présent permets-moi de voler ! »

Devant les yeux surpris de ses suivantes,

Ses pieds s'élevèrent du sol.

Elle pointa une main ridée dans leur direction.

« Jurez-moi allégeance ! Ce que je dis à présent fait loi.

Mes pouvoirs sont sans limites, votre volonté se pliera à la mienne.

En ce jour profane où les étoiles sont alignées,

Rien ne peut me retenir au sol ou à la terre.

Inclinez-vous devant moi à présent car je suis une déesse. »

Randi a refermé le livre et a serré les lèvres si fortement qu'elles en ont perdu leur couleur. Un exploit, étant donné la teinte écarlate de son rouge à lèvres. J'avais des fourmillements dans ma main et je me suis rendu compte que j'avais serré la main gauche de Brendan au point de ne plus sentir la mienne. Je l'ai relâchée, soulageant ses doigts endoloris.

— Quel nom la sorcière a-t-elle cité ?

J'essayais de garder mon calme.

— *Sonneillon*, a grommelé Randi en inspectant les titres des livres sur la table. Elle en a choisi un rouge et épais. Le titre, *Véritable étude des démons : possession à Aix-en-Provence,* était imprimé en lettres d'or au dos. Randi l'a ouvert rapidement à la bonne page. La représentation d'un démon cramoisi, tenant des corps démembrés dans ses griffes, un sourire sanguinolent et surnaturel sur son visage maléfique, m'a sauté immédiatement aux yeux. J'en ai eu la chair de poule et j'ai serré de nouveau la main de Brendan dans la mienne.

— Sonneillon est censé être l'un des démons les plus importants du règne de Satan, selon un récit de cet ouvrage, nous a expliqué Randi. C'est le démon de la haine. Il inspire la haine dans le cœur des humains.

— Détruire l'amour véritable…

Je me suis tue, les yeux rivés sur le dessin.

— Pour lui, c'est une offrande idéale, je suppose.

Angélique avait terminé ma phrase tandis que j'examinais le symbole gravé sur la poitrine rouge du démon.

— Le vrai problème, a poursuivi Randi, c'est que ce n'est pas le seul récit sur ce sujet. Certains évoquent le fait d'utiliser le sang dans un sortilège, d'autres le fait de le boire. Et les amants ne meurent pas dans toutes les versions. Mais au cœur de l'histoire se trouve toujours l'idée que la sorcière noire verse le sang d'amants véritables et qu'elle en est récompensée par des pouvoirs illimités.

J'ai retourné le livre vers Randi et lui ai montré les dessins.

— Tu te souviens quand j'ai parlé des médaillons de mon agresseur ? Un pentagramme et un symbole que je n'ai pas reconnu ?

Je lui ai pointé du doigt la poitrine du démon, sur laquelle figurait un symbole tatoué sur sa peau brûlée.

— Le voici. Ce psychopathe a vraiment pour but de faire plaisir à ce démon de la haine.

— Je vais sans doute poser une question débile, étant donné que je m'adresse à des sorcières et que je suis moi-même le produit d'une malédiction ancienne, mais les démons existent-ils au moins ? a demandé Brendan, circonspect, en s'appuyant sur le dossier de sa chaise, la main sur la nuque. Il semblait aussi perturbé que moi.

— Malheureusement, ça n'a pas d'importance, lui a répondu Randi, compatissante. Si ce dingue imagine qu'ils existent, il doit être sûr que son plan va marcher.

Elle a semblé hésiter.

— Honnêtement, je doute que ce sortilège fonctionne. Il y a toujours un piège dans les pactes avec le diable, a déclaré Randi. Rappelez-vous ce qui est arrivé à lord Archer : une malédiction condamnant l'amour de sa vie, ce n'était pas exactement ce qu'il recherchait quand il a voulu la retrouver dans une autre vie. Et j'ai connu plusieurs sorcières qui ont suivi la voie du mal. Ta mère aussi, Angélique, a-t-elle ajouté en se tournant vers sa cousine. Leurs sortilèges ont créé du chaos mais n'ont jamais tout à fait atteint leur but.

— Qu'est-ce que tu veux dire ? lui a demandé Brendan, perplexe. Elles ont fait de la magie pour obtenir de l'argent et ont fini sur la paille, c'est ça ?

— En général, c'est pire que cela, a soupiré Randi avec tristesse. Quand j'ai commencé à avoir plus de pouvoirs et à faire de la magie plus complexe, tante Evelyn m'a raconté les terribles choses qu'elle avait vues, pour m'avertir de ce qui pouvait arriver si l'on s'engage sur la mauvaise voie.

Elle s'est tue, puis a jeté un regard hautain à Angélique.

— Je suis certaine qu'elle aura la même discussion avec toi un jour, Angela.

Angélique a croisé les bras et a fixé Randi d'un regard noir à travers ses cils très maquillés. Sa cousine a poursuivi son récit comme si elle n'avait rien remarqué.

— Elle m'a raconté qu'une de ses amies avait arrêté la magie après un sortilège d'amour désastreux. C'est un peu ridicule de parler de « sortilège », d'ailleurs, c'était plutôt une malédiction.

Randi a grimacé.

— Un membre de son groupe, Cadence, était tombée amoureuse d'un homme, déjà fiancé, qu'elle avait rencontré à son travail. Elle le harcelait et a fini par lui voler un presse-papiers dans son bureau pour s'en servir dans un sort destiné à briser sa relation avec sa fiancée.

— Comment cela ? Elle a jeté un sort sur le presse-papiers ?

Perplexe, j'imaginais une boule de neige démoniaque.

— Non, pas du tout. Mais, quand un sort implique un tiers, cela aide d'avoir un objet lui appartenant. Le sort peut alors être dirigé vers sa cible. Et celui dont je parle était assez sinistre, c'est pour ça que je l'ai comparé à une malédiction, m'a expliqué Randi, qui arborait une expression de révulsion.

— Comme tu le sais, le pouvoir d'une sorcière vient de ses émotions. Le sort que cette sorcière a jeté était corrompu par la jalousie et la haine. Elle ne voulait pas que l'autre femme ait l'homme qu'elle aimait. Si Cadence ne pouvait l'avoir, personne ne l'aurait…

Elle s'est interrompue, le visage tendu.

— Son sort a fonctionné.

J'ai frissonné.

— Qu'est-ce qui s'est passé ?

— Impossible de prouver que le sort jeté par Cadence a provoqué l'accident de cet homme, a dit Randi prudemment. Mais il est rare de tomber dans une cage d'ascenseur de nos jours. Surtout dans un immeuble de bureaux moderne. C'est pratiquement impossible.

J'ai tressailli à cette idée et, cette fois, c'est Brendan qui m'a serré la main plus fort.

— Cadence a-t-elle eu ce qu'elle voulait ? Non ! Mais son sort a fonctionné — techniquement en tout cas. L'autre femme ne pouvait plus l'avoir, il était mort. Le sort a marché, mais pas de la façon qu'elle aurait voulu.

Je me suis éclairci la gorge nerveusement.

— Si quelqu'un est capable de, hum, de nous entailler la peau…

— Personne ne t'approchera, a grondé Brendan.

— J'ai bien dit « si ». Si quelqu'un arrive à réaliser ce sortilège, quelle est l'issue ? Qu'obtiendrait-il ?

— Evidemment, ce récit est très exagéré. Si quelqu'un arrivait à boire votre sang, je doute que nous aurions affaire à une attaque de sorcières folles sur Manhattan, semant le chaos en ville, cambriolant des banques ou je ne sais quoi. C'est avant tout une question de pouvoir, et tout sortilège qui serait réalisé ensuite fonctionnerait.

Randi a relu la dernière page et a récité les paroles de l'Ancienne.

— « Jurez-moi allégeance ! Ce que je dis à présent fait loi. Mon pouvoir est sans limites, votre volonté se pliera à la mienne. » Oui, le but est bien le pouvoir, un pouvoir impossible à arrêter.

— Franchement, je me fiche de connaître son objectif ou ce qu'il en retirera, est intervenu Brendan en se grattant la tête. Tout ce qui m'intéresse, c'est ce qu'il veut faire à Emma. Quelqu'un lui en veut au point de se déguiser et de la pourchasser dans un parc, et de répéter ce qu'elle a déjà vécu il y a quatre mois seulement. Tout cela à cause d'une histoire ? Qui dit que la peur rend son sang plus puissant ?

Randi a relu le texte tandis qu'Angélique hochait déjà la tête, sa mémoire d'ordinateur lui confirmant l'hypothèse de Brendan.

— Oui, Brendan. Je n'y avais pas pensé. Tu es tellement intelligent, a soupiré Randi en papillonnant de ses yeux de biche.

Angélique s'est mordu la lèvre inférieure si fort que j'ai cru qu'elle allait se couper. Je ne comprenais pas son irritation. Après tout, c'était *mon* petit ami que sa cousine draguait avec ostentation, et cela ne me dérangeait pas — pas énormément, en tout cas. Brendan ne remarquait même pas le flirt innocent de Randi, concentré comme il l'était sur sa diatribe.

— Le poignard, la capuche, la course-poursuite, le plan compliqué pour m'écarter de sa route… qui que ce soit, il s'amuse bien ! Quelle superproduction ! Hé… Regarde ce truc !

Brendan a montré le poignard posé sur la table, la pointe toujours dirigée vers moi. Je l'ai poussé du doigt pour qu'elle soit face au mur.

Brendan était de plus en plus agité.

— Et ce n'est pas comme si ce psychopathe voulait lui faire de petites coupures chirurgicales. Regarde ce couteau. Relis cette histoire ! Il va…

Il a grimacé et s'est tu brusquement. Il n'avait pas besoin de terminer sa phrase. J'avais compris. *Il va l'ouvrir de toutes parts.*

— Et tout ça pour quoi ? a-t-il demandé d'une voix

toujours calme mais qui montait peu à peu. Le pouvoir ? Ça n'a pas de sens !

Brendan a donné un coup de poing de frustration sur la table.

— Pourquoi se donner tout ce mal pour quelque chose d'aussi nul et intangible que le pouvoir ?

— Le pouvoir ne veut rien dire pour toi parce que tu en as, lui a rétorqué Angélique d'un ton sec et froid en frappant à son tour du poing sur la table.

Elle a respiré profondément, comme pour organiser ses pensées. J'entendais presque les remarques méchantes et les observations raisonnables se livrer bataille dans son cerveau. Par chance, c'est la raison qui l'a emporté.

— Pense à cette malédiction qui a condamné Emma, a repris Angélique calmement, les yeux fermés, comme si s'adresser directement à Brendan lui aurait coûté un effort surhumain.

La mauvaise humeur a quand même encore droit de cité…

— Une partie du pacte voulait que tu sois réincarné en un garçon charismatique, si-fort-si-sexy-et-irrésistible que les femmes sont prêtes à tout pour lui. Quoi ? C'est vrai, non ? a fait Angélique, sur la défensive, en ouvrant les yeux et en voyant la surprise sur mon visage.

Elle avait raison, mais elle n'avait pas besoin de le dire de cette façon. J'ai jeté un regard à Brendan, qui ne savait plus où se mettre. Au moins, elle ne l'a pas qualifié de « mignon »…

— Bref, a-t-elle poursuivi d'une voix neutre, tu as du pouvoir, que tu le voies ou non, donc évidemment tu ne comprends pas que ce soit si important pour d'autres. Il faut être très en colère pour se tourner vers la magie noire. Je crois que la plupart des gens n'arrivent pas à ce stade seuls. Alors, réfléchis : tout ce pouvoir peut intéresser quelqu'un qui se sent marginalisé.

— Ne faudrait-il pas prévenir la police, dans ce cas ? a demandé Brendan. Sans vouloir te vexer, Randi, tu as été géniale…

— Oh, merci ! Pas de problème, a lancé celle-ci en rougissant.

Angélique a reniflé, moqueuse, les paumes ouvertes comme pour dire « Tu vois ? » Randi lui a jeté un regard tellement acide que j'ai cru qu'elle arriverait à rendre à ma copine sa couleur blonde naturelle.

Randi a remis en place une boucle de ses cheveux autour de sa barrette à fleurs, visiblement embarrassée, avant de répondre à Brendan.

— La police ? Ce n'est pas une très bonne idée. Fais-moi confiance, lui a-t-elle dit dans un rire amer. Ils ne te croient jamais et pensent que tu mens ou que tu veux attirer l'attention. Et, s'ils te croient, c'est presque pire. Tu veux que les gens sachent que la magie fonctionne ? Et, pour vous deux, c'est encore moins une bonne idée. Les flics vont vous prendre pour des dingues, surtout que l'affaire d'Anthony n'est pas encore terminée.

— Tu n'as pas tort, a soupiré Brendan.

Il est retombé, résigné, sur le dossier de sa chaise.

— Il serait plus facile de vous débrouiller seuls, sauf si vous arrivez à attraper ce dingue en train d'agresser Emma. Et je ne pense pas qu'il reviendra, a ajouté Randi en buvant un peu d'eau. C'était sans doute un débutant en magie noire, qui a cru qu'il pourrait intimider Emma facilement ou l'attaquer très vite et s'en sortir. Je parie qu'il ne s'attendait pas à ce qu'elle soit en mesure de se battre comme elle l'a fait. C'est normal que tu sois énervé et inquiet pour elle, Brendan, mais regardons les choses en face : il y a toujours un danger associé à la vraie magie. Et Emma est une vraie sorcière. C'est un risque du métier, en quelque sorte.

Le portable de Randi a sonné et elle a répondu.

— C'est ma mère, je reviens, a-t-elle chuchoté en direction d'Angélique.

Elle est sortie de la cuisine pour se diriger vers une chambre au fond de l'appartement. Ses longs cheveux blonds formaient un rideau derrière elle. Je me suis tournée immédiatement vers Angélique.

— Tu crois qu'elle a raison, que ce psychopathe va laisser tomber maintenant ? Ou tu as toujours ce mauvais pressentiment bizarre ?

Angélique m'a lancé un regard lourd de regrets.

— Je l'ai toujours. Et il est vraiment très fort. Je suis désolée ! s'est-elle exclamée.

Elle a plissé le front d'inquiétude.

— Je ne provoque pas ces sensations, je n'en suis que le réceptacle. Et puis, il suffit de relire ça…

Elle a soupiré et a poussé les *Légendes d'Hadrian* vers moi en indiquant une ligne du texte.

J'ai relu le texte ancien à voix haute.

— « En ce jour profane où les étoiles sont alignées. » Qu'est-ce que ça veut dire ?

— Il y aura une éclipse de lune mercredi, m'a expliqué Angélique. Cette éclipse est particulière, du moins pour les païens. Une pleine lune en mars est souvent qualifiée de « lune de la mort ».

— La lune de la mort ? ai-je raillé. On dirait le titre d'un film d'action sur des astronautes qui combattraient des aliens.

— Aussi drôle que ça puisse paraître, a ajouté Angélique, ignorant ma remarque, ce récit fait référence à une éclipse de lune, j'en suis quasi certaine. Je doute que ces sorcières aient disposé de télescopes qui auraient pu les informer de la position de Jupiter dans la constellation du Bélier. C'est forcément un phénomène visible à l'œil nu, comme une éclipse de lune. Et ce dingo n'a plus beaucoup de temps devant lui pour réussir le sortilège.

— Donc, il faut juste qu'il ne puisse pas approcher Emma d'ici à mercredi ? C'est comme si c'était fait, a décrété Brendan en prenant mes deux mains dans la sienne. Fais semblant d'être malade quelques jours. Et je vais passer pour le petit ami le plus envahissant de la terre mais je ne vais pas te quitter d'une semelle jusqu'à jeudi matin. Navré, mais je vais devenir franchement collant.

Son rire a sonné faux.

— Ou alors, au lieu d'avoir Brendan sur le dos constamment tel un harceleur, on pourrait essayer de faire sortir ce type de sa tanière et le prendre en flagrant délit, a proposé Angélique.

Elle s'est penchée en avant, les coudes sur la table.

— En moyenne, il y a deux éclipses lunaires par an, je vous rappelle. Puisque ce type t'a attaquée vendredi, je ne pense pas qu'il tienne à récupérer ton sang pendant une éclipse. Ce qui compte pour lui, c'est de l'avoir pour la prochaine.

— Il peut très bien recommencer lundi ou dans des mois de cela…

La colère et la panique m'ont soudain noué l'estomac.

— Non. *Non !* Je refuse de vivre dans la peur. Je veux vivre normalement, comme avant. Je veux le retrouver et mettre un terme à cette histoire. Maintenant !

Je tenais mes poings tellement serrés que mes ongles

ont laissé de petites marques en forme de demi-lunes sur ma peau.

— J'ai une idée. Elle n'est pas évidente, mais c'est mieux que rien. Il n'y a pas une grosse soirée ou un bal ce soir ? a demandé Angélique en fronçant le nez.

— C'est une *battle* entre plusieurs groupes de musique, au lycée Magel. Toutes les écoles privées sont invitées à participer. Je crois que beaucoup d'élèves de Vince A y vont.

Angélique faisait tournoyer un de ses bracelets en argent sur la table, le visage concentré comme si elle réfléchissait à une idée précise. Soudain, elle a arrêté le bracelet d'un coup sur la table. Le métal a cliqueté sur le bois.

— J'ai une idée mais tu vas détester.

Elle s'est levée et a jeté un coup d'œil dans le couloir où sa cousine avait disparu.

Revenant rapidement à la table de la cuisine, Angélique a baissé la voix pour ne pas être entendue de Randi.

— Je déteste cette idée encore plus que vous mais... je crois qu'on devrait y aller.

— Tu crois que ce dingue y sera ? lui ai-je fait, sentant la tension monter en moi.

— Cela vaut la peine d'essayer. Soit ce sorcier mégalo est à Vince A, soit il travaille avec quelqu'un de Vince A, puisque personne de la classe n'avait d'œil au beurre noir mais que tout le monde savait forcément où tu étais et à quelle heure tu allais déjeuner pendant la sortie scolaire. Donc voilà le plan : on y va, je verrai si je ressens quelque chose et, si quelqu'un essaie encore d'attaquer Emma, on sait maintenant qu'elle peut se défendre.

Brendan a froncé les sourcils, puis a secoué la tête.

— Pas question. Ça revient à envoyer Emma dans la gueule du loup, tu te rends compte ?

— Ouais, c'est exactement cela, a admis Angélique, l'air sombre. Elle servira d'appât pour capturer ce psychopathe. Mais n'oublie pas que tu es aussi une cible maintenant qu'il sait qu'Emma est capable de magie.

— Et pourquoi on n'irait pas, toi et moi, Angélique ? Emma peut rester à la maison, en sécurité. Je veux bien servir d'appât, a proposé Brendan calmement.

J'ai fait semblant de ne pas voir l'expression horrifiée de ma copine à l'idée de passer une soirée entière en compagnie de Brendan — l'horreur absolue pour elle. A croire qu'il venait de lui suggérer de mettre sa main sur le billot.

Brendan aussi avait remarqué sa réaction. Il contenait difficilement un sourire amusé.

— Pourquoi pas, Angélique ? a-t-il demandé innocemment. Comme tu l'as dit avec tant d'éloquence, je suis tellement fort et tellement sexy, c'est ça ? Je m'en sortirai sans problème.

J'ai tenté de mettre fin à un échange qui pouvait facilement dégénérer en dispute.

— Que tu puisses t'en sortir ou non n'a pas d'importance, ai-je rétorqué en réprimant un sourire. Tu l'as dit toi-même : cette histoire nous concerne tous les deux. Ce sont tes propres mots, rappelle-toi.

— Là, c'est différent, a affirmé Brendan.

— Non, pas du tout. Ecoute, c'est une idée aussi bonne qu'une autre.

— Comment faire pour prévenir cet imbécile que nous y allons ? Si ça se trouve, ce sera une perte de temps, a déclaré Brendan.

— C'est la partie la plus facile du plan, a répliqué

Angélique d'un ton moqueur en secouant ses bracelets. Annonce-le sur Facebook, Brendan. Envoie un post sur les murs de quelques personnes. La nouvelle se répandra vite.

Randi est revenue alors dans la cuisine. Nous nous sommes tous trois redressés d'un bond. Elle a glissé son portable dans la poche de son jupon en mousseline. J'ai remarqué qu'elle s'était remis du gloss.

— Pardon. Ma mère et la tienne viennent de terminer leur brunch, elles ne vont pas tarder à rentrer. Il faut donc qu'on mette un terme à cette petite réunion magique. Si ta mère renifle le moindre danger, elle bloquera vos pouvoirs à toutes les deux, a dit Randi en levant les yeux au ciel.

Elle nous a ensuite regardées d'un air soupçonneux.

— De quoi parliez-vous ?

— De rien, Randi, j'embêtais Emma parce qu'elle ne consacre pas assez de temps à étudier la sorcellerie.

Angélique mentait sans aucun mal. Impressionnant.

— Elle a un don naturel. Imagine à quel point elle serait bonne si elle étudiait *vraiment* au lieu d'essayer simplement de faire léviter des stylos.

— Tu y arrives ? Tu ne me l'avais jamais dit.

Brendan m'a donné un coup de coude, visiblement impressionné.

— Je n'y arrive pas bien, ai-je précisé. Angélique, je suis assez mauvaise en latin sans en rajouter. Apprendre les sortilèges, c'est du latin.

Un effort insurmontable, en toute honnêteté.

— Tu sais, ça me donne une idée ! s'est exclamée Randi. Je reviens.

Elle est sortie de la cuisine en coup de vent pour

revenir deux minutes après avec un petit carnet en cuir noir, retenu par une ficelle de la même couleur.

— Mon premier grimoire. Quelques règles de base de la Wicca, quelques-unes de mes formules magiques préférées, pour t'aider à démarrer, a-t-elle expliqué en agitant le carnet sous mon nez. Je sais qu'Angélique peut faire des incantations, mais tu devrais lire celles-ci, juste pour avoir une idée de celles que tu peux rédiger. Quand j'étais débutante, je me sentais plus à l'aise avec les formules qui avaient déjà fait leurs preuves. Oh ! et elles sont entièrement dans notre bonne vieille langue, a ajouté Randi en posant le carnet sur la table.

— Dans notre bonne vieille langue ? ai-je répété. Comment ça ? Attends, je ne comprends pas, je pensais…

J'ai pris le carnet et je l'ai feuilleté rapidement.

— Les mots servent à invoquer un certain pouvoir de la sorcière. Donc les sortilèges peuvent être faits dans n'importe quelle langue. Cela dépend de la personne qui les utilise, en fait. Tu croyais vraiment que toutes les sorcières devaient parler latin ? C'est tout Angélique, ça… Ce qui compte, c'est le pouvoir que tu attribues aux mots.

Angélique a protesté, les yeux fixés sur la mèche violette qu'elle enroulait autour de son doigt.

— On m'avait suggéré d'utiliser des formules en latin. Et je me suis rendu compte que leur autorité était plus grande. La sorcière qui me l'avait dit avait raison. Le latin, c'est plus « officiel ».

Angélique a jeté un regard dédaigneux à sa cousine.

— Et puis, comme tu le dis toi-même, ce qui compte, c'est ce que la sorcière met derrière ces mots.

Elle aurait tout aussi bien pu ajouter « et toc ! » et tirer la langue à Randi. Je lui ai souri.

— Logique. Je me sentais plus « sorcière » avec les formules en latin, beaucoup plus que si j'avais juste crié « Eloigne-toi ! »

Randi a souri avec indulgence à sa cousine. L'expérience, c'était elle.

— Oui, mais tout le monde ne parle pas couramment les langues mortes. Peu importe. Emma, tu devrais commencer par écrire des sortilèges qui ont un sens pour toi. Mais n'hésite pas à te servir de ceux du carnet pour t'entraîner. Ma chambre est à Lincoln Center, donc tu me le rends quand tu veux. Ce n'est pas trop loin de ton lycée.

J'ai remercié Randi un million de fois pour le grimoire et le temps qu'elle nous avait consacré. Elle m'a serrée dans ses bras rapidement, puis Brendan — avec plus d'insistance —, et Angélique nous a raccompagnés à l'ascenseur.

— Donc, à quelle heure on se retrouve ce soir ? ai-je lancé d'une voix légère tout en appuyant sur le bouton.

Un sourire forcé sur les lèvres, je faisais semblant d'avoir confiance. J'ai jeté un coup d'œil à Brendan. Il était appuyé contre le mur, les mains dans les poches, et l'expression de son visage a changé une bonne dizaine de fois, selon les émotions qui l'animaient. L'inquiétude. La colère. La perplexité. Il a ensuite regardé Angélique et a eu l'air simplement énervé.

Elle souriait en effet jusqu'aux oreilles.

— On va se lancer dans une vraie traque aux sorcières noires, Em ! Pas uniquement lire ça dans un bouquin mais mettre la théorie en pratique ! C'est génial ! Euh… d'une certaine façon.

Angélique a gloussé, ce qui ne lui ressemblait pas, et a sauté littéralement de joie, faisant voleter sa longue jupe noire. Puis elle s'est calmée et a montré le grimoire que je tenais à la main.

— Un élève adorateur de démons est à tes trousses pour te saigner, a-t-elle déclaré sans ambages. Tu ferais bien d'étudier ces sortilèges, et sérieusement.

6

Après avoir prévu de retrouver Angélique à Magel vers 20 heures, Brendan et moi sommes sortis de son immeuble. Il faisait doux en ce mois de mars. Nous étions en train de descendre l'escalier de béton quand soudain Brendan s'est arrêté. Il a pris appui sur la rampe métallique et m'a tirée vers lui.

— Qu'est-ce qui ne va pas ?

Il m'a jeté un regard de reproche. J'ai répété ma question.

— Qu'est-ce qu'il y a, au juste ?

— Angélique m'énerve un peu, à montrer autant d'enthousiasme. Et j'aimerais bien que tu t'inquiètes un peu plus de la situation, Emma. Tu prends cette histoire beaucoup trop à la légère. En gros, on t'emmène à cette soirée pour servir d'appât à un type qui veut t'attaquer, pour le capturer. On parle de ta vie, là, pas d'un épisode de *Kim Possible*, où justice est faite contre les méchants en trente minutes.

J'ai levé un sourcil.

— Tu regardais *Kim Possible* ? Sans doute parce qu'elle était habillée de façon sexy, j'imagine ?

— Je n'ai jamais regardé mais je sais de quoi ça parle, m'a-t-il fait, vexé. Une seconde, Emma, ce n'est pas le sujet !

Brendan a levé les bras, encore plus énervé.

— Que veux-tu que je fasse, Brendan ?

J'ai gravi quelques marches pour lui faire face.

— Que je reste à la maison, à pleurer toutes les larmes de mon corps ? Que je me cache sous les draps ? J'aimerais bien, en fait. Mais ça ne servirait à rien.

J'ai croisé les bras, moi aussi, et je me suis appuyée sur la rampe glacée.

— Crois-moi, je voudrais bien. J'ai aussi peur que toi ! Peut-être encore plus, parce qu'en prime je suis une sorcière, Brendan. Une sorcière ! Tu te rends compte à quel point c'est bizarre d'accepter une chose pareille ? C'est *vraiment* bizarre !

Je ne m'étais pas rendu compte que je criais presque. Un homme, qui montait l'escalier, m'a regardée, l'air soupçonneux. Son fils lui a donné la main et m'a fixée à son tour. *Super, Emma, maintenant tu fais peur aux enfants. Pourquoi ne pas aller vivre dans une maison de pain d'épices à Central Park, pendant que tu y es ?*

J'ai inspiré profondément et j'ai tenté de me calmer.

— Je fais de mon mieux pour gérer la situation mais j'ai mes limites. J'ai vraiment peur, je suis terrifiée, mais je veux retrouver ma vie d'avant. Je n'ai jamais été aussi heureuse qu'au cours des derniers mois. Pas depuis des années. Et ce bonheur est *ta faute* en grande partie.

J'ai pris sa main et il a souri malgré lui. Je venais de répéter les mots qu'il avait prononcés jeudi après-midi.

— Je veux reprendre le cours de ma vie parce que je le mérite. Et je refuse de vivre dans la peur ! ai-je crié en secouant la tête pour faire bonne mesure. Ce serait invivable. Tu as entendu Randi. C'est un risque du métier. Je n'ai rien demandé mais je n'ai pas le choix.

J'ai haussé les épaules. J'étais à bout de souffle à force de crier.

— O.K. J'imagine que la joie exagérée d'Angélique me tape sur les nerfs, c'est tout. J'aimerais bien qu'elle évite de sauter au plafond comme si elle allait gagner une médaille chez les Sorcières Scouts ou un truc de ce genre, a marmonné Brendan en écartant une mèche de cheveux devant ses yeux.

Elle gloussait de joie ! Je n'aurais jamais cru ça d'elle, d'ailleurs. Bizarre que son corps ait résisté au stress provoqué par cette manifestation de bonheur.

— Oh ! très drôle, ai-je raillé.

Il a souri, moqueur.

— Avoue-le, ça l'est un peu.

— Pas du tout. Je refuse de me moquer d'une de mes meilleures amies juste pour te faire plaisir. Surtout qu'elle va à la *battle* uniquement pour nous aider. Angélique déteste les sorties du lycée. Elle déteste les autres ados. C'est comme si on envoyait un végétarien dans une usine à saucisses.

— Tu vois, Em, c'est pour ça que tu es la meilleure. C'est pour ça que je veux que tu prennes ta propre sécurité au sérieux, a déclaré Brendan, radouci, en souriant et en m'attirant vers lui.

— Parce que mes blagues sont meilleures que les tiennes ? l'ai-je taquiné en tirant sur la fermeture Eclair de son sweat noir.

Il a éclaté de rire.

— Je suis super drôle et tu le sais, a-t-il répliqué, moqueur, avant de redevenir sérieux. Non, c'est parce que tu protèges tous ceux que tu aimes. J'aimerais d'ailleurs que tu agisses de la même façon avec une certaine personne que j'aime, moi.

— Crois-moi, je le fais, lui ai-je assuré. Tu crois que j'ai envie qu'on me fasse du mal ?

Il m'a fait descendre d'une marche. Une seule nous séparait encore désormais. Il a posé la main sur mon dos.

— Bien sûr que non.

— Tu sais... la dernière fois, je me suis sentie tellement impuissante, comme si cette malédiction allait fondre sur moi tel un faucon sur sa proie. Je ne comprenais pas ce qui se tramait. Alors qu'aujourd'hui les choses sont claires : c'est un sorcier en herbe qui pense qu'il peut me vaincre. *Nous* vaincre.

J'ai froncé les sourcils en repensant à mon agresseur — j'aurais mieux fait de le catapulter sur la route et pas contre un arbre.

— Je refuse de perdre plus de temps à être malheureuse. Je veux agir. Je veux battre cette... chose.

J'étais déterminée mais ma voix tremblait.

— Tant que c'est ta décision..., m'a dit Brendan. Angélique est sur ton dos comme si elle était ton gourou. Elle te pousse à le faire.

J'ai mis mes bras autour de son cou.

— C'est ma décision, je te le promets. Angélique est enthousiaste parce que je suis sa seule amie depuis des années, la seule avec qui elle peut parler de magie. Elle exagère sans doute un peu, mais elle est tellement heureuse d'avoir quelqu'un avec qui pratiquer la sorcellerie en dehors de sa famille. Ça ne lui était pas arrivé depuis longtemps.

— Elle déteste les ados, tu l'as dit, a souligné Brendan. Difficile de se faire des amis quand on déteste tout le monde à première vue.

Là, j'ai défendu mon amie.

— Pas tout le monde. Elle a eu une autre copine

sorcière qui a fini par passer à la magie noire à cause d'un garçon.

Brendan a froncé les sourcils, perplexe.

— La copine était à Vince A ? Qui était le garçon ?

J'ai haussé les épaules.

— Elle ne m'a pas donné de noms. Elle a dit qu'il était parti, en plus.

— Bon.

Brendan a soupiré, soulagé. Il a souri.

— Il y a suffisamment de crétins dans ce lycée comme ça.

— Au fait, tu dois rentrer ? lui ai-je demandé, en espérant qu'il répondrait par la négative.

— Non. Mes parents ne reviennent que lundi. Et, avec tout ce qui se passe, tu crois vraiment que je vais te laisser t'éloigner de ma vue ?

Brendan m'a serrée de ses deux mains et a entrelacé ses doigts derrière mon dos.

— J'imagine que non.

— Tu as intérêt, a-t-il ajouté en m'embrassant sur le front. Viens, on va prendre un taxi et rentrer chez ta tante. On peut toujours y rester jusqu'à ce soir.

Nous avons appelé tante Christine pour la prévenir, avant de sauter dans un taxi. Lovée dans les bras de Brendan, j'ai envoyé des SMS à Ashley, Jenn et Cisco pour les avertir que nous allions les rejoindre à la soirée. Brendan ne m'a pas lâchée une seconde, jusqu'à notre arrivée chez moi. Il tenait à ne pas manquer de respect à ma tante en étant trop démonstratif devant elle. Nous l'avons trouvée assise à une table encombrée d'un ordinateur, de dossiers pleins à craquer et d'un gros classeur.

— Bonjour, madame Considine. Je suis ravi de vous revoir.

Brendan lui a décoché un grand sourire et l'a embrassée sur la joue. Il n'y avait rien à redire : il faisait preuve de bonnes manières impeccables avec les adultes. Selon tante Christine, son charme aurait fonctionné même sur les vaches, s'il avait essayé. Espérons que c'était un compliment…

— Bonjour, Brendan, quel plaisir de te voir ! a-t-elle répondu avec sa chaleur habituelle. Les enfants, pourquoi ne pas nous commander un déjeuner ? Des sandwichs vous iraient ?

Etant donné que les seuls ingrédients comestibles dans sa cuisine entraient dans la composition du Martini ou d'un petit déjeuner rapide, j'ai accepté son offre avec plaisir. Je doutais qu'elle aurait apprécié de voir Brendan disparaître dans ma chambre avec des Pop-Tarts et de la vodka.

Je nous ai donc servi deux verres d'Ice Tea pendant qu'elle attrapait le téléphone pour commander des sandwichs.

— Tu travailles sur un projet sympa ?

Le dos contre le frigo, j'ai montré les papiers devant elle.

— La paperasse n'a rien de sympa, ma chérie, a dit tante Christine en posant ses lunettes en écaille sur la table couleur pastel pour se frotter les yeux. Je travaille sur la prochaine vente aux enchères destinée aux administrateurs du conseil du lycée. J'ai l'impression de demander aux gens de faire don de leurs reins et pas de financer une simple séance de dégustation au Bernardin.

— Je ne vois pas du tout de quoi tu parles, ai-je reconnu en buvant une gorgée de mon Ice Tea.

— Heureusement !

Ma tante a éclaté de rire. Elle a jeté un coup d'œil à son écran, puis au tableau de chiffres posé sur la table. Soudain, elle a froncé les sourcils.

— Euh… on va peut-être te laisser travailler et aller un peu dans ma chambre.

J'ai tiré Brendan vers la porte. J'espérais arriver à la chambre avant que ma tante n'édicte sa consigne habituelle…

— Emma, ma chérie ? a-t-elle lancé pile au moment où j'ouvrais la porte de ma chambre.

Raté.

— Oui ?

— La porte reste ouverte, a ordonné tante Christine d'une voix ferme. Pas de fricotage.

Brendan est entré dans la chambre, retenant un fou rire. Il a retiré ses Converses et s'est jeté sur mon lit. Il s'est appuyé contre le mur. Ses longues jambes pendaient de l'autre côté du matelas.

— Oui, tante Christine, ai-je répondu d'une voix docile.

J'ai refermé la porte à moitié et me suis glissée à côté de Brendan sur le lit étroit, le grimoire de Randi sur les genoux. Il n'y avait pas d'autre endroit où s'asseoir dans ma chambre, mis à part la chaise de bois de mon bureau, particulièrement inconfortable.

Je l'ai poussé un peu, avec un geste d'excuse.

— Ton lit est plus grand.

— Un lit étroit n'est pas forcément un inconvénient, m'a-t-il répondu en riant doucement et en glissant un bras autour de mes épaules. Tu es obligée d'être tout près de moi, là.

J'ai posé la tête sur sa poitrine, heureuse que nous soyons juste tous les deux. J'ai écouté les battements lents et réguliers de son cœur et me suis fait le serment de ne jamais plus tenir pour acquis ces moments d'intimité.

Mais j'ai dû, trop tôt à mon goût, m'écarter de lui. Je lui ai tendu mon ordinateur portable pour qu'il puisse aller sur Facebook et annoncer son désir soudain — et surprenant, parce qu'il aurait été plus vraisemblable qu'il déclare son amour pour un cafard — d'aller à la *Battle of the Bands.*

— Au bout de combien de points d'exclamation une phrase commence-t-elle à être sarcastique ? m'a-t-il demandé en relisant ses statuts faussement enthousiastes.

J'ai jeté un coup d'œil par-dessus son épaule. « *Battle* ce soir, j'ai hâte d'y être », et environ seize points d'exclamation. Plus un smiley.

— Tu as intérêt à en enlever pas mal. Et supprime le smiley.

Je me suis assise en tailleur, appuyée contre la tête de lit, et me suis mise à parcourir le grimoire de Randi. J'ai eu l'impression de lire les notes de cours d'un élève qui aurait suivi des leçons de Wicca pour débutants. Mais les notes de Randi étaient très claires. Les formules et les instructions étaient toutes faciles à comprendre. Comme promis, elles n'étaient pas en latin et les rimes étaient simples. Un des sortilèges était destiné à accélérer la guérison des plaies — à noter pour soigner mon genou ! — mais le grimoire m'a bientôt rappelé les préceptes élémentaires de la Wicca, en gros caractères majuscules : ne jamais utiliser un sortilège pour son bénéfice personnel.

Zut ! J'avais oublié cette règle. Elle était fondamentale, plus encore que l'idée selon laquelle « tout ce que vous envoyez dans l'univers vous revient puissance trois ». Même si j'avais un peu de peine à comprendre où était le mal si j'arrivais à guérir trois fois plus vite... *C'est sûrement interdit, n'essaie pas de contourner la règle, petite maligne.*

J'ai continué ma lecture. La plupart des sortilèges m'auraient été utiles — pour me concentrer, par exemple. Et pour les examens dans un mois. Un sortilège pour se protéger contre les cauchemars. Un autre pour faire croire à quelqu'un que la pièce où il se trouve est en proie à un incendie. J'ai frissonné en relisant celui-là : j'avais rêvé d'une vie antérieure qui avait pris fin dans un incendie, ce n'était donc pas un souvenir que je voulais revivre, même si la formule magique, assez courte, était facile à retenir.

Je suis passée à la page suivante. Un sortilège destiné à forcer quiconque à dévoiler sa véritable identité. *Utile contre les charmes et les malédictions,* avait annoté soigneusement Randi dans la marge. Je n'ai pas pu m'empêcher de rire intérieurement en pensant à la possibilité de l'utiliser contre Kristin. Je m'imaginais bien avec un chapeau pointu sur la tête, en train de répéter la courte formule à trois reprises. *Déesse pleine de grâce, je t'implore de me montrer le véritable visage de son âme.* Et pouf ! Kristin se transformerait en grosse vache puante. Une vache bronzée, sans aucun doute, avec un soutien-gorge push-up sur ses mamelles.

— Qu'est-ce qui te fait rire ? m'a demandé Brendan en levant la tête de mon ordinateur couvert d'autocollants.

Je venais de rire à voix haute sans m'en apercevoir, au point de me taper la tête contre le lit.

— Rien. J'imaginais un truc rigolo. Jeter un sort à Kristin, ai-je avoué.

J'ai massé mon crâne endolori et j'ai froncé les sourcils.

— Je ne le ferai pas, évidemment. Même si j'aimerais bien…

— Ne perds pas ton temps avec elle. Elle ne t'arrive pas à la cheville.

Brendan a fait une grimace de dégoût.

— Tu es un diamant et elle… un emballage de Twinkie.

Il n'avait jamais été un grand fan de Kristin. Heureusement, car je n'avais jamais eu à m'inquiéter de voir son nom sur le tableau de chasse des conquêtes passées de Brendan. Il disait que son bronzage ressemblait au fromage fondu qu'on met sur les *nachos*. Depuis qu'elle avait aidé Anthony l'année dernière, en m'enfermant dans le sous-sol du lycée avec lui, Brendan la méprisait purement et simplement. Et il n'avait aucun mal à le montrer ouvertement.

— Après ce qu'elle t'a fait… non, ce qu'elle *nous* a fait, a-t-il lâché en fulminant à la seule mention de son nom. Si tu savais comme j'aimerais qu'elle soit un garçon pour que je puisse lui casser la figure.

Il a joué avec sa boucle d'oreille en argent, le visage fermé.

— Elle a de la chance d'être une fille, a marmonné Brendan. Il y a des milliers de choses que je pourrais lui dire. Mais en général, franchement, je me retiens.

— Vas-y, dis-moi toutes ces gentillesses…

J'ai éclaté de rire et me suis penchée plus près de lui. Il a posé la main sur ma nuque et m'a attirée vers lui, murmurant à mon oreille quelques qualificatifs bien sentis sur l'autre peste.

— Si tu continues à me séduire de cette façon, il risque d'y avoir pas mal de « fricotage » dans ce lit et je n'arriverai jamais à apprendre ces formules, l'ai-je taquiné.

Brendan a ri, puis a jeté un regard méfiant vers la porte entrouverte. Il s'est tourné vers moi, ses yeux verts emplis d'idées coquines, c'était une évidence. Personne n'avait le don d'exprimer du regard certaines « envies » du regard aussi bien que lui.

— Vu la façon dont tu te penches sur moi, je crois qu'il n'y aura pas que du fricotage dans ce que j'ai envie de faire avec toi, m'a-t-il dit d'une voix rauque.

Il a glissé la main sur ma taille et m'a tirée vers lui. Je suis tombée sur sa poitrine. Avec son autre main, il a soulevé mon menton et sa bouche s'est refermée sur la mienne en un long baiser passionné. Nerveuse, à cause de la porte ouverte, je me suis écartée. Il m'a mordillé la lèvre inférieure doucement — juste assez fort pour me donner envie de rester tout contre lui.

— Arrête de me donner envie de toi alors que j'ai du travail, ai-je murmuré en l'embrassant rapidement sur la joue avant de quitter ses bras à regret.

Je me suis réfugiée vers la sécurité relative de la tête de lit. Mais à l'autre bout du matelas, image ô combien tentatrice, mon petit ami me regardait avec insistance derrière ses longs cils noirs.

— Arrête.

Je lui ai donné un petit coup du bout du pied. Il s'est contenté de rire, a récupéré mon ordinateur qui avait glissé sur le lit et a repris ses activités sur Facebook. J'ai fermé les yeux, écartant l'idée des caresses de Brendan sur mon corps, et je suis revenue au grimoire. J'ai commencé avec les sorts les plus faciles, que je me suis efforcée de mémoriser — leur structure, leur rythme —, intriguée par les notes de Randi sur les raisons pour lesquelles certains marchaient et d'autres pas.

Deux heures plus tard, nous avons rejoint tante Christine dans la cuisine, où nous attendaient des sandwichs au fromage et à la viande, gras et délicieux. Elle les avait commandés au coin de la rue : poulet et parmesan pour elle et moi, et un mélange italien hallucinant, jambon de Parme, salami, mortadelle et provolone pour Brendan, qui en raffolait et l'avait clamé haut et fort. Après le déjeuner, nous nous sommes installés dans le salon, devant un vieux film avec Bruce Willis, vraiment nul et qui nous a fait bien rire tous les trois. Brendan riait à cause d'une réplique débile lorsque mon portable a vibré. Le SMS venait d'Angélique.

> Rendez-vous dans une heure, je pars de chez moi dans pas longtemps.

Je suis brutalement revenue sur terre. J'étais là, à m'amuser tranquillement avec Brendan et ma tante — échangeant des baisers volés avec lui dès qu'elle sortait de la pièce — et avais complètement oublié ce que nous avions prévu de faire ce soir. *Bruce Willis, bah voyons !*

J'ai soupiré un bon coup et j'ai annoncé que je devais aller me préparer pour la soirée. Automatiquement, Brendan s'est levé pour me suivre, mais le regard perçant que lui a jeté tante Christine l'a obligé à se rasseoir illico sur le canapé.

— Je vais regarder la fin du film, a-t-il dit comme si de rien n'était.

Il s'est assis sagement. Pour une fois, il n'était pas avachi sur le sofa, les jambes écartées.

— Bonne idée, a répliqué ma tante avec son fameux regard « pas de fricotage ».

Je me suis mordu les lèvres, me retenant de rire. Mon adorable tante était à peu près la seule personne au monde capable d'intimider Brendan avec une telle facilité. Je me suis dirigée rapidement vers ma chambre, j'ai enlevé mon pantalon cargo, mis un jean et une chemise noire brodée. Cette chemise était un cadeau d'anniversaire d'Ashley et faisait plus habillée que mon look habituel, T-shirt et sweat. Randi m'avait donné des idées ; j'ai essayé de me faire des yeux de biche à l'eye-liner mais je m'y suis prise trop vite. Les traits que j'avais dessinés n'étaient pas symétriques et me faisaient ressembler à un cocker. J'ai abandonné et me suis fait des yeux charbonneux.

Brendan s'est levé à mon entrée dans le salon. Je n'avais pas envie de prendre une veste pour éviter le vestiaire et je me suis contentée de fourrer un pull noir dans mon sac. Il faisait plutôt doux ce soir et le lycée où nous allions n'était qu'à quelques blocs de là, de toute façon.

— Amusez-vous bien. Je suis contente que vous sortiez, que vous repreniez votre vie normale !

Tante Christine nous a souri et est allée dans la cuisine, où elle a sorti les ingrédients de son Martini habituel. Le samedi, elle buvait les deux verres qu'elle préparait.

Mentir n'était pas dans mes habitudes et j'avais toujours l'impression de tricher avec elle d'une manière ou d'une autre. Elle m'a souri de nouveau, avec fierté, ce qui m'a fait me sentir encore plus coupable.

Une fois dans l'ascenseur, Brendan m'a regardée, inquiet.

— C'était ton idée. Tu n'as qu'un mot à dire et on n'y va pas. Tu as l'air… stressée, m'a-t-il fait.

Stressée, c'était le moins que l'on puisse dire ! J'en avais la nausée.

Je me suis calmée et j'ai réfléchi à ce que je ressentirais si je devais, chaque jour, me réveiller avec la peur au ventre à l'idée qu'un fou masqué m'attaque au couteau. La décision était dès lors facile à prendre.

J'ai pris la main de Brendan et répondu avec fermeté :

— Non, il faut y aller. Retrouvons ce salaud et finissons-en avec cette histoire.

7

— Rappelle-moi pourquoi ce genre de soirée nous a manqué ?

Nerveuse, je grattais mon vernis à ongles. Brendan et moi étions installés à une table d'angle de la cafétéria du lycée Magel, le lycée « jumeau » de Vincent Academy, situé sur la 65e Rue et Lexington. Il ressemblait cependant davantage à un lycée traditionnel que Vince A, qui occupait une vieille bâtisse très imposante. Nous attendions Cisco et Angélique, qui étaient un peu en retard. Cisco aidait Gabe à mettre sa batterie dans le 4x4 de sa sœur, et Angélique avait des problèmes de métro sur la ligne six. Elle m'avait envoyé un texto pour me prévenir qu'elle venait de sortir à la station sur la 51e et qu'elle finirait le chemin à pied. Nous les attendions donc dans la cafétéria aux tons bleus criards, très conscients d'être l'objet de tous les regards — quelques mois auparavant seulement, nous avions fait les gros titres des rubriques people et des blogs sur la vie à New York, plutôt dur de se faire oublier dans ces conditions…

— Eux ne nous ont pas manqué, c'est certain, m'a répondu Brendan durement.

Avachi sur sa chaise, il ne faisait aucun effort pour se cacher. Il m'a pris la main, et nos doigts se sont entrelacés, ce qui m'a empêchée de continuer à couvrir la table de petits éclats de vernis à ongles.

— Personne ne t'approchera ce soir, m'a-t-il promis en me serrant la main un peu plus fort.

— Franchement, ce n'est même pas cela qui me fait peur en ce moment.

J'ai vu deux filles passer à côté de notre table, bras dessus bras dessous, et glousser en nous regardant. J'ai détourné les yeux. Je me sentais tellement exposée et vulnérable. Comme lors de mon premier jour à Vince A, j'aurais voulu être une élève parmi les autres. Etre invisible. Mettre un sac en papier sur ma tête.

— Je voudrais juste que les gens arr…

Je n'ai pas fini ma phrase.

— Emma ! Brendan ! Vous êtes venus ! s'est écriée ma cousine Ashley à tue-tête depuis le coin des distributeurs.

Elle a traversé la salle, suivie de ses amies Catharine et Vanessa et de trois garçons. Ses talons hauts ont claqué sur le carrelage bleu pâle. Ils se sont approchés et je me suis rendu compte qu'un des garçons était Liam — et qu'il suivait Ashley de bien près…

— Ça tombe bien, on voulait justement que les gens sachent qu'on est là. Mission accomplie, a dit Brendan sèchement.

Il a rapproché sa chaise de la mienne pour faire de la place à mon exubérante cousine et à ses amis.

— Je suis contente que vous soyez là ! a gloussé Ashley en me prenant dans ses bras.

Ses boucles rousses m'ont frotté le visage et son parfum capiteux était si écœurant qu'il m'a fait mal à la tête. Je lui ai néanmoins serré le bras avec affection avant de me dégager — elle m'étranglait littéralement !

Ashley s'est assise en face de moi. Ses nouveaux, hum, « amis » masculins étaient sagement assis de part et d'autre de son siège. Quant à Catharine et Vanessa, elles se sont serrées près de moi. Liam et Brendan se sont salués avec cette demi-étreinte qui était à la mode mais Liam, voyant que la table était pleine, s'est installé, la tête basse, à une table à côté. Je ne comprendrai jamais pourquoi tous les garçons savent instinctivement faire ce salut prétendument viril. En cinquième, quand on parle aux filles de leurs règles, je parie qu'on apprend aux garçons à faire ce salut « Yo, mon frère » et à rattraper le pop-corn bouche ouverte.

— Tu portes la chemise que je t'ai offerte ! s'est écriée Ashley, toute joyeuse. Elle est vraiment jolie. Oh ! Je vous présente Travis.

Elle montrait le garçon brun aux cheveux ébouriffés à sa droite. Puis elle s'est tournée vers celui à sa gauche, au look plus BCBG. Il portait une casquette de base-ball.

— Et voilà, euh... comment tu t'appelles déjà ?

Elle a gloussé de nouveau et a ouvert sa canette de soda. Le visage du garçon à la casquette s'est assombri.

— Josh, a-t-il marmonné, l'air défait.

Travis jubilait sous sa tignasse brune. Le dénommé Josh lui a jeté un regard noir et Brendan a dû mordre la cordelette de sa capuche pour se retenir de rire. Je lui ai donné un coup de pied sous la table, geste qu'il a fait mine de ne pas comprendre, l'air faussement innocent.

— Vous êtes allés voir les groupes à l'étage ? nous a demandé Catharine, une brune très mignonne. Il paraît que *Freeze Tag* est génial. Le chanteur est dans la même école que mon frère.

— C'est le groupe de Gabe, c'est un copain !

J'ai levé les poings en signe de victoire, ravie qu'on

parle déjà du groupe. Cisco avait bien dit qu'ils étaient bons.

— Oooh, j'ai hâte de les entendre !

Ash sautillait littéralement sur sa chaise. Comme une grande sœur, je mourais d'envie de poser les mains sur ses épaules pour la calmer un peu. Si elle continuait, elle allait filer un torticolis à Josh et Travis.

— Il paraît que la compétition est entre eux et un autre groupe de rock, le *Dorian Project* quelque chose, a dit Travis, s'adressant à tout le monde mais ne regardant qu'Ashley.

— C'est leur nom ? Le *Dorian Project* quelque chose ? a lancé Liam. C'est un nom débile.

Il balançait ses jambes d'avant en arrière, toujours assis sur sa table.

— Non, c'est juste que je ne me souviens pas du nom du gars. Apparemment, ils gagnent chaque fois.

— Je veux les voir, et aussi un rappeur qui est tellement mauvais qu'il en est drôle, a ajouté Josh en ajustant sa casquette. Kenny quelque chose. J'ai entendu dire qu'il se prend pour… Ouah !

Josh s'est tu d'un seul coup, les yeux écarquillés par la surprise.

J'ai alors entendu la voix — très frêle — de mon amie Angélique.

— Salut tout le monde, a-t-elle murmuré.

Sa voix était affaiblie, comme éteinte. La voix de quelqu'un qui a eu la grippe pendant trois jours.

Je me suis levée pour la saluer et j'ai dû retenir un cri de surprise. Pas à cause de ce qu'elle portait — même si c'était sans doute ce qui avait choqué Josh. Elle portait une espèce de corset en vinyle sur sa longue jupe noire et une cape en velours à la doublure de couleur violette. Sa tenue était plus adaptée à un concours de troubadours qu'à une *battle* de groupes faisant surtout des reprises, mais ce look lui allait bien. Je n'arrivais pas à l'imaginer avec des vêtements plus classiques, de chez Gap ou autre. Ils lui brûleraient sans doute la peau, comme l'eau bénite sur les vampires…

Mais ce qui m'a surtout surprise, c'était à quel point Angélique paraissait faible. Les traits tirés, à bout de forces, les yeux cernés et rouges — mais, cette fois, ce n'était pas son maquillage qui la faisait ressembler à une héroïne gothique.

Brendan a levé les yeux vers elle à son tour et a été tout aussi surpris. Il s'est même levé précipitamment pour lui céder sa chaise.

— Tiens, assieds-toi, a-t-il proposé.

Il est allé rejoindre Liam sur la table à côté. Ce dernier a commencé sur-le-champ à se plaindre de leur entraîneur. Brendan l'a interrompu, faisant mine d'être fâché à cause de mon erreur de la veille, quand j'avais pris Liam pour lui. Liam a pâli et Brendan a éclaté de rire.

Angélique quant à elle s'est presque effondrée sur sa chaise. Sa grâce habituelle avait disparu. Elle m'a regardée en hochant la tête, circonspecte. De petites gouttes de sueur se formaient sur son front.

— Tu veux le reste de ma canette ? Je n'ai presque rien bu. On dirait que tu as besoin de sucre.

Ashley a poussé la canette de Sprite sur la table, laissant une traînée d'eau de condensation sur la surface couleur bleu roi.

— Ça ira mais merci, a dit Angélique faiblement.

Josh a pâli.

— J'espère que tu vas vite te sentir mieux, a fait Ashley.

Elle a pris ses copines Vanessa et Catharine par le bras et elles se sont dirigées en sautillant vers l'escalier qui menait à l'auditorium. Ashley s'est soudain arrêtée dans sa course.

— Liam, tu viens ? Allez !

— Euh, ouais !

Un grand sourire a illuminé le visage sombre de ce dernier et il a emboîté le pas à ma cousine et à son groupe. J'ai compris alors que c'était sans doute elle qu'il attendait devant l'école vendredi. Ashley venait souvent aux matchs de basket avec moi et connaissait de vue les équipiers de Brendan. *Pauvre Liam, il est clairement dans la catégorie « juste copains ».*

Aussitôt le groupe hors de vue, Angélique a poussé un profond soupir et a pris une longue gorgée du soda qu'Ashley lui avait laissé.

— Tu vas bien ? Tu as une intoxication alimentaire ou quoi ?

J'étais inquiète. Même si Angélique semblait un peu mieux, elle avait toujours l'air d'être au bord de la nausée.

— Oui, ça va passer, m'a-t-elle dit en se massant les tempes du bout des doigts. Je suis idiote. J'aurais dû me préparer à tout cela.

— Tout *quoi* ? lui a demandé Brendan.

Il est descendu de la table d'un bond et s'est laissé glisser sur la chaise que Vanessa venait de quitter.

— Tout ça, a répété Angélique en embrassant d'un geste la cafétéria. C'est juste… beaucoup. Angoisse, stress, manque de confiance en soi, trahison. Il y a une telle concentration d'émotions ici. Et de désir sexuel. Beurk ! Mon Dieu, je déteste le lycée !

Angélique a fait la grimace et a bu une autre gorgée de soda.

— J'ai presque eu la sensation de coucher avec le type à qui j'ai donné mes dix dollars pour entrer, tellement c'est chaud ici ! Et il n'était même pas mignon. Désolée, Brendan, a-t-elle ajouté en guise d'excuse, en voyant ce dernier s'agiter sur sa chaise et froncer les sourcils, gêné.

— Pas grave, a-t-il dit en rougissant légèrement.

— Pourquoi est-ce pire qu'une journée normale au lycée ? lui ai-je fait, intriguée.

Mon amie à l'empathie exacerbée s'est contentée de hausser les épaules.

— J'ai une idée, a dit Brendan en mâchouillant le cordon de son sweat. Au lycée, tout le monde est un peu réservé, je veux dire, impossible de se sauter dessus dans les couloirs. Chacun se contrôle parce que c'est le lycée. Mais…

Il a fait un signe de la tête en direction des distributeurs où deux élèves se tripotaient sans vergogne.

— Ce soir, ce n'est pas vraiment un problème. Il y a bien quelques profs, mais j'imagine mal qu'un prof apprécie de renoncer à sa soirée pour être ici. Donc ils ne nous surveillent pas vraiment. Mais qu'est-ce que j'en sais, après tout ?

Il a haussé les épaules.

— Non, tu n'as pas tort, a reconnu Angélique à contrecœur, en essuyant les gouttes de sueur qui perlaient sur son front d'un revers de la main. Mais ce ne n'est pas la seule raison. Je le pensais vraiment quand j'ai dit que j'ai été idiote. J'ai amplifié mes pouvoirs avant de venir, pour qu'on puisse capturer immédiatement ce malade.

— Angélique ! Pourquoi te mettre en danger de cette façon ?

J'allais la prendre dans mes bras lorsque je me suis rendu compte que cela ne ferait qu'empirer la situation. De plus, elle réagissait toujours aux démonstrations d'affection comme certains réagissent devant les rats d'égout — avec un bond de recul horrifié.

— C'est un sortilège temporaire, qui ne durera que jusqu'à l'aube. Ça ira, m'a-t-elle assuré. J'ai juste besoin de quelques minutes pour m'habituer.

Au bout de quelques instants, quand Angélique a paru moins nauséeuse et plus détendue, Brendan s'est risqué à demander :

— Tu as toujours ce mauvais pressentiment ?

— Oui, malheureusement, a-t-elle soupiré. Mais, au fur et à mesure que les choses s'équilibrent, je ressens un truc… étrange. Comme s'il y avait des trous dans mes sensations. Comme du gruyère. Je ne sais pas si ça veut dire que le danger n'est pas là, mais c'est comme si quelque chose manquait. C'est perturbant. Enfin, c'est peut-être que je suis dépassée.

Angélique a frissonné. Le désarroi se lisait sur son visage.

Nous sommes restés dans la cafétéria en attendant qu'elle termine une autre canette de soda. Dès qu'elle s'est sentie plus confiante, nous nous sommes dirigés vers l'étage. Quand nous sommes arrivés en haut de l'escalier, Cisco nous a envoyé un SMS pour nous prévenir que le groupe de Gabe était le suivant sur scène.

Nous frayant un chemin à travers la foule — Angélique essayait de ne toucher personne, pour éviter que les émotions deviennent trop fortes —, nous avons fini par arriver au pied de la scène, où se trouvait déjà ma très exubérante cousine, qui bondissait comme si elle était montée sur ressorts plutôt que sur des talons aiguilles, tandis que le groupe sur scène reprenait tant bien que mal un classique du rock. Travis encourageait Ashley — et Josh admirait le spectacle. J'ai fini par sortir mon pull de mon sac pour obliger ma cousine à se couvrir un peu, ce qui m'a valu des regards noirs et navrés de ses admirateurs et la reconnaissance de Liam.

Cisco nous rejoignait à peine lorsque Gabe, avec de nouvelles mèches blondes dans ses cheveux bruns, est apparu sur scène et a agité ses baguettes de batterie fluorescentes. Très élégant, il portait un pantalon et une chemise noire, ainsi qu'une cravate d'un vert très vif. Chaque membre du groupe avait une cravate fluorescente de couleur différente. Ils commencèrent par une version punk et rapide d'une vieille chanson de Britney Spears, qui a précipité Ashley et ses amis devant la foule, pour se mettre à danser. Même Angélique n'a pas pu s'empêcher de bouger la tête au rythme de la musique, bien qu'elle se refuse à chanter les paroles de n'importe quelle chanson pop, par « principe ». Je me suis appuyée contre Brendan, qui m'a prise dans ses bras et m'a fait évoluer au rythme de la musique dans l'auditorium peu éclairé.

J'ai levé la tête et me suis tournée pour l'embrasser sur la joue. Mais Brendan regardait ailleurs, une expression haineuse sur le visage.

Je lui ai fait signe de se baisser pour m'entendre.

— Quelque chose ne va pas ?

— Hum. Non. Rien, m'a-t-il dit pour me rassurer, un sourire peu convaincant sur les lèvres.

Brendan excellait dans de nombreuses choses, mais le mensonge n'était pas son fort. *Sans doute à cause de quelqu'un qui l'a regardé comme une bête curieuse ou qui a pris une photo de lui avec son portable.* Je n'avais pas remarqué — enfin, pas vraiment — les rares personnes qui s'obstinaient à nous dévisager. Les filles qui gloussaient tout à l'heure dans la cafétéria étaient passées plusieurs fois devant nous dans l'auditorium. Leurs téléphones étaient sans doute pleins, à l'heure qu'il était, de photos de Brendan. Mais, à part elles et une brune très mince et très maquillée, rares étaient ceux qui paraissaient s'intéresser à Brendan et à moi.

Freeze Tag a terminé sa dernière chanson. J'étais certaine qu'ils avaient gagné, même si je n'avais entendu aucun des autres groupes. Tout le monde les applaudissait avec enthousiasme. J'ai observé Angélique à la dérobée : elle avait un sourire béat, qui lui donnait presque l'air soûl, grâce aux bonnes vibrations que lui renvoyait la salle. J'étais soulagée de constater qu'il pouvait y avoir des effets agréables dans ses pouvoirs d'empathie, pour changer. J'ai décidé de considérer cela comme un heureux présage. Randi avait peut-être raison et mon assaillant ne recommencerait pas. Je pouvais peut-être me détendre un peu.

— Y a-t-il un groupe aussi bon que *Freeze Tag* ?

Je m'adressais à Vanessa — enfin, je l'ai fait dès que le brouhaha est un peu retombé.

— Pas aussi bon, mais son groupe à lui était pas mal, m'a-t-elle dit en montrant du doigt un type grand, aux cheveux châtain clair trop bien coiffés. Il était appuyé contre un pilier. Les bras croisés sur la poitrine, la mine renfrognée, il parlait à un garçon plus petit aux cheveux noirs. J'ai suivi son regard froid vers la scène, où *Freeze Tag* concluait.

— C'est qui, *Pub de Coca* ?

Je faisais référence au logo rétro sur son T-shirt bleu.

— Ah, lui ? Son groupe arrivera deuxième, je pense, m'a-t-elle dit tout en recoiffant ses cheveux roux. C'est *Dorian* quelque chose. Ils ne sont pas mauvais, mais c'est juste du rock-guitare banal. *Freeze Tag*, ça, c'était génial. Et le public a adoré.

Catharine et Ashley ont fait signe à Vanessa de les rejoindre. Ashley leur a murmuré quelque chose — sans doute sur l'un des garçons — et elles se sont écroulées de rire à l'unisson.

— Tu vois, je t'avais dit qu'ils étaient super.

Cisco m'a donné un coup de coude, très fier. Il s'est tourné vers la scène, où Gabe venait de terminer de démonter sa batterie et la posait sur un chariot. Le chanteur l'a poussée vers les coulisses. Cisco a levé les pouces en signe de victoire et Gabe a répondu en envoyant un baiser dans notre direction, ce qui a provoqué des gloussements encore plus surexcités chez Ashley et ses copines.

— Il est *tellement* mignon !

Gabe a descendu les marches de la scène pour venir nous voir.

— *Tellement* mignon, les a imitées Cisco en levant un sourcil dans ma direction.

Je l'ai taquiné, à voix basse pour éviter qu'on nous entende.

— Gabe a des groupies, on dirait. Ooh, tu crois que tu peux me faire monter dans le bus de la tournée ? Je peux rencontrer le chanteur du groupe ?

Je me suis mordillé l'index et j'ai battu des cils comme une midinette.

Cisco a posé le doigt sur ses lèvres, comme pour m'étudier de près.

— Il va falloir la jouer un peu plus garce. Je recherche des groupies un peu plus trash pour le backstage, a-t-il déclaré. Du genre des filles des années 1980, cheveux crêpés et combi moulante en dentelle. Plus lookées, tu vois ce que je veux dire ?

J'ai éclaté de rire.

— Il faut le meilleur pour les gagnants ! Et ils ont gagné déjà, haut la main. C'est quoi le prix ?

Je m'attendais à un chèque cadeau iTunes ou à un trophée clinquant. Les prix habituels dans mon ancien lycée du New Jersey.

— Je crois que c'est mille dollars, m'a répondu Cisco en fronçant les sourcils.

J'aurais dû m'en douter. J'ai sifflé doucement entre mes dents.

— Ouah, c'est beaucoup d'argent.

— Ouais, pas mal, a-t-il approuvé en haussant les épaules. Tu t'attendais à quoi ? A Vince A, la somme aurait été plus élevée — ou le groupe aurait gagné un yacht.

— Tu as sans doute raison…

J'ai trébuché. Brendan était derrière moi et m'avait poussée doucement, comme pour m'écarter de lui.

— Ils feront peut-être des dates cet été, a déclaré Cisco, les yeux rêveurs. Oui, même à… Qu'est-ce qui se passe ?

Le cri de Cisco a retenti juste au moment où je me tournais pour voir ce que Brendan était en train de fabriquer. Il bousculait le type au T-shirt, celui du groupe *Dorian* machin-chose, qui a heurté le pilier beige derrière lui.

— Présente des excuses à mon ami, a dit froidement Brendan en poussant de nouveau le type.

— Tu te prends pour un dur ? a lâché celui de *Dorian*.

— Essaie toujours, tu verras.

Brendan était si près de ce type qu'ils se touchaient presque. L'autre a poussé Brendan, mais ce dernier s'est précipité sur lui et l'a plaqué contre le pilier avec son avant-bras gauche, lui appuyant sur la clavicule. Il a levé le poing droit.

— Viens dehors et on verra si tu es vraiment un dur quand personne n'est là pour regarder, le défia « Dorian », impassible. Tu crois que ça suffit ? Prouve que tu es capable de me casser la figure.

— Laisse tomber, Brendan, il n'en vaut pas la peine, lui a dit Gabe, qui a surgi à son côté.

Il faisait une tête de moins que lui, mais lui aussi serrait les poings, la voix tremblante de colère.

— C'est un mauvais perdant, laisse tomber.

— Non, Gabe. Ce petit salaud n'arrête pas de la ramener depuis le début de la soirée. Il a besoin d'apprendre un peu le respect, a grondé Brendan à la figure de « Dorian ».

Ce dernier avait toujours le même rictus méprisant. Brendan l'a saisi par le col et l'a poussé de nouveau contre le pilier. L'autre a grimacé de douleur et a essayé d'écarter les doigts de Brendan pour se débarrasser de l'étau qui l'enserrait.

— Lâche-moi, Salinger. Ouais, je sais qui tu es. T'es qu'un moins que rien avec un nom de famille célèbre.

Et zut ! Encore un idiot qui cherche la bagarre pour prouver qu'il est plus fort que Brendan.

Cisco est passé devant moi. Debout près de Brendan et de Gabe, il a bientôt été rejoint par Liam de l'autre côté. Les admirateurs d'Ashley, Travis et Josh, ont disparu si rapidement que de la fumée sortait presque de leurs semelles, comme dans les dessins animés. Idem pour l'ami de « Dorian », qui n'a pas demandé son reste et a filé dès qu'il a vu Brendan plaquer son copain contre le pilier.

— Qu'est-ce qui s'est passé ? a demandé Cisco péremptoirement.

J'ai pris Ashley par le bras et je l'ai poussée derrière moi. Le cœur battant, je me suis rendu compte qu'une bagarre ouverte était inévitable.

— Disons que notre ami ici présent a passé une mauvaise soirée, qu'en mauvais perdant qu'il est il est dégoûté, donc il a décidé de faire un croche-pied à Gabe, a grondé Brendan, qui a de nouveau plaqué « Dorian » contre le pilier.

Soit Brendan n'avait pas compris, soit il ne tenait pas compte du fait que l'incident n'était qu'une ruse pour le provoquer. J'avais envie de gifler ce type, mais Brendan maîtrisait visiblement la situation. Tout le monde l'avait constaté d'ailleurs, puisqu'une foule s'était rapidement formée autour de nous.

— Ecoute, ce n'est pas ma faute si ce crétin de batteur ne regarde pas où il met les pieds, a rétorqué l'autre en fixant d'un regard noir Brendan, puis Gabe. Il a trébuché. Et alors ? C'était un accident, ça arrive.

— Mon œil. Comme si je n'avais pas entendu ce que tu disais pendant qu'ils étaient sur scène !

« Dorian » a esquissé un sourire narquois à l'intention de Brendan, qui l'a frappé de nouveau, réussissant à effacer ce sourire immédiatement.

— Laisse tomber, il n'en vaut pas la peine, a répété Gabe en fronçant les sourcils. Je ne suis pas tombé. Et le prochain groupe va entrer sur scène, de toute façon. Lâche-le.

— Tout va bien, Brendan, ce type est une tête de nœud, a dit Cisco en lui donnant une tape sur l'épaule.

Mais Brendan ne lâchait pas « Dorian ». Gabe m'a regardée, implorant, visiblement gêné d'être le centre de l'attention générale alors qu'il n'était plus sur scène. J'ai touché le bras de Brendan et j'ai essayé de lui parler.

— Laisse tomber, lui ai-je demandé avec douceur. Gabe n'a pas envie que ça aille plus loin. Brendan, ce type cherche juste à se battre. Ne tombe pas dans le panneau, s'il te plaît.

Brendan s'est tourné vers moi. La colère déformait les beaux traits de son visage. J'ai hoché la tête et il a soupiré, avant de renoncer, non sans avoir poussé « Dorian » une dernière fois. Le T-shirt de celui-ci était tout froissé à l'endroit où il l'avait agrippé.

« Dorian » s'est redressé et a écarté les bras en signe de victoire.

— Ouais, c'est bien ce que je pensais. Tu fais bien d'écouter les conseils de ton idiote de copine.

Les événements se sont alors enchaînés très vite.

Le groupe féminin sur scène a commencé à jouer. Leurs riffs de guitare grinçants se sont élevés au-dessus de la foule, qui s'est mise à bouger d'avant en arrière, comme dans une fosse improvisée. « Dorian » avait à peine fini sa phrase que Brendan levait le poing et l'écrasait sur sa joue gauche. Le type aux cheveux blond sable a titubé et s'est effondré contre le pilier. Il a glissé lentement à terre, comme une assiette de purée jetée contre le mur. Son copain est soudain revenu vers nous, accompagné d'un type beaucoup plus grand que lui, qui s'est précipité sur Brendan, les poings en avant. Il a failli frapper Liam, qui a esquivé le coup et l'a écarté d'une poussée. Il a perdu l'équilibre et s'est balancé dangereusement avant d'avancer droit sur moi.

Brendan m'a écartée d'un geste et Cisco s'est interposé, frappant l'ami de « Dorian » avec une telle force que ce dernier a presque fait un tour complet sur lui-même. Je n'ai rien vu de ce qui s'est passé ensuite. Car je venais de trébucher et de heurter Ashley. Vacillant sur ses talons hauts, elle a perdu l'équilibre et est tombée en arrière, m'entraînant dans sa chute. Je l'ai cognée avec le coude, lui arrachant un cri de douleur. Je me suis redressée tant bien que mal et me suis agenouillée près d'elle. Sa bouche saignait. J'ai tenté de la relever, tout en la protégeant de la foule qui menaçait de nous piétiner. La moitié des élèves regardait la bagarre, et l'autre moitié pogotait. Je ne voyais ni n'entendais plus rien, à part le bruit des pieds qui nous entouraient.

Puis des bras ont saisi Ashley par la taille et l'ont remise sur ses pieds. Dès qu'elle a été debout, une main m'a aidée à me relever à mon tour.

— Merci, Liam.

Il a hoché la tête et a disparu dans la foule, en direction de la sortie.

— Ça va ? Je suis désolée, Ash, ai-je crié frénétiquement. Dis quelque chose… souris ! Je ne t'ai pas cassé une dent, au moins ?

— Dé besoin d'une dalle de bains, de me suis coupé l'intérieur de la douche, m'a-t-elle répondu en se tenant la joue, la mine pitoyable.

— Tu as besoin d'une salle de bain ? Tu t'es coupé l'intérieur de la bouche ?

Je répétais ce que je pensais qu'elle avait dit. Ashley a souri. Ses dents étaient tachées de sang mais par chance, intactes.

— Très bien. Où sont Vanessa et Catharine ?

Je me suis tordu le cou à chercher ses amies — et les miens. J'étais inquiète pour Cisco et Brendan, à cause de la bagarre. Et pour Angélique, à cause des conséquences de l'altercation sur ses émotions. Toute cette agressivité et cette colère avaient dû provoquer en elle les sensations d'une scène de crime.

— Emma !

C'était elle. Angélique courait vers moi, visiblement essoufflée. Ses yeux brillaient d'excitation, alors que, seulement une heure auparavant, elle oscillait entre épuisement et désir irrationnel pour le garçon de l'entrée. *L'empathie doit être un truc épuisant.* Mais je n'arrivais toujours pas à repérer les garçons dans la foule compacte.

— Où sont-ils passés ?

Je me suis adressée à Angélique, le cœur battant. Une partie de moi rêvait de tordre le cou de Brendan pour avoir réagi avec autant d'excès et une autre s'inquiétait pour lui. Et si l'un de ces types avait un couteau ? Et si ce Dorian quelque chose ou son ami était le psychopathe qui m'avait attaquée ?

— Un prof s'est amené donc j'ai dit à Brendan, Cisco et aux autres de sortir. Et que je te trouverais, a dit Angélique. Sortons d'ici avant que…

Elle s'est arrêtée net, voyant l'état du visage de ma cousine.

— Mon Dieu, qu'est-ce qui t'est arrivé ?

— Oh ! c'est ma faute, Brendan m'a écartée quand ils ont commencé à se battre, je suis tombée sur Ashley et…

J'ai lissé les plis de ma chemise, l'air penaud.

— O.K., on l'emmène aux toilettes et on file après. Je leur ai dit qu'on les retrouverait à la pizzeria *Mariella's*.

Ashley, sois discrète. Les profs cherchent à savoir qui était impliqué dans la bagarre et, s'ils te voient, ils voudront que tu leur donnes des noms.

Elle a enlevé sa cape en velours et l'a mise autour des épaules de ma cousine, relevant la capuche sur sa tête. Certes, la cape ne ferait qu'attirer l'attention, mais au moins personne ne verrait les lèvres en sang d'Ashley.

Cette dernière a hoché la tête. Nous nous sommes mises de chaque côté d'elle et l'avons escortée jusqu'aux toilettes. Ashley a disposé ses cheveux de sorte qu'ils dissimulent son visage et a gardé la tête baissée en entrant dans les toilettes des filles du hall d'entrée du lycée. Ces toilettes étaient tellement loin de l'auditorium qu'il devait y avoir moins de monde. En plus, nous étions près de l'entrée. Idéal pour sortir sans nous faire remarquer ensuite.

La porte s'est refermée derrière nous. J'ai jeté un coup d'œil méfiant autour de moi. Les deux box de la pièce du fond étaient inoccupés, mais deux filles étaient assises sur le canapé dans la première pièce. Ashley s'est précipitée vers le lavabo et a craché du sang, ce qui les a fait fuir immédiatement, une expression de dégoût sur le visage.

— Oh ! mon Dieu, Ashley ! Tu t'es retenue tout ce temps ?

Penchée sur le robinet, elle se rinçait la bouche en grimaçant de douleur.

Elle a craché de nouveau et s'est essuyé la bouche d'un revers de main.

— Tu imagines si j'avais craché du sang en plein milieu de l'auditorium ? On n'avait pas besoin de ça. Liam… je veux dire… ils auraient tous eu des ennuis, a rétorqué Ashley.

Elle s'est passé la langue sur le palais, puis là où ses dents s'étaient enfoncées dans sa joue, et a grimacé.

— Ça fait mal, ouille ! Et c'est en train de gonfler. Je risque de me mordre encore en mangeant.

— Je suis désolée, Ash, vraiment ! C'était un accident. Brendan m'a poussée, j'ai trébuché et je te suis tombée dessus…

Je voulais m'expliquer mais ne me sentais pas moins honteuse. *Une raison de plus d'éviter les soirées du lycée, Emma.*

— C'était un accident, ça va, ne t'inquiète pas, m'a fait Ashley, magnanime.

Elle m'a souri de ses dents qui saignaient encore et je me suis sentie encore plus mal. Puis elle s'est penchée une fois encore au-dessus du robinet, ses boucles rousses retombant dans le lavabo.

— Qu'est-ce qui a déclenché la bagarre, au fait ? nous a-t-elle demandé.

— Je crois que cette espèce de frimeur de l'autre groupe a fait un croche-pied au petit ami de Cisco, a répondu Angélique, comme si de rien n'était, appuyée contre la porte des toilettes.

Je lui ai fait signe de se taire en secouant la tête.

— Désolée ! Je l'avais ressenti, a-t-elle murmuré en dessinant un cœur imaginaire avec ses doigts.

Ashley s'est redressée d'un bond, secouant ses cheveux et envoyant des gouttes d'eau sur le miroir du lavabo.

— Liam sort avec… Cisco ? s'est-elle écriée, les yeux écarquillés.

Elle s'est donné une tape sur la joue, oubliant sa blessure, et a aussitôt grimacé de douleur.

— Non, pas Liam…, lui ai-je expliqué, amusée par sa réaction.

Peut-être qu'elle ne le considère pas vraiment comme juste un copain, après tout. J'ai soudain deviné la raison qui poussait Ashley à venir avec moi aux matchs de basket de Brendan, raison qui n'avait rien à voir avec le fait qu'elle était ma cousine.

— Désolée, a répété Angélique en disparaissant dans les toilettes.

— Ne dis rien à Catharine ou à Vanessa, d'accord, Ash ?

J'ai pris plusieurs serviettes de papier au distributeur.

— A quel sujet ?

Elle a ouvert son sac et en a sorti son énorme trousse de maquillage Hello Kitty. Elle aurait pu approvisionner Sephora, avec la quantité de cosmétiques qu'elle transportait dans son sac tous les jours. Bizarre qu'elle ne soit pas plus musclée : la trousse devait peser trente kilos à elle seule.

— Au sujet de Cisco.

J'ai baissé la voix car quelqu'un venait d'entrer.

— Il ne veut pas que ça se sache au lycée.

— Pas de problème.

Elle a haussé les épaules, puis m'a regardée d'un air de reproche.

— Je suis contente d'apprendre la vraie raison pour laquelle tu insistais pour dire que vous n'étiez que des amis. J'étais sûre qu'il s'était passé quelque chose entre vous, avant Brendan. En secret. Hum. Je préférais ma version des choses. Il y avait plus de… mystère, a-t-elle conclu avec grandiloquence tout en se repoudrant le visage.

Je lui ai tendu des serviettes pour qu'elle se frotte les dents. Le saignement s'était arrêté mais ses dents étaient encore tachées.

J'ai vu alors, dans le reflet du miroir, une fille aux cheveux filasse qui nous regardait, appuyée contre le mur.

— On ne fait pas la queue pour les toilettes, tu peux y aller.

J'ai reconnu la brune mince qui nous fixait, Brendan et moi, dans l'auditorium.

— L'autre WC ne marche pas, nous a-t-elle fait d'un ton hautain et condescendant.

Elle a continué de nous fixer de ses yeux lourdement maquillés, les mains plongées dans un immense sac à bandoulière. L'épais trait d'eye-liner qu'elle avait dessiné lui donnait presque l'air de porter un masque de bandit. Et elle avait mis bien trop de fard à paupières.

Tu parles. Elle n'a pas vérifié si les toilettes étaient libres. Je parie qu'elle n'a même pas envie d'y aller. Elle est juste là pour nous observer.

— Ta joue va mieux ?

Ashley se passait de l'eau sur le visage.

— Oui, ça devrait aller… Mais j'ai un peu la nausée. Je me suis peut-être cogné la tête.

— Tu veux t'asseoir un peu ?

J'ai montré le canapé à rayures roses et argent. La fille qui nous surveillait a murmuré quelque chose sous cape. Ses mains s'agitaient dans son sac. Elle envoyait probablement des textos à ses copines. *Trouve-toi une occupation, ma vieille. N'importe quoi, sauf nous surveiller.*

— Ma copine prend son temps, tu devrais trouver d'autres toilettes, lui ai-je lancé.

J'ai conduit Ashley vers le canapé. Angélique était entrée aux toilettes une minute avant seulement mais je voulais que cette fille s'en aille. Cette dernière s'est contentée de me jeter un regard noir.

J'ai installé Ashley sur le siège. Le WC vide marchait parfaitement. Et cette fille ne nous quittait pas des yeux.

— Si tu veux bien arrêter de fixer ma cousine, lui ai-je crié, très énervée. Tu n'as pas mieux à faire ?

La pauvre Ashley n'avait vraiment pas besoin de ça.

— Emma ? Fais quelque chose, je ne me sens pas…

La fille a souri à ces mots de plainte d'Ashley. Je me suis tournée vers ma cousine, juste à temps pour la voir s'effondrer sur le sol et commencer à avoir des convulsions.

8

Penchée en avant, les coudes posés sur les genoux, j'attendais sur une chaise en plastique orange de l'hôpital de Lenox Hill. La salle d'attente exhalait l'odeur âcre — et très familière — des antiseptiques. J'ai caressé la cicatrice que j'avais au bras, fixant les ombres que faisaient mes mains sur le carrelage blanc éclairé par la lumière aveuglante des néons. J'avais fait trois visites à l'hôpital en moins d'un an : d'abord, l'accident avec Henry, puis l'agression d'Anthony et maintenant… J'aurais préféré que quelque chose me soit arrivé à moi et pas à ma petite cousine. Les parents d'Ashley, tante Jess et oncle Dan, étaient toujours en train de parler au médecin, un médecin différent de celui à qui j'avais raconté ce qui s'était passé. Un million de fois.

Non, Ashley n'avait rien mangé avec des fraises dedans. Non, elle n'avait rien bu, sauf une canette de soda qu'elle avait ouverte sous mes yeux. Elle avait dit avoir la nausée et avait eu des convulsions juste après… après que je l'ai heurtée accidentellement. Après m'avoir dit qu'elle avait dû se cogner la tête. *Mon coup a dû provoquer une sorte de traumatisme crânien, c'est pour ça qu'elle est inconsciente depuis deux heures.* Tante Christine me frottait le dos doucement, comme pour m'apaiser, mais je ne méritais pas son soutien. Je ne méritais que mépris. Je savais que, d'une façon ou d'une autre, j'étais responsable de ce qui était arrivé à Ashley. *C'est ma faute.*

Ashley avait eu des convulsions. J'avais désespérément tenté de l'empêcher de se faire du mal, comme on m'avait appris à le faire en formation aux premiers secours, l'été où j'avais travaillé comme surveillante de baignade. Angélique était sortie des toilettes à ce moment-là. Elle avait d'abord paniqué puis, soudain étrangement calme, elle avait appelé les urgences. Elle avait ensuite promis de retrouver Brendan et de lui dire ce qui s'était passé. Son élan de panique — en mode « qu'est-ce que vous fabriquez ? » — avait vite été oublié et elle avait pris la situation en main pendant que j'avais tenu la tête d'Ashley jusqu'à ce que les convulsions s'arrêtent.

— Elle va s'en sortir, ai-je répété comme un robot depuis notre arrivée à l'hôpital.

J'avais entendu vaguement les sigles EEG et IRM. Oncle Dan serrait une tante Jess de plus en plus paniquée dans ses bras tout en parlant au Dr Aguilar. Oncle Dan était le frère de ma mère. Plus il parlait au médecin, plus il lui ressemblait : j'ai cru revoir les mêmes rides et les mêmes expressions de chagrin et de douleur que lorsqu'elle s'entretenait avec les médecins d'Ethan.

— Je suis sûre qu'Ashley va s'en sortir, m'a dit tante Christine d'un ton calme, même si j'entendais la tension dans sa voix. Elle est jeune et en bonne santé.

Ethan l'était aussi. Et, finalement, ce que nous avions pris pour une grippe est devenu une méningite.

Je me suis tournée vers tante Christine. L'inquiétude se lisait sur son visage. Les dix derniers mois depuis mon arrivée avaient été plutôt agités, et maintenant ceci. Ma tante avait vieilli de cinq ans. *Encore ma faute.*

— Comment as-tu fait pour heurter de plein fouet ta cousine ? J'ai manqué cette partie de l'histoire.

J'avais appelé les parents d'Ashley depuis l'ambulance, et eux avaient contacté tante Christine, qui était arrivée un peu plus tard.

— On profitait des concerts, une bagarre a éclaté dans la foule. Un c… je veux dire un *imbécile*, me suis-je censurée immédiatement, ce qui n'a pas empêché ma tante de lever un sourcil désapprobateur. Un imbécile, donc, s'est énervé parce qu'un autre groupe était meilleur que le sien et a cherché la bagarre. Brendan m'a écartée pour m'éviter un mauvais coup. Je n'avais pas vu qu'Ashley était aussi près et je lui suis tombée dessus.

Mes explications étaient hésitantes. J'appréhendais la réaction de tante Christine à l'idée que Brendan était là quand la bagarre avait commencé, même si je me doutais qu'elle le soupçonnait déjà. En revanche, je ne m'attendais pas à son rire sec. *Hum… Après tout, c'est samedi soir, elle a pris un double Martini.*

— Encore ce garçon. Evidemment, il est mêlé à ça, m'a-t-elle fait en secouant la tête, un sourire ironique sur les lèvres.

— Ce n'était pas sa faute, ai-je déclaré. Il essayait juste de m'écarter de là. Ce type s'élançait vers nous comme un dingue, il m'aurait sans doute frappée.

— Non, ce n'est jamais sa faute, ma chérie. Il est simplement toujours là quand les ennuis se produisent, a souligné tante Christine en fronçant ses sourcils parfaitement dessinés. Après tout, la première fois que je l'ai rencontré, c'était dans le bureau de la proviseure, Mme Casey.

— C'est vrai. Mais il n'était pas responsable non plus. Il y était à cause de moi…

— Je sais, ma chérie. C'est juste… chaque fois, ce garçon… Oh, c'est lui ! a dit ma tante en levant les yeux au ciel.

— Je te jure, tante Christine, qu'il n'est pas…

— Tu n'as pas compris, ma chérie, a-t-elle ajouté en m'interrompant pour montrer, d'un ongle verni de rose, l'entrée de la salle d'attente à moitié vide. Le voilà.

J'ai levé les yeux à mon tour. Brendan et Angélique se tenaient dans l'encadrement de la porte. Pour une fois, ils semblaient en accord parfait — tous deux arboraient la même expression tourmentée. Par chance, Brendan n'avait pas une égratignure. Pas de traces de coups de couteau non plus, donc le sorcier psychopathe ne l'avait pas trouvé. Mais il avait l'air presque… coupable. *Angélique a dû lui raconter ma chute sur Ashley.*

Brendan a avancé en premier et a salué d'abord ma tante avant de s'asseoir près de moi. Angélique s'est installée sur une chaise en face de nous.

— Comment va-t-elle ? a-t-il demandé en écartant une mèche de cheveux de mon visage.

— Personne ne comprend ce qu'elle a. Tante Jess et oncle Dan sont avec elle. Ils disent qu'ils peuvent accepter une personne de plus, mais pas deux. Et ils vont lui faire d'autres examens.

— J'ai repéré un café pas loin, a dit Brendan avec douceur. Madame Considine, pourquoi Angélique, Emma et moi n'irions pas vous chercher des cafés pendant que vous allez voir Ashley ?

— Bonne idée, a approuvé Angélique avec enthousiasme. Sucre et crème pour vous, n'est-ce pas, madame Considine ?

— C'est gentil mais ça ira, les enfants, lui a répondu ma tante, enlevant ses lunettes pour se frotter les yeux.

— Vous êtes sûre ? Nous ne savons pas combien de temps vous allez devoir rester ici et je suis certaine que le café de la cafétéria de l'hôpital est infâme.

Angélique insistait avec un sourire d'encouragement qui m'a donné le sentiment qu'elle voulait se débarrasser de ma tante. J'ai regardé Brendan à la dérobée. Il tirait sur une mèche de cheveux avec une telle force qu'elle aurait pu se détacher.

— Nous avons déjà pris un café tout à l'heure, a dit tante Christine en remettant ses lunettes. Mais, si vous voulez bien rester avec Emma, je vais aller voir Ashley.

— Je reste, a aussitôt promis Brendan.

— Evidemment.

J'étais incapable de dire si tante Christine appréciait ou était irritée de la présence de Brendan, mais elle m'a embrassée sur le sommet du crâne et s'est dirigée vers la chambre d'Ashley.

Dès qu'elle a été hors d'atteinte, je me suis retournée pour faire face à Brendan, si rapidement qu'on se serait cru dans un film d'action.

— Vas-y, dis-le. Tu me caches quelque chose, c'est tellement évident, lui ai-je lancé d'un ton de reproche.

Il a serré les lèvres et a hoché la tête, l'air sinistre. *Je le savais. C'est le pire menteur du monde.*

Angélique s'est penchée en avant. Ses boucles bleues et violettes lui sont tombées sur le visage. Elle a pris une lente inspiration.

— On peut sortir Ashley de l'hôpital dès ce soir, m'a-t-elle dit d'un ton grave.

Je l'ai regardée fixement, sans comprendre.

— De quoi tu parles ? La faire sortir en cachette, tu

veux dire ? Elle est malade ! Vous avez perdu la boule ou quoi ?

J'ai presque crié, les bras en l'air.

— Non, Em, pas comme ça, m'a dit Brendan calmement.

— Je veux dire qu'on peut faire en sorte qu'elle aille mieux, a repris Angélique. Ce soir. Comment est-ce que je peux t'expliquer ?

Elle a regardé ses doigts couverts de bagues, comme s'ils pouvaient lui donner la réponse qu'elle attendait.

— Disons que tout est lié, a-t-elle enfin expliqué. L'attaque dont tu as été victime. Mon mauvais pressentiment. La manière dont, ce soir, j'ai eu comme des trous de perception. Et maintenant Ashley malade. Tout est lié.

— Et tout est ma faute, a ajouté Brendan.

— Tu n'as fait que m'écarter pour me protéger.

Je lui ai pris la main et il a caressé la bague de Claddagh qu'il m'avait donnée.

— Non, il n'a pas tort, a dit Angélique à regret. Au final, le responsable, c'est principalement Brendan.

Je me suis tournée vers lui. Il a hoché la tête et a fermé les yeux. J'ai remarqué que ses cils noirs étaient humides.

— Laisse-moi raconter à Emma ce qui s'est passé ce soir et vous verrez ensuite pour le reste, a interrompu Angélique. Donc, Emma, voici ce qui est arrivé…

9

Angélique

J'ai posé les paumes de mes mains contre les murs roses des toilettes pour me retenir de vomir mon dîner.

Tu n'aurais jamais dû amplifier tes pouvoirs d'empathie, Angélique.

J'avais cru bien faire. Grâce à ce sortilège, je ne raterais rien. Y compris la plus petite once de haine à l'encontre d'Emma et de Brendan. Nous pourrions ainsi repérer notre ennemi. Je ne me doutais pas que je serais dépassée par la quantité d'émotions que je ressentirais, au point d'avoir des trous dans ma perception. En fait, c'était plutôt un trou énorme. Comme si mes dons d'empathie s'étaient endormis. Je ne ressentais plus rien. Mes pouvoirs étaient assoupis. Morts.

Et soudain ils se sont réveillés. J'étais prête à sortir quand j'ai ressenti haine et obscurité en posant la main sur le verrou coulissant de la porte.

J'ai ravalé de la bile, frappée de plein fouet par un sentiment de haine incommensurable, d'amertume… et la sensation du mal. Il n'y avait pas d'autre mot pour cela. C'était le mal. La douleur du choc m'a pliée en deux.

Et ce mal était de l'autre côté de la porte.

C'est à ce moment-là que j'ai entendu le cri de plainte d'Ashley et les appels à l'aide d'Emma. Je n'avais pas besoin de motifs supplémentaires pour me remettre, m'obliger à calmer mon angoisse et à sortir des toilettes.

J'ai couru vers elles et ce que j'ai vu m'a donné le sentiment qu'on venait de m'asséner un coup de brique sur la tête.

Emma était penchée sur Ashley, qui convulsait, inconsciente, les yeux retournés, sur le canapé rose et argent.

Et Megan — mon ancienne copine, Megan — se tenait à quelques mètres d'elles, un sourire pervers et satisfait sur les lèvres.

— Qu'est-ce que tu fais ? lui ai-je crié.

Megan s'est contentée de me sourire et de murmurer « Hunter. Maintenant », avant de sortir des toilettes d'un pas serein.

Hunter. Hunter College, à quelques blocs de là.

Et soudain j'ai compris. Toutes les pièces du puzzle se mettaient en place. Megan était derrière tout cela. Megan avait attaqué Emma. Et, à présent, elle s'en prenait à Ashley.

J'ai sorti mon portable et j'ai appelé les urgences. Emma vérifiait le pouls d'Ashley.

— Bonsoir, je suis Angélique Tedt et je suis au lycée Magel, sur la 65e et Lex.

J'ai été surprise du ton calme de ma voix. Mais la colère agitait mon cerveau.

— Mon amie Ashley McCue fait des convulsions et nous ne savons pas ce qui s'est passé… Non, elle n'a rien pris.

— Elle s'est peut-être… cogné la tête, a balbutié Emma.

Je ressentais l'immense culpabilité qui la suffoquait, l'étranglant presque. Elle avait du mal à parler. La tête de sa cousine reposait sur ses genoux.

— Elle s'est peut-être cogné la tête, ai-je répété, pour le bénéfice d'Emma, même s'il ne subsistait aucun doute dans mon esprit : Megan avait jeté un mauvais sort à Ashley. Nous sommes dans les toilettes du hall d'entrée, ai-je ajouté.

J'ai raccroché. Les convulsions avaient cessé. Mais Ashley était étrangement immobile. Des mèches de ses cheveux roux étaient collées à son front humide et pâle.

— Ils vont vite arriver. Il y a plusieurs hôpitaux à côté et il n'y a jamais beaucoup de circulation à cette heure-ci.

J'essayais de rassurer Emma mais elle me tournait le dos, les doigts sur le pouls d'Ashley.

Elle a fini par me regarder et a hoché la tête. Des larmes coulaient sur ses joues. Je lui ai dit que j'allais attendre l'ambulance dehors. C'est ce que j'ai fait. Ils sont bientôt arrivés. Ashley était stable mais toujours inconsciente. Ils l'ont emmenée dans une ambulance de l'hôpital de Lenox Hill.

Emma l'a accompagnée, son portable à la main pour appeler les parents d'Ashley. Je lui ai pris le poignet.

— Je vais prévenir Brendan, d'accord ? On te retrouvera à l'hôpital.

Si Megan est impliquée là-dedans, c'est à cause de lui principalement, voire exclusivement.

— Merci.

Emma m'a lancé un regard reconnaissant et s'est installée dans l'ambulance, qui a démarré aussitôt, toutes sirènes hurlantes.

Je l'ai suivie en courant mais je n'allais pas à l'hôpital. Je me suis dirigée vers la station de métro de Hunter College, où Megan m'attendait. Je n'arrivais pas à y croire. *Tout ce temps, c'était elle.* J'aurais dû le voir. Ma vieille « amie ». La seule personne, en dehors de ma famille, à qui j'avais pu parler de sorcellerie. Megan, qui avait nourri une véritable obsession pour Brendan Salinger — après un seul flirt. Je n'avais pas voulu raconter à Emma que c'était *son* petit ami qui était à l'origine du départ de ma seule copine de lycée. Elle avait suffisamment de choses déjà à régler avec lui. Et je dois reconnaître que j'avais du mal à en vouloir à Brendan comme avant, maintenant que je savais ce que Megan était devenue : complètement folle et maléfique. Je n'étais pas vraiment surprise : la magie noire a le pouvoir de corrompre l'esprit, de le tordre jusqu'à le rendre sans pitié. Et, de toute évidence, la magie noire ne lui réussissait guère.

De plus, ce qui s'était passé avec Megan n'était pas totalement la faute de Brendan. Je me souvenais de cette soirée débile chez Kendall, pour la St Patrick. J'avais été surprise qu'elle nous ait invitées. Mais la mère de Kendall, cadre dirigeant dans l'industrie du disque, était à Austin pour une conférence qui devait durer une semaine et sa fille chérie voulait montrer à tout le monde sans exception le triplex de sa famille dans le quartier de NoLita.

Par « tout le monde », elle incluait Megan et moi, alors que j'étais quasi certaine que nous avions peut-être échangé cinq mots pendant l'année. Et ces mots étaient sans doute « dégage de mon chemin, toi ». Alors que, en revanche, Megan était mon amie. Depuis le premier jour du tutorat d'accueil au lycée. Elle m'avait lancé un regard entendu en voyant mes colliers. Elle s'était dirigée vers moi, s'était assise à côté et m'avait montré les siens, qu'elle cachait sous la chemise de son uniforme, avec un grand sourire enthousiaste.

Nous avions passé tout de suite pas mal de temps ensemble, à travailler sur des sortilèges et à lire de vieux livres de magie. Elle allait parfois trop loin, à vouloir toujours faire des envoûtements douteux et jeter des sorts limites d'un point de vue éthique. Mais elle restait toujours elle-même. Megan faisait ce dont elle avait envie et se moquait de l'opinion des autres. Cela faisait du bien.

J'étais à la soirée. J'étais blonde à cette époque-là, donc totalement invisible, et je l'ai vue essayer de séduire Brendan à plusieurs reprises. Lui ne s'en souvient sûrement pas mais, à un moment, il est venu me voir pour me demander de garder un œil sur elle.

— Ta copine n'a pas l'air, hum, dans son état normal, m'avait-il dit en penchant la tête, pas très discrètement, dans la direction de Megan.

Megan dansait — ou plutôt se contorsionnait — toute seule, au son de la musique de l'énorme chaîne hi-fi de Kendall, en le regardant avec des yeux aguichants.

— Tu as besoin d'aide pour la mettre dans un taxi ?

— Elle va bien, lui ai-je répondu sèchement.

Megan m'a jeté un regard noir pour avoir osé parler à l'objet de son affection. Elle avait appliqué un fard à paupières vert pailleté sur ses yeux, impossible de la manquer.

— Elle sait exactement ce qu'elle fait.

J'avais bien compris ce qu'il sous-entendait : qu'elle avait pris quelque chose. J'imagine qu'il essayait de bien faire, à ce moment-là — je ne le comprends que maintenant — mais son intervention m'avait irritée. A dire vrai, elle avait bien pris quelque chose : elle m'avait suppliée de faire un sortilège d'attraction avant la soirée parce qu'elle était nerveuse selon elle et voulait parler à un garçon qui l'intéressait. Je n'avais pas bien saisi : elle était loin d'être timide avec le sexe opposé et avait déjà fait plusieurs heureux. Mais Megan tenait désespérément à plaire à ce garçon en particulier, qui était beaucoup trop bien pour elle, disait-elle. Je détestais cette idée très répandue à Vince A, selon laquelle certaines personnes valent mieux que d'autres. Mais, même si je trouvais que ce sortilège était une mauvaise idée — ce n'est pas bien de forcer quelqu'un à vous percevoir différemment —, je voulais que mon amie soit heureuse. Et pourquoi aurait-elle été moins bien que quelqu'un d'autre, d'abord ? Comment aurais-je pu deviner que Megan voulait se servir de mes pouvoirs pour séduire le garçon que la moitié des filles du lycée convoitaient et qui les avait rejetées, d'une façon ou d'une autre ? J'étais tellement déçue par mon amie. Comment pouvait-elle être aussi… terre à terre ?

Après que j'ai dit à Brendan que Megan était sobre, il s'est contenté de hausser les épaules et s'est éloigné. Il a branché son iPod à la chaîne hi-fi, interrompant la playlist monocorde de Kendall, qui ne contenait que de la pop sucrée et énervante. Ça ne m'a pas dérangée, je préférais sa musique à lui. Et, comme je venais de lui dire, plus ou moins, qu'il pouvait sans abuser d'elle répondre aux avances de Megan, il a vite oublié son inquiétude dès qu'elle l'a attiré sur la piste de danse. Même si danser n'est pas vraiment le mot… Elle s'accrochait à lui comme une strip-teaseuse, je dois l'admettre. Il ne lui manquait que les talons hauts. Avec le recul, c'était drôle à voir : Brendan haussait les épaules et a fini par céder au bout de la troisième tentative de Megan de l'embrasser.

Après trois heures ensemble — oui, trois heures,

pas plus, je dois dire que sa réputation de tombeur est apparemment bien méritée —, Megan était persuadée que Brendan et elle allaient être déclarés Couple de l'Année. Je l'ai attendue pour partir mais elle n'arrêtait pas de dire qu'il allait enfin se rendre compte qu'ils étaient faits l'un pour l'autre. Qu'elle montrerait à tous — surtout à sa sœur aînée, celle qui a prononcé le discours de remise des diplômes de Vince A l'an dernier et qui est la préférée de ses parents — qu'elle n'était pas n'importe qui, une fois qu'elle aurait ramené Brendan à la maison. J'ai essayé de lui dire qu'elle exagérait mais elle n'a rien voulu entendre. Le lundi matin, au lycée, il lui a dit bonjour (il avait l'air très, très gêné) et rien d'autre. Je ne sais pas pourquoi Megan s'est imaginé que le sortilège durerait dans le temps. Et on n'était pas en 1950. Il n'allait pas enlever sa veste pour la mettre sur ses épaules. Elle n'aurait pas dû être surprise de voir Brendan continuer sa vie comme si rien ne s'était passé.

Mais, apparemment, un truc miraculeux se passe chaque fois que ce garçon enlève son pantalon parce que Megan a perdu toute notion de la réalité — elle qui en avait peu déjà… — lorsque Brendan l'a repoussée, fidèle à sa réputation grandissante.

— Je suis une sorcière, il n'a pas idée de ce que nous pourrions faire tous les deux, m'a-t-elle dit, le dernier jour où nous nous sommes retrouvées ensemble.

Nous étions censées travailler sur un sortilège pour guérir Randi — grande embrasseuse devant l'Eternel — de la mononucléose. Mais Megan a piqué une crise quand j'ai refusé de l'aider à jeter un sort pour rendre Brendan fou amoureux d'elle. Elle m'a fait la tête et a prétendu que je la trahissais. Que c'était la même chose que le sortilège d'attraction. Que je voulais le garder pour moi (ce qui était entièrement faux !)

Notre amitié s'est détériorée petit à petit à partir de ce moment-là et a fini par se dissoudre complètement, en même temps que la distinction entre le bien et le mal dans le cerveau de Megan. Le monde de magie noire dans lequel elle évoluait lui a corrompu l'esprit. Elle s'est mise à essayer de faire de la magie en classe. A harceler les filles avec lesquelles Brendan est sorti après elle. A laisser des trucs dans son casier. Des trucs bizarres. Des animaux morts.

Finalement, Casey a demandé à Megan de partir finir le lycée ailleurs, suite à des plaintes de plusieurs élèves au sujet de son comportement obsessionnel vis-à-vis de Brendan. Tous savaient qu'elle était une sorcière — et donc moi aussi, par association — et je me suis retrouvée seule et mise à l'écart. Non pas que je m'intéresse à ce que pensent de moi ces moutons. Mais la situation était nulle. La seule personne à qui je pouvais parler, la seule de qui j'étais proche… avait été broyée et recrachée par Vince A. Du moins, c'est ainsi que je voyais les choses à l'époque.

Je n'étais plus qu'à un bloc environ de Hunter et je sentais les ondes de perversité de Megan traverser Lexington Avenue. Elle était assise tranquillement sur une dalle en marbre de la station. Vêtue d'un haut blanc à volants, d'un jean et de talons hauts. En nous voyant, n'importe qui m'aurait prise moi pour la sorcière maléfique.

— Tu m'as fait attendre, m'a-t-elle dit en agitant un doigt sévère. Ne recommence pas.

— Je me suis occupée de mon amie, figure-toi.

Je me suis efforcée de rester calme, histoire d'analyser ses émotions. Elle ne connaissait pas mes dons d'empathie, donc c'était un atout en moins pour elle.

— Qui ça, la petite rousse ? On parlera d'elle dans une minute. Mais assieds-toi, chère amie. On a beaucoup de choses à se raconter, a-t-elle continué en montrant le siège à côté d'elle.

Je me suis assise en face et elle a fait mine de le prendre mal.

— Oh ! c'est vexant, Angélique — tu t'appelles toujours Angélique ? Je ne suis pas sûre, étant donné que tu fréquentes des personnes *tellement* intéressantes maintenant.

Elle a souri avec condescendance.

— Des âmes sœurs réincarnées ? Comme c'est adorable.

Megan a croisé les bras et s'est appuyée contre le dossier du banc. Elle me jaugeait et moi aussi. J'ai pris appui sur mes mains et allongé les jambes, feignant la nonchalance.

— J'aimerais dire la même chose de toi, ai-je rétorqué en lui jetant un regard sombre. Adoratrice de Sonneillon, toi ? Le démon de la haine ? Vraiment ? Rejetée par le tombeur du lycée, la gentille sorcière se tourne vers la magie noire. Megan, voyons. Il n'y a pas plus cliché !

J'ai éclaté de rire et levé les yeux au ciel. Et j'ai fait mouche.

— Tu n'y connais rien, m'a-t-elle dit, furieuse.

Elle a plissé ses yeux trop maquillés. Elle ressemblait à un panda gothique comme ça… J'ai compris soudain que le maquillage était destiné à dissimuler l'œil au beurre noir que lui avait fait Emma. Elle en aurait bientôt un second assorti, si Emma ou moi en avions l'occasion.

— Je prends de tes nouvelles, c'est tout, chère amie.

Comment va ton œil ? Douloureux, on dirait, ai-je lancé en feignant l'inquiétude.

Elle bouillait littéralement de colère, ce qui n'a fait qu'alimenter la mienne.

— Sympa.

Elle a souri, narquoise, et s'est mise à jouer avec ses cheveux. Autrefois épais et brillants, ils étaient devenus filasse, ternes et sans ressort. *Ouais, le mal ne lui réussit pas.*

— Au fait, Angélique, où est passé le code d'honneur des bonnes petites sorcières ? Transmettre mon sortilège *Emoveo*, comme ça, à ta petite protégée, car c'est bien ça qu'Emma prétend être ? C'est de la vantardise, ni plus ni moins.

— Elle l'a réalisé bien mieux que tu ne l'as jamais fait.

— Tu tiens vraiment à remettre en cause mes pouvoirs magiques ? Je te rappelle que c'est *toi* qui as une copine à l'hôpital, a répliqué Megan, désarçonnée.

Mais elle a rapidement retrouvé son assurance et a lissé son chemisier.

— En fait, je devrais te remercier. C'est tout ce que j'avais besoin de savoir : c'est donc *toi* qui l'aides. Je n'ai pas eu à faire grand-chose ce soir d'ailleurs : il a suffi d'un petit sortilège de protection pour t'empêcher de voir mon aura. Surprise ! s'est-elle exclamée en feignant d'être choquée.

Ce qui explique les blancs que j'ai ressentis dans mes pouvoirs empathiques…

Megan a joint les mains, ravie de sa prouesse.

— Oh ! on peut dire que la soirée m'a réussi. Tu n'aurais pas pu me faire plus beau cadeau, je t'assure.

— Brendan Salinger te prend et te jette comme une

vieille chaussette et tu lui en veux tellement que tu te venges sur la cousine de sa copine ? Pathétique…

J'avais délibérément utilisé des termes durs pour parler de Brendan et d'elle. Je ne parlais jamais comme ça d'habitude — trop vulgaire à mon goût — mais je savais que ça la toucherait. Et j'avais visé juste, au vu de sa réaction. Je ressentais l'écho de mes paroles comme une aura négative autour d'elle.

— Tu es complètement aveuglée, Angélique. Ouvre enfin les yeux. Tout ça n'a rien à voir avec Brendan et moi et tu le sais parfaitement. *Elle ment.* Tu parles de Sonneillon, donc je suppose qu'en bonne petite élève sorcière tu es allée à la bibliothèque faire des recherches ? Franchement, Angélique, tu es tellement sérieuse, a raillé Megan en joignant de nouveau les mains, moqueuse.

— Tu sais quoi, cette conversation me fatigue, ai-je répondu en me penchant vers celle qui fut mon amie. Fini de blaguer pour ce soir. Va droit au but : qu'est-ce que tu veux pour lever le sortilège que tu as jeté à Ashley ?

— Tu sais très bien ce que je veux, m'a répliqué Megan, directe, en montrant l'intérieur de son poignet et en traçant un trait sur ses veines. Je veux du sang. Ou, plus précisément, *son* sang. J'avais prévu d'abord qu'Emma s'évanouisse : j'aurais pris ce dont j'ai besoin et je serais partie. Et si, je dis bien si, je m'étais sentie d'humeur charitable, j'aurais levé le sortilège. Mais, maintenant que je sais que c'est la barrette de cheveux de sa cousine que j'ai gardée, c'est encore mieux.

Un sourire sinistre a retroussé ses lèvres.

— J'ai vu la façon dont elle protégeait cette gamine. Regarde les choses en face, Angélique : je vous ai eues. Oh ! je crois qu'Emma peut venir me voir, disons une fois par mois, pour veiller à ce que je ne sois jamais à court d'élixir.

Impossible de cacher mon dégoût. L'idée même me révulsait.

— Tu ne peux pas exiger une chose pareille ! Ce n'est pas un distributeur de sang ! me suis-je écriée, sous le choc. Personne ne peut résister à une saignée tous les mois ! Tu as perdu la tête ou quoi ?

Megan a ouvert des yeux innocents.

— Elle peut toujours prendre du fer. Qu'est-ce que tu en dis ? C'est cela ou je fais en sorte que sa cousine reste inconsciente indéfiniment.

Elle a croisé les bras, triomphante. Et là, un plan a commencé à germer dans mon esprit. Un début de plan seulement, mais qui pouvait, au moins temporairement, venir en aide à Ashley. Etre inconscient à cause de la magie ne devait pas être bon pour la santé.

— Je sais que ce n'est pas évident pour une dingue comme toi, Megan, mais sois raisonnable. Elle n'acceptera jamais tant que tu menaceras la vie d'Ashley, ai-je argué. Tu dois lever le sortilège. *Dès ce soir.* Si tu es d'accord et si tu nous rends la barrette, tu auras ce que tu veux : une coupe du sang « délicieux » d'Emma. Vois cela comme un don qui ne se reproduira pas, espèce de vampire !

Sauf que je ne lui donnerai pas de vrai sang. Elle ne verra jamais la différence.

— Tu plaisantes, j'espère ? Tu peux toujours courir, a ricané Megan en écartant une mèche de cheveux de son visage.

— Dans ce cas, pas d'accord entre nous, ai-je lancé fermement en croisant les bras. Je n'ai pas l'intention de faire preuve de bonne volonté, Megan. Ni de t'appuyer. Ma famille est très puissante, tu l'as oublié ? Nous lèverons le sortilège et il ne te restera plus rien. En fait, ai-je ajouté avec assurance, tu sais très bien de quoi nous sommes capables. Je demanderai à ma mère de s'en mêler. A ma tante et à ma cousine aussi. Tu tiens vraiment à te mettre sur le dos autant de sorcières ? Tout ce que je demande, c'est qu'Ashley se remette. Maintenant !

Megan a ouvert grands ses yeux trop maquillés quand elle s'est rendu compte que je disais vrai.

— O.K., très bien. Marché conclu. Seulement, j'ai quelques conditions, a-t-elle repris en esquissant un sourire menaçant. Première condition : ce soir, on fait un échange. Tu me donnes un petit échantillon, je le teste devant toi et, si ça marche, tu peux lever le sortilège.

— O.K., ai-je répondu comme si de rien n'était.

Zut ! Tant pis, je savais au moins pouvoir compter sur Brendan pour s'ouvrir une artère s'il le fallait pour sauver Emma.

Megan a souri, satisfaite.

— Je prendrai le reste du sang dont j'ai besoin demain. Il faut que *je* sois celle qui verse le sang pour que le sortilège fonctionne. Ne crois pas pouvoir m'avoir avec un peu de sauce barbecue dans une coupe. Et… — elle a marqué une pause pour donner du poids à ses mots — ce doit être le sang d'Emma.

— Il te faut le sang d'amants sincères, c'est tout, espèce d'idiote. Pas forcément le sien.

— Tu crois que je l'ignore ? a raillé Megan. Je sais aussi que Brendan prendrait sa place sans hésiter. Pauvre chou. Il rêve sûrement de se comporter en héros vis-à-vis d'elle.

— Je décèle une certaine amertume, ai-je déclaré, l'air de ne pas y toucher.

— N'essaie pas de faire ma psychanalyse, petite garce, a-t-elle presque hurlé en se tenant à son siège en marbre.

Ouais, on dirait que j'ai touché une corde sensible, là. Elle s'est aussitôt calmée, ajoutant :

— Nous n'en serions pas là si tu avais agi comme une vraie amie et si tu m'avais soutenue.

— En forçant quelqu'un à tomber amoureux de toi ? Tu es malade ? Ça va à l'encontre de tous les préceptes de la Wicca.

— Ne fais pas ton innocente. Tu avais bien accepté de faire le sortilège d'attraction, non ?

— Certes. Et, même avec ce sortilège, l'intérêt de Brendan pour toi était faible, c'est le moins qu'on puisse dire, tu n'es pas d'accord ?

Megan m'a jeté un regard noir, l'air dégoûté. Pourtant, je n'ai pas pu m'empêcher de la provoquer davantage.

— De toute façon, tout ça n'a plus lieu d'être et tu le sais parfaitement. Brendan t'aurait jetée à la minute où il aurait rencontré Emma, sortilège ou pas, ai-je ajouté avec jubilation.

— Peu importe.

La réponse, un peu courte, que Megan utilisait quand elle ne savait pas quoi dire.

— Ecoute. Je veux juste le sang d'Emma. Et me venger de ce qu'elle m'a fait. Cette garce m'a frappée à l'œil et s'est servie de *mon* sortilège contre moi.

— Rien à voir avec une petite revanche contre la fille qui a réussi à *garder* Brendan ?

Ma nouvelle pique n'a rien donné : elle s'est contentée d'inspecter ses mains maigrichonnes.

— Très drôle, m'a-t-elle répondu froidement, en faisant tourner son bracelet en or autour de son poignet fin. Mais ce n'est pas *moi* qui m'intéresse toujours à lui.

Menteuse. Tu n'hésiterais pas une seconde si tu en avais l'occasion. Toutefois, quelque chose dans ce qu'elle venait de dire m'a dérangée.

— Qu'est-ce que tu veux dire ? *Toi,* tu aurais laissé tomber avec lui…

— Oublie ça. Je n'ai rien dit. Dis, tu n'es pas censée mettre à exécution notre petit projet ? a-t-elle aboyé. Va me chercher un peu de son sang et dis-lui de venir me voir demain. La petite sorcière en herbe pourra passer le reste de la journée au lit à pleurnicher, a-t-elle ajouté en faisant une moue moqueuse. Pauvre Emma.

— Ne t'inquiète pas trop pour elle, Megan, je doute qu'elle soit toute seule au lit, ai-je répliqué froidement.

Au vu de l'expression de son visage, je venais de l'énerver encore plus. Je n'éprouvais aucune culpabilité : Megan méritait amplement ce traitement.

Je me suis levée et lui ai tendu mon téléphone.

— Donne-moi ton numéro de portable et retrouve-moi dans une demi-heure, ai-je ordonné. Tu vas me donner la barrette d'Ashley, et dès ce soir.

— Pas de problème. Dans deux heures. J'ai quelque chose à faire.

— Deux heures ? ai-je lancé, effarée. Tu vas laisser Ashley inconsciente encore deux heures ? Tu n'es qu'une sadique.

— Tout ira bien pour elle, m'a-t-elle répondu avec nonchalance. Elle a convulsé parce que le sortilège visait Emma au départ. Je ne lui ai fait aucun mal.

— Comment peux-tu encore te regarder dans une glace ?

J'avais posé la question plus par curiosité que pour lui lancer une nouvelle insulte. Comment mon amie d'autrefois avait-elle pu devenir cette âme vide et maléfique qui se tenait en face de moi ?

— Comment pourrais-je ne pas profiter d'une telle chance ? m'a rétorqué Megan, et sa franchise m'a étonnée. Réfléchis : toute cette puissance que ce sang versé, même une seule fois, peut te donner. Tous mes sortilèges réussiront. Je pourrai avoir tout ce que je veux. Personne ne te donne rien dans la vie. J'aurais cru que *toi* au moins tu comprendrais.

Elle s'est tue et m'a regardée, critique.

— Pourquoi n'en as-tu pas profité ? a-t-elle repris.

— Parce que c'est mal, ai-je répliqué. *Très* mal.

— Angélique, toujours à faire la morale aux autres, a fait Megan en levant les yeux au ciel. Au final, tout ça reviendra au même. Bref. Rendez-vous dans deux heures. Dans mon quartier. Viens seule. Et tu n'as pas intérêt à essayer de me piéger, *Angela*.

Elle a appuyé sur chaque syllabe comme pour souligner le ridicule de mon prénom officiel et a enregistré son numéro dans le répertoire de mon téléphone.

— Jamais je ne ferais une chose pareille, *Meggie,* ai-je répondu en utilisant le surnom de son enfance, qu'elle détestait par-dessus tout.

Elle m'a rendu mon regard glacial et mon téléphone par la même occasion.

— Tu ferais mieux en effet, sinon les choses risquent de se gâter pour ta Meilleure-Amie-pour-la-Vie. Et dis-lui d'apporter mon athamé. Je rêve de voir la peur sur son visage lorsque je m'en servirai pour lui entailler la peau.

— Tu es répugnante. Dans deux heures, O.K. ?

Je me suis dirigée au pas de charge vers la pizzeria

où Brendan attendait. La malédiction d'Archer avait voulu qu'il se réincarne en super-beau-gosse, comme dirait Emma, mais bon sang il n'était pas obligé de jouer constamment les tombeurs. Une part de moi-même rêvait de lui tordre le cou. Et une autre appréhendait l'instant où je devrais lui apprendre que ses conquêtes passées étaient à la source de toute cette situation. Car, même si je le trouvais énervant au plus haut point, ses sentiments pour Emma étaient sincères et la nouvelle l'anéantirait.

J'ai tenté de remettre de l'ordre dans mes idées sur le chemin de la pizzeria, située à deux blocs au nord, sur Lexington. Les garçons étaient installés au fond de la salle. Brendan était assis à côté de Cisco et de son petit ami, et d'un autre garçon que j'avais l'impression d'avoir déjà vu. La table en Formica était jonchée de plateaux en plastique rouges, de morceaux de pizza, de serviettes en papier pleines de graisse et de gobelets de soda à moitié vides.

De toute façon, je les avais repérés avant de les voir, en les entendant crier leur victoire et frapper du poing en faisant le récit de chaque épisode de la bagarre. Grâce à mes dons d'empathie, j'ai reçu une telle décharge de testostérone que je me suis demandé si je n'allais pas être prise d'une envie soudaine de marquer mon territoire !

— Salut les gars, félicitations…, ai-je lancé pour m'annoncer, un peu gênée, ne sachant trop quoi dire.

Mon but était de faire sortir Brendan de là au plus vite. Evidemment, il s'est senti obligé de jouer les gentlemen et de se lever pour me laisser sa chaise. Non sans aller en chercher trois autres en plastique rouge à une autre table. Maudit Brendan.

— Angélique, assieds-toi. Où est Emma ? m'a

demandé gentiment Cisco, juste au moment où l'autre garçon — à la coiffure ridiculement identique à celle de Brendan — demandait, lui :

— Comment va Ashley ?

— Désolée mais je ne peux pas rester. Toi non plus, Brendan. On doit y aller.

J'avais parlé un peu sèchement mais nous n'avions pas le temps de faire des politesses — l'heure tournait.

— Qu'est-ce qui ne va pas ? m'a-t-il demandé, soupçonneux, en lâchant la chaise qu'il tirait vers la table et en s'appuyant contre le mur carrelé et orné d'une fresque de motifs italiens un peu usée.

J'ai soupiré. *Autant leur raconter une partie de l'histoire — après tout, ce n'est un secret pour personne qu'Ashley a quitté la soirée dans une ambulance.*

— Ashley est malade et a été transportée à l'hôpital. Personne ne sait ce qu'elle a. Emma est avec elle mais on devrait la rejoindre, Brendan.

Mes mots ont déclenché une avalanche de questions sur la santé d'Ashley et ce qui s'était passé. Le garçon brun, lui, s'est levé en un éclair et a dit :

— Je viens avec vous.

— Non, euh…, ai-je bredouillé.

Si seulement Brendan pouvait lire dans les pensées au lieu de rester planté là, l'air inquiet ! Et puis, soudain, j'ai eu une idée.

— Brendan, allons-y. Je dois retrouver ensuite l'amie d'Emma — celle du parc.

Cela n'a fait ni une ni deux. Brendan a attrapé son sweat et son sac à dos et a bondi comme une flèche vers la sortie du restaurant, sans dire un mot. J'ai dû courir pour le rejoindre, sous les regards ahuris des trois autres.

Une fois dehors, Brendan s'est tourné brusquement vers moi, paniqué.

— Où est ce type ? Où est son agresseur ? Ashley est-elle vraiment à l'hôpital ? Où est Emma ?

— Emma va bien, elle est à Lenox Hill avec Ash… Brendan ! Attends !

Je l'ai interpellé alors qu'il courait déjà en direction de l'hôpital. Je l'ai rattrapé par le bras et je l'ai forcé à ralentir le pas.

— Il faut que je te dise certaines choses avant que tu ne voies Emma.

— Qu'est-ce qui se passe ? Elle… tu m'as menti ? Emma est blessée ? m'a demandé Brendan avec ce même air soupçonneux, le front plissé par l'inquiétude, avant de reprendre sa course.

— Non ! Elle va bien — pour le moment. Mais… Oh, bon sang, Brendan, arrête de courir ! ai-je crié, essoufflée à force de tenter de le suivre.

Je l'ai saisi de nouveau par le bras, je me suis engagée dans une rue parallèle et je l'ai obligé — non sans mal — à s'asseoir sur les marches de l'entrée d'un immeuble.

— D'accord. Je suis assis. Regarde, je ne bouge pas, je ne vais nulle part, m'a-t-il dit, visiblement exaspéré, en posant le coude sur une marche. Qu'est-ce que tu me caches ?

Je l'ai imité et me suis appuyée contre la balustrade en fer noir.

— Bon, je ne vais pas tourner autour du pot. Tu te souviens de Megan ?

Il m'a regardée, sans comprendre d'abord. Puis son visage s'est assombri.

— Megan, la fille de première année ?

J'ai hoché la tête.

— Megan la dingue ? a-t-il poursuivi en se redressant.

— Celle-là même.

— Celle qui m'a coupé une mèche de cheveux en cours ? Cette Megan-*là* ?

Brendan s'est touché le sommet du crâne. Ses cheveux, plus courts à l'époque, avaient mis un certain temps à repousser, suite à la tentative de Megan de s'adonner à la magie noire.

— Oui. Elle voulait me pousser à te jeter un sortilège d'amour, ai-je reconnu, honteuse.

— Megan était une vraie sorcière ? Une vraie de vraie ? Comme Randi, ma copine et toi ? m'a-t-il demandé, bouche bée. Je pensais qu'elle était juste un peu dingue. C'était avant que j'apprenne que la magie existe, mais tout de même… Ouah !

— Oui, c'est bien une sorcière. Et elle est dangereuse. C'est elle qui a orchestré tout ce qui se passe.

J'ai pris une profonde inspiration et j'ai raconté à Brendan les événements de la soirée, depuis les convulsions d'Ashley jusqu'à ma rencontre avec Megan et ses exigences.

Mon récit terminé, il a plongé le visage dans ses mains et a respiré profondément. Il s'est ensuite levé et s'est mis à faire les cent pas sur le trottoir, visiblement désorienté. Il passait la main dans ses cheveux avec une telle brutalité que j'ai cru un instant qu'il allait s'arracher une mèche lui-même.

Puis il s'est arrêté et a donné un coup de pied dans une poubelle, si fort qu'il a laissé une grosse marque sur le métal.

— Pas très malin. Tu vas te casser le pied, ai-je lancé, irritée.

Il s'est alors tourné vers moi, les yeux humides

de larmes. Mon irritation s'est évanouie aussitôt. Je n'avais pas besoin de faire appel à mes pouvoirs pour comprendre qu'il se sentait terriblement coupable et malheureux. Et que, même s'il jouait souvent les *bad boys*, les pleurs menaçaient de déborder.

Mais *j'avais* des dons d'empathie et je savais parfaitement ce qu'il ressentait. Et sa douleur était déchirante.

— Que suis-je censé faire ? m'a demandé Brendan en s'effondrant sur les marches, la tête entre les mains. Depuis la minute où je l'ai rencontrée, je ne lui ai apporté que chagrin et ennuis.

Il a levé la tête, m'a regardée et a repris :

— Je sais que c'est ce que tu penses.

Son ton n'était pas accusateur, mais direct et franc. Sans le moindre jugement de valeur — à ma grande surprise, étant donné notre animosité réciproque. J'ai hoché la tête et me suis assise face à lui.

— Avant, c'était à cause de ce que je représentais : son âme sœur réincarnée. Ce n'était pas ma faute, a-t-il poursuivi. Mais, aujourd'hui, me dire que c'est ce que j'ai fait qui a provoqué une telle catastrophe pour elle et sa famille…

Il s'est tu, a relevé légèrement sa capuche et a posé la main sur son front.

Je ne l'aurais jamais cru si je n'avais pas été là pour le voir. Je ne pouvais pas en être vraiment sûre en fait, à cause de la capuche qui cachait son visage. Brendan Salinger, le tombeur, la tête brûlée, celui qui refusait de se plier aux règles, était ému aux larmes. En ma présence. *Moi.* Et il ne paraissait pas s'en soucier plus que cela. Le Brendan Salinger que *je* croyais connaître se serait immédiatement moqué de ce Brendan pas assez viril à son goût.

— Nous n'avons pas le temps de réfléchir à ça maintenant, ai-je répondu doucement. Vous pourrez en parler plus tard.

— Sois honnête avec moi, s'il te plaît, m'a implorée Brendan à travers l'écran de sa capuche sombre. Tu crois que tout ça fait partie de la malédiction ? Est-ce que je suis condamné à lui gâcher la vie ?

Il s'est tourné vers moi, les yeux fermés. Il a inspiré profondément et, lorsqu'il a rouvert les yeux, l'angoisse que j'y ai lue m'a torturée.

— Sois honnête, a-t-il répété. Elle a traversé suffisamment d'épreuves dans sa vie. Est-ce qu'il vaut mieux pour Emma que nous rompions ?

Sa voix s'est brisée à ces derniers mots.

— Je ne peux pas te dire ce que tu dois faire, ai-je répondu, m'efforçant d'être diplomate. C'est à toi de décider si tu veux…

— Je ne t'ai pas demandé si nous *devrions* rompre. Dieu sait que je ne *veux* pas rompre, m'a coupée Brendan. J'ai demandé s'il valait mieux pour elle que nous ne soyons plus ensemble, c'est différent.

J'ai réfléchi à la question. Emma n'aurait plus alors à lutter contre de nouveaux ennuis provoqués par le passé tumultueux de Brendan. Les choses seraient plus faciles pour elle au lycée : elle pourrait passer inaperçue, comme elle avait toujours souhaité le faire, et ne serait plus la cible des jaloux. Je parierais que même Kristin la laisserait tranquille. De plus, Emma aurait plus de temps libre à consacrer à la sorcellerie…

L'espace d'un instant merveilleux mais égoïste, j'ai envisagé de répondre à Brendan que oui, Emma serait mieux sans lui. Après tout, elle n'avait même jamais eu l'occasion de profiter de New York en jeune célibataire.

On pourrait bien s'amuser. Ce serait génial de sortir entre filles avec Emma, de rencontrer des garçons et de flirter. On pourrait fréquenter le genre de garçons qui m'intéressent et pas les équipiers de basket de Brendan. En toute franchise, je pensais vraiment que ce serait mieux pour elle à bien des égards. *Brendan l'adore de toute façon, donc il ne risque pas d'aller voir ailleurs.* Il l'attendrait. Ils pourraient reprendre leur relation dans deux ou trois ans et tout irait pour le mieux. *Elle a à peine dix-sept ans et sort déjà avec le garçon avec lequel elle finira certainement sa vie. Ce n'est pas très sain.*

Je pourrais dire à Brendan qu'il valait mieux pour Emma qu'ils rompent ou, en tout cas, qu'ils se séparent quelque temps — et je serais sincère, ou presque. Il m'écouterait. Sans nul doute, il suivrait mon conseil… parce qu'il l'aime. Parce qu'il veut son bonheur. *Et zut !*

J'ai levé les yeux sur lui. Il était concentré et anxieux, attendant l'issue de ma réflexion. J'ai compris alors que je ne pouvais pas lui dire qu'Emma se porterait mieux sans lui. Tout simplement parce que c'était faux. Elle était tellement amoureuse, tellement heureuse avec lui, après tout ce qu'elle avait vécu, que leur rupture l'anéantirait.

— Non, Brendan. Je ne crois pas que ce serait mieux pour elle. Ni pour toi, ai-je ajouté en l'examinant d'un œil critique. En fait, je pense que sans elle tu serais une nullité.

— Tu ne crois pas si bien dire, a-t-il dit amèrement, passant la main dans ses cheveux en bataille. Elle va sûrement me larguer de toute façon. Comment pourrait-elle ne pas me détester ? *Je* me haïrais, moi.

Comment diable en suis-je arrivée à conseiller ce garçon et à l'encourager à sauver sa relation avec

Emma, moi qui le détestais tant ? J'avais vu bien des événements étranges depuis que j'étais sorcière, mais me retrouver à consoler Brendan Salinger était tout bonnement incroyable — comme la fois où j'avais réussi à faire du feu grâce à la magie.

— Je crois qu'elle te pardonnera tes incartades de Grand Tombeur d'il y a deux ans. Tu as fait un tout petit truc pour elle : tu lui as sauvé la vie, lui ai-je rappelé sèchement.

— Oui : elle s'était retrouvée dans cette mauvaise passe à cause de moi.

— O.K. Vois les choses autrement : la détesterais-tu si tu étais à sa place ?

Brendan a paru perplexe.

— Que veux-tu dire par là ? Je l'aime ! Je ne pourrais jamais la détester…

— Ce n'est pas ce que je te demande, l'ai-je coupé en me retenant de lever les yeux au ciel devant ses protestations passionnées. Si c'était un fou qu'Emma avait connu avant toi qui *t'avait* attaqué, qui *te* menaçait, est-ce que tu détesterais Emma pour autant ?

Brendan m'a regardée comme si j'étais folle.

— Bien sûr que non ! Je le tuerais !

— Et Emma ? Tu ne lui en voudrais pas ?

— Non ! Pourquoi ? Je ne pourrais pas lui en vouloir… ce n'est pas sa faute… Ah, je vois où tu veux en venir, a dit Brendan en esquissant enfin un petit sourire.

— Bien, petit malin. Et tu ne crois pas qu'elle aura la même réaction ?

— Pas faux, a-t-il reconnu en s'essuyant les yeux du revers de la main. Je me sens quand même coupable. Et j'ai rendu Megan complètement folle.

— Ne te fais pas d'idées, cow-boy, ai-je raillé. Elle

était barjot bien avant, ça n'a fait qu'aggraver les choses, c'est tout.

— Que veux-tu dire ?

Il avait les yeux rouges à force de les frotter.

— Cette fille a des tas de problèmes : ses parents lui préfèrent sa sœur et Megan a toujours dû prouver qu'elle était meilleure que les autres. Très franchement, c'est surtout cela qui l'a attirée vers toi. Et puis elle a cru que votre petite, euh, « rencontre » était le début de quelque chose. Tu n'étais qu'un trophée pour elle, une sorte de médaille, ai-je ajouté en me levant.

— Ce que tu me dis me rassure un peu mais, tout de même, je me sens vraiment nul, a-t-il soupiré en baissant les yeux, penaud.

— Je préfère cela. Tu serais un sale type dans le cas contraire, ai-je répondu, catégorique, en claquant des doigts pour attirer son attention. Ecoute, tu pourras t'autoflageller autant que tu voudras demain. Ce soir, il faut aller à l'hôpital et dire à Emma qu'Ashley ira bientôt mieux. J'ai rendez-vous avec ma vieille copine psychotique dans une heure et demie. La nuit va être longue. Donc, on y va.

10

Emma

— Et voilà. J'ai retrouvé Brendan à la pizzeria, lui ai raconté ce qui s'était passé et on est venus ici directement.

Angélique a achevé son récit ainsi, puis a pris une profonde inspiration.

— Vous avez un couteau ? ai-je demandé, en retroussant la manche de mon chemisier noir.

Brendan a posé sa main sur la mienne pour m'arrêter.

— Qu'est-ce que tu fais ? Pas question de lui obéir !

Il a rabattu ma manche.

— Tu as entendu ce qu'Angélique vient de dire. Elle veut mon sang.

Je parlais d'une voix éteinte, presque robotique, et j'ai retroussé de nouveau ma manche. *Donne-lui ce qu'elle veut pour qu'Ashley aille mieux, c'est tout. Je m'inquiéterai des conséquences plus tard.*

— Je ne la laisserai pas t'approcher, m'a répliqué Brendan en saisissant le bas de ma manche et en la remettant une nouvelle fois en place.

— Ce sera pour demain. Ce soir, c'est Brendan qui va faire, euh… l'offrande, a tranché Angélique avec une moue de dégoût.

— Comment ça ? ai-je demandé, m'inquiétant des éléments pratiques pour ne pas avoir à penser au reste.

— J'ai flirté un peu avec une infirmière du triage pour détourner son attention. Angélique a pris une seringue et un peu d'alcool pendant qu'elle regardait ailleurs, a avoué Brendan avec un sourire amer. Elle a sans doute surdosé les médicaments d'un patient à cause de moi. C'est tout ce que je sais faire, non ? Je suis fait pour ça ! Gâcher la vie des autres.

— Arrête, a grondé Angélique.

A ma grande surprise, ce seul mot a suffi à faire taire Brendan.

— Ecoute, va aux toilettes et occupe-toi de ça maintenant, lui a suggéré Angélique en balayant la salle d'attente des urgences du regard. Non pas qu'il y ait beaucoup de monde, mais je doute que les gens apprécient que tu te piques ici.

Brendan a obtempéré et s'est dirigé vers les toilettes.

— Comment vas-tu ? m'a demandé Angélique avec gravité.

— Je ne sais pas, ai-je répondu en fixant les ombres que faisaient mes mains sur le sol carrelé.

Et c'était vrai.

— Les émotions me submergent comme un kaléidoscope…, ai-je repris.

— Tu te rends compte que ce que tu dis est à la fois terriblement cliché et poétique ?

— Et pourtant juste.

J'ai soudain songé à une chose et j'ai secoué la tête, étonnée.

— Pourquoi as-tu besoin que je te le dise ? Tu es douée de pouvoirs d'empathie. Tu sais ce que je ressens, non ?

— Oui. Mais je ne sais pas vers qui ou quoi les émotions sont dirigées, a reconnu Angélique en se levant pour venir s'asseoir sur la chaise que tante Christine avait occupée.

— Je ne sais pas trop ce que je ressens, ai-je répondu en haussant les épaules, abattue. Je préfère ne pas y penser jusqu'à ce qu'Ashley soit sortie d'affaire.

— Je comprends. Quand tu en seras là, ne sois pas trop dure avec lui. Il s'en veut déjà suffisamment à cause de toute cette histoire. Ce garçon est au supplice, a-t-elle dit en grimaçant.

J'étais au comble de la surprise. Elle a souri devant mon air ahuri.

— Qui es-tu et qu'as-tu fait de mon amie ? lui ai-je fait, faussement choquée.

— Qu'est-ce que tu veux dire ? m'a demandé Angélique en ouvrant de grands yeux innocents.

— Tu *détestes* Brendan. Il t'énerve au plus haut point. C'est toi qui me l'as dit, lui ai-je rappelé. Tu as une occasion idéale de te débarrasser de lui et voilà que tu le défends ! Qu'est-ce qui se passe ?

— Je ne le déteste pas, a-t-elle répliqué.

En voyant l'expression de mon visage, elle a fait marche arrière.

— O.K. Je ne l'aimais pas, mais je me suis rendu compte que je m'étais montrée injuste. Je l'ai mal jugé.

— Tu… l'as mal jugé ? ai-je répété, perplexe.

— Oui, a-t-elle reconnu à contrecœur. Tu sais, j'étais sincère quand je disais que le type qui s'était moqué de Megan n'était plus à Vince A.

— Tu avais bien dit qu'il avait changé de lycée, je te rappelle…

— Non, je t'ai dit qu'il n'était plus là, nuance. Et c'est vrai : Brendan a changé, il n'est plus le même garçon qu'à l'époque. Même si, a-t-elle ajouté, pensive, à voir la façon dont les choses se sont déroulées, je ne crois pas que Brendan se soit vraiment fichu d'elle.

Angélique a marqué une pause, jouant avec ses bracelets.

— Je ne dis pas que tu n'as pas de raison d'être fâchée. Il y a de quoi ! Mais — je n'arrive pas à croire que c'est moi qui te dis cela — ne le torture pas trop. Il le fait mieux que personne déjà.

Je l'ai regardée, soupçonneuse.

— C'est une observation bien précise, dis-moi… trop précise pour que tu aies pu la faire juste grâce à tes pouvoirs.

Angélique a tiré sur ses mèches violettes et bleues et m'a souri, gênée.

— Tu m'as eue. O.K. On a discuté à cœur ouvert. Je ne peux pas te répéter ce qu'il m'a dit…

— Ouah ! Te voilà sa confidente maintenant. C'est… inattendu, ai-je répondu.

J'aurais éclaté de rire si la situation n'avait pas été aussi dramatique.

— C'est quoi la prochaine étape ? Vous allez vous inscrire à un club de lecture ensemble ?

— Il sait lire ?

— Aaaah, je retrouve l'amie que je connais ! ai-je répliqué avec un large sourire.

— J'ai l'impression qu'il était un peu… perdu avant de te rencontrer. Et soyons réalistes, je ne vois pas un garçon, quel qu'il soit, repousser la véritable horde de filles qui se jettent sur lui…

— Arrête, l'ai-je coupée.

— D'accord. Tout ce que je dis, c'est qu'il ne t'en voudrait pas si les rôles étaient inversés, a ajouté

Angélique en enlevant un bracelet qu'elle a fait tourner autour de son doigt.

J'ai fixé le sol de nouveau.

— Je sais. Et je sais aussi que ce serait tout à fait hypocrite de ma part de lui reprocher quelque chose qui s'est produit il y a longtemps. Bien avant notre rencontre. Mais — j'ai relevé la tête pour regarder mon amie — je ne veux pas m'en occuper maintenant, un point c'est tout. Pas avant qu'Ashley aille mieux.

— Donc la colère noire et aveugle que je sens contre Brendan attendra ? m'a-t-elle demandé.

— Brendan ? ai-je lâché, surprise. Mais non. Je la réserve tout entière à Megan !

J'ai froncé les sourcils en pensant à la fille maigrichonne et aux cheveux filasse que j'avais vue dans les toilettes de Magel. Je mourais d'envie de lui faire un autre œil au beurre noir. De la faire souffrir autant qu'elle faisait souffrir tante Jess et oncle Dan.

— Nous allons faire ce qu'il faut ce soir pour Ashley. Mais Megan est folle de croire que je vais la retrouver demain et la laisser me saigner. Je la tuerai avant qu'elle ait eu le temps de le faire.

Angélique a ouvert des yeux grands comme des soucoupes, puis a regardé autour d'elle pour vérifier que personne n'avait entendu. Mais, hormis les quelques regards étonnés que lui avait valu son apparence originale à son arrivée, les gens ne s'intéressaient nullement à elle ou à moi.

— Je sais que tu parles sérieusement, Emma, a-t-elle murmuré avec gravité. Emma, n'oublie pas que tu évoques un meurtre, a-t-elle articulé en secouant la tête.

— O.K. On doit pouvoir l'arrêter par la magie, alors,

ai-je lancé, la voix tremblante de colère. Megan doit payer pour ce qu'elle a fait à Ashley.

Brendan est revenu dans la salle d'attente, mettant fin à notre conversation. Il a pris le sac d'Angélique et a glissé rapidement la seringue, qu'il avait cachée dans la manche de son sweat, dans la poche de devant.

— Je dois y aller, a dit Angélique en se levant. Je dois retrouver Megan et mettre fin à toute cette histoire.

— Quand tu auras la barrette à cheveux, que feras-tu ? lui ai-je demandé.

— Je la détruirai et Ashley devrait ouvrir les yeux immédiatement, a-t-elle promis. Je t'enverrai un SMS pour te prévenir.

— Il n'y a aucun risque, une fois la barrette détruite, qu'il arrive autre chose à Ashley ? a demandé Brendan en se frottant distraitement le coude, les bras croisés sur la poitrine.

— Aucun, a affirmé Angélique avec véhémence.

— O.K. Je sais que tu détestes ça, mais je vais le faire tout de même, ai-je dit en me levant à mon tour.

Je l'ai prise dans mes bras. Je m'attendais à ce qu'elle se tienne droite comme un piquet — comme elle le faisait d'ordinaire pour protester contre toute démonstration d'affection — mais, à mon immense étonnement, elle m'a aussi serrée contre elle. Enfin, pas tout à fait. Elle m'a plutôt tapoté le dos, comme font les gens qui n'aiment pas les animaux lorsque ces derniers se frottent à eux.

Ce qui ne m'a pas empêchée d'apprécier son geste inhabituel.

Angélique a fait un signe de la tête en direction de Brendan et s'en est allée, sa longue jupe noire ondulant derrière elle.

Brendan a plongé les mains dans ses poches et m'a regardée.

— Tu veux que je reste ? Je comprendrais que tu veuilles que je parte, m'a-t-il dit, hésitant.

— Reste, ai-je répondu en me rasseyant.

Brendan s'est assis à côté de moi.

— Tu veux qu'on parle ? a-t-il demandé à voix basse.

J'ai secoué la tête en signe de dénégation.

— J'ai d'abord besoin de savoir qu'Ashley va mieux.

Je me sentais incapable de traiter la moindre information avant d'être certaine que ma cousine était à l'abri du danger. Je ne pouvais me concentrer sur rien d'autre.

— O.K., a dit Brendan.

Il a avancé timidement la main et l'a posée sur la mienne. Je l'ai prise et j'ai entrelacé mes doigts avec les siens. Il a respiré, soulagé. Tante Christine est revenue me voir pour me conseiller de rentrer. J'ai insisté néanmoins pour rester et je l'ai renvoyée auprès d'Ashley. La main dans la main, Brendan et moi sommes restés ainsi pendant une heure, les yeux collés sur l'écran de télévision muet de la salle d'attente, sans enregistrer la moindre image.

Mon portable a vibré dans la poche de mon pantalon. Je me suis précipitée pour lire le message.

> Barrette détruite. Préviens-moi de ce qui se passe pour Ash. T'appelle demain. Ma mère est furieuse que je ne lui aie pas téléphoné pour l'avertir de mon retard.

— Qu'est-ce qui se passe ? m'a demandé Brendan en jetant un œil sur l'écran par-dessus mon épaule.

— Angélique a détruit la barrette. Elle m'appelle demain. Elle n'a pas téléphoné chez elle de la soirée donc sa mère est furieuse. Il est 1 heure du matin et elle n'est même pas encore rentrée.

— Ashley devrait ouvrir les yeux maintenant, non ?

— Oui. Elle aurait même déjà dû le faire.

J'ai inspiré profondément pour calmer la panique et la vague d'adrénaline qui me submergeaient et faisaient battre mon cœur plus vite. J'avais la tête qui tournait de plus en plus et j'ai fixé la porte comme si je pouvais ainsi faire apparaître tante Christine, oncle Dan ou tante Jess.

— Emma, calme-toi, a murmuré Brendan en me caressant le dos doucement. Tu es sur le point de t'évanouir.

Je me suis contentée de lever les yeux vers lui et les larmes ont coulé sur mes joues.

— Et si Megan s'était trompée en jetant son sort ? ai-je dit en essuyant mes larmes du revers de la main. Et si la magie n'avait rien à voir et qu'Ashley était vraiment malade ? Et si je l'avais fait tomber sur la tête et que tout était ma faute…

— Emma ! Elle est réveillée ! a lancé tante Christine, me coupant net au milieu de ma phrase.

Un sourire de soulagement s'est dessiné sur ses traits fatigués. J'ai bondi sur mes pieds et j'ai traversé en courant la salle pour la prendre dans mes bras, la faisant presque tomber.

— Va la voir, je t'attends ici, m'a dit tante Christine.

Je me suis précipitée vers le lit d'Ashley, caché par un paravent, au bout du hall aux carreaux bleus et blancs. J'ai entendu sa voix enrouée par la fatigue avant de la voir. J'ai tiré le rideau. Tante Jess et oncle Dan se tenaient à son chevet. Elle était assise et jouait avec le boîtier de commande du lit. Ses cheveux roux contrastaient avec les draps blancs. Une blancheur parfaitement assortie, en revanche, à son teint pâle.

— Emma ! Qu'est-ce qui s'est passé ce soir ? m'a demandé Ashley, le regard inquiet.

Je l'ai serrée contre moi. Jamais je n'avais été plus heureuse de sentir le parfum sucré de son eau de toilette préférée qu'en cet instant précis.

— La dernière chose dont je me souviens, ce sont les toilettes et, la minute d'après, j'avais le tournis, a-t-elle dit d'une voix étouffée, à cause de mon étreinte. Et puis je me suis réveillée ici, et là tu m'étrangles.

— Désolée.

J'ai reculé et essuyé mes yeux humides.

— Maman, pourquoi est-ce que je ne pourrais pas rentrer à la maison maintenant ? a demandé Ashley en se tournant vers sa mère, l'air malheureux. Je vais bien. Je suis juste un peu fatiguée.

— Le médecin veut te garder une nuit en observation, a répondu tante Jess en caressant les cheveux de ma cousine, qui étaient de la même couleur de feu que les siens.

— Peu importe, a dit Ashley en frappant du poing sur le lit. Je vais bien, je suis simplement fatiguée. Je *veux* rentrer. Je ne veux pas rester à l'hôpital !

De grosses larmes ont commencé à couler sur ses joues.

— Je ne sais même pas ce que j'ai. Je veux rentrer à la maison et dormir dans mon lit, a-t-elle ajouté en reniflant. S'il vous plaît, papa, maman ?

— Ma chérie, tu rentreras à la maison demain, a répondu oncle Dan en l'embrassant sur le front. Tu sais que nous voulons que tu rentres. Nous devons juste voir le médecin avant.

Ashley a froncé les sourcils et s'est adressée à moi.

— Emma, s'il te plaît ? Ramène-moi à la maison. Je ne sais pas ce que j'ai. Je veux me remettre.

— Tu vas bien, lui ai-je assuré en serrant le rail de son lit, envahie par la culpabilité.

— Tu n'en sais rien ! Et si j'avais une maladie grave ou une tumeur au cerveau et qu'ils décidaient de me raser la tête ?

Ashley a posé les mains sur ses cheveux bouclés comme pour les protéger.

— Il ne t'arrivera rien, lui ai-je promis.

Et je me suis alors fait une promesse à moi-même : je veillerais à ce que Megan ne recommence jamais avec personne. *Quel qu'en soit le prix à payer.*

11

Nous sommes restés à l'hôpital jusqu'à ce qu'une chambre se libère pour Ashley. Celle-ci, tour à tour, suppliait de la laisser rentrer et s'inquiétait des causes potentielles de son malaise. Brendan a attendu avec nous puis nous a accompagnées, tante Christine et moi, prendre un taxi aux premières lueurs de l'aube. Le trajet vers la 68e Rue a été court — et silencieux, nous étions toutes deux perdues dans nos pensées.

— Longue soirée, mesdames ? a demandé le portier en riant et en montrant l'horloge.

— Vous savez combien j'aime faire la fête, Eddie, a répondu, d'un air désinvolte, ma tante si réservée, me laissant ébahie et faisant pouffer de rire le gardien.

J'avais prévu d'appeler Brendan car, maintenant qu'Ashley n'était plus en danger, je pensais à ce qu'Angélique avait dit de lui. Seulement, dès que j'ai mis les pieds dans ma chambre, je me suis écroulée sur mon lit toute habillée et le portable à la main.

Quelques heures plus tard, ma tante m'a réveillée avec douceur pour aller voir Ashley à l'hôpital. J'ai envoyé un SMS bref à Brendan, en lui promettant de l'appeler dès mon retour.

Ashley était assise sur son lit, tout sourires. Elle avait une visite inattendue.

— Emma ! Regarde ce que m'a apporté Liam, il

n'est pas mignon ? s'est-elle écriée en me voyant, une peluche à la main.

L'ours blanc tenait entre ses pattes un ballon de baudruche rouge où étaient inscrits les mots « Guéris vite ».

— Très mignon.

J'ai jeté un regard approbateur à Liam, assis sur le radiateur.

— Je l'ai acheté à la boutique cadeaux…

Il a haussé les épaules mais a rougi aussitôt. Tante Jess a esquissé un sourire, tante Christine a levé les yeux au ciel, et oncle Dan s'est renfrogné, comme s'il n'était pas certain de ce qu'il voulait faire : faire subir un interrogatoire à Liam ou le jeter par la fenêtre.

— Je vais l'appeler « Liam », a dit Ashley, papillonnant presque des yeux en regardant l'intéressé.

A la tête que faisait oncle Dan, il s'était décidé pour la seconde option. Et Liam l'a remarqué.

— Je dois y aller, nous a-t-il dit en se levant, gêné, et en jetant un coup d'œil inquiet en direction d'oncle Dan.

— Tu viens d'arriver, a lâché Ashley, boudeuse.

Liam a regardé de nouveau mon oncle. J'aurais parié qu'il vérifiait des yeux la solidité de la serrure de la fenêtre, se demandant si elle serait facile à ouvrir.

— J'ai, euh… des devoirs. Oui, c'est cela, des devoirs. Ravi d'avoir fait votre connaissance à tous, a ajouté Liam en serrant les mains des parents d'Ashley. Il a esquissé un faible sourire, en dépit du regard noir que lui a jeté mon oncle, et il est sorti précipitamment de la chambre comme si quelqu'un était à ses trousses.

— Je n'aime pas le genre de ce garçon, a grogné oncle Dan dès que Liam a quitté la pièce.

C'était un euphémisme.

— Il est gentil, lui ai-je assuré, en contenant mon envie de rire de son attitude surprotectrice. C'est un ami de Brendan.

— Je n'aime pas non plus le genre de Brendan, a-t-il marmonné en croisant les bras.

J'ai choisi d'ignorer sa remarque.

— Comment vas-tu aujourd'hui ? ai-je demandé à Ashley.

Mon adorable cousine souriait toujours béatement, regardant son ours avec adoration et jouant avec le ballon rouge qu'elle frappait contre le petit museau noir de la peluche.

— Je vais parfaitement bien. Je n'ai pas le vertige ni rien. Je devrais bientôt pouvoir rentrer, n'est-ce pas, maman, a insisté Ashley.

— Oui. Nous attendons juste le feu vert du médecin, a répondu tante Jess, visiblement soulagée. Ils ne savent pas ce qui a provoqué le malaise. Le médecin pense que c'est peut-être dû à une chute de son taux de glucose.

— Qui aurait cru que ton parfum écœurant t'aidait à rester consciente ? ai-je plaisanté.

Ashley s'est renfrognée.

— C'est effrayant. Je n'arrive pas à croire qu'ils ne savent pas ce qui s'est passé, a-t-elle dit, les yeux dans le vague. J'ai toujours peur d'avoir une espèce de maladie mystérieuse.

— Tu n'as rien, ai-je insisté. N'y pense plus.

Evidemment, elle ne pouvait pas ne pas y penser et dès son retour à la maison, une fois seule avec moi dans sa chambre, Ashley a éclaté en sanglots.

— Je ne veux pas que ma mère sache que j'ai si peur, a-t-elle murmuré, assise sur son lit, les jambes repliées contre sa poitrine.

Elle a reniflé bruyamment et a posé le visage sur ses genoux.

— Et si je m'évanouissais encore et ne me réveillais jamais ? Et si j'avais un malaise au lycée ?

J'ai pris conscience que, chaque fois qu'elle éternuerait ou qu'elle aurait mal à la tête, ma cousine s'autopersuaderait qu'elle était en train de mourir d'une maladie tropicale rare. *Tu dois lui dire, peu importe ces idioties de règles du secret autour de la sorcellerie.* Elle avait besoin de savoir ; sinon, elle deviendrait vite folle. J'ai fermé la porte couverte de posters et me suis installée en tailleur au pied de son lit.

— Ashley, je dois te parler de quelque chose, lui ai-je dit avec gravité. Tu ne dois jamais, absolument *jamais,* répéter ce que je vais te dire à quiconque. Ni à Catharine. Ni à Vanessa. Ni à Liam. Ni à tes parents. Compris ?

Elle a ouvert de grands yeux et a hoché la tête frénétiquement.

— Tu l'as fait avec Brendan, n'est-ce pas ? a-t-elle murmuré, esquissant un sourire. Quand ? C'était comment ? Bien ? Je parie que c'était *bien.*

— Ça n'a rien à voir avec Brendan et moi ! Enfin, un peu…, ai-je lâché. C'est à propos de toi.

J'ai inspiré lentement.

— Ashley, c'est une ex de Brendan qui a provoqué ton malaise. Elle voulait s'en prendre à moi.

Ashley m'a fixée, perplexe, puis a saisi ce que je venais de dire.

— Elle m'a… empoisonnée ? a-t-elle dit d'une voix aiguë, en posant la main à la base de son cou comme pour se protéger. Comment ? Qui est-ce ?

— Elle ne s'est pas servie de poison, ai-je répondu

en secouant la tête. Pas comme ça. Tu me jures de garder le secret ?

— Promis, juré, m'a dit Ashley en traçant une croix sur son cœur.

— O.K. Cette ex de Brendan… elle est… c'est une sorcière. Une sorcière maléfique. Une vraie.

— Une sorcière ? m'a rétorqué Ashley. Allez, Emma, arrête de te moquer de moi ! J'ai peut-être une maladie rare et ce n'est vraiment pas gentil de te moquer de quelqu'un dans mon état comme tu le fais.

— J'aimerais bien plaisanter mais ce n'est pas le cas. Tu n'as pas de tumeur cérébrale, Ashley.

— Donc… cette ex de Brendan… qu'est-ce qu'elle a fait ? Elle a glissé un peu de potion magique dans une boisson ? m'a-t-elle dit, sarcastique. Avec des yeux de triton et du sang de dragon et ce genre de truc ?

— Non. Elle t'a jeté un sort.

— Un sort ? a répété Ashley en se frappant le front. O.K. Elle a volé sur son balai jusque dans ma chambre aussi, c'est ça ? Je t'en prie, Emma, là tu insultes mon intelligence.

— Elle m'a volé la barrette que tu m'avais prêtée et s'en est servie dans un sortilège de magie noire. Elle pensait s'en prendre à moi.

J'ai délibérément omis de parler de l'agression de Megan contre moi. Je ne tenais pas à lui faire peur davantage en lui donnant plus d'informations que nécessaire.

— Ashley, t'ai-je déjà menti ? lui ai-je demandé sérieusement. Tu sais que je ne te mentirais pas au sujet de quelque chose d'aussi grave.

Elle a réfléchi un instant en se mordillant la lèvre.

Elle a écarquillé les yeux quand elle s'est rendu compte que je disais vrai.

— Cette malade peut encore s'en prendre à moi ? m'a-t-elle demandé en s'efforçant de paraître calme.

Mais elle tordait son drap rose fuchsia si fort que j'ai cru que le tissu allait se déchirer.

— Et je vais continuer à m'évanouir de temps en temps comme si je souffrais de narcolepsie ?

— Non, pas du tout. Angélique a levé le sortilège. Megan ne peut plus *rien* te faire, lui ai-je promis.

— Angélique… attends une minute, m'a fait Ashley, soupçonneuse. C'est vraiment une sorcière comme tout le monde le dit ? Je croyais qu'elle était juste fan de musique gothique ?

— Oui, c'est une sorcière, une vraie. Et moi aussi, ai-je ajouté après une pause.

— Là, tu te moques de moi, m'a répliqué Ashley en me jetant son ours Liam à la tête.

Je l'ai attrapé et le lui ai lancé. Il a rebondi sur sa tête.

— Très drôle, Emma. Je croyais que tu étais sérieuse au sujet de cette ex-dingo de Brendan. Et ne me fais pas mal à la tête… Je pourrais avoir une tumeur, rappelle-toi ! a-t-elle grogné en me jetant un regard noir.

— Je ne me fiche pas de toi ! Je te le jure, Ashley !

J'ai posé la main sur mon cœur et repris :

— Je te le jure sur un millier de Bibles, promis, juré, craché, je ne me moque pas de toi.

— Tu parles sérieusement ?

— *Oui.*

— Et tu vas me dire que Brendan est un vampire, un démon, un loup-garou ou l'un des X-Men ?

— Pas que je sache.

Elle a réfléchi, yeux baissés.

— Tu es sûre que l'ex de Brendan ne peut plus me faire de mal ?

— Certaine. Elle n'était pas vraiment sa copine, elle… enfin…

Ashley avait compris.

— Oh ! l'une de *celles-là*, a-t-elle fait en grimaçant. Je vois.

— C'était la fille maigre qui était aux toilettes et n'arrêtait pas de nous regarder.

— Beurk, elle était moche en plus ! Au moins, Brendan a meilleur goût maintenant.

Elle a mis un doigt dans sa bouche et fait semblant de vomir. J'ai éclaté de rire.

— Hum… Une sorcière. C'est cool, en fait, m'a-t-elle dit en souriant. Que peux-tu faire de sympa ?

— Quelques trucs.

Je lui ai raconté quelques-uns des sortilèges que j'avais réussis.

— Mais j'ai besoin de plus de pratique. La cousine d'Angélique m'a prêté son grimoire — un recueil de sortilèges, si tu préfères, ai-je expliqué, la voyant perplexe. Je dois étudier un peu ce soir quand j'aurai parlé à Brendan. Il se sent terriblement mal, au fait.

— Il va me venger ? m'a demandé Ashley avec enthousiasme.

— *Nous* allons te venger, lui ai-je promis.

Elle m'a décoché un large sourire.

— Génial ! s'est écriée Ashley en levant le poing en signe de victoire. Vengez-moi !

J'ai passé le reste de la journée de dimanche dans sa chambre, répondant à ses questions aussi honnêtement que possible, jusqu'à l'heure du dîner. Je craignais un peu qu'elle ne raconte tout à ses amis illico mais elle m'a juré de garder le secret.

— Emma, si j'en parlais, tout le monde penserait que je me suis vraiment tapé la tête très *très* fort, a-t-elle insisté.

Je me suis préparée à un sermon d'Angélique mais, lorsque je l'ai appelée à mon retour chez moi, elle a été compréhensive.

— Tu devais le lui dire, a-t-elle admis. La pauvre gamine pensait avoir un cancer du cerveau.

Elle a marqué une pause et je l'ai entendue soupirer lourdement au bout du fil.

— Megan m'a appelée toute la journée, m'a-t-elle annoncé, circonspecte. Je ne crois pas que cette histoire soit terminée. Elle jure qu'elle se vengera parce que tu n'es pas venue aujourd'hui.

— Qu'elle aille se faire voir ! ai-je répondu, furieuse, en donnant un coup de pied dans mes pantoufles couleur arc-en-ciel. Pas question de lui donner mon sang.

— Je sais. Je voulais juste te prévenir. Elle est beaucoup plus puissante qu'avant. La manière dont elle a vérifié l'authenticité du sang était plutôt futée.

— Qu'est-ce qu'elle a fait ?

— Plus ou moins ce que nous avons fait avec les cristaux de sel. Si tu avais vu sa joie quand elle a découvert que tous les cristaux étaient rouges. Dégoûtant.

— J'espère qu'elle profite de son heure de gloire parce qu'elle n'aura rien de plus, ai-je juré en m'asseyant sur mon lit et en retirant mes Converses. J'appelle Brendan et ensuite je vais éplucher le grimoire de Randi. J'y trouverai peut-être quelque chose d'utile.

— J'ai parlé à Randi aujourd'hui et lui ai raconté la situation, m'a dit Angélique. Elle est venue ici et nous avons réalisé un sortilège pour retirer ses pouvoirs à Megan.

— Vraiment ? Mais comment saurons-nous s'il a marché ?

— Nous n'en saurons rien, sauf si Megan essaie quelque chose et que ça échoue, m'a avoué Angélique à contrecœur.

Après avoir raccroché, j'ai soupiré, incertaine de ce que je voulais dire à Brendan au juste. Je ne lui en voulais pas, mais je n'étais pas ravie non plus. Outre le fait de l'imaginer en train de coucher avec cette horrible sorcière, je détestais l'idée qu'il ait joué avec les sentiments de quelqu'un. J'ai pris une profonde inspiration et appelé. Il a décroché à la quatrième sonnerie, juste avant que la messagerie ne se déclenche.

— Navré, j'étais sous la douche, m'a-t-il dit, essoufflé.

— Salut, ai-je répondu, souriant en dépit de la conversation désagréable que nous allions avoir.

Je ne pouvais m'empêcher de l'imaginer sortant de la douche, avec sa seule serviette... Cette image-là était agréable, elle. J'y avais souvent eu recours, d'ailleurs... Soudain, je me suis dit que j'aurais préféré que nous nous parlions par chat vidéo.

— Tu veux que je te rappelle ? ai-je demandé.

— Non, a-t-il dit rapidement. Je veux te parler. Je suis prêt.

Je l'ai entendu tirer sa chaise de bureau pour s'asseoir.

— O.K.

Un silence gêné s'est installé.

— Je vais commencer, Emma. Je suis désolé, m'a dit Brendan d'une voix éteinte.

Il a soupiré et repris :

— Franchement, je ne sais pas quoi dire d'autre. Je

me sens nul. Je ne fais que t'attirer des ennuis. Je m'en veux terriblement.

— Tu n'as pas à t'excuser pour des choses que tu as faites avant même de me rencontrer… Je n'arrête pas de me le répéter mais, égoïstement, une part de moi-même en a assez de se voir sans cesse rappeler ton passé, ai-je reconnu avec un certain embarras.

— Je te comprends. Je détesterais ça si j'étais à ta place.

— Tes ex sont omniprésentes ! Elles sont partout et ça me rend dingue.

Je me suis levée du lit et je me suis mise à faire les cent pas dans ma chambre. J'espérais brûler ainsi un peu de la colère que je ressentais avant de me lancer dans la diatribe qui me montait aux lèvres — et que j'aurais dû exprimer depuis longtemps.

— Ces filles en ont parlé l'autre jour à l'épicerie, tu sais. Kendall et Kristin ne font que ça, à croire qu'elles reçoivent un dollar chaque fois qu'elles disent ton prénom. J'ai l'impression parfois d'assister à un vrai défilé de tes ex.

— Elles n'ont absolument pas compté pour moi ! Je sais que ça ne change rien à ce que tu éprouves, mais je ne ressentais *rien* pour elles. Je vais te paraître hypocrite, a-t-il ajouté, embarrassé, mais je suis terriblement jaloux de Matt, tu n'as pas idée.

Je me suis arrêtée net et j'ai éloigné le téléphone de mon oreille, surprise. *Tu as dû mal comprendre, là.*

— Matt ? Mon copain de l'année dernière, *Matt* ?

— Ouais.

— Il est dans le New Jersey, lui ai-je rappelé.

— Je sais.

— Tu ne le vois pas tous les jours, *toi*.

— Je sais.

— Tu ne l'as jamais rencontré. Tu n'as même jamais vu une photo de lui !

— Je *sais* tout cela. Je te l'ai dit, c'est injuste de ma part. Mais dans ma tête, c'est un véritable surhomme, tu n'as pas idée. Tu as eu des sentiments pour lui, a fait Brendan d'une voix boudeuse. Je n'ai jamais été vraiment amoureux de quelqu'un avant toi. J'ai eu le béguin pour des filles, oui. Il y en a eu que je trouvais belles, O.K. Mais aucun sentiment qui me donne envie d'avoir une vraie relation avec elles. Donc ça me rend fou de savoir que Matt a eu la chance d'en avoir une avec toi.

Je n'en revenais pas.

— Je n'arrive pas à croire que tu sois jaloux !

— Terriblement jaloux.

J'ai esquissé un petit sourire démoniaque. *Bien, bien, bien. Brendan est jaloux. Je vais m'amuser un peu.*

— Matt n'était pas *si* beau que ça, lui ai-je répondu avec désinvolture. Je veux dire qu'il était beau, mais ce n'était pas un acteur ou une star.

— Arrête ça, a grogné Brendan.

— Quoi ? ai-je rétorqué innocemment. Je crois que c'était parce qu'il posait pour des pubs de sous-vêtements…

— Je le mérite, je sais, mais tu me tortures, là.

Il a marqué une pause.

— C'était vraiment un modèle ?

— Non. Désolée, je m'amuse un peu, ai-je reconnu en riant intérieurement à l'idée de mon ancien petit ami sur un podium de mode. *Il se serait probablement cassé la figure.*

— A mes dépens, a dit Brendan d'un ton ironique.

Je sais que tu es fâchée contre moi et que je le mérite, mais… beurk.

— Je ne t'en veux pas. Je suis juste un peu énervée, lui ai-je répondu en me rasseyant sur le lit. Je déteste cette situation. Franchement, ce n'est pas seulement le fait de t'imaginer avec toutes ces filles. Même si, crois-moi, je déteste cette idée-là aussi. C'est juste que je n'aime pas me dire que tu as été… ce type insensible et sans cœur. Difficile de croire que le Brendan que je connais est le même que celui qui a profité de toutes ces filles.

Il s'est tu un long moment. J'ai vérifié l'écran de mon téléphone, craignant que nous ayons été coupés.

— Tu es toujours là ?

— Oui, m'a-t-il dit avec un bref soupir, comme s'il se préparait à m'avouer quelque chose de difficile. Emma, les garçons n'aiment pas reconnaître ce genre de chose et c'est gênant de le dire… mais je me sentais… un peu… seul avant de te rencontrer.

— Tu ne manquais pourtant pas de compagnie, lui ai-je lancé, regrettant immédiatement ma remarque méchante. Désolée, je n'aurais pas dû dire ça.

— Ça m'a fait un peu mal, oui, m'a-t-il dit doucement.

— Excuse-moi. Ce n'était pas juste. Je suis encore un peu énervée.

Super, il s'ouvre à toi et tu l'envoies promener. Très sympa, le soutien. Petite maligne, va.

— Oh ! ça se sent, m'a répondu Brendan rapidement. Ecoute, je sais que je le mérite un peu. J'étais loin d'être un saint. Em, je ne savais pas que tu existais ou que je pouvais ressentir ce que j'éprouve pour toi. A quoi ressemblait ma vie ? Mes parents n'étaient *jamais* là. Je ne supporte pas la plupart des gens du lycée. Et ça m'allait très bien comme ça. J'avais mes occupations et je n'avais pas à trop réfléchir, a-t-il insisté.

J'ai entendu le bruit d'une chaise. Il avait dû se lever.

— Encore une fois, Em, qu'est-ce que j'avais d'autre ? *Les filles.* Sortir en cachette pour aller en boîte avec des amis, la musique, le basket et les filles. Si j'avais eu la moindre idée que tu allais débarquer dans ma vie — et que mes… aventures se mettraient en travers de notre chemin —, je serais aujourd'hui le roi des puceaux, le chef du club de jeux de rôles du lycée, tiens, a-t-il ajouté en faisant référence aux deux lycéens de terminale qui portaient des armures médiévales improvisées et s'affrontaient avec des armes invisibles dans les couloirs de Vince A.

— Vraiment ?

— Evidemment. Tu ne penses pas que j'aurais voulu que ma première fois soit avec toi ?

La surprise m'a d'abord rendue muette.

— C'est vraiment important pour les garçons, ça ? lui ai-je demandé, incrédule.

La plupart de ceux que je connaissais estimaient que leur virginité était une maladie honteuse à guérir à tout prix…

— Pour moi, oui. Enfin, aujourd'hui, oui… Evidemment, ce n'était pas le cas à l'époque. Pour que tu comprennes tout à fait comment les choses se passaient, Emma, je n'ai jamais couru après une fille. Je ne suis pas en train de me vanter, m'a-t-il dit avec un petit rire nerveux, mais ce sont elles qui venaient vers moi. Je les traitais de la même manière avant et après. Peut-être que je savais, au fond de moi, que tu allais arriver : je n'ai jamais cherché à draguer une fille avant toi. Je n'ai même jamais eu de vrai rendez-vous avant toi.

— Tu es sérieux ? lui ai-je demandé, étonnée.

— Oui, a-t-il reconnu timidement.

J'ai souri à cet aveu. *Je ne serai pas sa première fois mais je suis son premier amour.* Ce qui est infiniment mieux.

— Em, je ne peux rien changer au passé, m'a dit Brendan. Mais, s'il te plaît, crois-moi quand je dis que je n'ai jamais *utilisé* personne. Pas exprès. Je n'ai jamais essayé d'accumuler les numéros de téléphone ou les filles comme certains garçons que je connais. J'étais honnête avec elles, je ne leur ai jamais fait croire quoi que ce soit — *jamais* je ne ferai une chose pareille. Je ne veux pas que tu penses cela de moi.

Il a soupiré.

— Ça me tue de me dire que tu penses cela de moi.

— Je ne le pense pas… enfin, plus maintenant, ai-je assuré en m'allongeant sur mon lit, à présent détendue et soulagée. Merci de m'avoir dit tout cela.

— C'est pour ça que je t'ai évitée au début, m'a-t-il avoué, un peu honteux. Je sais que je t'ai dit avoir hésité un peu au début parce que tu me plaisais tellement, et c'est vrai, mais ce n'était pas la seule raison.

J'ai froncé les sourcils, surprise de son aveu.

— Quelle autre raison y avait-il ?

— Je ne suis pas idiot, je sais ce qu'on raconte à mon sujet, m'a-t-il dit avec amertume. Et je ne tenais pas à ce que l'on colporte les mêmes histoires sur *toi* — qu'on dise que tu n'étais qu'une conquête de plus. Je ne savais pas encore ce que je voulais par rapport à toi, mais je savais pertinemment que c'était plus que cela.

— Oh, Brendan ! ai-je murmuré en me tournant sur le ventre. C'est l'explication la plus adorable que j'aie jamais entendue.

— Donc tout va bien entre nous ? m'a-t-il demandé, hésitant.

— Tout va bien !

Et j'étais sincère.

— Bien, m'a-t-il fait, soulagé. Je me suis inquiété toute la journée à l'idée que tu me largues.

— N'y compte pas ! Tu ne te débarrasseras pas de moi comme ça, lui ai-je répondu avec humour.

— Ça me va, a-t-il dit. Son large sourire s'entendait au téléphone. Comment va Ashley, au fait ?

— Elle va bien et va en profiter pour ne pas aller à l'école pendant trois jours. Au fait, pourquoi avons-nous une demi-semaine de vacances en plus, tu le sais ?

— Il y a deux jours de conférence des enseignants au lycée, m'a expliqué Brendan. Je parie que Casey met un uniforme et organise des jeux de rôles, en mode « méchant élève, mauvais prof », avec M. Agneta dans sa classe.

— Beurk, c'est le truc le plus dégoûtant que j'aie jamais entendu.

— Pardon, a dit Brendan en riant. Ashley croit toujours qu'elle a une tumeur au cerveau ?

— Euh, non… Je lui ai dit la vraie raison. Elle sait tout — enfin, presque tout.

Brendan a marqué un silence.

— Elle me déteste, maintenant, c'est ça ?

— *Non.*

— Tu ne me mens pas, s'il te plaît ? m'a-t-il demandé, circonspect.

— Non, je te promets. Elle l'a vraiment bien pris. Elle est même très enthousiaste au sujet de toute cette histoire de sorcellerie, en fait.

Ma cousine avait très bien réagi en effet. Lorsque

j'avais quitté son appartement, elle s'attendait presque à ce que je claque des doigts pour me téléporter chez moi.

— Tu lui as tout dit ?

— Pas tout-tout. Si je lui avais raconté que nous sommes des âmes sœurs réincarnées et que nous nous sommes rencontrés pour la première fois au XIe siècle, je crois que sa tête aurait explosé.

— Tu as sans doute raison, a-t-il admis. Tu sais, même pour moi, c'est toujours étrange de t'entendre le dire comme ça, dans la conversation.

— Je sais !

Brendan et moi avons discuté encore un peu au téléphone. Je l'ai mis au courant de ma conversation avec Angélique et lui ai rappelé qu'il devait éviter de se battre avec les gens sous prétexte qu'ils m'avaient insultée… Même si, secrètement, j'appréciais qu'il se montre aussi protecteur. Après notre coup de fil, je me suis dépêchée de terminer mes devoirs pour le lycée, pressée de me mettre à mes vrais devoirs — ceux que contenait le grimoire relié de cuir de Randi, soigneusement caché sous mon matelas. Je l'ai repris depuis la première page et j'ai relu toutes les consignes et les sortilèges que j'avais parcourus la veille. J'ai appris par cœur celui que j'aurais bien voulu jeter à Kristin — « *Déesse pleine de grâce, montre-moi son véritable visage…* » — et je l'ai envisagé comme solution contre Megan. Bien que, à voir l'état de ses cheveux, de sa peau, et son air maigrichon, il se pouvait que l'on m'ait devancée.

Vers minuit, mon manque de sommeil de la veille m'a rattrapée. J'arrivais à peine à garder les yeux ouverts. J'ai songé un instant à me faire un café : mon corps n'en pouvait plus mais mon cerveau tenait à continuer à lire. J'ai tout de même fini par fermer le grimoire et renoncer. En outre, je me suis rendu compte que j'avais sans doute besoin d'une bonne nuit de sommeil si je voulais survivre aux trois prochains jours avec Megan à mes trousses jusqu'à la prochaine éclipse de lune.

Je me suis allongée, mon édredon en polaire violet serré contre ma poitrine, et j'ai fermé les yeux, m'efforçant de repousser les émotions qui menaçaient de me submerger.

Lorsque je les ai rouverts, je n'étais plus dans ma chambre. Je me trouvais dans mon ancienne ville du New Jersey, Keansburg, dans le parc d'attractions en bordure de la promenade qui surplombait la plage. J'ai senti les parfums familiers du parc : la mer, les beignets riches et gras en train de frire sur un stand tout proche, le pop-corn moelleux, les vapeurs de diesel des autos tamponneuses. La promenade de bois elle-même ne ressemblait pas à celle que j'avais connue — à cause d'un labyrinthe de miroirs géant au bout de celle-ci, sur lesquels se reflétaient les vifs rayons du soleil qui me réchauffaient la peau mais qui m'ont aveuglée momentanément.

Je me suis dirigée tout droit vers le jeu de miroirs à la forme étrange. Le tout ressemblait à un château. Je me suis frayé un chemin à travers la foule, et chaque personne que je croisais s'arrêtait net puis se retournait pour me regarder. J'ai ressenti un vague picotement à la nuque et j'ai constaté que toute la foule avait les yeux rivés sur moi. Leurs visages se sont déformés, leurs cheveux se sont allongés en une forme filasse… Ils se sont transformés en des centaines de Megan et j'ai reculé, horrifiée.

Puis tous ont levé les yeux vers le ciel. J'ai suivi leur regard et la lumière éclatante du soleil ne m'a pas brûlé les yeux ni ne m'a troublé la vue. Un point noir est apparu au centre du soleil, comme si celui-ci était un œil jaune gigantesque. Le point noir a grandi, jusqu'à faire disparaître le soleil et gagner le ciel autour.

Les sosies de Megan ont alors commencé à courir vers moi. Je me suis précipitée aussi vite que je l'ai pu vers le jeu de miroirs, les lumières au-dessus de ma tête explosant une à une sur mon passage, envoyant des morceaux de verre et des filaments vers moi. Des griffes ont enserré mon dos, déchirant mon T-shirt et me tirant les cheveux. J'ai vu mon propre reflet sur la porte alors que la horde se rapprochait et tentait de s'emparer de moi. Je me suis jetée sur le miroir, qui a explosé en mille morceaux qui m'ont entaillé la peau. J'ai atterri sur le sol, devant une silhouette chaussée de Converses noires. Je me suis appuyée sur les paumes des mains et j'ai levé les yeux ; c'était mon frère, Ethan, à l'âge de quatorze ans, mon portrait craché à l'époque.

Il a tendu la main vers moi et j'ai posé ma paume ensanglantée dans la sienne.

Il m'a aidée à me relever. Les morceaux de verre cassé ont craqué sous mes pieds. J'ai regardé par-dessus mon épaule : la horde maléfique grattait à la porte, la frappant en vain, comme si une barrière invisible la retenait. Je me suis tournée vers Ethan. Il portait le T-shirt des *Ramones* qu'il avait la dernière fois que je l'avais vu en vie — avant que sa grippe ne se transforme en méningite. Il me tenait toujours la main.

— Miroir, miroir, fais comme elle ou tu tomberas, a dit Ethan, le regard empli de tristesse.

J'ai ouvert brutalement les yeux, le souffle coupé. Je me suis assise d'un bond et j'ai agrippé l'édredon en polaire. Les marques de mes doigts apparaissaient d'ailleurs sur l'étoffe toute douce. A ma première rencontre avec Brendan, Ethan avait tenté de m'avertir dans un rêve. Mais depuis la fameuse soirée à Central Park, où il m'avait aidée à sauver mon copain, je n'avais plus rêvé de lui. Je n'avais plus eu ni avertissements ni signes, rien. Parce que j'étais en sécurité jusqu'ici.

Son apparition dans un rêve — un rêve très obscur au demeurant — confirmait ma plus grosse crainte : je courais un grave danger. Un *très* grave danger.

12

Me rendormir après ce rêve s'est avéré à peu près aussi facile que de faire une soirée pyjama avec Kristin Thorn et de passer la nuit à papoter avec elle en lui tressant les cheveux ! Lorsque mon réveil a sonné, j'étais réveillée depuis une bonne heure au moins. J'ai sauté sous la douche et j'ai goûté à la détente que m'a procurée le jet d'eau bien chaude. J'espérais qu'elle dénouerait également mes tensions musculaires...

Je venais de finir de me sécher les cheveux lorsque j'ai pris conscience d'une chose qui m'a immédiatement provoqué une attaque de panique.

Emma, tu es une idiote. La reine des idiotes, même. Tellement bête que tu ne mérites pas de vivre dans une société civilisée, je te jure.

Ashley n'irait pas au lycée aujourd'hui. Ce qui signifiait que je serais *seule* sur le trajet. Megan me guettait peut-être au coin de la rue. Elle avait de toute évidence une taupe à Vince A qui l'informait — elle savait peut-être où je vivais et quelles étaient mes habitudes.

Mes mains se sont mises à trembler alors que j'imaginais le trajet à pied que je devrais faire pour me rendre au lycée. Il me suffisait de descendre Park Avenue, mais évidemment, dans ma panique, je me représentais des allées et des rues désertes et sinistres. Megan voulait sa revanche. Elle voulait du sang — au sens propre comme au sens figuré. Et l'éclipse de lune aurait lieu mercredi soir — elle n'avait plus beaucoup de temps.

J'ai pris mon téléphone, toute tremblante, espérant que Brendan n'était pas déjà dans le métro. J'ai vu alors que j'avais reçu deux SMS déjà, dont le premier était arrivé très tôt.

Je t'attendrai devant ton immeuble. T'accompagne aujourd'hui.

Dans le second message, envoyé il y avait dix minutes à peine, Brendan disait qu'il était déjà en bas. J'ai soupiré, tellement soulagée que j'en avais presque le tournis.

J'ai fini de me préparer aussi vite que possible et j'ai filé dans la cuisine. Tante Christine était en train de se verser un café brûlant qu'elle venait de préparer. Comme à son habitude, elle prenait son petit déjeuner devant les infos locales de NY1.

— Tu es en avance, a-t-elle déclaré, touchant une de mes mèches encore humides. Tu vas attraper une pneumonie si tu sors les cheveux mouillés.

— Tu joues aux vieilles rabat-joie maintenant ? lui ai-je demandé en prenant une barre de céréales près du seau à glaçons posé sur le bar.

— Disons aux vieilles tantes, m'a-t-elle répondu en souriant. Il va faire froid aujourd'hui, paraît-il. Un des membres de la famille s'est déjà retrouvé à l'hôpital, nous n'avons pas besoin d'une autre malade.

L'inquiétude s'est lue sur son visage. Je l'ai serrée dans mes bras.

— Ashley va bien, lui ai-je promis.

Si seulement je pouvais lui dire la vérité ! Mais je ne voyais pas comment je pourrais tout expliquer sans que tante Christine sache que j'étais directement concernée.

Elle s'inquiétait suffisamment pour moi sans avoir à s'en faire en plus pour ma santé mentale.

— Je l'espère, ma chérie. Je me sentirai mieux quand elle sera debout, a-t-elle soupiré.

J'ai pris mon manteau dans le placard de l'entrée et j'ai ajouté tout en l'enfilant :

— Elle profite un maximum de la situation, tu sais. Ashley pourrait parfaitement retourner au lycée dès aujourd'hui.

— C'est bien ce que je pensais, a lâché tante Christine, appuyée contre le bar et occupée à ajouter de la crème dans son café. Même si je doute qu'oncle Dan soit contre l'idée qu'elle reste à la maison quelques jours. Histoire de la tenir éloignée de ce garçon…

— Oh ! Liam est un gentil garçon, vraiment. Brendan l'aime bien.

— Ah, ce Brendan est vraiment partout ! m'a-t-elle dit, un sourire amusé aux lèvres. Nous avons eu une petite discussion quand tu étais avec Ashley à l'hôpital.

Oh ! oh !

— Ah ? A quel sujet ? ai-je demandé, l'air de rien, faisant mine d'étudier les motifs d'une serviette en lin posée sur le bar.

— Je lui ai demandé s'il avait téléphoné à ses parents pour expliquer son retard. Il m'a dit qu'ils étaient en Amérique du Sud et ne rentreraient qu'aujourd'hui, voire demain.

Elle a marqué une pause et m'a jeté un regard interrogateur. J'ai gardé les yeux baissés et, machinalement, j'ai dessiné du bout des doigts le nœud celtique brodé sur la serviette.

— J'ai l'impression que ses parents le laissent souvent seul.

Je me suis préparée psychologiquement à un sermon sur l'absence de toute surveillance parentale chez les Salinger — étant donné que j'y passais beaucoup de temps — mais ses propos suivants m'ont surprise.

— Quel dommage, un jeune homme comme lui, tout seul la plupart du temps ! m'a-t-elle fait en buvant une gorgée de café. Il n'est pas étonnant qu'il te soit si dévoué.

Tellement dévoué qu'il t'attend en bas. Qu'il a avoué se sentir seul sans toi… Tu vas l'embrasser jusqu'à en avoir le souffle coupé à la seconde où tu vas le voir.

— Oui, il est formidable, ai-je répondu, rêveuse.

Tante Christine a émis un sifflement moqueur.

— Allez, direction le lycée, jeune demoiselle. Encore trois jours et tu seras libre de te promener dans Manhattan avec ton petit ami tout le temps que tu veux.

J'ai embrassé ma tante et je suis descendue dans la rue. Brendan m'attendait, appuyé contre un lampadaire, à quelques immeubles de là. Les yeux baissés, les mains dans les poches, il bougeait la tête au rythme de la musique dans ses écouteurs bon marché.

Puis il a levé les yeux et m'a aperçue. Il a mis les écouteurs autour de son cou et m'a souri — un petit sourire timide. J'ai été incapable de m'en empêcher. J'ai couru vers lui, j'ai agrippé le col de sa veste et je l'ai embrassé. Un baiser totalement inconvenant, si l'on tenait compte du fait que le portier n'était pas loin. Et surtout à cette heure de la journée. De toute façon, j'avais tellement envie de lui arracher sa chemise que ce baiser aurait été inconvenant à n'importe quelle heure de la journée.

Il a plongé ses doigts dans mes cheveux et m'a serrée plus près. Avant de m'écarter, j'ai mordillé doucement sa lèvre inférieure — un geste qui lui était réservé d'habitude et qui a suscité un petit gémissement.

— La journée commence bien pour moi, a murmuré Brendan en m'entourant de ses bras, les mains jointes sur le bas de mon dos. Je ne m'attendais pas à un accueil de ce genre, m'a-t-il avoué avec un petit sourire. Même après notre conversation d'hier soir, je me disais que je n'aurais pas une réaction comme celle-ci avant longtemps.

— Eh bien, qu'est-ce que je peux dire ? Je t'aime plus que tout et puis, tu es tellement beau gosse, je ne peux pas résister, ai-je répondu, désinvolte, le nez contre sa veste.

Il a éclaté de rire doucement, un rire qui a résonné contre mon oreille.

— Je suis super heureux d'entendre ça, a-t-il soupiré en me caressant les cheveux. Je parle de tes sentiments, pas du compliment, bien sûr. Même si ça me fait plaisir aussi.

J'ai levé les yeux vers les siens et lui ai décoché un large sourire.

— Tu es si adorable que ça me tue parfois, m'a-t-il dit en déposant un petit baiser sur mes lèvres.

— Si tu continues, nous n'arriverons jamais au lycée, ai-je répondu à regret.

Il m'a prise par la main et m'a entraînée dans une direction opposée à Park Avenue.

— Euh, j'ai utilisé mes privilèges de fils de P.-D.G. et j'ai commandé une voiture de fonction, m'a-t-il expliqué. Elle nous attend sur Madison.

— Ouah, déjà vu, ai-je marmonné.

Il avait demandé à la limousine de la société de

son père de m'emmener au lycée pendant la semaine précédant le bal, parce que je m'étais tordu la cheville.

— Ce n'est pas une limousine cette fois, a-t-il précisé comme pour s'excuser en montrant une voiture d'un noir étincelant garée non loin de là. Juste une voiture de fonction classique.

Oui, c'est cela. Juste une voiture de fonction classique. Une voiture de luxe, une vieille Lincoln, le truc qui en jette, quoi !

— Je ne voulais pas attirer l'attention sur nous, au cas où Megan… — il a prononcé son nom d'un air de dégoût — te suivrait. Le principal est que tu sois en sécurité.

— Merci, mais je ne vais pas rester sous clé jusqu'à ce qu'Angélique et moi trouvions un moyen de l'arrêter, ai-je dit d'un ton détaché tandis que Brendan m'ouvrait la portière.

Je me suis glissée sur le siège en cuir beige souple et il m'a suivie, refermant la portière derrière lui.

— Non pas que je me plaigne d'avoir un chauffeur, ai-je ajouté discrètement en jetant un coup d'œil à ce dernier, qui a vérifié l'adresse de Vince A auprès de Brendan avant de démarrer.

Avec ce qu'il va entendre, il va penser que nous sommes fous à lier.

— En tout cas, ça lui laisse moins d'occasions de s'en prendre à toi pendant les trajets, a argué Brendan en se tournant pour me faire face. Il a baissé la voix d'un ton avant d'ajouter : Surtout si ce sortilège qu'Angélique et Randi ont fait ne marche pas.

— Tu as l'intention de venir me chercher tous les jours ? lui ai-je demandé, espérant en mon for intérieur qu'il dirait oui et me sentant totalement nulle en même temps d'avoir si peur.

Il a hoché la tête d'un air convaincu et a pris mon visage entre ses mains.

— Tu le sais bien.

— C'est sans doute mieux ainsi, ai-je soufflé. J'ai fait un rêve la nuit dernière…

— Vraiment ? a-t-il répondu distraitement en posant la tête contre le dossier. Puis il a glissé la main dans mes cheveux et m'a attirée contre lui.

— Ethan est apparu dans mon rêve, ai-je murmuré.

Il a arrêté net ses caresses.

— Quel genre de rêve ? m'a-t-il demandé en lançant un regard vers le chauffeur, que nous n'intéressions guère, visiblement. Brendan a fermé les yeux, la mine sombre.

— Raconte.

J'ai résumé, rapidement et à voix basse, le cauchemar violent que j'avais fait.

— J'ai l'impression que la situation va empirer, ai-je reconnu.

— Qu'est-ce que ça peut vouloir dire… Le soleil et ces miroirs ? a murmuré Brendan alors que le chauffeur tournait sur la 86e Rue et se garait devant Vincent Academy.

— J'imagine que la disparition du soleil symbolise l'éclipse de lune ? Donc je suppose qu'il va se passer quelque chose avant ? Je n'en sais rien… Je le saurais si Ethan n'était pas aussi mystérieux, ai-je soufflé en laissant retomber ma tête sur le dossier.

Brendan m'a souri gentiment. Il a remercié enfin le chauffeur et a confirmé l'heure de retour : 18 heures, l'heure à laquelle je terminais de travailler à la bibliothèque. Brendan m'a ensuite accompagnée dans le sous-sol sinistre et humide du lycée pour récupérer les livres que je n'avais pas laissés dans son propre casier au quatrième étage. Ce qui était l'étape suivante. Pendant qu'il fouillait dans ses affaires, j'ai regardé les photos collées à l'intérieur de la porte du casier. Une vieille photo de lui et d'un copain en train de faire les DJ et une série de Photomaton de nous deux. Nous avions passé beaucoup de temps à « batifoler » dans ce Photomaton…

— J'adore cette photo, ai-je lancé en montrant le troisième cliché de la série.

Les mains levées devant nos visages, nous faisions semblant de nous cacher, telles des célébrités fuyant les paparazzi.

— C'était une super journée, m'a-t-il dit en me prenant par les épaules, m'attirant vers lui.

Mon dos touchait presque son torse.

— Il faut qu'on aille en cours, a-t-il ajouté en m'embrassant sur le sommet du crâne. On se voit en anglais.

Je me suis tournée vers lui, vérifiant rapidement si aucun prof n'était en vue. Personne, à part quelques élèves. La dernière chose qu'il nous fallait, c'était une colle pour « comportement indécent en public ».

J'ai enroulé sa cravate noire autour de ma main et je l'ai attiré vers moi. Je lui ai donné un long baiser langoureux à côté duquel celui de ce matin était chaste.

— Si tu réagis comme ça, je viendrai te chercher tous les jours jusqu'à la fin du lycée, m'a fait Brendan, le souffle coupé. Il a appuyé ses paumes sur les casiers métalliques derrière moi, m'emprisonnant littéralement entre ses bras.

— Ashley n'apprécierait pas de nous voir flirter devant elle, l'ai-je taquiné.

— Ashley sera trop occupée à flirter avec Liam

pour nous en vouloir, m'a répliqué Brendan en levant un sourcil.

— Il t'a dit quelque chose ? ai-je demandé, très curieuse.

Brendan a secoué la tête.

— Non. Mais il n'a pas besoin de le faire. Il est tellement transparent qu'il pourrait aussi bien faire imprimer des T-shirts à l'effigie de ta cousine.

J'ai éclaté de rire. La première sonnerie a retenti à ce moment-là et je me suis dépêchée d'aller en cours d'histoire. Je me suis glissée à ma place derrière Jenn, qui, pour une fois, n'avait pas la gueule de bois. Je me suis mise à chercher mes bouquins dans mon sac. Elle s'est penchée en arrière et a donné un coup sur ma table pour attirer mon attention.

— Emma, qu'est-ce qui s'est passé ce week-end ? Ashley va bien ? J'ai entendu dire qu'elle s'était évanouie ! Raconte ! s'est-elle écriée en donnant un autre coup sur la table.

— Tu es bien bruyante quand tu n'as pas la gueule de bois, lui ai-je lancé.

— J'ai interdiction de sortir, m'a-t-elle soufflé, la mine défaite. J'avais décidé de ne pas aller à la soirée samedi et d'aller plutôt voir ma sœur Jill. Mais j'ai tellement bu que j'ai oublié que j'étais censée aller dormir chez elle à la fac et j'ai pris un taxi pour rentrer. Quand je me suis réveillée, j'étais sur le canapé et mes parents me hurlaient dessus.

Elle s'est frotté les tempes rien que d'y repenser.

— Je vais avoir des vacances pourries, m'a-t-elle dit en faisant la moue.

A dire vrai, j'étais soulagée que ses parents l'aient découverte dans cet état. Pour son bien. Il pourrait lui arriver pire que d'être obligée d'interrompre ses sorties effrénées.

— Et Ashley ? a repris Jenn, revenant à la charge.

— Elle va bien. Elle exagère un peu, histoire de profiter de quelques jours de vacances supplémentaires. Son taux de sucre avait chuté, ai-je ajouté, choisissant la version des médecins. Rien de grave.

— Tant mieux. La pauvre. Contente qu'elle aille bien, a dit Jenn.

Elle s'est retournée car Mme Urbealis venait d'entrer dans la salle. Heureusement que j'avais pris le temps de faire quelques devoirs la veille, entre la lecture du grimoire de Randi et le coup de fil à Brendan, car Mme Urbealis a sorti une interro surprise de son chapeau. Quand j'ai rendu ma feuille, j'étais certaine d'avoir les bonnes réponses — sauf à la dernière question peut-être. Même chose en maths mais l'interro était facile. Les profs s'étaient donné le mot apparemment pour nous faire plancher avant les vacances. M. Agneta a fait grincer la craie sur le tableau deux fois et la seconde nous n'avions même pas fait de bruit !

Après le cours de maths, Jenn et moi avions anglais. Elle a passé l'intercours à se plaindre de ce qu'elle avait fait en interro. Je me suis assise derrière la place de Brendan — toujours vide, mais ce n'était pas surprenant, il était généralement en retard et faisait son entrée avec son air négligé habituel. Ajoutez-lui une guitare et il aurait eu sa place sur la scène du Madison Square Garden.

Pas aujourd'hui en revanche : il est entré quelques minutes plus tard, mâchoires serrées et visage renfrogné.

Il a jeté son sac à dos sur le sol et s'est installé à sa place. Puis il s'est tourné vers moi.

— Qu'est-ce qui ne va pas ? lui ai-je demandé, inquiète.

Il a ouvert la bouche et l'a refermée aussitôt, secouant la tête.

— Je te dirai plus tard, m'a-t-il répondu brièvement.

Je n'avais pas besoin d'avoir les pouvoirs d'empathie d'Angélique pour comprendre qu'il était en colère. Très en colère, furieux même. Il bouillonnait littéralement de rage.

Kristin est arrivée à son tour et s'est assise sans un mot, dans la rangée d'à côté, à quelques places de la mienne. Elle gardait la tête baissée et lançait des regards furtifs à Brendan à travers ses mèches blondes.

Puis c'est Cisco qui a salué Brendan avant de s'asseoir à côté de moi.

— Emma, t'ai-je jamais dit à quel point je suis heureux que tu sois venue à Vince A ? m'a-t-il demandé en souriant jusqu'aux oreilles.

— O.K., dis-moi ce qui s'est passé, lui ai-je demandé, exaspérée.

Mais Cisco s'est contenté de se mordre la lèvre et a secoué la tête.

— Demande à ton copain, m'a-t-il répondu, espiègle. Parce qu'il est totalement hystérique quand il joue les grands protecteurs…

M. Emerson l'a coupé dans son élan.

— Bon, qui a un devoir sur Dante à me rendre ? C'était à vous de créer votre propre enfer — bien mieux qu'une bonne vieille fiche de lecture, non ?

Protestation sourde de toute la classe. J'ai pris le devoir de Jenn derrière moi et l'ai tendu à Brendan avec le mien. J'étais contente de l'avoir terminé la semaine dernière, bien avant cette histoire avec Megan.

— Merci, ma chérie, a dit Brendan à voix haute. Je t'aime.

Cisco a posé la tête sur sa table, mort de rire.

— Très mignon, Salinger, a dit sévèrement le prof, qui ramassait les piles de devoirs au premier rang. Gardez vos remarques pour après la classe, si vous voulez bien.

— Navré, monsieur Emerson, a répliqué Brendan, avachi sur sa chaise, les jambes écartées devant lui. Je suis ému par la grande littérature que nous avons lue. Que dire d'autre ? Je me sens… inspiré.

— Espérons que votre travail sur *l'Enfer* de Dante est tout aussi « inspiré », a rétorqué M. Emerson.

Brendan a hoché la tête.

— C'est un chef-d'œuvre épique, lui a assuré Brendan avec sérieux.

M. Emerson a levé les yeux au ciel et s'est tourné vers le tableau noir. Je fixais la nuque de Brendan, comme si je pouvais avoir des réponses rien qu'en regardant ses boucles sombres. Heureusement, je n'ai pas eu longtemps à attendre : il s'est tourné vers moi dès que la sonnerie a retenti et a pris ma main dans la sienne. Ensuite, il a jeté un regard noir à Kristin. Celle-ci est sortie comme à regret de la salle, après plusieurs regards blessés dans sa direction.

— Parle-moi, Brendan. Qu'est-ce qui s'est passé ?

J'étais à la fois amusée et surprise de sa petite déclaration de tout à l'heure.

— C'était gé-nial, a lancé Cisco en riant.

— Vas-y, raconte-lui, a dit Brendan en lâchant ma main pour ranger ses livres dans son sac.

Cisco s'est penché en avant, les yeux pétillant de malice.

— On sortait du cours de français quand Kristin a couru vers Brendan, a essayé de le prendre par la main et a dit un truc du genre « Tu n'es pas content de me voir ? »

— Quoi ? ai-je grondé.

Brendan s'est essuyé la main sur sa chemise en fronçant les sourcils comme s'il repensait à la scène.

— Brendan devait se sentir d'humeur provocatrice parce qu'il a retiré sa main et lui a répondu : « Pourquoi me touches-tu ? » Il s'est alors mis à demander à tout le monde, très fort, s'ils avaient du gel désinfectant et à se plaindre que Kristin l'avait touché. Il s'est essuyé la main sur le mur en disant qu'il préférerait mettre sa main dans les urinoirs des toilettes du quatrième que sur elle.

— Ces toilettes sont vraiment répugnantes, m'a expliqué Brendan en aparté.

Cisco a approuvé du chef.

— Ce sont carrément les plus sales du lycée, a-t-il ajouté.

— Je crois que c'est parce qu'elles sont à côté de la salle des profs, a raillé Brendan. Je parie qu'ils les salissent pour pouvoir accuser les élèves ensuite.

Il s'est levé et a jeté son sac sur son épaule.

— Assez parlé des toilettes. Et ensuite ? ai-je demandé en me levant aussi.

— Oh ! Kristin a commencé à s'énerver, a dit Brendan d'un ton désinvolte, ouvrant la marche alors que nous sortions de la salle d'anglais.

— Elle s'est mise à hurler, tu veux dire ! C'était plutôt drôle ; qu'est-ce qu'elle a dit au juste ? a demandé Cisco à Brendan.

Nous descendions l'escalier.

— « Tu n'as pas le droit de me parler comme ça ! Ce n'est pas juste ! » a répondu Brendan en imitant la voix nasillarde de Kristin. « Tu te rends compte de comment tu me traites ? »

— Et Brendan s'est énervé encore plus, l'a interrompu Cisco avec un sourire diabolique. Oh ! navré, c'est ton histoire, continue.

Brendan a haussé les épaules.

— Je lui ai juste dit que je lui parlerais comme je veux.

— Ouais, mais ce n'est pas la meilleure, a de nouveau coupé Cisco, qui s'est arrêté sur un palier, ravi. Tu as dit : « Je fais ce que je veux. Et, si toi et ta clique de petites garces ne laissez pas ma copine tranquille, je risque d'oublier que j'ai été élevé en gentleman. »

— Petites garces ?

J'ai ri si fort que j'ai dû m'asseoir sur les marches. J'en avais mal aux côtes.

— Tu sais maintenant pourquoi je riais tellement en cours, m'a fait Cisco.

Brendan a levé les mains en toute innocence et s'est assis près de moi.

— Et alors ? J'étais furieux à cause de ce que tu m'avais dit, Emma, sur la façon dont Kendall et elle n'arrêtent pas de te harceler avec de vieilles histoires. Et à cause de ce qu'elle t'a dit aux Cloisters. Bref. Elle a continué à répéter que je n'avais pas le droit de lui parler comme ça, j'ai essayé de l'ignorer mais j'ai fini par lui dire que je me moquais de savoir qui ses parents étaient ou avec quels membres de ma famille ils étaient amis. Que je pouvais lui parler comme ça me chante et que je voulais qu'elle sache ce que je pense d'elle.

— Il a ajouté : « Il neigera en enfer avant que je ne quitte Emma pour toi, mets-toi bien ça dans ton crâne d'idiote ! » a raconté Cisco en éclatant de rire de nouveau. Je crois que tu peux oublier Kristin Thorn, Emma, il l'a traumatisée pour de bon, elle va te laisser tranquille.

— Oui, effectivement, elle avait l'air sous le choc, a dit Brendan en se levant. Je ne sais pas pourquoi, mais elle paraissait tellement… surprise.

Il m'a tendu la main pour m'aider à me relever et a gardé ma main dans la sienne pendant le reste de la descente.

— J'aurais voulu être plus dur avec elle mais je ne peux pas, je n'y arrive pas, même avec une fille comme elle, a soupiré Brendan.

— Brendan, aussi drôle que ce soit, tu ne peux pas t'en prendre — physiquement ou verbalement — à tous ceux qui m'insultent, lui ai-je répondu.

— Mais ce n'est pas l'envie qui me manque, m'a-t-il répliqué innocemment.

— Tu as été parfait. C'était grandiose, a ajouté Cisco d'un ton faussement révérencieux.

Nous nous dirigions vers la cantine. Brendan avait proposé d'affronter la piètre qualité de la cuisine du lycée, au cas où Megan sécherait les cours et traînerait dans les environs. Si elle était assez folle pour m'agresser et s'en prendre à Ashley, ce n'est pas braver le règlement intérieur qui lui ferait peur. Après avoir avalé un médiocre sandwich à la dinde à moitié congelé, assaisonné d'une sauce impossible à définir, je suis allée en cours de chimie. J'étais un peu en avance, histoire de retrouver Angélique, qui refusait systématiquement de déjeuner à la cantine.

— Tu as l'air de bonne humeur… malgré les circonstances, m'a-t-elle fait en traçant un cercle invisible autour de mon visage avec un ongle au vernis vert sombre.

— Je sais. J'ai même déjeuné au Pâturage aujourd'hui, ai-je ajouté en reprenant le surnom qu'Angélique donnait à la cantine parce que, selon elle, elle regorgeait de « moutons ».

— Je n'y ai pas mangé depuis des mois. La nourriture est meilleure ?

— J'aurais mieux fait de manger un mouton tout entier. Avec la laine, lui ai-je répondu, résignée.

Elle a souri et a regardé autour d'elle. Le labo était presque vide.

— Megan n'arrête pas de m'envoyer des SMS, m'a-t-elle prévenue à voix basse. Elle dit que, si tu ne la retrouves pas devant le Met à 4 heures, elle va te montrer l'étendue de ses pouvoirs.

Le Metropolitan Museum of Art n'était qu'à quelques blocs du lycée et les marches de l'entrée de ce bâtiment facilement repérable étaient un lieu de rendez-vous très prisé.

— Je travaille à la bibliothèque après les cours et, même si je ne faisais rien, jamais je n'accepterais de la voir, lui ai-je répondu en sortant mon livre de chimie et en le laissant tomber sur la paillasse noire du labo. Qu'elle marine dans son jus jusqu'à la fin des temps, je m'en moque.

— Je me doutais de ta réponse, m'a fait Angélique. Mais j'ai tout de même encore ce terrible pressentiment que quelque chose se trame. Je ne peux pas m'empêcher de me dire que ce n'est pas terminé.

— Je suis certaine que ce n'est pas fini, lui ai-je affirmé.

Notre conversation a été interrompue par l'arrivée de Kristin, mais elle s'est contentée de me lancer un regard noir en entrant, sans dire un mot pour une fois. Je savais cependant qu'elle risquait de se venger en me jetant des objets pendant le cours. Sa dernière lubie : me balancer des trombones dans les cheveux, un vrai bonheur quand il s'agit de les enlever.

Dès que Kristin a été hors de vue, j'ai repris à voix basse :

— Qu'est-ce qu'on peut faire d'autre pour arrêter Megan ?

— A part le sortilège que Randi et moi avons réalisé hier soir pour bloquer ses pouvoirs, je n'ai pas la moindre idée, a avoué Angélique en faisant rouler ses bracelets sur la paillasse. J'espère juste qu'il a fonctionné. Mais ça, on ne le saura qu'avec le temps.

— Croisons les doigts alors, ai-je murmuré tandis que le prof entrait dans la salle pour commencer son cours.

— Les doigts, les orteils, les yeux, les jambes, et tout le reste, a listé Angélique.

— Au fait, j'ai rêvé d'Ethan la nuit dernière, ai-je chuchoté en sortant une feuille de papier que j'ai dissimulée derrière mon manuel de labo.

— Tu aurais pu le dire avant, Emma !

— Je sais, je sais. Je vais te l'écrire, je crois que c'est une bonne idée de conserver une trace de ces rêves, ai-je ajouté.

J'ai fait mine de prendre des notes du cours mais en fait j'ai surtout écrit tout ce dont je me souvenais de mon rêve. J'ai glissé la feuille à Angélique à la fin de l'heure.

Le reste de la journée s'est déroulé sans événements majeurs — même le cours de latin, que suivaient normalement Ashley et ses amies. Je n'avais pas choisi cette option dans mon ancien lycée de Keansburg — or, Vince A exigeait de tous les élèves au moins deux ans de latin, ce qui m'obligeait à suivre les cours de première année. Catharine et Vanessa ne m'ont pas posé trop de questions : elles avaient eu toute l'histoire de la bouche d'Ashley hier soir, après mon départ. Si ma cousine avait parlé de la cause surnaturelle de son malaise, alors ses amies étaient les meilleures menteuses du monde car elles semblaient croire dur comme fer que l'incident était dû à une simple malchance.

La sonnerie de fin des cours a retenti — enfin ! Encore trois heures avant de pouvoir rentrer à la maison. Brendan m'a retrouvée à la bibliothèque après son entraînement de basket. La bibliothèque du lycée était en fait la bibliothèque d'origine du lieu, contrairement aux autres pièces de l'ancien manoir transformé en établissement scolaire. Elle était petite mais son architecture faisait beaucoup d'effet : moulures au plafond, colonnes de style corinthien qui soutenaient les étagères de bois sombre alignées le long des murs, et tables en acajou brillant qui auraient été plus à leur place dans la salle du conseil d'administration d'une grande entreprise. M. Emerson avait pour habitude de lancer des piques à Brendan quand il me rejoignait pendant mes heures de travail — comme : « Tu devrais ouvrir un bouquin au lieu de te contenter de les regarder », ce qui n'était pas vraiment justifié, au vu de la très bonne moyenne de Brendan — mais aujourd'hui il a fait comme s'il ne l'avait pas vu.

— Mademoiselle Connor, je vais en salle des professeurs, j'ai des copies à corriger, m'a-t-il lancé.

J'étais en train de ranger des livres, poussant un chariot beige le long d'une allée. Brendan m'aidait à remettre ceux qui avaient leur place sur les rayonnages les plus élevés — il pouvait les atteindre sans utiliser les escabeaux tapissés de velours, le frimeur.

Emerson a récupéré la pile de devoirs qu'il avait ramassés le matin et les a reposés d'un coup sec sur le comptoir de bois laqué.

— J'ai hâte de lire votre travail, Salinger. Je veillerai à ne pas manquer d'encre rouge, a-t-il annoncé sans ménagement.

Brendan s'est arrêté net, un recueil des œuvres d'Anton Tchekhov à la main, et m'a regardée comme pour dire « Je suis fichu. » Puis il a retrouvé son sang-froid habituel et a rangé le livre à son emplacement, l'air de rien.

— Vous allez adorer, monsieur Emerson, a promis Brendan sans une once de sarcasme dans la voix. Ce devoir va changer le monde. Vous voudrez peut-être même l'encadrer pour le transmettre aux générations futures.

Notre vieux professeur d'anglais a laissé échapper un sourire, puis a ajouté, avec sa raideur habituelle :

— Quand vous aurez terminé avec ces livres, allez-y.

Il a regardé autour de lui : la bibliothèque était vide.

— Je doute que quiconque passe ce soir. On dirait que tout le monde a pris des vacances anticipées.

Je l'ai remercié. Il s'est décidé à partir, claquant les lourdes portes de bois derrière lui, nous laissant seuls.

— Je dois vraiment apprendre à la fermer en présence d'Emerson, m'a fait Brendan en se hissant sur la pointe des pieds pour ranger un autre livre. Ses cheveux noirs étaient encore humides suite à la douche prise après l'entraînement et ils tombaient devant ses yeux. Il était adorable avec ses vêtements froissés, sa cravate desserrée et sa chemise sortant de son pantalon. Il me regardait attentivement, un sourire amusé aux lèvres, car il venait de comprendre que je l'observais.

— Qu'est-ce qu'il y a ? m'a-t-il demandé innocemment en soulevant un livre avec un effort exagéré, comme s'il voulait me montrer ses muscles.

— Est-ce que c'est mal d'avoir envie de t'emmener dans la section « livres étrangers » pour faire des tas de trucs que la morale réprouve ? lui ai-je demandé en retour.

Brendan a éclaté de rire.

— C'est sans doute un moyen de t'amener enfin à aimer le latin !

— Personne n'embrasse *aussi* bien que cela, pas même toi, ne rêve pas, ai-je soupiré d'un air théâtral en m'appuyant sur le chariot de livres et en le poussant vers lui.

— Je peux appeler pour que la voiture vienne nous chercher plus tôt, a suggéré Brendan. Ta tante est à la maison ?

— Oui, mais restons là pour l'instant, ai-je ajouté. Megan n'est pas loin d'ici. Je ne veux pas prendre le risque de me trouver nez à…

— Elle est ici ? Comment le sais-tu ? m'a-t-il coupée en laissant tomber le livre qu'il tenait sur le chariot métallique.

— Elle a dit à Angélique qu'elle voulait me voir à 4 heures devant le Met. Même si j'avais été libre, je n'y serais pas allée.

— Emma, pourquoi ne m'as-tu rien dit ? a insisté Brendan.

— Tu avais ton entraînement de basket, ai-je expliqué.

Il m'a regardée, bouche bée.

— Quoi ? J'aurais séché l'entraînement, c'est tout !

— J'aurais difficilement pu venir sur le terrain pour te le dire, de toute façon. Et qu'est-ce que nous aurions fait ? lui ai-je demandé, les mains sur les hanches. Megan est complètement folle !

— J'aurais essayé de lui parler. De lui présenter mes excuses, peut-être. Je ne sais pas, m'a-t-il dit en se passant la main dans les cheveux. Ses mèches encore humides sont retombées sur son visage aussitôt.

— C'est gentil — mais pas très avisé. Elle aurait été encore plus en colère. Et puis elle fait cela pour le pouvoir autant que pour se venger, lui ai-je rappelé.

— Pourtant… j'aimerais tout de même essayer, a-t-il soupiré en secouant la tête, appuyé contre les rayonnages.

— Je ne veux pas que tu t'approches d'elle ! me suis-je énervée. Megan a juré de se venger parce que je ne suis pas allée à son rendez-vous. Et si elle t'attaquait avec un couteau ?

Il a croisé les bras, visiblement irrité lui aussi, et a levé les yeux sur l'horloge. Elle marquait 17 h 15.

— Tant pis. Qu'elle le fasse. Il vaut mieux que ce soit moi que toi.

— Ne dis pas cela, l'ai-je supplié. Ecoute-moi, elle harcèle Angélique depuis hier et menace de nous démontrer sa puissance diabolique. Il faut juste qu'on l'évite jusqu'à ce qu'on sache si le sortilège a réussi à bloquer ses pouvoirs.

— Je suppose, a-t-il marmonné, les lèvres serrées. Je déteste cette situation.

— Moi aussi.

Nous avons terminé de ranger les livres dans un silence inconfortable. *Je préfère, et de loin, quand il plaisante sur ce qu'on peut faire au lieu de jouer les bibliothécaires.*

Il ne nous restait qu'une dizaine de livres à ranger

quand Brendan s'est soudain penché en avant, les mains appuyées sur les genoux, à bout de souffle.

— Je vais m'asseoir un peu, m'a-t-il dit en secouant étrangement la tête. Je me sens… tout bizarre.

— Bizarre comment ?

Il était un peu pâle en effet.

— Je ne sais pas. Juste bizarre. J'ai la tête qui tourne. J'ai peut-être une crise de panique ? m'a-t-il répondu d'une voix rauque.

Il a tiré la chaise la plus proche vers lui et s'est effondré, la tête entre les mains. Ses doigts serraient ses mèches brunes et appuyaient sur ses tempes.

— Je suis désolée de t'avoir dit que Megan était dans le coin.

Je me suis assise près de lui et j'ai posé ma main sur la sienne. Elle était moite.

— Non, ce n'est pas cela, a dit Brendan avec un petit rire. Je me sens… tellement fatigué. Comme si j'étais en train de m'endormir debout ou…

Sa voix a décliné puis s'est tue complètement. Etait-il en train d'avoir une crise d'angoisse ou bien simplement malade ? Je lui ai caressé le dos doucement pour l'apaiser, mais Brendan s'est mis à trembler violemment. Son cœur battait à toute allure.

La panique m'a gagnée. *La panique et un terrible sentiment de déjà-vu.* Deux jours auparavant, Ashley avait eu exactement les mêmes réactions avant de s'écrouler… à cause de Megan.

Megan… qui avait juré de se venger.

— Ne t'endors pas, lutte contre elle ! Je t'en prie ! l'ai-je imploré.

J'ai tenté de le serrer contre moi mais il m'a repoussée avec force. Puis, dans un gémissement de douleur,

Brendan a piqué du nez et sa tête est retombée sur le côté, comme celle d'un pantin.

Et, tout comme Ashley deux jours auparavant, il s'est effondré sur le sol.

13

— Brendan !

J'ai crié son nom et me suis agenouillée à son côté. Sa peau était moite et ses yeux fermés. En fait, il serrait les paupières comme s'il souffrait le martyre.

J'ai couru chercher mon portable dans mon sac et je suis retournée près de lui. Que la cause de son malaise soit magique ou non, il avait besoin de soins médicaux. *Qui sait si ce que Megan est en train de faire ne peut pas provoquer une crise cardiaque ?*

— Ne t'inquiète pas, j'appelle les urgences, me suis-je écriée pour me rassurer moi-même plutôt que pour lui.

Il a levé la main et a serré mon poignet.

— Ne fais pas ça.

Une vague de soulagement m'a envahie. Au moins était-il conscient. Il luttait contre le sortilège de Megan, enfin, si celle-ci était à l'origine de tout cela bien sûr.

Le visage de Brendan s'est tordu de douleur. Le dos arqué, il a ouvert la bouche en un cri muet tandis qu'il serrait le poing et l'abattait sur le plancher ciré comme pour protester contre son agresseur.

Je n'ai fait aucun cas de ma propre douleur au poignet et j'ai tenté de composer le numéro de la main gauche.

Brendan ne luttait plus à présent. Ses yeux étaient toujours fermés mais son autre main a trouvé la mienne.

Il m'a arraché le portable et l'a jeté à travers la pièce ; le téléphone a heurté quelque chose avant de retomber.

— J'ai dit non ! a grondé Brendan, les mâchoires serrées et les yeux toujours fermés.

— Pourquoi ne me laisses-tu pas…

J'ai compris soudain. Ce n'était pas la voix de Brendan. Cette voix était plus grave. Plus dure.

— Ne t'approche pas de moi, Emma, va-t'en, a supplié la voix de mon Brendan cette fois, d'un ton faible comme si elle luttait contre un poids immense.

Il a desserré l'étau qui retenait mon poignet. Le sang a reflué, provoquant un picotement dans mes doigts.

Il a émis un grognement et s'est relevé tant bien que mal. Les poings serrés, il respirait bruyamment.

— Qu'est-ce qui t'arrive ? ai-je demandé d'une petite voix.

La réponse n'a pas tardé : Brendan a ouvert les yeux, et ses yeux verts, que je connaissais si bien pour les avoir admirés des milliers de fois, avaient disparu, laissant place à des yeux noirs. La pupille semblait avoir pris toute la place. Et ces yeux noirs et vitreux étaient fixés sur moi. Alors que j'étais toujours accroupie à ses pieds, terrifiée.

— Tu es pitoyable, a-t-il craché d'une voix gutturale, étrangère à celle que je lui connaissais. Regarde-toi. Tu me dégoûtes.

J'en ai eu les larmes aux yeux, blessée par ses paroles cruelles.

Ce ne sont pas ses mots, rappelle-toi. Pense à la manière dont il s'est comporté avec Kristin aujourd'hui même, en cours d'anglais.

— Brendan, est-ce que tu m'entends ? ai-je lancé le

plus calmement possible, en essayant de retenir mes larmes.

Je me suis relevée lentement, les mains en avant. Il a franchi l'espace qui nous séparait à la vitesse de l'éclair et m'a saisie par les épaules. Ses doigts se sont imprimés brutalement dans ma chair. J'ai poussé un cri de douleur.

— Oh ! pauvre petite Emma, pitoyable Emma, tu as mal ? Je pensais que tu avais l'habitude.

Son visage menaçant n'était qu'à quelques centimètres du mien. Je voyais mon reflet dans ses yeux couleur d'onyx — des yeux où pas une lueur du Brendan que j'aimais n'était présente, des yeux éteints et cruels.

Il m'a secouée de nouveau par les épaules.

— Tu n'as jamais été assez bien pour moi. Et tu le sais, a-t-il raillé de cette voix sinistre et presque démoniaque.

— Je sais que ce n'est pas toi qui prononces ces mots. Reviens, s'il te plaît, ai-je imploré, les yeux pleins de larmes, en posant les mains sur son visage, m'efforçant de le ramener de cet état de transe. Mon Brendan devait nécessairement se trouver au fond de ce corps, non ?

Mais il a repoussé mes mains violemment et m'a fait reculer. J'ai trébuché et je suis allée heurter le chariot, qui s'est renversé, avec les quelques livres qui restaient dessus. Brendan a totalement ignoré le bruit, son regard malveillant fixé sur moi.

— Sais-tu au moins combien de filles j'ai eues ? Tu n'es rien comparée à elles. Tu ne me satisfais même pas, a-t-il grondé, les lèvres retroussées en une grimace cruelle.

J'avais beau savoir que ce n'était pas lui, j'ai tressailli et les larmes se sont mises à couler plus librement sur mes joues. Il me lançait en pleine figure l'une des pires incertitudes que j'éprouvais. Certes, les mots venaient d'une version surnaturelle de mon petit ami, mais il était la seule personne avec laquelle je me sentais en sécurité.

— Ce n'est pas toi, ai-je murmuré, la voix tremblante. Ce n'est pas toi.

J'ai cherché mon téléphone des yeux et je l'ai repéré dans un coin, près d'un rayonnage.

Je me suis élancée, conservant une distance de quelques tables entre lui et moi. Mais il a bondi avec une force presque surnaturelle et s'est accroupi sur une table de bois poli. Ses yeux paraissaient mesurer le temps que je mettrais à faire un mouvement, et son corps semblait plus animal qu'humain lorsqu'il a sauté sur moi au moment précis où j'attrapais le portable. L'être qui le possédait n'avait pas son cœur, mais ses excellents réflexes étaient bien là. En un seul mouvement agile, Brendan a saisi mon épaule et m'a jetée à terre, sur le dos. Il m'a attrapé la main, qu'il a bloquée au-dessus de ma tête, et de nouveau il m'a arraché le téléphone, qu'il a balancé aussitôt à travers la pièce. Il m'a clouée au sol, crachant des insultes qui visaient juste, là où ça faisait mal.

— Tu me fais perdre mon temps. Tu n'es qu'une moins que rien, ma mère a raison, a-t-il sifflé.

Ses yeux terrifiants étaient tout près des miens. J'ai tressailli, sous le choc. Les larmes continuaient de couler sur mes joues. *Tu as toujours su que sa mère te détestait.*

— Ce n'est pas toi ! Brendan, reviens avec moi, s'il te plaît, ai-je hurlé, m'agitant sous son poids et tentant de le repousser avec ma main libre. J'aurais aussi bien pu essayer de déplacer l'Empire State Building, d'ailleurs — il n'a pas bougé d'un pouce. Mon Brendan ne me ferait jamais de mal… mais je ne savais pas où *mon* Brendan se trouvait. Ce n'était ni sa voix, ni même son visage — ce visage aux yeux plissés par la fureur.

Son visage… non, ce n'était pas son visage.

Le sortilège. Celui dont j'avais pensé en plaisantant qu'il pourrait servir contre Kristin ! Peut-être fonctionnerait-il… peut-être ramènerait-il Brendan, le vrai, à la surface.

Utile contre les charmes et les envoûtements, avait écrit Randi.

Brendan avait été victime d'un envoûtement, c'était certain. Le Brendan que je connaissais ne traiterait jamais une fille de cette façon, surtout pas moi. Et ce Brendan contre qui je luttais continuait de me crier des insultes, fouillant dans mes doutes les plus intimes, des peurs que je ne lui avais même pas confiées. J'avais la sensation d'être confrontée aux attaques verbales d'une matérialisation de mon for intérieur le plus vulnérable.

— Tu n'es pas assez jolie pour moi, a-t-il lancé d'un ton moqueur, ses yeux réduits à deux minuscules fentes noires à présent. Tu me fais honte. Tous ceux que tu aimes t'abandonnent et je le ferai, moi aussi.

Et puis le coup de grâce, l'insulte qui aurait pu me briser à tout jamais.

— Je ne suis avec toi que parce que j'y ai été forcé. A cause de cette malédiction. Parce que nous sommes des *âmes sœurs,* a-t-il raillé, les yeux obstinément vides. Mais jamais je ne t'ai vraiment aimée.

— Tu n'es pas Brendan ! ai-je hurlé de nouveau.

Il m'a plaquée contre le plancher dur de la bibliothèque, sa main serrant mon poignet comme dans un étau.

J'ai levé mon poing libre et — après des excuses silencieuses à l'intention du vrai Brendan — je l'ai frappé au visage. Il a reculé, porté les mains à sa joue et m'a insultée. *Mon* Brendan m'avait appris à me servir de mes poings — chose que je rêvais de rappeler à Megan à la première occasion. Je me suis libérée et j'ai traversé la bibliothèque en courant, renversant des chaises pour tenter de ralentir son avancée tout en m'efforçant de me rappeler le sortilège de Randi.

— Stupide garce, a-t-il lancé de sa voix surnaturelle et inconnue, la main sur le visage. Il s'est avancé vers moi, écartant une chaise sur son passage. J'ai entendu le bois se fendre sous la violence du choc.

— *Déesse pleine de grâce, montre-moi le seul vrai visage de son âme,* ai-je murmuré aussi vite que possible, la voix tremblante.

Le corps de Brendan a été agité de spasmes — et s'est immobilisé.

— *Déesse pleine de grâce, montre-moi le seul vrai visage de son âme,* ai-je répété avec plus de force, le visage baigné de larmes.

Je n'avais aucun mal à trouver mon centre de gravité émotionnel — il était là devant moi et avait besoin de mon aide. Les épaules de Brendan se sont mises à trembler et il a reculé comme si l'on venait de le frapper. Des ondes de chaleur étranges émanaient de sa poitrine.

— *Déesse pleine de grâce, montre-moi le seul vrai visage de son âme,* ai-je cette fois-ci crié à travers mes larmes, tendant les mains comme pour pousser les mots physiquement vers lui.

Cette fois, ses jambes ont cédé et il s'est écroulé sur le sol dans un grand bruit sourd. Je n'arrivais pas à le voir à cause des tables. Je suis donc restée de l'autre côté de la pièce, cachée derrière un rayonnage, les mains ouvertes.

J'ai fixé la rangée de tables, espérant à moitié voir sa tignasse brune émerger et à moitié terrifiée à l'idée que cela se produise.

— Emma ?

J'ai pleuré de plus belle en entendant sa voix — la voix de *mon* Brendan — rauque et tremblante. Il a tendu la main, s'est agrippé au rebord d'une table et s'est relevé. Il avait le visage baissé, les paumes appuyées contre la table, comme pour retrouver son équilibre. Lorsqu'il a levé la tête vers moi, ses yeux avaient leur couleur normale. Un peu injectés de sang, certes, mais c'étaient bien ses yeux. Il a regardé le désordre autour de lui, une expression de souffrance et de confusion sur le visage en voyant les chaises et le chariot renversés.

Brendan a tendu la main vers moi et j'ai tressailli, par réflexe. Il a reculé d'un pas, s'éloignant de moi jusqu'à cogner une étagère. Il s'est laissé glisser sur le sol. Puis ses yeux ont trouvé les miens et ont vu mon visage strié de larmes et ma posture de défense.

— Qu'est-ce qui s'est passé ? Qu'est-ce que je t'ai fait ? a-t-il articulé d'une voix étranglée et emplie de crainte.

— Ce n'était pas toi, ai-je murmuré pour me rassurer moi autant que pour le rassurer lui.

— Que s'est-il passé ? a-t-il répété, déboussolé.

Il a posé les mains sur le sol comme s'il voulait se lever mais, jetant un regard atterré au désordre qui nous entourait, il s'est finalement appuyé davantage contre les étagères. Comme pour rester aussi loin de moi que possible.

Son expression d'impuissance m'a fait plus mal que tout ce qui venait de se produire, et j'ai traversé la pièce pour le rejoindre. Je me suis agenouillée près de lui.

— Je crois que tu ne devrais pas t'approcher de moi, m'a-t-il lancé en reculant un peu plus.

Aussi dures qu'avaient été les dernières minutes, je ne pouvais imaginer ce que devait ressentir Brendan en s'éveillant du pire black-out démoniaque jamais vu.

— Tu n'arriveras pas à m'éloigner de toi, lui ai-je promis d'une voix douce.

Il a pris mon visage entre ses mains et a essuyé mes larmes du bout des doigts. Je l'ai serré contre moi, plongeant mon visage au creux de son cou. Je l'ai senti se détendre, enfin. Il a glissé les mains sur mon dos, m'attirant plus près encore, comme un noyé s'agrippant à une bouée de sauvetage.

— Je ne me souviens de rien, m'a-t-il dit. Tout est flou.

— Tu te rappelles quoi au juste ? lui ai-je demandé en reniflant, m'écartant légèrement pour le regarder.

Il a secoué la tête, perplexe.

— J'ai commencé à me sentir tout drôle, comme endormi… Non, pas endormi, plutôt groggy. Comme si j'avais pris trop de sirop contre la toux ou un truc de ce genre. Et ensuite, le trou noir.

Il a détourné les yeux, fixant le chariot renversé. Puis son regard est revenu sur moi. En voyant mes yeux, il a pâli d'un seul coup.

— Je n'ai pas… je t'en prie, dis-moi que je n'ai pas…

Sa voix s'est brisée et, quand il a repris, elle était à peine audible.

— Mon Dieu, regarde cette pièce ! Dis-moi que je ne t'ai pas fait de mal.

J'ai secoué la tête, me refusant à lui dire la vérité. Mais les larmes qui m'ont échappé m'ont trahie.

— Tu mens. Tu mens pour me protéger, a-t-il dit, plus pour lui que pour moi.

— Ce n'était pas toi, ai-je insisté dans un murmure rauque.

Je ne pouvais supporter de le voir se torturer au sujet de quelque chose dont il n'était pas responsable. J'ai lâché dans un souffle :

— Et tu ne m'as pas fait de mal… Pas vraiment.

— Pas vraiment ? Pas *vraiment*, a-t-il répété, amer, se moquant de lui-même. Oh ! je ne t'ai pas *vraiment* fait de mal, donc tout va bien.

— C'était comme si tu étais possédé, ai-je expliqué en prenant son visage entre mes mains, l'obligeant à me regarder en face. Ce n'était *pas* toi. Je sais que ce n'était pas toi. Tu n'avais pas… le même visage.

Il a levé la tête.

— Comment ça ?

— Tes yeux étaient noirs, ai-je répondu, directe. Ta voix était différente. Et, juste à un moment, tu es revenu à toi et tu m'as dit de ne pas m'approcher. Tu essayais — le vrai toi, je veux dire — de me protéger. Je sais que *l'autre* n'était pas toi.

— Je crois me rappeler vaguement qu'il fallait que tu partes. C'est comme si j'essayais de me souvenir de quelque chose après une soirée arrosée, a dit Brendan en fouillant dans sa mémoire brumeuse. Je me souviens avoir ressenti quelque chose… de dangereux. Et ensuite je me suis réveillé et j'étais par terre.

— C'était Megan, j'en suis sûre, ai-je craché avec amertume. C'est sans doute la revanche dont elle parlait.

— Peux-tu me dire ce qui s'est passé, Emma ? *Tout* ce qui s'est passé.

Il a pris ma main droite et j'ai reculé. Elle me faisait encore mal après le coup que je lui avais asséné.

— Je comprendrai si tu ne veux pas que je te touche tout de suite, a-t-il murmuré d'une voix à peine audible.

— Ce n'est pas ça.

Je me suis massé les articulations des doigts et j'ai regardé son œil. Il commençait à devenir rouge. Pourquoi ne sentait-il rien ? Je savais pourtant que j'avais un excellent crochet du droit.

Il a regardé la peau écorchée de mes doigts — les plaies de vendredi dernier s'étaient rouvertes — puis a cligné des yeux. Il avait visiblement compris.

— Il n'y avait pas d'autre moyen ! Je suis désolée !

J'ai ravalé les larmes qui montaient.

— Tu as dû me donner un coup de poing ? m'a-t-il dit en posant un doigt sur sa pommette.

J'ai grimacé en voyant la marque rouge et enflée sur sa joue.

— Navrée. Allons mettre un peu de glace dessus.

— *Non.*

Il a pris une profonde inspiration et m'a attrapé les mains pour examiner mes doigts endoloris.

Mon téléphone a sonné à l'autre bout de la pièce — la sonnerie personnalisée qui indiquait un appel d'Angélique, plus précisément.

— Pourquoi ton téléphone est-il là-bas… Oh !

Son visage s'est assombri un peu plus tandis qu'il comprenait ce qui s'était passé.

— C'est Angélique ? Tu devrais répondre, m'a fait Brendan d'une voix éteinte.

J'ai mis la main sur mon portable — rayé et abîmé, certes, mais en état de marche — et j'ai répondu à la troisième sonnerie.

— Vous allez bien ? (Angélique hurlait presque.) Je viens de recevoir un SMS de Megan disant qu'elle était plutôt fière de sa dernière œuvre et me demandant si j'avais été là pour voir le résultat.

Brendan s'était relevé. Il a ramassé le lourd chariot et s'est mis à ranger les livres à leur place sur les étagères. Il était en mode pilotage automatique et n'avait pas l'air bien.

— Le sortilège de blocage des pouvoirs de Megan a échoué. Lamentablement, même, ai-je expliqué d'une voix tremblante. Elle a réussi à posséder l'esprit de Brendan. Je ne sais pas comment mais ses yeux sont devenus complètement noirs.

— Noirs ? *Noirs* ? Plus d'iris, pas de blanc, juste du noir ?

— Comme un alien, ai-je murmuré en observant Brendan du coin de l'œil.

Je ne tenais pas à lui faire de la peine, mais il fallait raconter toute l'histoire à Angélique.

— Quoi ? a-t-elle crié, si fort que j'ai dû éloigner le téléphone de mon oreille. Où est-il maintenant ?

— Ici avec moi, à la bibliothèque.

— Est-il toujours possédé ? T'a-t-il dit des choses horribles ?

— Comment sais-tu cela ? ai-je demandé, soupçonneuse, en regardant Brendan ranger le dernier livre. J'ai pris une chaise par terre et me suis assise — vérifiant d'abord que ce n'était pas celle qu'il avait cassée. Je n'avais aucune idée de ce que nous pourrions dire à Emerson.

— Il y avait une histoire comme ça dans les légendes du livre d'*Hadrian*. Je me demande si Megan n'en a pas déniché un exemplaire.

— Attends une minute, Angélique…

Brendan s'approchait très lentement, comme s'il craignait ma réaction.

— Je reviens, m'a-t-il dit d'un ton solennel. Je vais chercher de la glace pour ta main.

— Brendan, ça va. Laisse-moi juste terminer de parler à Angélique et…

— J'ai besoin d'être un peu seul, a-t-il ajouté, les yeux baissés et fixés sur ma main.

— O.K. Tu reviens ?

Brendan s'est contenté de hocher la tête et a tourné les talons. Il était encore chancelant, car il a heurté un rayonnage avec son épaule en sortant de la bibliothèque.

— Je crois que je n'aurais pas dû le laisser seul, ai-je avoué à Angélique dès que la porte s'est refermée derrière lui.

— Laisse-le, m'a-t-elle ordonné avec une fermeté qui m'a surprise. Je te parie que ce garçon se torture le cerveau encore plus qu'avant. Tout ce qu'il veut, c'est te rendre heureuse et il se retrouve toujours dans l'œil de tous les cyclones qui s'abattent sur toi. Laisse-lui quelques minutes. Pour se recoiffer ou ce qu'il voudra. Et, pendant ce temps-là, raconte-moi en détail ce qui s'est passé.

— C'était horrible, ai-je dit dans un souffle, encore tremblante. Il m'a attaquée dans la bibliothèque, m'a clouée au sol et a dit toutes ces choses horribles que Brendan ne dirait *jamais*.

Mais tu as toujours eu peur que, secrètement, il ne les pense.

J'ai ravalé les larmes qui menaçaient de nouveau, je me suis levée et me suis occupée en rangeant les chaises à leur place. J'ai appuyé celle qui était cassée contre une table, dissimulant au mieux les dégâts.

— Et après, il est juste remonté à la surface ? m'a demandé Angélique.

— Non, c'est moi. J'ai utilisé un sortilège du grimoire de Randi.

— Génial ! Enfin, pas si génial que ça. Mais tout de même, tu as réussi à le faire sans presque aucune préparation.

— Je suppose. Je suis juste contente que ça ait fonctionné. Je n'ai aucune idée de ce que j'aurais fait sinon…

— Comment va-t-il ?

— Bien. Perturbé mais bien, enfin — je veux dire qu'il n'est plus possédé.

J'ai chancelé en repensant à la lutte qui nous avait opposés.

— Et toi ?

— Je lui ai dit que j'allais bien, mais je suis sûre de craquer dès que je serai toute seule ce soir. C'était vraiment effrayant, Angélique, ai-je avoué d'une petite voix. Il est… mon refuge, et Megan y a tout simplement mis le feu.

— J'imagine, m'a-t-elle dit avec compassion.

— Mais je suis plus furieuse que malheureuse, ai-je poursuivi en serrant les mâchoires. Si Megan a pu le faire une fois, elle peut très bien recommencer.

— Sans doute, a reconnu Angélique. Si c'est le sortilège des *Légendes d'Hadrian*, il lui faut quelque chose appartenant à la personne envoûtée, comme pour Ashley. Sauf qu'au lieu de rendre Brendan inconscient Megan l'a transformé en incarnation de toutes tes peurs. C'est un sortilège très ciblé. Il a pour but de provoquer l'angoisse chez *toi*. Brendan est devenu tout ce qui t'inquiète avec lui. Si j'avais été là, à ta place, j'aurais entendu d'autres choses car mes peurs ne sont pas les tiennes.

— Donc c'est pour ça qu'il m'a arraché le cœur et qu'il me l'a mis sous le nez, ai-je répondu, me rappelant les horreurs qu'il avait dites sous le contrôle de Megan. Au moins je peux me consoler en me disant qu'il ne pense pas tout cela.

J'ai soupiré.

— Comment est-ce que je peux le protéger ?

— Je ne crois pas que ce soit possible, m'a-t-elle avoué. Mais il est bon de savoir que tu peux le secourir si elle recommence. Qui sait ce qu'elle lui a volé ? Il a perdu quelque chose dernièrement ?

J'ai réfléchi un instant. Soudain, j'ai eu comme un flash : son manteau sur le dos d'une chaise — et ses écouteurs qui dépassaient d'une poche.

— Ses écouteurs, ai-je presque crié en frappant la table de la paume de la main. Quelqu'un lui a volé ses écouteurs vendredi. Sous la paillasse du labo.

— Et tout a commencé vendredi. Donc nous devons découvrir qui aide Megan et trouver un moyen de l'arrêter, tout cela avant mercredi.

— Je croyais qu'elle pouvait m'attaquer à n'importe quel moment, pas seulement avant l'éclipse de lune ?

— Oui, mais j'ai reçu quelques SMS supplémentaires de la sympathique psychopathe du quartier, a pesté Angélique. Megan veut maintenant que tu la retrouves mercredi soir, pendant la pleine lune, seule. Elle jure de se venger si tu n'y vas pas et que cette fois personne ne sera à l'abri. Surtout lui.

J'ai serré le rebord de la table, craignant le pire.

— Que veux-tu dire exactement ?

Angélique a semblé hésiter.

— Ses mots exacts étaient : « Brendan ne sera plus jamais le même. »

— Je dois faire quelque chose pour le protéger, ai-je répondu, désespérée.

Même si cela veut dire capituler devant elle.

— Je sais ce qu'on peut faire ! s'est exclamée Angélique avec enthousiasme. Facile. *Ignorons-la.* Je lui dirai que le sortilège n'a pas marché et que sa chance a tourné.

— Mais il *a* marché. Elle pourrait donc continuer. Non, ai-je ajouté, catégorique.

C'était une chose que de me menacer. Mais ensuite, mettre la santé d'Ashley en danger, puis Brendan… et si elle avait le pouvoir de s'en prendre à tante Christine également ? Ou à Angélique ? Cisco ? Ou à ma cousine de nouveau — et si elle provoquait des dégâts réels et durables cette fois ?

Et le pire était ce qu'elle menaçait de faire à Brendan. Je ne savais pas si Megan parlait de le plonger dans un état inconscient comme elle l'avait fait avec Ashley, ou de quelque chose de plus permanent et grave, mais je ne voulais pas avoir à le découvrir.

— Si je cédais, tu crois qu'elle arrêterait ? ai-je demandé à Angélique, qui est restée muette un instant.

— Cela ne ferait que la rendre plus puissante, a-t-elle tranché.

J'ai soupiré profondément.

— Il nous faut un plan A. Pour le moment, capituler n'est que le plan B.

— Ça, c'est une mauvaise idée, a insisté Angélique.

— Tout le monde sera plus en sécurité, peut-être même toi, ai-je souligné.

— Je t'en prie ! Je peux m'occuper moi-même de cette sale maigrichonne, a-t-elle sifflé.

— Tant mieux parce qu'il nous faut vraiment ce plan A.

Brendan est revenu à la bibliothèque, une canette de soda glacé collée contre sa pommette. Il s'est assis et a fait glisser une seconde canette vers moi.

— Je dois te laisser, O.K. ? ai-je dit à Angélique.

— Il est revenu, c'est ça ? m'a-t-elle demandé.

J'ai hoché la tête — avant de me rendre compte qu'elle ne pouvait me voir.

— Oui.

— D'accord, parle-lui. On trouvera une solution, m'a-t-elle promis avant de raccrocher.

J'ai posé le téléphone et j'ai pris la canette, que j'ai roulée sur mes articulations endolories. La manche de ma chemise s'est relevée légèrement et Brendan a poussé un cri de surprise.

— Qu'est-ce qui est arrivé à ton poignet ? m'a-t-il demandé en saisissant ma main.

Il a relevé ma manche davantage et a posé les doigts sur les marques rouges qu'il avait imprimées sur ma peau quand il n'était pas lui-même.

J'ai retiré ma main vivement.

— Ne te torture pas de cette façon, lui ai-je ordonné. Je sais que ce n'était pas toi.

— Emma, je dois savoir, m'a suppliée Brendan en reposant sa canette. Que s'est-il passé au juste ? Pourquoi as-tu été obligée de me frapper ? Qu'est-ce que j'ai fait ?

— Tu ne voulais pas me lâcher, ai-je répondu en grimaçant, tête baissée.

— Que veux-tu dire par là ?

— Tu m'as plaquée au sol et tu m'as dit des choses horribles, ai-je enfin avoué.

Je sentais les sanglots monter dans ma gorge en repensant aux insultes ciblées, cruelles et blessantes qu'il m'avait hurlées ; mais en regardant le visage de

Brendan, empreint d'inquiétude et d'amour — et d'angoisse face à ce qu'il avait fait dans cet état second — j'ai su que toutes ces choses que Megan l'avait forcé à dire n'étaient pas vraies. Elles correspondaient à mes propres angoisses et elle les avait utilisées comme une arme contre moi. *Je vais la massacrer.*

— Qu'est-ce que j'ai dit ? m'a demandé Brendan à voix basse. La peur s'entendait dans sa voix.

— Des choses dont je sais qu'elles ne sont pas vraies, lui ai-je répondu en me forçant à sourire d'un air confiant. Le sortilège était destiné à me torturer en utilisant mes plus grandes angoisses. Mais je n'ai rien à craindre avec toi.

— Sauf quand je t'attaque à la bibliothèque, a-t-il ajouté amèrement. Emma, je suis tellement navré.

Sa voix s'est brisée. Il s'est levé et a changé de place, s'installant à côté de moi. Il a écarté des mèches de cheveux de mon visage.

— Je me fais l'effet d'un monstre, m'a-t-il avoué. Je reste ici pour veiller sur toi et c'est *moi* qui te fais du mal ! Sans moi, tu n'aurais aucun ennui.

— Brendan, je sais que ce n'était pas toi — cette chose n'avait pas ta voix.

Mais il a secoué la tête vigoureusement.

— Je t'aime trop pour te mettre en danger comme ça, a-t-il murmuré. Je t'enverrai la voiture. Et je ne serai jamais très loin si tu as besoin de moi. Mais, pour le moment, je suis le plus grand danger qui te menace.

— Arrête ! Arrête ça *tout de suite.*

Je me suis levée et j'ai jeté la canette sur la table. Le bruit a paru sortir enfin Brendan de sa torpeur.

— Brendan Alexander Salinger, ai-je prononcé distinctement et à haute voix. Je refuse d'avoir cette conversation avec toi une nouvelle fois. Quand j'ai omis de te parler du sortilège qui m'avait fait peur chez Angélique, qu'est-ce que tu m'as dit ?

Un semblant de sourire a retroussé le coin de ses lèvres.

— Alors ?

J'ai ponctué ma question d'un coup de pied sur le sol. Mes émotions étaient sens dessus dessous, l'hystérie n'était plus très loin.

— Je t'ai dit que tu n'avais pas à supporter ces épreuve seules, a-t-il reconnu.

— Eh bien, ça marche dans les deux sens, ai-je décrété. Tu m'as sauvée d'Anthony. *Tu* as levé la malédiction — tu te rappelles ? — qui était censée me tuer. Tu as failli y laisser ta peau, souviens-toi ! Et aujourd'hui, c'était mon tour. Demain, ce sera sans doute à toi de nouveau. Dans tous les cas, nous sommes deux dans cette histoire. Surtout aujourd'hui, car tu étais autant victime que moi.

— Emma…

Je l'ai fait taire d'un geste de la main.

— Pas d'Emma qui tienne, ai-je ordonné.

Il a souri cette fois, vraiment, même si ce sourire s'est rapidement évanoui. Il s'est levé lentement, jusqu'à ce que ses yeux soient à hauteur des miens.

— Je t'ai fait mal, m'a-t-il dit avec gravité. Physiquement. Et je sais que je t'ai fait de la peine, même si tu ne veux pas en parler. Et si je finissais par te faire *vraiment* du mal et si tu ne t'en remettais pas ?

C'est ce que Megan menace de lui faire, à lui.

— Tu veux me protéger de Megan ?

— Evidemment…

J'ai posé le doigt sur ses lèvres.

— Et tu ne vois pas que je veux faire de même pour toi ?

Brendan a paru sur le point de protester, mais quelque chose dans ma voix l'a fait renoncer.

Il a secoué la tête et a récupéré la canette de soda sur la table.

— Garde-la, a-t-il insisté en pressant la canette froide contre mes doigts. Si j'en juge par mon visage, tu as dû y aller fort.

— Navrée, Brendan, ai-je soufflé en regardant sa pommette.

Et s'il allait avoir un œil au beurre noir ?

— Non, ne sois pas désolée, c'est moi qui t'ai appris à te battre, a-t-il repris, narquois. Je suis ravi que tu saches te défendre, puisque c'est plutôt utile ces derniers temps. J'ai toujours le sentiment que tu ne me dis pas tout. De toute façon, je l'ai mérité.

Il a scruté mon visage, à la recherche de réponses, que je ne lui ai pas apportées, les yeux fixés sur les gouttelettes d'eau laissées par la canette sur la table. Il avait raison : je ne lui avais pas raconté *tous* les détails de notre lutte physique. Cela ne lui aurait fait aucun bien de savoir.

Une expression horrifiée a parcouru son visage et j'ai été frappée de la souffrance qu'il éprouvait. J'avais du mal à imaginer ce que je ressentirais à sa place, découvrant que j'avais été possédée et que j'avais fait du mal à Brendan.

— Arrête de te torturer. Je sais que ce n'était pas…

— Ouais, je sais, ce n'était pas moi, a-t-il lâché durement.

— Arrête, s'il te plaît. Tu te fais du mal et je me sens

coupable, comme lorsque Anthony t'avait agressé à Central Park.

— C'était différent.

— Non, pas tellement.

Brendan a souri et m'a caressé la joue.

— Tu sais, Emma, tu es merveilleuse, m'a-t-il fait doucement. Avec tout ce qui s'est passé, tu es encore là, avec moi, et toujours aussi forte.

Je ne me sentais pas forte, moi. Au contraire, ce qui me retenait risquait de s'effondrer à tout moment. Mais je savais que je ne voulais pas renoncer. Maintenant que j'avais Brendan, je me battrais deux fois plus. Parce que je devais me battre pour nous deux.

14

Nous avons quitté le lycée un peu après 18 heures — j'avais dû prendre le temps de me rendre présentable (j'avais les yeux gonflés et rouges) et Brendan avait joué les MacGyver afin de réparer la chaise cassée. Il s'est servi d'un peu de Scotch qu'il avait trouvé sur le bureau d'Emerson pour faire tenir les morceaux de bois ensemble. Il a d'ailleurs reconnu que ce n'était pas une première, et que d'autres objets avaient été réparés en douce au lycée… Ensuite, nous avons caché la chaise au fond de la bibliothèque et Brendan m'a raccompagnée dans la voiture de fonction en me promettant de venir me chercher le lendemain matin. Impossible pour lui de monter chez tante Christine avec son début d'œil au beurre noir — elle commençait à peine à l'apprécier dans son rôle de petit ami, ce n'était pas le moment de se présenter devant elle dans cet état. De toute façon, les parents de Brendan rentraient ce soir-là : comme si Megan n'était pas assez effrayante, sa mère était de retour ! *Envoyez la musique de film d'horreur…*

Tante Christine avait acheté un repas thaï — pad thaï au poulet pour elle, pad prik king pour moi. Je n'ai pas levé les yeux de mon assiette, concentrée sur chaque poivron, chaque haricot vert, car mine de rien ma tante me scrutait à la loupe. A mon retour, elle m'avait demandé si j'allais bien, je lui avais répondu que oui

— mais rien ne lui échappait, absolument *rien*. Si bien que, tout en me racontant sa journée, elle m'examinait avec soin, comme pour me faire dire la vérité. Je me suis efforcée de demeurer impassible, mais on aurait dit qu'elle était dotée d'un super-pouvoir. J'ai d'ailleurs été obligée de manger de la main gauche seulement, histoire d'éviter de lui montrer les marques sur celle de droite.

Après le dîner, je suis allée directement dans ma chambre, j'ai fermé la porte et me suis appuyée contre le miroir qui était fixé dessus. J'avais dit à Angélique que je risquais de m'effondrer, mais je n'avais pas envie de pleurer, en fait. J'étais furieuse — non, pire : je bouillonnais littéralement de rage. Je sentais la colère couler dans mes veines. Je suis allée chercher le grimoire de Randi sous le matelas et je l'ai lu attentivement, à la recherche d'une solution contre Megan. C'était le sortilège de Randi qui m'avait aidée à sauver Brendan, après tout. Et je voulais me venger. Je voulais la justice. Je refusais d'attendre, les bras ballants, que cette folle décide de faire ce qu'elle voulait de nous. Pour le moment, c'était tout ce qui comptait et j'y parviendrais grâce au grimoire.

Au bout de quelques heures, mon téléphone a vibré, interrompant ma lecture.

> J'ai tapé le rêve sur Ethan et te l'ai envoyé par mail. Ajoute tous les détails dont tu te souviens. La réponse est forcément contenue dans ce rêve.

J'ai répondu au SMS d'Angélique et nous avons décidé de décortiquer ce fameux rêve pendant le déjeuner du lendemain. Nous nous sommes fixé un rendez-vous dans le labo pour éviter à Angélique d'avoir à braver

« le Pâturage ». J'ai sorti mon ordinateur portable et j'ai retiré mon vernis à ongles pendant que le PC démarrait. Mes phalanges étaient dans un piteux état — ce qui avait fait tressaillir Brendan chaque fois qu'il les avait regardées. J'ai donc décidé de me faire une manucure. Un peu de camouflage cosmétique des dégâts ne ferait pas de mal. *J'ai vraiment touché le fond si je pense maintenant que me faire les ongles est la réponse à tout.*

Tout en lisant le message d'Angélique, j'ai repensé à mon rêve, à la manière dont l'obscurité avait assombri le soleil, et je me suis rendu compte qu'Ethan avait sans doute tenté de m'avertir de ce qui menaçait Brendan. En revanche, impossible de comprendre sa phrase concernant un « miroir ». Etait-ce un code pour évoquer le vrai visage de Brendan ? Les yeux sont censés être le miroir de l'âme… Parlait-il de cela ?

Autre hypothèse : Megan essaierait de m'attaquer avec un morceau de miroir mercredi, si en tout dernier recours je devais absolument aller la retrouver. J'ai frissonné à cette idée. Cette psychopathe était capable de tout.

J'ai fermé les yeux et j'ai respiré profondément. La solution était là, quelque part. Ethan m'avait déjà donné des indices pour lever la malédiction qui me condamnait — la réponse avait été là, sous mes yeux, seulement je ne l'avais pas vue à temps.

J'ai repris la lecture du grimoire mais, au bout d'une heure, mes paupières sont devenues lourdes. Cette fois, je n'ai pas lutté contre le sommeil. Toutefois, une idée m'est venue avant de m'assoupir : il m'était déjà arrivé de m'endormir en regardant un film de zombies et j'avais rêvé d'attaques de zombies. Même chose pour les jeux vidéo qui avaient suscité des rêves très graphiques. Pourquoi ne pas tenter d'orienter mes rêves, alors ?

Concentre-toi sur Ethan. Pense à la réponse dont tu as besoin. J'ai laissé le sommeil me gagner, et mes pensées sur la magie ainsi que les avertissements cryptés de mon frère se sont mêlés aux idées inconscientes qui remontaient lentement à la surface.

A la place du doux contact de mes draps violets, je caressais des brins d'herbe couverts de rosée. Mon sweat confortable s'était transformé en étoffe rugueuse. Une brise glacée piquait mon visage humide de larmes.

Soudain, j'ai entendu des sanglots — ce n'étaient pas les miens, même si j'avais l'impression d'avoir pleuré. Les sanglots étouffés semblaient tout proches. J'ai posé les paumes des mains sur l'herbe et me suis relevée. J'ai examiné le paysage sombre que j'avais sous les yeux. Je me trouvais au sommet d'une colline. La lune lumineuse était couleur rouille, la couleur du sang séché. J'ai tendu la main vers elle — elle était si près que je pensais pouvoir caresser sa surface irrégulière. Un grand feu faisait rage au sommet de la colline et sa fumée à l'odeur soufrée me piquait les narines et me faisait pleurer plus encore.

J'avais mal à la joue, sans savoir pourquoi, et mes jambes étaient sans force. Ma robe était lourde, l'étoffe épaisse et rugueuse couverte de boue. J'ai avancé tant bien que mal sur l'herbe, à la recherche de la fille qui sanglotait. Je voulais la consoler. J'avais la sensation bizarre que c'était moi.

Je me suis frayé un chemin au milieu de femmes qui portaient les mêmes longues robes noires que la mienne. Certaines auraient pu être jolies, sans leurs visages durs et cruels. D'autres étaient âgées et ridées tels des parchemins. Mais toutes avaient une chose en commun : leurs lèvres se sont retroussées en une mimique méprisante quand elles m'ont vue, dévoilant des dents jaunes et en mauvais état. Je me suis approchée afin de découvrir ce qui les réunissait. Une femme en pleurs était prostrée sur le sol. Elle était jeune, sans doute de mon âge, et serrait un jeune homme contre sa poitrine, le berçant doucement. Il portait une tunique brune dont les manches étaient en lambeaux, révélant de profondes entailles sur ses bras nus. Son corps était taché de sang mais il ne saignait plus. Il était exsangue. Mort. La jeune fille a levé les yeux et a pointé un doigt accusateur dans ma direction.

— C'est toi qui as fait cela ! Tu aurais pu le sauver ! a-t-elle crié.

La horde de sorcières a alors fondu sur elle et l'a attaquée, brandissant leurs athamés. Ses cris ont décliné peu à peu puis ont cessé complètement. J'ai reculé, horrifiée et accablée sous le poids d'un terrible sentiment de culpabilité.

La chef de la horde se tenait près du foyer. Le vent jouait avec ses cheveux blancs. Elle nous tournait le dos et tenait une coupe qui débordait d'un liquide rouge sombre et visqueux. Je la connaissais. *L'Ancienne*. Elle m'avait giflé tout à l'heure. Je me rappelais soudain. Je me rappelais tout.

J'ai mis la main derrière mon dos et j'ai touché l'athamé que je gardais accroché à la cordelette qui me servait de ceinture. Je l'ai saisi et j'ai serré le manche sculpté comme si ma vie en dépendait. Et c'était bien le cas, je le savais maintenant. *Nos* vies en dépendaient : après m'avoir tuée, elle tuerait Brendan. Même si son nom n'était pas Brendan dans ce monde. Il s'appelait Silas.

C'était pour lui que j'étais ici, sur cette colline, entourée de cette horde sinistre. C'était pour lui que j'avais fait semblant d'accepter l'horrible complot de cette vieille harpie. Pour protéger mon *seul* amour véritable. C'était pour Silas que je n'avais pas sauvé le jeune homme lorsque j'en avais eu l'occasion, alors que je le connaissais. Et que je connaissais Agnès, la fille qu'il aimait : nous étions amies depuis l'enfance. Je les avais suppliés de fuir le village mais elle avait refusé de me croire. Agnès pensait que mes avertissements n'étaient que des contes fantaisistes et riait de mon imagination débordante. Ce n'avait été qu'une question de temps : la vieille sorcière avait vu le jeune couple se promener dans la forêt. Elle avait découvert leur amour — leur amour véritable et sincère — et n'avait pas tardé à ordonner à ses sbires d'enlever les jeunes amants pour satisfaire sa soif de sang. Mes amis avaient appelé à l'aide, et leurs cris qui résonnaient encore dans ma tête me tourmentaient, mais je ne pouvais pas risquer de les libérer et de me faire prendre avant d'avoir tué la vieille sorcière. J'avais guetté le bon moment pour le faire. J'avais dû me montrer égoïste et sans pitié. J'avais pleuré de honte de ne pas avoir empêché ces morts, d'avoir laissé faire pour protéger la vie de Silas. J'avais à présent l'occasion de tuer l'Ancienne. Elle me tournait le dos. Elle ne remarquerait rien, toute à la jubilation de sa victoire sanguinolente. Elle ne me verrait pas approcher.

J'ai avancé d'un pas rapide, pieds nus dans l'herbe. J'ai levé le poignard et visé sa nuque. Mais elle s'est retournée en un éclair et a saisi mon bras au vol.

— Ta révolte m'amuse beaucoup, petite idiote, a ironisé l'Ancienne.

De ses griffes acérées, elle a arraché le médaillon en argent que je portais autour du cou, attaché par un cordon. Il est tombé sur l'herbe épaisse, suivi bientôt du flot de sang de l'entaille qu'elle m'avait faite au poignet avec ses ongles coupants comme des rasoirs.

— C'est toi qui dois saigner, ai-je lancé d'une voix étranglée en agrippant sa main et en luttant contre elle. Elle était plus forte que je ne m'y attendais. *Bien* plus forte. Le sang lui avait déjà donné de la puissance.

— Moi ? a-t-elle raillé dans un rire effrayant. Espèce de sorcière ratée ! Tu aurais dû te poignarder toi-même !

J'ai lutté avec elle pour m'emparer du couteau mais elle avait la force de dix femmes. Je lui ai donné un coup de pied dans les genoux, hélas, elle était aussi solide qu'un rocher.

Elle a souri de mes pitoyables efforts.

— J'avais des soupçons depuis le début sur la vraie raison de ta présence parmi nous, m'a-t-elle dit avec un sourire diabolique. Protéger *ton* amour ? Silas, n'est-ce pas ?

— Je t'interdis de lui faire du mal ! ai-je crié, paniquée.

— Peut-être aurais-tu dû te rebeller *avant* que j'aie bu l'élixir, imbécile.

Elle a éclaté de rire et a tourné la lame de l'athamé vers moi.

L'Ancienne a retroussé ses lèvres tachées de sang en un sourire démoniaque et a plongé le couteau dans mon épaule. J'ai été saisie de tremblements incontrôlables. Des rais de lumière sont apparus aux commissures de ses lèvres, la coupant en deux. La lumière a grandi… Une lumière éblouissante qui a envahi l'horrible scène que j'avais sous les yeux et le visage triomphant de la sorcière a laissé place au visage inquiet de ma tante, qui essayait de me réveiller en me secouant par les épaules.

— Emma, réveille-toi.

— Je suis debout ! Je suis debout ! Comment suis-je arrivée là…

J'ai regardé autour de moi, désorientée. J'étais encore à moitié dans mon rêve, mais mon corps était enroulé dans l'édredon et j'étais couchée sur le sol. Mes cheveux étaient collés sur mon visage couvert de sueur. La lumière de la chambre était toujours allumée.

— Je t'ai entendue te disputer avec quelqu'un… j'ai cru qu'un agresseur était entré dans ta chambre ! m'a fait tante Christine.

J'ai remarqué alors la batte de base-ball posée sur le lit.

— Où as-tu trouvé cette batte Louisville Slugger ?

Elle a souri, gênée.

— Ton petit ami me l'a donnée après, euh, le problème de l'automne dernier, m'a-t-elle avoué en lissant le col de sa robe de chambre rose. Je m'étais dit qu'il exagérait…

— En effet. Brendan a toujours tendance à l'exagération quand il s'agit de me protéger…

— Peut-être. Mais, quand je t'ai entendue hurler, j'étais contente de l'avoir dans mon placard.

— En tout cas, ravie que tu n'aies pas exercé ton swing sur moi.

J'ai tenté de me relever, en dépit des chaussettes qui me faisaient glisser sur l'édredon.

— Cette batte t'aurait été utile dans ton cauchemar, d'après ce que j'ai compris, m'a dit tante Christine tout en m'aidant à me lever. De quoi as-tu rêvé ?

— J'étais une bonne sorcière et je combattais une méchante sorcière.

J'ai souri, ravie de pouvoir *enfin* raconter quelque chose de vrai à ma tante.

— Ça m'a l'air horrible, a-t-elle déclaré en ramassant l'édredon avant de le jeter sur le lit.

Je me suis recouchée sous les draps et lui ai rendu la batte de base-ball.

— Oui, ai-je avoué en me massant l'épaule et me rappelant l'issue du cauchemar. Je n'avais pas le dessus, en plus.

Aurais-je pu gagner ? Une chose que la vieille sorcière avait dite a résonné dans mon esprit.

— Ce n'était qu'un cauchemar, ma chérie, a dit ma tante en déposant un baiser sur mon front. Les sorcières n'existent pas. Sauf dans les contes de fées.

Et dans mon lycée.

— Excuse-moi de t'avoir réveillée. Bonne nuit, tante Christine.

Elle a éteint la lumière.

— Bonne nuit, ma chérie, m'a-t-elle répondu avec douceur en refermant la porte.

Je me suis levée d'un bond et j'ai attrapé mon ordinateur, me repassant le film du rêve dans ma tête. Ce n'était pas un simple cauchemar mais l'histoire que Randi nous avait lue, l'histoire d'une vie passée figurant dans les *Légendes d'Hadrian*. Une histoire qui menaçait de se répéter, alors que je devais combattre une autre sorcière maléfique qui voulait prendre mon sang au nom du pouvoir… J'ai ouvert ma boîte mail et j'ai tapé furieusement un message à Angélique. L'amorce d'un plan prenait forme dans mon cerveau — j'avais seulement besoin que quelques pièces du puzzle se mettent en place.

*
* *

Brendan m'attendait dehors le lendemain matin, près de l'entrée de service de l'immeuble voisin — là où nous avions échangé notre tout premier baiser. Il portait des lunettes de soleil à la mode et ses cheveux lui tombaient sur le visage plus encore qu'à son habitude, ce que je n'aurais pas cru humainement possible. Il a gardé les mains dans les poches pendant le trajet à pied jusqu'à la voiture, m'obligeant à les sortir pour lui tenir la main. Visiblement, il s'en voulait encore pour l'épisode de la veille.

— Allez, ne boude pas, l'ai-je gentiment réprimandé en lui donnant un coup de coude avec une bonne humeur un peu forcée.

— Je ne *boude* pas. Tu dis ça comme si ça m'amusait, m'a-t-il répondu en fronçant les sourcils. J'ai le droit de me sentir mal à cause de ce que je t'ai fait hier. A *toi*. J'ai blessé la seule personne que…

— Et si les rôles étaient inversés tu ne voudrais pas que j'arrête de me torturer ? l'ai-je coupé avant qu'il ne retombe dans l'autoflagellation. Arrête le mode maso, Brendan. Ce n'est pas toi, ai-je ajouté d'une voix théâtrale, obtenant enfin un sourire. Je m'en doutais !

Il a serré ma main dans la sienne et m'a ouvert la porte. Je l'ai regardé de plus près et ça a été mon tour de me sentir coupable. Il avait une ecchymose d'un noir violacé impressionnante sur le visage. Pas étonnant que j'aie aussi mal à la main…

— Tes parents ont dit… quelque chose au sujet de ton œil ? lui ai-je demandé, pleine d'appréhension.

— C'était moins impressionnant hier soir. Juste

un peu rouge et j'avais ma casquette de base-ball sur la tête. Franchement, je crois qu'ils n'ont rien vu. J'ai juste parlé un peu avec eux de leur voyage et je suis allé me coucher.

— Ça a l'air douloureux, ai-je soupiré.

Je ne pouvais m'empêcher de me sentir coupable et cela s'entendait.

— Ne commence pas à t'apitoyer sur toi-même, a lancé Brendan d'un ton moqueur. Tu ne vas pas te mettre à la poésie romantique, j'espère ? A la lueur d'une bougie, ça te tente ?

— Oui et je l'éteindrai de mes larmes, lui ai-je rétorqué. *O.K.* Marché conclu. Pas d'autoflagellation. Nous n'avons pas besoin de cela. Même si je me sens comme la méchante du téléfilm de l'après-midi.

— Hein ?

J'ai secoué la tête en riant. Pas question de lui raconter les films mélodramatiques que j'avais l'habitude de regarder avec ma mère autrefois. Mais, quand Brendan est arrivé en cours d'anglais, j'ai vraiment eu l'impression d'être la star d'un film qu'on pourrait appeler « Celle qui a battu son petit ami sans faire exprès : l'histoire vraie d'Emma Connor ». Même M. Emerson s'est arrêté de rendre les devoirs pour parler à Brendan.

— Qu'est-ce qui vous est arrivé, Salinger ? a-t-il demandé en regardant autour de lui, soupçonneux, comme s'il s'attendait à voir un autre élève en piteux état.

Ce n'était pourtant pas la première fois que Brendan arrivait en cours après une bagarre, même si, d'après ce que je savais de ses deux premières années à Vince A, il s'en sortait généralement bien mieux que son adversaire.

Brendan s'est installé confortablement sur sa chaise et s'est mis à jouer avec sa boucle d'oreille.

— Un coup de coude malencontreux pendant un match hier soir, a-t-il répondu en haussant les épaules, parvenant pour une fois à mentir avec conviction.

— Ici ?

— Non. A West-Fourth, a précisé Brendan en citant un terrain de basket très connu. Nous avons gagné.

J'ai dissimulé un sourire. Evidemment, il fallait qu'il ressorte vainqueur.

Après le cours, Brendan s'est retourné et a tapoté ma table, me décochant un sourire espiègle.

— Prête pour un délicieux déjeuner à la cantine ? Il paraît que le poulet au menu d'aujourd'hui est presque vivant.

J'ai baissé la voix pour répondre en voyant que Cisco nous attendait au bout de la rangée.

— En fait, je dois retrouver Angélique au labo de chimie. On doit réfléchir à des stratégies anti-Megan ensemble.

— O.K., a-t-il répondu, circonspect. Tu veux que je sois là ?

— Je veux *toujours* que tu sois là, mais je crois qu'on avancera plus vite à deux. Ça n'a rien à voir avec hier, je te jure, et je te raconterai…

— Pas de problème, a-t-il dit immédiatement tout en hochant la tête.

Sa réaction m'a surprise — je m'attendais à plus de résistance, au vu de son insistance pour m'accompagner chez Angélique samedi dernier. Je ne tenais pas trop à ce qu'il entende mon plan avant qu'il ne soit plus abouti et je devrais de toute façon le lui annoncer avec des pincettes. Oh, que oui, il faudrait que je lui dévoile ce fameux plan tout en douceur — car je savais d'avance qu'il serait absolument *contre*.

— Tu as dit que tu avais du mal à te concentrer quand je suis avec Angélique et toi. Je veux que tu te concentres, m'a-t-il dit en jetant un coup d'œil rapide sur mes doigts.

— Merci, lui ai-je répondu, reconnaissante.

— Je t'accompagne au kick-boxing ce soir, d'accord ?

Il s'est levé et a pris son sac.

— D'accord.

Je suis descendue avec Cisco et lui à la cafétéria et j'ai acheté rapidement un sachet de chips et un sandwich bacon-laitue-tomate peu engageant. Je me suis dépêchée ensuite de rejoindre Angélique au labo de chimie. La salle était vide. Angélique était installée à notre place avec un livre noir, dissimulé sous son manuel de chimie.

J'ai regardé jalousement son sandwich à la dinde si appétissant, qu'elle avait sûrement préparé à la maison, puis le mien, que j'étais en train de dépecer sur une serviette.

— Comment arrivent-ils à rater le bacon ? lui ai-je demandé, dégoûtée, en jouant avec un morceau de charcuterie anémique. On dirait qu'ils l'ont fait bouillir.

— Le bacon est une nourriture divine, m'a-t-elle annoncé avec le plus grand sérieux, ce qu'ils en font constitue un véritable blasphème.

— En tout cas, j'ai bien fait de l'apporter au labo parce que ce truc est sans aucun doute le fruit d'une expérience scientifique.

Angélique a soupiré et m'a donné la moitié de son sandwich. J'ai jeté les restes du mien dans la corbeille à papier avec un soupir de soulagement.

— Merci ! Si j'avais fini ce sandwich, je crois que je n'aurais plus eu à m'en faire au sujet de Megan : je serais morte de dysenterie avant demain soir.

— En parlant de notre chère psychopathe locale, a repris Angélique, j'ai lu ton mail. Etant donné que tu me l'as envoyé à 3 heures du matin, il vaut mieux que tu me le racontes de nouveau maintenant, avec les idées plus au clair.

J'ai avalé un morceau de son sandwich et lui ai fait le récit terrifiant de ma mort dans une vie antérieure.

— Et c'est là que ma tante m'a réveillée, ai-je conclu en mangeant un autre bout de sandwich. Au fait, très bonne idée, les pickles tranchés marinés avec la dinde, ai-je ajouté en savourant le goût sucré-salé du mélange. Tu es la reine du sandwich, il n'y a pas à dire.

— Franchement, je crois que ce n'est pas le sujet, m'a-t-elle répondu. Revenons au problème : c'est quoi ton idée de plan ?

— C'est juste une idée pour l'instant mais voilà…

Je me suis lancée dans une explication des grandes lignes du plan très maigre que j'avais concocté.

Angélique m'a écoutée jusqu'au bout puis a soupiré, l'air très préoccupé. Elle a secoué la tête.

— Qu'est-ce qu'il y a ? ai-je demandé en grignotant une chips.

— J'avais espéré avoir mal compris ton mail ou que tu l'aies mal formulé à cause de la fatigue, m'a-t-elle avoué. Mais ce n'est pas le cas, n'est-ce pas ? a ajouté mon amie en faisant tourner un de ses bracelets autour de son index comme un jongleur de cirque.

— En effet. J'étais très réveillée quand je l'ai écrit, je m'étonne même d'avoir réussi à me rendormir, lui ai-je répondu en fixant le mouvement du bracelet des yeux.

— C'est un plan très simple. Peu d'éléments ou de pièces à mettre en place. Très simple... du moment que tu arrives à l'exécuter, a déclaré Angélique tout en faisant tourner le bracelet plus vite.

— Je sais. Ce que j'ignore, c'est si c'est une bonne chose ou non.

J'ai détourné les yeux. Le bracelet me donnait le tournis.

— Je veux dire que ça ne *peut pas* être aussi simple, a-t-elle protesté. Ce plan est dingue. Complètement dingue !

— Je sais bien, mais je pense que c'est notre meilleure chance.

— Tu crois ? Tu es la *seule* qui puisse réaliser ce sortilège. Randi et moi verrons comment t'aider mais... c'est beaucoup pour une sorcière novice. Et tu n'as qu'une nuit. Sans compter que tu seras *seule*, a-t-elle souligné.

Le bracelet en argent lui a échappé et a volé à travers la pièce. Il est allé heurter le tableau noir avec un petit bruit métallique qui nous a fait sursauter. Je l'ai ramassé et j'ai essuyé la marque que le bijou avait faite sur le tableau. Quant au bracelet, il était légèrement tordu...

Debout dans ce grand labo, les épaules en avant et les bras serrés contre elle, Angélique paraissait plus petite, presque fragile, dans son jupon doublé de tulle noir.

— Ce sera difficile pour toi, m'a-t-elle dit, l'air inquiet, ses yeux soulignés d'un trait d'eye-liner rouge. Je ne sais pas si moi-même j'y arriverais, alors imagine ! Bon sang, Randi et moi n'avons pas réussi ce sortilège de blocage de pouvoirs à toutes les deux. Et si Megan était simplement trop forte ?

— Il faudra juste que je sois meilleure qu'elle, lui ai-je répondu simplement.

J'essayais d'avoir l'air confiante mais j'étais certaine qu'Angélique ressentait les incertitudes et les doutes que j'éprouvais, aussi aisément que si je les avais exprimés haut et fort. J'étais d'autant plus terrifiée qu'Angélique venait de me rappeler que Randi et elle, deux sorcières beaucoup plus expérimentées, avaient échoué. *Pour qui te prends-tu pour croire que tu peux y arriver ? C'est comme si Picasso avait un blocage et qu'on demandait à un gamin de peindre à sa place.*

— Tu doutes, a affirmé Angélique.

— Oui, c'est vrai.

Je suis revenue à la paillasse, face à Angélique.

— Tu sais que Brendan ne va pas du tout aimer ce plan, a-t-elle souligné. Il préférerait sans doute raser sa précieuse chevelure que de te laisser faire.

Je me suis laissé un instant distraire par l'idée d'un Brendan au crâne rasé. *Ce ne serait pas lui du tout.*

— Je le sais. Mais franchement, quel autre choix est-ce que j'ai ?

Angélique a grimacé et penché la tête sur le côté, comme si elle réfléchissait à ce que je venais de dire. Puis elle a soupiré, vaincue, a sorti son téléphone et a envoyé un SMS qu'elle m'a montré ensuite.

— Rien qu'écrire ces mots me rend malade. C'est bon, à ton avis ?

J'ai lu son texto à Megan et esquissé un sourire lugubre.

— Parfait.

Le SMS disait :

> Salut la débile. Tu as gagné. Emma te retrouvera demain. Dis-nous où et quand.

Le reste de la pause déjeuner a été consacré à réviser le sortilège que j'avais en tête, dont Angélique a promis de parler à Randi dans la soirée. J'ai envisagé un instant de sécher le cours de kick-boxing, mais je me suis dit finalement que, si le plan ne marchait pas, j'aurais besoin de tous les moyens de défense possibles, y compris de nouveaux mouvements de combat. Et selon ma prof, qui m'a complimentée sur mes progrès, le sport n'était pas mon seul motif quand je tapais dans le punching-ball.

— Je ne sais pas à qui tu penses, Emma, mais je n'aimerais pas être à sa place, m'a-t-elle dit.

Brendan avait insisté pour m'attendre — « Je ferai mes devoirs dans le hall d'entrée, pas de problème » — même si je savais que Megan ne me guetterait plus. Seulement, je n'avais pas eu le temps de le dire à Brendan : il avait fallu courir pour être à l'heure à mon cours de 15 h 30, et maintenant, j'attendais pour lui dire que nous soyons chez ma tante. Par chance, cette dernière était à une réunion du conseil d'administration du lycée jusqu'à 19 heures et nous avions l'appartement pour nous seuls. J'avais à peine refermé la porte que Brendan s'est planté devant moi, bras croisés.

— Dis-moi ce qui se passe, m'a-t-il demandé, direct.

J'ai retiré mes chaussures et me suis installée sur le canapé, dos contre l'accoudoir et genoux serrés contre ma poitrine. Brendan s'est assis en tailleur face à moi. On aurait dit une confrontation en règle et ce n'était pas du tout ainsi que j'aurais voulu lui parler de mon plan. J'aurais préféré une atmosphère plus détendue et annoncer la nouvelle en douceur.

Je me suis lancée.

— Nous avons une idée sur la façon dont nous pouvons battre Megan à son propre jeu.

Il a souri, visiblement soulagé, avant de scruter attentivement mon visage.

— Pourquoi fais-tu cette tête alors ? m'a-t-il demandé d'un ton soupçonneux.

— Je vais la retrouver pendant l'éclipse de lune, comme elle l'a demandé.

— Tu veux dire que *nous* allons la retrouver, a-t-il affirmé en fronçant les sourcils.

J'ai secoué la tête.

— Non. Il s'agit de quelque chose que je dois faire seule, ai-je souligné.

Brendan m'a regardée, surpris, puis a compris que je parlais sérieusement. Il a écarquillé les yeux, horrifié.

— Emma ! Tu ne peux pas me dire « Ah, au fait, j'ai un plan pour battre Megan donc j'y vais toute seule » et t'attendre à ce que je réponde « Cool, bébé. Y a quoi à la télé ce soir ? » m'a-t-il rétorqué, sarcastique. Je refuse que tu y ailles toute seule.

— Brendan, sois un peu logique…

— Ouais, c'est ça, comme s'il y avait la moindre logique là-dedans ! Tu vas, de ton plein gré, au-devant de quelqu'un qui t'a attaquée au couteau, m'a-t-il lancé d'un ton amer.

— Elle menace tous ceux que j'aime ! ai-je crié en frappant le coussin du canapé du poing. Je *dois* l'arrêter.

Je ne pouvais pas lui dire qu'il était la cible de Megan. Je le connaissais trop bien : il irait s'exposer au danger pour me protéger. Il l'avait déjà fait. Cette fois, c'était mon tour.

— Pourquoi ne me laisses-tu pas t'aider ? m'a-t-il demandé en prenant mes mains dans les siennes.

Je me suis préparée à ce qui allait suivre. Je ne pouvais pas lui dire que c'était pour son bien, j'ai donc tenté une autre approche.

— Si tu es avec moi, je risque de m'inquiéter de ce

qu'elle peut te faire — et si elle recommençait à posséder ton esprit ? Tu veux vraiment que j'aie à me battre contre toi *et* contre elle ? ai-je répondu avec douceur.

Le visage fermé, il a regardé mes doigts à vif, puis les a caressés légèrement avec le pouce. Il a secoué la tête, l'air déterminé.

— Non, je refuse de te laisser te jeter dans la gueule du loup.

— Je ne savais pas que j'avais besoin de ta permission pour faire ce que je veux, lui ai-je rétorqué sèchement.

— Arrête, Em, tu sais que ce n'est pas mon genre, m'a-t-il dit, un peu vexé. Je voulais juste dire que c'est dangereux…

— Ecoute, Brendan, je suis la seule à pouvoir l'arrêter, l'ai-je coupé. S'il te plaît, écoute d'abord ce que j'ai à dire.

— O.K. Vas-y, a-t-il soupiré d'une voix empreinte de frustration.

Il a pris appui sur les paumes de ses mains et a écouté le plan que j'avais en tête. Ensuite, il m'a regardée, bouillonnant de colère et de frustration, sans trouver les mots pour réagir.

— On dirait que tu vas te transformer en Hulk, lui ai-je lancé en espérant que mon humour apaiserait quelque peu la tension entre nous.

Il a poussé un long soupir, enfin, et a secoué la tête.

— Je déteste dire ça, mais je comprends où tu veux en venir.

Cette fois, à mon tour d'être sous le choc.

— Donc tu es d'accord avec moi ?

— Non. Pas du tout même ! Je ne suis pas d'accord avec cette folie, il doit y avoir un autre moyen, m'a-t-il dit d'une voix agitée. Je déteste l'idée que tu te mettes en danger. Je déteste l'idée que tu ailles au-devant de cette sorcière au couteau — qui t'en veut à cause de ce que *moi* j'ai fait — armée juste d'un sortilège et d'un plan.

Brendan s'est interrompu et a pris mes mains, de nouveau. Nos doigts se sont entrelacés. Il a repris, un peu plus calmement mais plus sévèrement aussi :

— Ce que je hais — par-dessus tout — c'est que quoi qu'il se passe tu vas souffrir. Après tout ce que tu as traversé, c'est exactement le contraire de ce que je voudrais pour toi.

Il a marqué une pause, a regardé nos mains enlacées et a ajouté fièrement :

— Mais c'est une bonne idée. Tu es géniale de l'avoir eue. Attention : je n'aime pas cette idée, mais elle est logique. Si je voyais ça dans un film, je me dirais que c'est tellement simple que c'en est parfait !

J'ai souri, soulagée, mais Brendan n'avait pas fini.

— Sauf que nous ne sommes pas dans un film. Il s'agit de ta vie, et ton plan est dangereux. Il doit y avoir un autre moyen. Au moins pour gagner du temps en attendant de trouver autre chose de moins risqué.

— Je ne veux *pas* gagner du temps, ai-je répondu, en colère. Je ne peux pas juste attendre en espérant que ça s'arrange. Il faut en finir. Et c'est à moi de m'en charger.

Il a fixé le boîtier du câble de ma tante, comme si les chiffres lumineux pouvaient lui donner une réponse.

— Si tu insistes pour y aller, je dois être présent. S'il te plaît, Emma, m'a-t-il dit gravement. Elle pourrait ne pas être seule. Je t'en prie.

— Brendan, je…

— S'il te plaît, a-t-il imploré, désespéré. Tu ne peux pas te jeter aveuglément dans un piège tout de même !

Je me suis obligée à le regarder dans les yeux. Il a plongé son regard empli d'amour dans le mien. J'ai su alors ce que je devais faire.

Je devais mentir à Brendan.

15

Brendan a passé une partie de la soirée avec moi, à discuter du sortilège qu'Angélique et moi avions commencé à rédiger pendant le déjeuner. Soudain, la sonnerie que j'avais réservée à ma copine sur mon portable a retenti, interrompant une conversation bien sombre. J'ai à peine eu le temps de lui dire bonjour qu'elle m'a coupée, très enthousiaste :

— Randi a eu une idée géniale ! a-t-elle crié dans mon oreille.

— Elle doit être vraiment bonne pour que tu admettes qu'elle vient de Randi, ai-je déclaré.

— Mouais. Oh ! elle va sûrement s'ériger une statue, un palais ou un deuxième Taj Mahal en son honneur sur la place Fordham, ne t'en fais pas pour ça. Mais je dois reconnaître que l'idée est très maligne.

— Et ?

Brendan faisait semblant de feuilleter un des magazines que ma tante disposait sur sa table basse. J'appréciais qu'il fasse comme s'il n'écoutait pas notre conversation, même si je savais qu'il lui était impossible de ne pas entendre. *Forcément.*

— Tu peux passer ce soir ? m'a demandé Angélique. Dis à ta tante que tu es invitée à dîner avec nous. Ou que tu es passée directement chez moi après le kick-boxing. Il faut absolument que tu viennes ce soir.

Je me suis redressée, tout ouïe.

— Tu as réussi à trouver les mots que je dois utiliser dans le sortilège ?

— Non, ce n'est pas ça. C'est à toi de le faire, m'a rappelé Angélique. Pour une chose de cette importance, tu dois exprimer ce qu'il y a au plus profond de toi-même. Mais je crois que nous avons une solution pour compenser le fait — navrée de le dire — que tu sois beaucoup moins puissante que Megan. Nous avons un moyen de te donner plus de pouvoirs.

Je me suis levée d'un bond.

— J'arrive !

J'ai appelé ma tante pour savoir si je pouvais aller dîner chez Angélique. Elle m'a donné la permission, ajoutant dans un murmure que la réunion du conseil d'administration finirait tard. J'étais presque sûre d'avoir entendu la voix aiguë de la mère de Brendan à l'autre bout du fil et ma tante soupirer bruyamment juste après. Brendan m'a accompagnée chez Angélique, mais nous savions tous les deux que Megan était sans doute restée chez elle, occupée à préparer son horrible rituel du lendemain. Je l'imaginais installée sur une chaise à haut dossier, derrière un énorme bureau en chêne, en train d'élaborer des plans diaboliques tout en caressant un chat siamois, comme les méchants dans les vieux films.

Angélique a ouvert la porte à la première sonnerie, m'a attrapée par le poignet et m'a tirée vers sa chambre.

— Pourquoi es-tu encore en uniforme ? lui ai-je demandé en remarquant qu'elle portait la jupe en tweed noir, bleu marine et vert de Vince A. De mon côté, je m'étais mise en jean après l'entraînement de kick-boxing.

— Je suis allée directement chez Randi, on a travaillé tout l'après-midi.

J'ai failli dire quelque chose, touchée par son dévouement, mais elle m'a jeté un regard méfiant.

— Surtout ne me prends pas dans tes bras, m'a-t-elle avertie, comme si je m'apprêtais à lui lécher le visage. Et au fait, a-t-elle ajouté, Randi… Tu verras toi-même. Tu peux t'estimer heureuse que Brendan ne soit pas là.

Angélique a haussé les épaules et a ouvert la porte de sa chambre. Randi était installée sur la couette en velours noir, un épais livre à la main. Ses cheveux blonds ondulaient gracieusement sur ses épaules et elle portait un pantalon capri, des talons hauts et un bustier vintage rouge dont sa poitrine généreuse menaçait littéralement de déborder. Non, en fait, elle débordait déjà.

Elle s'est levée en nous voyant et m'a serrée dans ses bras, m'écrasant presque de son décolleté ravageur.

— Emma, tu n'as plus à t'en faire. J'ai une idée géniale, m'a-t-elle annoncé en regardant par-dessus mon épaule. Où est Brendan ? a-t-elle ajouté, l'air innocent.

— Brendan le mineur a autre chose à faire, lui a rétorqué Angélique sèchement.

— Il est chez lui. Ses parents viennent à peine de rentrer d'un voyage d'affaires, ai-je expliqué.

Etant donné que je comptais sur l'aide de Randi, j'ai fait mine de ne pas remarquer sa grimace.

— Il n'aurait pas des frères ? a-t-elle demandé, avec une fausse désinvolture. Un grand frère, par exemple ?

— Il est fils unique, ai-je précisé.

Angélique a reniflé, moqueuse. Randi, elle, a haussé les épaules, enlevé ses escarpins rouge feu et s'est assise en tailleur sur le sol. Elle a tiré sur son bustier à lacets et a sorti un morceau de papier de son décolleté. Vu la taille de sa poitrine, elle aurait carrément pu y dissimuler mon livre de maths. Et le prof de maths, pendant qu'on y était…

— O.K. Bon, allons-y, nous a-t-elle dit.

Elle a enlevé l'élastique noir qu'elle avait autour du poignet et a relevé ses cheveux en un élégant chignon lâche. Angélique a éteint sa lampe de chevet et a disposé des bougies bleues toutes simples en cercle autour de nous, sans les allumer. Les étoiles phosphorescentes qui décoraient les murs violets de sa chambre émettaient un halo verdâtre. Les seules sources de lumière étaient le couloir illuminé de l'appartement et les lumières extérieures de la nuit new-yorkaise.

Je me suis installée à côté de Randi, à ma place habituelle sur le tapis — tout près de la brûlure que j'avais faite — et Angélique nous a rejointes. Nous formions un triangle, Randi à ma droite, Angélique à ma gauche.

Angélique a posé une bougie bleue au centre du triangle — une bougie plus large et plus décorée cette fois, avec des arabesques compliquées sur les côtés et trois mèches.

— Vous pourriez me dire ce que nous sommes en train de faire ? ai-je demandé en observant Randi, qui prenait de profondes inspirations, les yeux fermés.

— Nous allons te donner nos pouvoirs. Faire un transfert, a lancé Angélique avec enthousiasme.

— C'est plutôt un prêt de pouvoirs, a déclaré Randi en ouvrant un œil. J'ai eu cette idée en repensant au sortilège d'amplification de pouvoirs qu'Angélique avait fait avant la soirée de la *battle*. Et ne sois pas si enthousiaste, a-t-elle ajouté en s'adressant à sa cousine d'une voix condescendante. Ce sort va nous épuiser toutes les deux.

— Attends… je ne veux pas faire quoi que ce soit qui vous fasse du mal, ai-je objecté, les regardant tour à tour.

— Non, rassure-toi, ce n'est pas douloureux, juste fatigant, m'a expliqué Randi en sortant une dague d'une boîte de bois et en essuyant la lame avec une étoffe douce.

— Ecoute, tu vas devoir combattre Megan à l'aide d'un sortilège dont nous ne savons pas s'il va fonctionner ou si tu vas le réussir, m'a dit Angélique. Depuis que Randi et moi avons raté le sortilège de blocage, je m'inquiète de l'étendue des pouvoirs de Megan.

— Merci de me le rappeler, ai-je répondu avec un faible sourire.

« Désolée », a articulé Randi en silence.

— Il faut que je te rappelle autre chose, a ajouté Angélique en enroulant une mèche de cheveux bleue autour de son doigt. Tu as réussi tes sortilèges contre Megan jusque-là. Tu l'as envoyée s'écraser contre un arbre. Et tu as sauvé Brendan avec une formule que tu ne connaissais que depuis vingt-quatre heures, non ?

— Mais vous pensez toutes les deux que ça ne suffira pas, c'est ça ? ai-je demandé, inquiète.

J'ai ramassé mes longs cheveux noirs en queue-de-cheval. Les bougies n'étaient pas allumées mais elles me rendaient nerveuse — la dernière chose dont j'avais besoin, c'était de mettre accidentellement le feu à mes cheveux que j'aimais tant !

— Non. Disons que… comment dire ? a fait Angélique en enroulant une mèche de cheveux violette autour de la mèche bleue. Dis-toi que c'est un peu comme un jeu vidéo. Tu es douée à ce jeu, mais nous allons te donner des vies supplémentaires.

— Ce n'est pas un chat, Angélique, a raillé Randi, dédaigneuse.

Puis elle s'est tournée vers moi et m'a dit, plus sereinement :

— Nous allons te transférer tous nos pouvoirs innés de sorcières. Le transfert expirera demain soir, après l'éclipse de lune. Regardons les choses en face : si tu ne l'as pas emporté, tu auras des problèmes bien plus graves à régler que le manque de pouvoirs magiques.

— C'est vrai, ai-je admis.

— Très bien, alors allons-y, a fait Randi en posant les mains sur ses genoux, paumes tournées vers l'extérieur.

— Concentre-toi et répète, a chuchoté Angélique.

J'ai fermé les yeux, absorbant les paroles brèves de Randi.

« Déesse, accorde à tes filles la lumière,
Pour que nous puissions t'honorer ce soir.
Puisse le cercle nous protéger dans cette mission.
Déesse, voici ce que nous demandons. »

J'ai pris une profonde inspiration et j'ai répété la prière de Randi. L'obscurité s'est soudain éclaircie et des ombres ont tremblé devant mes yeux fermés. J'ai senti une chaleur près de ma main droite.

J'ai ouvert les yeux. A ma grande surprise, toutes les bougies bleues étaient allumées, sauf celle au centre du cercle.

— Les as-tu allumées pendant que j'avais les yeux fermés ? ai-je demandé à Angélique, stupéfaite.

Je n'avais rien entendu.

— *Nous* les avons allumées, a dit Randi d'une voix monocorde.

Elle a brandi la dague qu'elle tenait appuyée contre la paume de sa main. La lueur des bougies se reflétait sur la lame argentée et jetait un halo orangé sur sa peau.

Puis elle a pressé la pointe de son athamé sur le bout de son doigt, faisant une petite coupure peu profonde sur sa peau. Enfin, elle a essuyé la lame et, sans un mot, a tendu le couteau à sa cousine.

— C'est la seule façon de transférer les pouvoirs, m'a expliqué Angélique en imitant sa cousine.

— Tu dois le faire aussi, a ajouté Randi.

J'ai regardé mes mains.

— N'importe où ?

— C'est plus facile au bout des doigts, m'a répondu Angélique en me passant la dague.

Le manche de l'athamé était magnifique : il était en argent poli et arborait une tête de dragon sculptée. On était loin de l'horreur que Megan avait choisie. Je me suis préparée psychologiquement, mais la douleur de la coupure n'était rien, j'avais connu pire.

— Et maintenant ? ai-je demandé en tenant l'athamé maladroitement de la main droite, pour éviter de le couvrir de sang.

— Pose l'athamé et fais comme nous, m'a dit Randi.

J'ai reposé le poignard doucement sur le tapis. Puis elle a mis son doigt au-dessus de la bougie encore éteinte. Une gouttelette de sang est restée suspendue un instant, avant de tomber sur le bord de la bougie. Tel du mercure liquide, la petite trace rouge a glissé lentement puis a avancé peu à peu le long de la mèche, tachant la cire blanche immaculée. Soudain, la mèche a explosé en une flamme rouge.

— Ouah, ai-je murmuré, en fixant la flamme couleur sang.

Angélique a imité Randi, appuyant légèrement sur son doigt pour faire sortir le sang. Une grosse goutte est tombée sur la bougie, et bientôt, une deuxième flamme rubis a brillé à côté de celle de Randi.

C'était mon tour. J'ai posé la main au-dessus des flammes et j'ai senti une chaleur bien peu naturelle brûler ma paume. J'ai appuyé sur mon doigt, éjectant une goutte de sang qui a atterri directement sur la troisième mèche, qui s'est allumée immédiatement.

— A présent, Emma, concentre-toi et écoute ce que nous allons dire, m'a ordonné Randi.

Angélique et elle m'ont pris les mains et se sont mises à entonner une incantation.

« En cette nuit et à cette heure,
Nous offrons à cette sorcière nos pouvoirs bénis.
Jusqu'à la fin de l'éclipse de demain,
Heure à laquelle nos pouvoirs déclineront,
Puisse-t-elle détenir nos pouvoirs en vérité et sincérité.
Déesse, voici ce que nous te demandons. »

Angélique et Randi ont répété leur incantation, et leurs mots se sont mêlés jusqu'à ne plus être distincts — leurs voix n'étaient plus qu'une mélodie rythmique, une vague sourde et ondulante. Les lueurs des bougies projetaient de grandes ombres sur les murs violets de la chambre — des ombres qui paraissaient danser sur les murs, se rapprochant peu à peu, presque menaçantes, puis reculant vers les recoins sombres de la pièce. J'ai eu comme la sensation qu'elles me défiaient et j'ai fermé les yeux.

Puis j'ai ressenti un vif picotement dans mes mains,

suivi d'une chaleur immense, brûlante, mais qui n'a provoqué aucune douleur. Elle était presque apaisante — comme de la lotion sur un coup de soleil. Cette sensation a quitté mes mains peu à peu et le picotement a gagné mes bras. J'en ai eu la chair de poule. Après mes bras, c'est ma poitrine qui a été saisie d'un choc électrique, qui m'a projetée en avant, à bout de souffle. Randi et Angélique ont serré mes mains plus fort.

Mon cœur battait la chamade, comme si je venais de courir dix kilomètres en deux minutes, mais je ne me sentais pas fatiguée. Non : je me sentais forte et capable de courir vingt kilomètres de plus. Je *voulais* aller courir. Faire des acrobaties sur la Dixième Avenue. Défier l'équipe des Knicks à moi toute seule. Je me sentais invincible.

J'ai soudain pris conscience qu'Angélique et Randi ne me tenaient plus les mains. Elles avaient même arrêté leurs chants. J'ai ouvert les yeux à regret. Randi était penchée en avant, bouche ouverte, et tentait de retrouver son souffle. Angélique paraissait encaisser le choc, comme quelqu'un qui aurait fait le grand huit sans vraiment le vouloir.

— Ça va, les filles ? leur ai-je demandé.

Elles ont hoché la tête, toutes tremblantes.

— Comment te sens-tu ? m'a fait Randi d'une voix rauque.

— Super bien, je dois dire, ai-je avoué, pleine d'énergie.

— Je dois te prévenir d'une chose, m'a répondu Randi, un peu gênée.

— Laquelle ? C'est *maintenant* que tu as un avertissement à me donner ? me suis-je exclamée.

— Rien que tu ne puisses gérer, m'a rétorqué Randi en haussant les épaules. Tu dois seulement être consciente que le fait de « se sentir super bien » peut être dangereux. Tu seras tentée de jeter des sorts à tort et à travers. D'avoir soif de pouvoir. Tu devras donc te contrôler. Tu n'as pas l'habitude de tant de pouvoirs.

— Tu es en train de me dire de ne pas essayer de cambrioler *Tiffany's*, c'est ça ? lui ai-je demandé, perplexe.

— Non, plutôt de ne pas faire de mal à quelqu'un qui t'aurait bousculée dans le métro, a précisé Randi. Tu as beaucoup de pouvoirs — en fait, tu as un avant-goût de la puissance que Megan pourrait obtenir si elle réussit son sortilège de l'éclipse. Tu risques de manquer de jugement et de te sentir au-dessus des autres.

— Mieux que les autres ? Super ! Demain, pour la première fois, je serai à ma place à Vincent Academy, ai-je raillé. Je serai peut-être même élue déléguée de classe à la place d'Austin !

Angélique a éclaté de rire, puis a émis un bâillement.

— Bon sang, je suis crevée. Je serais capable de dormir pendant une semaine.

— Je t'avais dit que c'était épuisant, a lâché Randi, qui n'a obtenu qu'un bruyant soupir de la part de sa cousine.

— Tu veux quoi, une récompense peut-être ? lui a répliqué Angélique, qui s'est aussitôt excusée. Désolée, je suis sur les nerfs.

Randi s'est appuyée contre les tiroirs du bureau d'Angélique et a fermé les yeux.

« Déesse, nous te rendons grâce de ta lumière.
A présent, rends-nous à la nuit. »

Elle a regardé les bougies, dans l'expectative. Mais elles brillaient toujours de leurs flammes rougeâtres.

— Rappelle-toi ce que nous venons de faire, petit génie, a lancé Angélique à sa cousine d'un ton acerbe.

Puis elle s'est tournée vers moi.

— Emma, veux-tu essayer ?

Randi m'a tendu le morceau de papier où elle avait inscrit les formules magiques.

— Euh… Je préférerais me concentrer et dire une formule à moi, pour commencer.

Je n'arrivais pas à déchiffrer les mots sur le papier. L'écriture tarabiscotée de Randi était en effet illisible dans la pénombre. Elle ajoutait de petites étoiles à la place des points sur ses « i » — on aurait dit un mot d'amour écrit par un élève de CM1. Je m'attendais presque à lire : « Si tu m'aimes aussi, coche oui. »

— Mon sortilège marche, pourquoi ne t'en servirais-tu pas ? m'a demandé Randi, vexée.

— Je dois de toute façon concocter un sortilège qui me soit personnel demain soir, je ferais bien de m'entraîner dès maintenant, ai-je argué. « Lumière, va-t'en ! » par exemple.

J'ai agité la main d'un geste théâtral et les bougies se sont éteintes aussitôt avec un petit sifflement. L'odeur de fumée et de cire chaude a empli l'air, me brûlant les yeux.

Ebahie, j'ai constaté que seules les lumières extérieures éclairaient désormais la chambre. Il faisait sombre. *Trop* sombre.

— Je n'arrive pas à y croire, a murmuré Angélique en montrant la porte entrouverte du doigt.

Le couloir de l'appartement était plongé dans le noir — il était encore éclairé une minute auparavant.

— Emma, je crois que tu viens d'éteindre toutes les lumières chez moi, a-t-elle ajouté, sidérée.

Angélique s'est levée et a ouvert la porte.

— Oui, on dirait bien, s'est-elle écriée, toujours aussi surprise.

Elle s'est précipitée dans le couloir et j'ai entendu alors un grand boum, suivi d'un juron.

— Ce n'est pas possible, ai-je murmuré.

Randi a pris une bougie et a couru rejoindre sa cousine. Je lui ai emboîté le pas. Angélique se trouvait à l'entrée de la cuisine, se frottant le genou d'une main et actionnant l'interrupteur désespérément. Elle s'était visiblement cognée contre une petite table dans le couloir.

Randi a allumé la bougie avec un briquet. Puis elle est entrée dans la cuisine et a posé la main sur la porte du réfrigérateur.

— Le frigo marche toujours. Je sens le moteur donc Emma n'a pas coupé l'électricité. Seulement la lumière.

— *Toute* la lumière ? me suis-je exclamée. Je voulais juste éteindre les bougies…

Mes forces toutes nouvelles ont soudain semblé m'abandonner et j'ai dû m'appuyer contre le bar.

Personne ne m'a répondu. Angélique et Randi étaient dans le salon et essayaient d'allumer une lampe.

— Je ne sais pas comment j'ai fait ! me suis-je écriée, paniquée, craignant de bouger et de provoquer une autre catastrophe.

— Euh… en fait, tu n'as pas seulement éteint la lumière, a dit Angélique depuis le salon.

Je me suis approchée. Randi tenait la bougie pendant que la main d'Angélique tâtonnait frénétiquement sous l'abat-jour. Elle a levé la tête et m'a regardée, ébahie.

— L'ampoule a disparu, a-t-elle dit dans un souffle.

Emma, tu as dit « Lumière, va-t'en! » et tu as littéralement fait disparaître les ampoules!

— Comment faire pour les faire revenir? ai-je demandé, saisie de panique. Quel est le contraire de « partir »? Repartir?

— Essaie « revenir », a proposé Randi calmement.

Je sentais pourtant, même dans le noir, son irritation.

— Oui, je suis un peu paniquée. Euh, lumière, reviens!

La cuisine était toujours plongée dans le noir.

— Tu n'es pas assez concentrée, a crié Angélique.

Elle a ouvert une fenêtre et a juré de nouveau — un juron bien senti qui aurait fait rougir mon frère Ethan lui-même.

— Emma, tu ferais bien de te concentrer, a exigé Angélique en se précipitant dans la cuisine. Je crois qu'il n'y a plus de lumière dans tout l'immeuble.

Mes oreilles ont commencé à bourdonner.

— Quoi? Que veux-tu que j'y fasse? Je n'y arriverai jamais maintenant! C'est un bâtiment de trente-huit étages! Je n'arriverai jamais...

Randi a posé les mains sur mes épaules, mettant un terme immédiatement à mon attaque de panique.

— Tu peux le faire, m'a-t-elle dit avec gravité. *Tu le dois.* Car la nuit de demain sera encore plus stressante.

— O.K., lui ai-je fait, tentant de me reprendre. Tu as raison.

J'ai agité les mains et sautillé sur place, tel un boxeur avant de disputer un combat. J'ai respiré un grand coup et me suis obligée à me concentrer, en dépit de la panique qui menaçait de me paralyser. J'ai fermé les yeux et me suis représenté l'appartement baigné de lumière.

— Lumière, reviens! ai-je prononcé, enfin, avec

assurance. Ma vue s'est soudain éclaircie et j'ai entendu distinctement l'éclairage s'allumer. J'ai ouvert un œil prudent et soupiré de soulagement en constatant que l'ampoule du plafond de la cuisine brillait.

— J'espère vraiment que je n'ai pas provoqué un black-out à New York, ai-je déclaré, inquiète.

Nous nous sommes effondrées toutes les trois sur les chaises blanches de la cuisine.

— D'après ce que j'ai vu, c'était l'immeuble uniquement, m'a dit Angélique pour me consoler. Peut-être même seulement cette partie du bâtiment, a-t-elle ajouté, optimiste.

— Et si quelqu'un s'était fait mal à cause de moi, ai-je demandé, le visage entre les mains.

— Cela n'a duré que trois minutes maxi, m'a fait Randi d'une voix apaisante. Je suis sûre que les ascenseurs marchaient encore.

— Je ne me le pardonnerai jamais si quelqu'un s'est fait mal, ai-je marmonné.

— Emma, tire une leçon de cette expérience : fais en sorte d'être très précise dans tes sortilèges. Celui de demain soir devra être bien écrit, a commandé Randi, le menton appuyé sur sa main. Une sorcière maléfique et puissante est bien pire à affronter qu'un peu d'obscurité.

— Je sais.

Si je n'arrive même pas à contrôler ces pouvoirs en présence de mes amies, qui sait ce que je pourrais provoquer accidentellement demain ? Avec ma chance, les pigeons de la ville se mettront à lancer des rayons laser avec leurs yeux.

Je suis restée chez Angélique une heure de plus, préparant un plan devant me permettre d'échapper à la surveillance de Brendan et de travailler sur mon sortilège. Tante Christine a appelé ensuite et j'ai dû m'en aller. Angélique m'a accompagnée pour que je prenne un taxi.

— Tu es en mode super-pouvoirs, m'a-t-elle dit avec gravité. C'est sans doute préférable pour tout le monde que tu n'interrompes pas tout le réseau de métro.

— Tu crois que ça peut arriver ? lui ai-je demandé, soudain inquiète.

— Mais non, m'a-t-elle dit en faisant signe à un taxi de s'arrêter. Fais juste attention à ce que tu dis ce soir et demain. Tu ne voudrais pas réveiller la statue de la Liberté et je ne sais pas moi, qu'elle se mette à manger les gens.

— Super. Une statue de la Liberté zombie. Merci, maintenant, j'ai cette image dans la tête.

J'ai fermé les yeux pour écarter cette pensée de mon esprit.

— Remarque, elle mangerait Megan et ce serait la fin de tous nos ennuis.

— Elle la recracherait aussitôt, a rétorqué Angélique, tandis que je montais dans le taxi.

Je suis rentrée chez moi et j'ai immédiatement allumé mon ordinateur, histoire de vérifier les dernières infos et de m'assurer que je n'avais pas malencontreusement causé une catastrophe. Tout était calme — enfin, relativement calme — à New York.

J'ai attendu que tante Christine aille se coucher, j'ai grillé quelques Pop-Tarts au toasteur (je n'avais toujours pas dîné) et je suis allée dans ma chambre pour pratiquer des sortilèges. J'en avais un notamment à l'esprit — l'inverse d'*Emoveo*, avec une autre formule en latin, qu'Angélique avait réussi une ou deux fois.

J'ai décollé une photo de mon mur et je l'ai posée au

milieu de la pièce. Ensuite, je me suis assise sur mon lit et je l'ai regardée fixement.

Concentre-toi, Emma. Tu dois ne penser qu'à cela.

J'ai murmuré la formule latine, *Veni huc* — « Viens ici. »

Un coin de la photo a bougé.

J'ai répété la formule et j'ai tendu la main, paume vers le ciel. *Veni huc.*

La photo a tourné lentement et s'est élevée au-dessus du sol.

J'ai tendu l'index cette fois. La photo a fendu l'air et a atterri dans ma main.

— Ouah ! J'ai l'impression d'être un Jedi, ai-je déclaré à voix haute en regardant la photo. C'était une photo de Brendan et moi, prise sur le vif par Gabe. Nous étions sortis avec Cisco et lui et nous étions assis sur la banquette rouge d'un café. Le bras de Brendan était posé nonchalamment sur mes épaules et il riait de ce que je venais de dire. Et moi, évidemment, je le regardais avec des yeux de merlan frit.

J'ai recollé la photo sur le mur et me suis dit à moi-même :

— Tu peux y arriver. Tu *vas* y arriver.

16

Je ne m'étais même pas rendu compte que je m'étais assoupie, quand j'ai été réveillée par mon radio-réveil. Le présentateur radio déblatérait des idioties sur l'éclipse de lune à venir.

— La nuit sera claire et il devrait faire plutôt doux. Un temps idéal pour faire sortir tous les dingos adorateurs de la lune, mesdames et messieurs ! a-t-il annoncé d'une voix rocailleuse.

Je peux te dire le nom d'au moins une dingue qui sera dehors ce soir. J'ai grimacé et me suis tournée vers le mur, un oreiller sur la tête. J'ai envisagé un instant de lui jeter un sort pour faire fondre son micro d'animateur radio débile.

— J'en serais sûrement capable, en plus, ai-je marmonné, comme s'il pouvait m'entendre.

Puis j'ai réalisé quel jour nous étions. Mercredi. *Le jour J.* La nuit dernière ne m'avait apporté ni rêve ni indice, quels qu'ils soient. Je me suis efforcée de me convaincre que c'était bon signe — signe peut-être que j'étais sur la bonne voie — mais une partie de moi-même se disait que j'étais condamnée de toute façon. Que j'étais un cas désespéré.

Et l'autre partie s'inquiétait à l'idée de ce que je pourrais dire et qui transformerait le trottoir de Park Avenue en marshmallow — je suis donc restée plutôt silencieuse sur le trajet du lycée. Brendan n'était guère bavard non plus — ses yeux cernés indiquaient clairement qu'il n'avait pas beaucoup dormi. J'aurais voulu le rassurer, lui dire que tout irait pour le mieux, mais je ne trouvais pas les mots. Je me suis tue par conséquent et me suis contentée de lui tenir la main, à l'arrière de la voiture de fonction. J'avais l'impression que nous nous éloignions de plus en plus l'un de l'autre.

Quand nous sommes rrivés à mon casier au sous-sol du lycée, Brendan s'est appuyé contre celui contigu au mien et m'a dit doucement, en me regardant ranger le sac que j'avais préparé pour la soirée à venir :

— J'ai réfléchi, Emma. Je suis resté debout presque toute la nuit, à faire des recherches sur internet… peut-être n'avons-nous pas besoin d'utiliser la sorcellerie. Peut-être suffirait-il de la faire arrêter ou de l'accuser de harcèlement.

— Brendan, je ne crois pas que…

— Ecoute-moi. On peut toujours demander une ordonnance à un juge, qu'elle ne puisse pas t'approcher — j'ai failli le faire à l'époque de ma première année, m'a-t-il avoué, le regard baissé. Casey l'avait proposé, donc je suis certain que les papiers sont toujours quelque part. Emma, s'il te plaît, on ne peut pas réfléchir encore un peu à tout ça ?

Il a scruté mon visage, plein d'espoir. Son œil au beurre noir rendait la couleur de ses yeux encore plus intense. *Evidemment, tout va à Brendan, même un œil au beurre noir !*

— Bien sûr. Je te retrouve après l'entraînement de basket et on en parle.

Je mentais, bien entendu. Brendan s'est contenté de rire.

— Qu'est-ce qu'il y a de si drôle ?

— Emma, tu crois vraiment que je vais aller au basket alors que cette menace plane au-dessus de nous ? Il a secoué la tête et a écarté tendrement une mèche de mes cheveux. Il y a des priorités quand même.

Vite, une idée. Brendan devait absolument se rendre à l'entraînement. Je comptais là-dessus pour l'éloigner. Sinon, il resterait avec moi et je ne parviendrais pas à m'échapper pour retrouver Megan, seule.

— Je ne crois pas que tu devrais louper l'entraînement, ai-je répondu calmement, cherchant un prétexte qui lui conviendrait. *Il risquerait d'être suspendu ? Non, il s'en fiche. L'équipe a besoin de lui ? Non, ça ne marchera pas.*

— Nous ne savons pas qui est l'espion de Megan. Et si c'était quelqu'un de l'équipe de basket ? Pourquoi raterais-tu l'entraînement si ce n'est pour être avec moi ?

— C'est un peu tiré par les cheveux, tu ne crois pas ?

— Tu veux vraiment prendre ce risque ? lui ai-je demandé le plus innocemment possible.

Brendan a capitulé.

— J'irai à la bibliothèque pour travailler sur mon sortilège et je te retrouverai à 5 heures, lui ai-je lancé en lui décochant mon plus beau sourire.

Il m'a regardée, sceptique.

— Cette histoire nous concerne *tous les deux*. Rappelle-toi ta promesse, m'a-t-il dit, l'air sombre.

— Je me rappelle, lui ai-je répondu aussi sincèrement que j'en ai été capable.

Je me souvenais également que j'avais menti en faisant cette promesse.

Brendan a haussé les sourcils.

— Tu as promis, Emma. Et je parle sérieusement, je crois qu'on peut s'en sortir sans magie. Je crois…

— On ne sait jamais qui nous écoute donc tu me raconteras ton idée plus tard.

J'ai pris mon sac à dos et me suis mise sur la pointe des pieds pour l'embrasser et ainsi détourner son attention. J'avais en tête un baiser rapide, mais dès que mes lèvres ont touché les siennes il a posé les mains sur mes hanches et m'a serrée tout contre lui. Ses lèvres étaient douces mais exigeantes et ont ouvert les miennes en un baiser plus intense. J'ai lâché mon sac à dos, qui est tombé à terre avec un bruit sourd, et j'ai mis mes bras autour de son cou. Il m'a pressée contre les casiers et a pris mon visage au creux de sa main. J'ai senti son cœur battre contre le mien.

— Emma, s'il t'arrivait quelque chose, je ne me le pardonnerais jamais, *jamais*, a-t-il murmuré d'une voix émue. Je ne sais pas si tu t'en rends compte, mais tu es ce qui est le plus important pour moi — la meilleure chose que j'ai jamais connue.

— Brendan, tu es…

— Je ne dis pas ça pour que tu me le dises aussi, m'a-t-il coupée. Je le dis pour que tu comprennes à quel point il est important que nous soyons ensemble ce soir.

J'ai hoché la tête, retenant mes larmes. Brendan en a essuyé une avec le pouce et m'a souri tendrement. Je me suis soudain sentie coupable. Il serait tellement blessé en s'apercevant que je lui avais menti. En s'apercevant que je l'avais trompé et que j'étais allée seule au rendez-vous. Mais c'était le seul moyen de le protéger.

Quelques minutes plus tard, je me suis glissée à ma place en cours derrière Jenn. Les discussions allaient bon train dans la classe. Nicole McAllister, penchée en avant, les fesses en l'air, préparait sa soirée, prévoyant de regarder l'éclipse chez Paul Cuevas. Marcus Colby essayait de prendre des photos de ses fesses avec son téléphone, mais Madison Wefald l'en empêchait en mettant la main devant le portable et en lui tirant la langue. Les autres élèves paraissaient en pleine forme, impatients d'entendre la sonnerie de 15 heures, qui annoncerait le début de dix jours de vacances. Alors que moi, assise dans mon coin, je gribouillais tristement sur mon cahier vert. La seule élève qui paraissait aussi malheureuse que moi était Jenn. Elle boudait, la tête posée sur le coude, l'autre bras ballant. Cette mauvaise humeur durait depuis que ses parents l'avaient punie d'avoir trop bu. Jenn considérait que cette punition était une grande injustice sociale. Je m'attendais presque à ce qu'elle contacte Amnesty International pour plaider son cas.

Elle a écouté Nicole et Paul planifier leur soirée, puis a tourné vers moi une mine pitoyable.

— Qu'est-ce que tu vas faire pendant les vacances ? m'a-t-elle dit d'une voix déprimée, comme si elle venait de me demander où j'avais enterré son chiot.

Combattre une sorcière maléfique avec mes nouveaux triples pouvoirs, épargner sa vengeance à mon petit ami et faire du shopping peut-être.

— Je n'ai encore rien prévu. Et toi ?

— Rien, m'a-t-elle répondu en faisant la moue. Mes parents m'interdisent toujours de sortir. C'est tellement injuste.

J'ai scruté son visage. Ses yeux étaient clairs et vifs, ses cheveux couleur miel bien coiffés. Elle n'était vraiment pas mal, franchement.

— Tu sais, Jenn, ce n'est peut-être pas une mauvaise chose d'arrêter de faire la bringue un peu.

— Cisco et toi devriez vous installer dans une

maison de retraite à Boca Raton, m'a-t-elle rétorqué. Tu parles comme lui, on dirait mes parents ! Il en a sorti une bien bonne, hier soir au téléphone, a-t-elle ajouté d'un ton acerbe, presque mauvais. « Tu devrais vraiment arrêter de boire autant, Jenn. Je ne suis pas ivre tous les soirs et je m'amuse quand même ! » Bla bla bla, M. Je-sais-tout, regardez-moi, je suis tellement parfait, a-t-elle raillé d'une voix rauque censée imiter celle de Cisco.

La moutarde m'est montée au nez et j'ai senti une curieuse chaleur me chatouiller la peau. Cisco avait toujours été un ami pour Jenn et, très franchement, il n'avait pas tort. Nous étions tous lassés de devoir littéralement la pousser dans un taxi à la fin de chaque sortie.

J'ai respiré pour me calmer et je l'ai regardée droit dans les yeux.

— Il a raison. Tu *devrais* boire moins. Tu sors trop. Tu vas finir par ressembler à une vieille avant même de terminer le lycée.

Le regard de Jenn s'est fait vague. Elle a ouvert la bouche et m'a fixée, les yeux vides.

— Il a raison. Je vais arrêter de boire autant. Je sors trop. Je vais ressembler à une vieille avant même de terminer le lycée, a-t-elle répété comme un robot.

Puis elle m'a tourné le dos et s'est tenue toute droite.

— Oh ! très drôle, ai-je répondu dans un sarcasme.

Elle s'est tournée de nouveau vers moi et m'a regardée comme si elle me voyait pour la première fois.

— Salut, Emma, a-t-elle dit, surprise. Qu'est-ce que tu disais ? Quand es-tu arrivée ?

Elle a levé les yeux vers l'horloge sur le mur jaune pâle derrière moi.

— Je suis là depuis quelques minutes déjà, ai-je répliqué lentement. Nous venons d'avoir toute une conversation, tu te souviens ?

— Euh, non. De quoi parles-tu ? m'a demandé Jenn, l'air confus. Quand je pense que c'est *moi* qui devrais arrêter de boire !

Je n'y comprenais plus rien.

— Ne fais pas cette tête. Cisco m'en a parlé hier soir, a repris Jenn calmement. Je ne suis pas folle. Il a raison. Je vais boire moins. Et je sors trop.

Elle répétait mes paroles comme si elles avaient été les siennes, ajoutant même :

— Je vais finir par ressembler à une vieille avant même de terminer le lycée !

J'ai compris alors ce que j'avais fait.

Je venais de jeter un sort à Jenn sans m'en rendre compte. Je n'avais allumé aucune bougie, n'avais prononcé aucune formule en vers ni utilisé un athamé ou une baguette magique. Je n'avais même pas agité les mains. Il avait suffi que je prononce des mots que je pensais profondément et mes pouvoirs bénéfiques décuplés avaient fait le reste. Moi, qui devais normalement me concentrer pendant des heures pour parvenir à faire léviter un simple stylo, je venais de lancer spontanément des mots et de laver le cerveau de mon amie.

Génial. Absolument *génial*.

La dernière sonnerie a retenti. Jenn s'est tournée vers le tableau noir, toute sérieuse. Vue de l'extérieur, elle avait sûrement l'air de l'élève modèle — grâce à moi. J'ai étendu les jambes dans l'allée puis je les ai croisées, un sourire satisfait sur les lèvres. Je chantonnais dans ma tête une variante maison des paroles d'une vieille comptine : « Na na na, je t'ai jeté un sooort… » (Bon, d'accord, c'est un peu nul.)

M. Agneta a fait son entrée et a réclamé le silence.

— Je suis au courant que les vacances commencent ce soir, a-t-il lancé d'une voix sarcastique.

Le vacarme a continué, sous les yeux furieux du prof. Enfin, il a pris son compas géant et en a posé la pointe crayeuse sur le tableau.

Oh non, pas encore ! Je me suis bouché les oreilles, me préparant à l'inévitable et insupportable grincement de la craie. Soudain, j'ai eu un éclair de génie. Comment épargner nos oreilles ? J'ai trouvé la formule parfaite…

J'ai plissé les yeux, j'ai fixé le morceau de craie, me suis penchée en avant, la main sur le menton pour couvrir ma voix, et j'ai murmuré : « *Brise-toi en deux et épargne nos oreilles, brise-toi en deux et calme nos peurs.* » J'ai observé la classe qui m'entourait. Personne ne semblait avoir remarqué que je parlais toute seule.

M. Agneta a appuyé sur la craie et a tracé un épais trait blanc sur le tableau. Il s'est retourné vers nous, fier de son petit effet… puis s'est immobilisé, se rendant compte que sa démonstration n'avait pas produit le bruit assourdissant habituel. *Ha ! Bien fait, Agneta !* J'ai souri au prof — d'accord, le compas ne s'était pas cassé en deux comme je l'avais voulu mais j'avais réussi à faire taire son instrument de torture préféré. M. Agneta aurait fait un maître du donjon idéal au Moyen Age, sadique comme il l'était.

Mais, en cet instant, il fixait bêtement le tableau en clignant des yeux. Puis ces mêmes yeux se sont ouverts comme des soucoupes. Une large fissure est apparue au centre de la ligne qu'il avait tracée au tableau, la scindant en deux. Des morceaux d'ardoise crayeuse sont tombés sur le sol en une pluie de copeaux, qui a fait le même bruit sur le plancher ciré que des ongles tapant sur du bois. La fissure s'est élargie peu à peu en étoile, des branches apparaissant sur le tableau noir tels des doigts. Des doigts qui ont agrippé le bas et le haut du tableau.

M. Agneta a reculé prudemment, brandissant le compas devant lui comme une arme de protection, visiblement mort de peur. Le bruit de fond des conversations des élèves s'est soudain interrompu car tous contemplaient, fascinés, le phénomène étrange et silencieux qui se déroulait sous nos yeux.

Le tableau s'est mis à trembler. Un nuage de poussière grise — mélange d'ardoise pulvérisée et de craie — a jailli de la fissure, tel un gaz d'échappement. Aussi facilement que si l'on avait déchiré une feuille de papier en deux, le tableau s'est brisé, toujours sans le moindre bruit. Le silence total. Parce que je l'avais voulu ainsi. J'ai été prise de sueurs froides. *Bon sang, qu'as-tu fait ?*

La réponse ne s'est pas fait attendre. Dans un dernier nuage de poussière, le tableau s'est écroulé sur le sol et s'est brisé en mille morceaux, dans un vacarme assourdissant, entaillant profondément le plancher épais. Cette fois, à cause du bruit, la classe est sortie de sa stupeur collective. Quelques cris d'élèves. Des applaudissements aussi. M. Agneta a sauté sur sa chaise, accroupi comme quelqu'un qui aurait vu une souris.

Je regardais droit devant moi, stupéfaite, contemplant le résultat désastreux et destructeur du deuxième sort que j'avais jeté ce jour-là. Un sort que j'avais délibérément lancé pour donner une leçon à M. Agneta.

Tu es debout depuis à peine deux heures et tu as déjà franchi la ligne rouge dont Randi t'a parlé. Contrôle-toi, Connor.

Du mur de plâtre où se trouvait le tableau noir sortaient pêle-mêle des montants métalliques. J'ai repensé à la façon dont Brendan avait réussi à bricoler la chaise cassée dans la bibliothèque avec un peu de Scotch. *Il va nous falloir un plus gros rouleau de Scotch cette fois.* M. Agneta fixait toujours, éberlué, le tas d'ardoise sur le plancher. Puis il a fait face à la classe, tout rouge.

— J'ai à peine… je l'ai à peine touché ! a-t-il bredouillé.

Quelques élèves ont ricané. Le prof a plissé ses yeux de lézard et a passé la classe en revue, à la recherche du coupable. Son regard s'est posé sur Paul Cuevas, qui dissimulait — très mal — un sourire derrière son livre de maths.

— Vous !

Paul a plongé la tête dans son livre, les épaules secouées de rire.

— Arrêtez de rire ! a ordonné Agneta en tapant du pied comme un enfant faisant un caprice. Descendez au bureau de Mme Casey et dites-lui ce qui vient de se passer. Les autres, rangez vos livres, interro surprise, a-t-il ajouté tout sourires, en brandissant une pile de photocopies.

Sur le chemin du cours d'anglais, Jenn a évoqué, enthousiaste, le tableau pulvérisé, se demandant à voix haute si certains des parents les plus procéduriers tenteraient de porter plainte contre Vince A pour mise en danger de la vie des élèves.

— Après tout, m'a-t-elle dit, si quelqu'un s'était trouvé devant le tableau, en train d'écrire…

— M. Agneta y était, lui ai-je rappelé, me sentant soudain de nouveau coupable.

Je n'aimais pas particulièrement le prof de maths — il m'avait cherché des poux dès qu'il avait compris que je m'en sortais bien — mais que se serait-il passé si le tableau s'était cassé plus vite et lui était tombé *dessus* ? Et si je l'avais brisé en deux, *lui* ? J'étais allée trop loin, tout cela parce que je voulais lui donner une leçon.

— Un *élève*, je veux dire ! a poursuivi Jenn.

Nous arrivions en anglais. Brendan est entré quelques minutes plus tard — à l'heure pour une fois. Il s'est assis et s'est aussitôt retourné vers moi, le regard pétillant de malice.

— C'est vrai qu'Agneta a cassé le tableau ? m'a-t-il demandé, les bras croisés et un sourire satisfait sur les lèvres.

— C'est la version officielle, lui ai-je répondu à voix basse.

Brendan a froncé les sourcils.

— Comment ça, la version officielle ?

Je l'ai tiré vers moi et j'ai murmuré à son oreille :

— Je voulais juste casser le compas pour qu'il arrête de faire grincer la craie sur le tableau, mais le super transfert de pouvoirs est bien plus puissant que ce que je pensais…

Je me suis reculée, penaude. Culpabilité qui a viré à la surprise quand j'ai vu que Brendan contenait un sourire amusé.

Il ne s'est pas retenu longtemps d'ailleurs et a éclaté de rire, le visage entre les mains.

Puis il a relevé la tête et m'a regardée.

— Attends une minute. Comment as-tu fait cela sans que personne remarque rien ?

— J'ai juste murmuré une formule rapide, ai-je chuchoté. C'est tout !

— C'est tout ? m'a-t-il demandé, visiblement impressionné. Génial !

— Pour les autres, peut-être. Pas pour moi, ai-je lâché en baissant d'un ton.

Kristin venait d'arriver, me décochant son regard noir habituel avant de s'asseoir à sa place. Je me suis tournée vers Brendan.

— Rien ne s'est passé comme je voulais.

— Je comprends que tu sois un peu perturbée parce que le sortilège a été plus puissant que prévu mais, franchement, je suis soulagé que tu aies démoli le tableau d'Agneta, a murmuré Brendan en écartant une mèche de mes cheveux. Ça me rassure un peu pour ce soir.

— Oui, c'est une façon de voir les choses. Seulement, j'ai quand même un peu la trouille.

— Tu as la trouille ? C'est plutôt à moi de m'inquiéter et de faire attention à ne pas t'énerver au cours des prochaines vingt-quatre heures ! a rétorqué Brendan, avec un air faussement grave.

J'ai donné un coup de pied dans sa table, la faisant glisser un peu en avant.

— Fais gaffe, tu risques de me catapulter au bout de la classe et de faire tomber un autre tableau, m'a-t-il dit, moqueur, le doigt levé en signe de remontrance.

Puis il s'est tourné vers le tableau, justement, car M. Emerson venait d'arriver. Il était un peu en retard et avait visiblement entendu parler de la catastrophe du cours de maths : il s'est avancé prudemment et a contourné largement le tableau, gardant l'œil sur lui comme si l'ardoise pouvait se transformer en ours sauvage et le dévorer tout cru. Il l'ignorait mais, avec moi dans sa classe, une telle péripétie n'était pas totalement à écarter… Il a toisé le tableau, comme le ferait un boxeur sur le ring face à un adversaire, puis a agrippé des deux mains la petite étagère de bois où l'on rangeait brosse et craies. Il l'a secouée d'avant en arrière pour tester sa solidité. Elle n'a pas bougé d'un pouce. Le prof s'est détendu, rassuré.

— Bien, à présent que nous avons évalué la stabilité structurelle de la salle de classe, intéressons-nous à la stabilité de vos moyennes. Je vais vous rendre vos devoirs sur Dante, a annoncé M. Emerson en sortant une pile de papiers de son cartable.

— Bon travail, mademoiselle Connor, m'a-t-il dit en me rendant mon devoir.

Il avait entouré ma note, un grand A. Puis il s'est arrêté devant la table de Brendan et lui a donné une tape légère sur la tête à l'aide d'un rouleau de papier.

— Salinger, a fait Emerson froidement avant de sourire à contrecœur. Ce n'est pas tout à fait le chef-d'œuvre révolutionnaire que vous m'aviez promis, mais ce n'est pas loin.

Il a posé le rouleau, qui s'est étalé sur la table, révélant un grand A moins inscrit en rouge sur la première page. Le reste du cours s'est déroulé sans encombre — j'avais décidé de ne pas lever la main et de ne pas dire un mot. J'aimais bien M. Emerson, la dernière chose que j'aurais voulue était de provoquer la chute de son tableau ou de le transformer en dinosaure.

Le cours terminé, Cisco s'est penché vers moi.

— Emma, tu peux me prêter tes devoirs de maths ? Je ne les ai pas faits et je parie qu'Agneta va vouloir les ramasser aujourd'hui à cause de ce qui s'est passé avec son tableau.

— Bien sûr. Il nous a collé une interro surprise donc prépare-toi, lui ai-je répondu en lui tendant mon cahier.

— Je le mettrai dans ton casier après les cours, a promis Cisco. Vous allez à la cafét'?

— J'ai de la chimie à faire avec Angélique, ai-je répondu. *Mensonge éhonté !*

Cisco a fait la moue, me scrutant attentivement.

— Qu'est-ce que tu peux bien avoir à faire en chimie ? Nous avons terminé le dernier TP — il y avait juste un peu de lecture à faire hier soir.

— Oui, c'est ça, euh… je ne l'ai pas fait, ai-je bredouillé.

— On est allés au ciné, la dernière séance à l'Angelika, a fait Brendan pour me venir en aide.

Il mentait de mieux en mieux, mais Cisco était sceptique. Il nous a regardés tour à tour avec méfiance.

— O.K. Qu'est-ce qui se passe ?

J'ai haussé les épaules avec désinvolture.

— Rien.

— Moi je crois qu'au contraire il y a quelque chose, a-t-il insisté.

Brendan et moi avons joué les innocents.

— Pourquoi dis-tu ça ?

J'ai souri béatement, mais Brendan était mal à l'aise, le mensonge n'était décidément pas une habitude bien ancrée chez lui.

Cisco s'est mordu la lèvre, nous a jeté un dernier regard circonspect puis a poussé un soupir résigné.

— Pour rien, a-t-il dit brusquement.

Il a mis mon cahier dans sa sacoche et s'est levé.

— Merci, Em.

Nous avons marché tous les trois ensemble vers la cantine. Une fois que nous sommes arrivés, Brendan a posé les doigts sous mon menton et, levant mon visage vers le sien, il m'a embrassée, brièvement mais tendrement.

— Je te vois après l'entraînement ?

J'ai hoché la tête et il a serré doucement mon menton entre ses doigts.

— O.K. On verra pour la suite, a-t-il ajouté en déposant un baiser sur mon front.

J'ai fermé les yeux, goûtant à la caresse de ses lèvres sur ma peau. J'ai lutté contre l'envie de m'agripper à lui, de plonger mon visage au creux de son cou pour le respirer. J'aurais voulu lui avouer la vérité et le laisser m'accompagner ce soir-là. Il aurait été si facile de laisser Brendan se charger de Megan, de me mettre en retrait et de lui donner le rôle de héros qui lui venait si naturellement. J'aurais voulu le prendre dans mes bras, sentir chaque centimètre de sa peau contre la mienne, mais cela aurait ressemblé à un adieu. Il aurait compris que je lui mentais — que, quel que soit le lieu de rendez-vous que me fixerait Megan, j'irais seule, en dépit de la promesse que je lui avais faite. Je me suis donc contentée de hocher la tête et de lui sourire, m'efforçant d'ignorer les regards soupçonneux de Cisco.

Mais, en descendant l'escalier qui menait au labo, je me suis soudain immobilisée et j'ai agrippé la rampe. Pour le meilleur ou pour le pire, la prochaine fois que je verrais Brendan, tout serait terminé. J'ai été heureuse, soudain, que nous ayons partagé cette étreinte impromptue — mais tellement passionnée — avant les cours. *Et si c'était votre dernier baiser ? Et si tu le voyais aujourd'hui pour la dernière fois alors que tu lui as menti ? La ferme, Emma, ne fais pas dans le mélo. Tu l'embrasseras encore. Tu ne mourras pas ce soir. Tu seras sans doute gravement blessée, c'est tout. Oui mais, et si c'était la dernière fois qu'il te voyait avec le visage que tu as aujourd'hui ?*

Des pensées noires ont continué d'assaillir mon cerveau. Je suis enfin arrivée au labo et je me suis installée, morose, à côté d'Angélique. Celle-ci m'a regardée avec curiosité.

— C'est sans doute une question stupide, au vu des événements, mais qu'est-ce qui te tracasse ? Ici et maintenant, je veux dire ?

— Je viens de dire au revoir à Brendan, ai-je avoué sur un ton sinistre, les yeux fixés sur la paillasse noire.

— Au revoir ? Tu veux dire « adieu pour toujours » ? m'a-t-elle demandé, surprise.

J'ai secoué la tête avec véhémence.

— Mais non. Je lui ai menti, rappelle-toi. Je lui ai dit qu'il viendrait avec moi ce soir.

— Oui. Parfait.

Angélique a souri, soulagée. J'ai été un peu étonnée de sa réaction : depuis que nous étions amies, elle considérait Brendan comme une épine dans le pied — un objet gênant, à étudier et à oublier dès que possible. Leur toute nouvelle alliance — aussi ténue soit-elle — me surprenait encore.

— J'espère qu'il me pardonnera, ai-je murmuré.

Angélique a laissé échapper un petit rire ironique.

— Quoi ? lui ai-je fait.

— Ce garçon te pardonnerait même si tu le poignardais accidentellement avec une épée de samouraï !

— Tu as bien dit *accidentellement*. Cette fois, je lui mens délibérément, ai-je argué.

— O.K., tu n'as pas tout à fait tort, a-t-elle reconnu. Mais c'est mieux ainsi et tu le sais, a-t-elle ajouté gravement.

J'ai soupiré.

— Je suis sérieuse, Emma. Brendan ne peut pas

s'empêcher de jouer les preux chevaliers dès qu'il s'agit de toi et tu le sais parfaitement.

J'ai de nouveau été étonnée de l'absence de sarcasme dans sa voix, alors qu'elle parlait de Brendan.

— Il n'hésiterait pas à risquer sa vie, a-t-elle ajouté. Et Megan est assez dingue pour se servir de cela. Je suis certaine qu'elle croit qu'il va venir.

— Tu as sans doute raison.

J'ai sorti mon déjeuner. Prenant exemple sur mon amie, je m'étais préparé un repas (pomme et bagel tartiné de beurre de cacahuètes croustillant) — que celle-ci a regardé avec le plus grand mépris.

— Franchement, Emma ! Bizarre que tu n'aies pas apporté une brique de jus de fruits, a-t-elle raillé en sortant un Tupperware rempli d'une sorte de poulet grillé mariné très raffiné. Tu ne manges rien à part des Pop-Tarts, des sandwichs et des pizzas ! Je connais des petits garçons de sept ans qui ont une palette culinaire plus étendue que la tienne.

— Tu connais des petits garçons de sept ans ? Perverse, va.

J'ai pris une bouchée de mon bagel. *Mon délicieux, croustillant, super bon bagel, non mais !*

— Tu sais très bien ce que je veux dire, m'a-t-elle fait en levant les yeux au ciel.

Je lui ai alors raconté les deux sorts que j'avais jetés ce matin, m'attendant presque à ce que ses yeux sortent de leurs orbites et me frappent au visage comme dans les dessins animés.

Elle a seulement poussé un soupir de frustration et s'est passé la main dans les cheveux.

— Emma, tu es dingue ou quoi ? Qu'est-ce que Randi t'avait dit ?

— Je n'ai pas pu m'en empêcher, ai-je répliqué, sur la défensive. Le premier sort était un accident, donc techniquement il ne compte pas. Et puis, maintenant, je sais me maîtriser.

— Quand même ! Ça aurait pu très mal tourner...

Angélique s'est tue, se mordillant la lèvre pour se calmer, puis a repris :

— Bon. Ce n'est pas la fin du monde... Pour être honnête, je suis épuisée et un peu énervée. Quand Randi disait que le sortilège était fatigant, je ne pensais pas que ce serait au point d'avoir l'impression de ne pas avoir dormi de la nuit.

— Tu crois que c'était une erreur ? Tu veux le défaire ? ai-je demandé avec hésitation.

Je ne tenais pas à perdre mes super-pouvoirs mais je ne voulais pas non plus causer le moindre ennui à Angélique.

— Non, ça ira, m'a-t-elle dit en tirant sur les pans de dentelle noire du jupon qu'elle portait sous sa jupe de tweed. Randi est restée tranquillement au lit, à regarder des émissions de téléréalité, alors que j'ai dû aller au lycée, a-t-elle ajouté avec amertume. Elle n'arrête pas de m'envoyer des SMS pour se vanter, c'est pénible.

— As-tu reçu d'autres SMS ?

Elle a fait non de la tête, sachant très bien qui je voulais dire.

— Non, ce qui est étrange... Ça ne lui ressemble pas, a-t-elle murmuré, perplexe. Je pensais qu'elle me harcèlerait mais je n'ai pas eu de nouvelles, à part un texto qui disait « *Je te dirai où aller après les cours.* »

— Elle a peut-être exagéré et s'est fait confisquer son téléphone, ai-je lancé.

Angélique a secoué la tête et a ricané.

— Non, tu parles, sa famille ne s'intéresse qu'à sa sœur, Jenna ; ils applaudissent à son moindre bâillement. Ils ne verraient rien, même si Megan mettait le feu à l'appartement.

— Super. Très rassurant pour ce soir.

— Une raison de plus de se préparer. Allez, on reprend. Dis-moi comment tu vas t'y prendre.

Nous avons passé le reste de la pause déjeuner à répéter ce que je devais faire ce soir-là. A la fin, je savais tout par cœur. Si j'avais été aussi attentive en latin, je parlerais couramment une langue morte à l'heure qu'il est. Je me sentais plus confiante lorsque le cours de chimie a débuté, mais cela n'a pas duré. A la fin du dernier cours, quand j'ai dû retrouver Angélique, j'étais une vraie boule de nerfs.

— Pas de nouvelles de Megan, m'a-t-elle fait en secouant son téléphone comme si un SMS de Megan était coincé dans son portable et qu'elle pouvait l'en déloger.

— Super, ai-je soupiré. Elle nous prépare sans doute une surprise. Bon, je vais chercher mes affaires en bas. J'imagine qu'on va chez toi pour attendre. Je suis sûre qu'elle va nous contacter, et dans pas longtemps.

J'ai donné rendez-vous à Angélique dans le hall. Elle s'est dirigée vers le troisième étage bien éclairé où se trouvait son casier — la chanceuse ! Les semelles en caoutchouc de mes Mary Jane ne faisaient pas beaucoup de bruit sur les marches qui menaient au sous-sol. Je voulais simplement récupérer les livres dont j'aurais besoin pendant les vacances, le petit sac que j'avais préparé pour ce soir et quelques affaires indispensables.

Je ne m'attendais en tout cas certainement pas à trouver Kristin Thorn debout devant mon casier, occupée à glisser un épais morceau de papier plié dans une des fentes de la porte métallique.

— Qu'est-ce que tu fabriques ? ai-je crié en laissant tomber mon sac à dos par terre.

Kristin a reculé d'un bond, surprise. L'espace d'un instant, elle a semblé inquiète. Puis son attitude froide de garce a repris le dessus.

— Ne me parle pas comme ça, espèce de nulle, a-t-elle sifflé.

Mon regard est allé directement à la sortie de secours — elle était fermée, heureusement. Lors du bal de l'an dernier, elle l'avait laissée ouverte pour permettre à Anthony de pénétrer dans le lycée. J'ai scruté le couloir étroit du sous-sol, où étaient alignés les casiers — personne.

— Tu mettais un de tes adorables petits mots dans mon casier ?

Je me suis avancée vers elle d'un pas ferme et lui ai arraché le papier sans qu'elle ait pu réagir.

— Rends-moi ça, a exigé Kristin de sa voix nasillarde.

Elle a essayé de me prendre le papier des mains. J'ai posé la paume sur son front et je l'ai tenue à distance pendant qu'elle agitait vainement les bras pour me frapper. Ses doigts ont effleuré mon chemisier sans arriver à me toucher. Je me servais de la prise ultime d'un jeu de balle au prisonnier, prise qu'Ethan avait perfectionnée sur moi chaque fois que j'avais découvert l'une de mes poupées dans sa chambre. Généralement, elles étaient à moitié nues — mon frère était un précoce.

— Je t'ai dit de me le rendre, a crié Kristin, complètement hystérique.

Je me suis contentée de lui rire au nez et j'ai ouvert le papier avec ma main libre.

— Qu'est-ce que ce mot-ci raconte, Kristin ? Tu n'as pas trop fait de fautes d'orthographe, pour une fois ?

J'avais déjà fait les frais des petites missives cruelles de cette peste et de ses sbires. La toute première était arrivée juste après les débuts publics de ma relation avec Brendan et me traitait de garce. *Quelle créativité !* J'en avais souffert à l'époque — beaucoup, je dois avouer — mais je m'étais endurcie depuis. Il le fallait de toute façon, car j'avais reçu pas mal de ces messages au cours des quatre derniers mois. En général, je les roulais en boule et les jetais directement à la poubelle. Difficile de prendre quelqu'un au sérieux quand cette personne est capable de faire une faute d'orthographe tous les trois mots !

— Rends-le-moi ! a-t-elle gémi en agitant les bras.

J'adorerais te le balancer, en plein dans ta figure orange.

— Dès que j'aurai lu ta dernière perle de sagesse.

Je n'avais jamais été autant en position de force avec Kristin qu'en cet instant et, au fond de moi, je savais que mes pouvoirs décuplés alimentaient mon sentiment de revanche. Et je m'en moquais, après tout. Elle l'avait amplement mérité, pouvoirs ou pas.

J'ai lu le mot et mon sourire d'autosatisfaction a disparu. Il s'agissait d'indications pour se rendre dans un passage entre deux bâtiments dans le quartier de Hell's Kitchen, suivies de ceci :

> « *Prends l'escalier de secours. Retrouve Megan sur le toit à 21 heures. Apporte son couteau.* »

La paume de ma main tenait toujours Kristin à distance. J'ai plié le coude et je l'ai poussée. Elle a reculé de quelques pas et est allée heurter les casiers.

— Tu m'as fait mal ! a-t-elle crié en se massant l'épaule. Je vais te dénoncer à Casey.

— Tu as de la chance de t'en tirer sans plus de mal, lui ai-je rétorqué, dents serrées. C'était donc *toi* ? Tu nous as mis Megan sur le dos ?

— Elle m'a juste demandé de déposer ce message, a dit Kristin, soudain nerveuse.

— Et de voler les écouteurs de Brendan, de mettre du talc dans son casier et de lui donner mon emploi du temps pour qu'elle puisse m'attaquer dans le parc !

J'ai égrené la liste de ses crimes et elle a tressailli à l'énoncé des deux premiers. Mais lorsque j'ai évoqué les Cloisters Kristin m'a regardée sans comprendre, les yeux encore plus vides d'expression que d'habitude.

— De quoi parles-tu ?

— Tu le sais très bien, ai-je grogné en avançant d'un pas vers elle.

Elle a pâli — autant qu'il lui était possible de pâlir avec son bronzage artificiel ridicule — et a reculé, mettant l'espace de quelques casiers entre nous. Puis son arrogance habituelle a repris le dessus. Elle a croisé les bras, raide comme un piquet, et a bombé la poitrine.

— Peu importe, Emma, tu n'es qu'une nulle et tu inventes n'importe quoi pour te rendre intéressante. Vulgaire et dérangée, en prime, a-t-elle raillé en approchant pour me défier, un sourire suffisant sur ses lèvres rose pastel. Brendan s'en apercevra bien assez tôt.

J'ai haussé les épaules et poussé un profond soupir.

— Encore, Kristin ? Tu cours toujours après Brendan ? Tu baves tellement devant mon petit ami que je m'étonne que tu ne sois pas déjà morte de déshydratation !

Furieuse, elle a gonflé les narines si fortement que son piercing en diamant s'est mis à tressauter.

— Tu te crois tellement… maligne.

— Je crois surtout t'avoir supportée assez longtemps, ai-je sifflé, dents serrées. A cause de toi, Anthony a failli nous tuer, Brendan et moi.

Elle a tressailli.

— Sans compter qu'il t'a fait saigner du nez, tu as déjà oublié ?

— Il ne vous aurait pas tués…

— Tu n'y étais pas, ai-je crié en avançant vers elle. Et maintenant Megan ? Tu as envoyé ma cousine à l'hôpital !

Kristin a paru perplexe.

— Je ne comprends pas, comment ça, envoyé Ashley à l'hôpital ?

— Ne joue pas les innocentes avec moi, espèce de garce décolorée !

Je me suis approchée d'un pas vers elle à chaque mot que je prononçais et elle reculait d'autant. Une fois de plus, son dos a heurté les casiers.

— Je ne sais pas de quoi tu parles, a-t-elle insisté en tapant du pied dans une dernière tentative bravache. Je n'ai fait que déposer un message.

Puis elle m'a regardée, nerveuse. Je devais sans doute avoir l'air prête à la tuer. Je me sentais *capable* de le faire. Je *voulais* le faire.

— O.K. Message passé. Maintenant, en voici un pour toi. Tu arrêtes là. Si tu continues ta petite croisade pour détruire ma vie et celle de ceux que j'aime, je ferai de la tienne un enfer sur terre.

Kristin a retroussé ses lèvres roses en un ricanement.

— Calme-toi, loseuse. Comment faut-il faire pour te prouver que je suis intouchable ? Qu'est-ce que *toi*, tu pourrais bien me faire ?

— Tu tiens vraiment à le savoir ? lui ai-je demandé.

J'ai reculé d'un pas et j'ai joint les mains, faisant craquer mes articulations. J'ai souri, triomphante. *Je vais enfin m'amuser.* Je savais que j'étais sur le point de franchir une ligne rouge. De la franchir en toute connaissance de cause. Et je m'en moquais éperdument.

— Oh… Et quoi, tu vas me frapper ? m'a-t-elle lancé d'une voix tremblant légèrement malgré tout.

Elle a regardé derrière moi. Je bloquais la sortie. J'ai répété dans ma tête les paroles d'un sortilège que j'avais lu dans le grimoire de Randi, des mots que j'avais voulu oublier mais qui étaient imprimés dans mon cerveau comme si j'avais la mémoire photographique d'Angélique.

Kristin a continué de se moquer de moi. Elle était trop occupée à me jeter des insultes à la figure pour se rendre compte que je murmurais : « *Donne l'illusion du feu, emplis sa vision d'un bûcher géant.* »

Mes paumes étaient brûlantes et j'ai lâché le mot que je tenais dans les mains. Il a glissé à mes pieds et a explosé en une boule de feu aux flammes rouges et jaunes.

Kristin a reculé, paniquée, et a fixé le feu qui s'étendait en un cercle parfait autour de moi.

— Tu es une sorcière ! a-t-elle hurlé, terrifiée. Comme Megan et cette folle d'Angélique !

J'ai franchi l'anneau de feu aussi facilement que si j'avais sauté par-dessus une flaque d'eau de pluie, et les flammes imaginaires ont semblé lécher mes jambes. Je me tenais à quelques mètres de Kristin. J'ai avancé la main et de petites flammes bleues et orangées ont dansé sur ma paume, caressant ma peau.

— Tu tiens vraiment à nous traiter de folles ? ai-je lâché en faisant mine de lui lancer un baiser.

Les flammes bleues ont voleté comme des plumes pour retomber sur le sol à quelques centimètres d'elle, éclatant en une boule colorée de chaleur et de feu. L'incendie magique s'est propagé — le crépitement du feu a empli le couloir étroit, et de petites flammes ont léché les casiers disposés le long des murs. Elles ont atteint l'endroit où se tenait Kristin, bloquant la sortie de secours et faisant gondoler la peinture rouge sous une chaleur imaginaire.

— Je crois qu'il est temps que tu me présentes des excuses, ai-je demandé calmement en donnant une pichenette à une pellicule imaginaire sur mon épaule. Elle s'est aussitôt transformée en une minuscule boule de feu qui a roulé dans le couloir, laissant une traînée de flammes derrière elle.

— D'accord ! D'accord ! Je suis désolée ! s'est écriée Kristin.

Elle pleurait. Son maquillage s'est mêlé à ses larmes, laissant des traces brillantes sur ses joues.

— Et tu ne recommenceras pas, ai-je entonné en me balançant d'un pied sur l'autre.

C'est beaucoup plus drôle qu'une journée à Disneyland.

— Jamais ! Je le jure ! a-t-elle crié en fermant les yeux, les mains en avant comme pour se protéger du feu qui faisait rage autour d'elle.

— Ooo.K. Je doute fort que tu mérites une deuxième chance, donc souviens-toi de ta promesse la prochaine fois que tu voudras me chercher des noises.

— Je te laisserai tranquille, je le jure, a répondu Kristin en sanglotant.

J'étais en train d'envisager de l'obliger à se mettre à

genoux pour me supplier de lui pardonner quand j'ai entendu un bruit derrière moi.

Cisco se tenait au pied de l'escalier, mon cahier de maths dans la main et l'autre agrippée à la rampe.

— Qu'est-ce qui se passe ici, bon sang ? a-t-il murmuré lentement en scrutant mon visage d'un air à la fois horrifié et dégoûté. Puis il a vu Kristin, acculée aux casiers et tremblant de peur, les yeux toujours fermés. Et j'ai soudain eu honte de moi. Quatre mois auparavant, Anthony m'avait terrorisée à cet endroit même. Et je venais de faire la même chose à Kristin. Avec la plus grande jubilation.

Qu'est-ce que tu es devenue, Emma ? Ce n'est pas toi.

Je me suis écartée de Kristin, un goût métallique de bile dans la bouche. Un sentiment profond de dégoût mêlé de chagrin à la pensée de ce que je venais de faire s'est emparé de moi.

— *Redonne-lui sa vision normale, mets fin à l'illusion. Eteins le feu et redonne-lui sa vision normale*, ai-je murmuré.

J'aurais pu crier d'ailleurs, car Kristin n'entendait plus rien au-delà de ses propres sanglots et du feu imaginaire qui faisait rage autour d'elle. Dans un doux sifflement, les flammes ont disparu, tel du mercure liquide, se faufilant dans les craquelures du sol de ciment.

Kristin a ouvert les yeux. Ses cils étaient collés par le mascara qui avait coulé. Elle s'est élancée vers l'escalier, a failli s'étaler de tout son long à cause de ses Louboutin à talons, a poussé Cisco et s'est enfuie.

— Il y a une explication à tout cela, ai-je dit enfin en tendant timidement la main en direction de Cisco.

Il s'est contenté de secouer la tête, a laissé tomber mon cahier sur le sol et a tourné les talons.

— Attends, Cisco, s'il te plaît ! Reviens !

J'ai couru pour le rattraper, j'ai attrapé sa main et tenté de le ramener. Nous étions au milieu de l'escalier, entre le sous-sol et le rez-de-chaussée, et je savais que si je le laissais partir maintenant il ne m'adresserait plus jamais la parole.

— Bon sang, Emma… est-ce que tu allais la tuer ? Qu'est-ce que tu as fait ? Qui es-tu ? a bredouillé Cisco, effaré.

— Je sais que les apparences sont contre moi mais laisse-moi au moins t'expliquer ! l'ai-je supplié.

— Et sinon ? Tu vas essayer de m'immoler par le feu, moi aussi ? m'a-t-il demandé, sarcastique.

— Non ! Jamais je ne te ferai de mal !

— Vraiment ? Kristin le mérite au centuple, d'accord, mais jamais je n'aurais pensé non plus que tu lui ferais ça à elle !

Il s'est passé la main dans les cheveux et a fermé les yeux.

— Je n'arrive pas à croire ce que j'ai vu.

— Elle n'aurait pas brûlé, ai-je insisté. C'est allé un peu trop loin, je le reconnais, mais c'était juste une illusion.

Il a renoncé à se dégager et j'ai lâché sa main. Appuyé contre la rampe de l'escalier, il a croisé les bras.

— Et donc… tu es une… magicienne ? m'a demandé Cisco, hésitant. Une illusionniste ?

— En quelque sorte, oui.

Je me suis appuyée à la rampe face à lui, prenant la même posture.

Il a soupiré profondément.

— Dis-moi toute la vérité, Emma. Tu me le dois. D'abord, tu reviens couverte de sang d'une sortie scolaire, ensuite Brendan a un œil au beurre noir, Angélique et toi complotez ensemble au lycée comme une bande de ninjas, et maintenant le sous-sol ressemble à du papier alu qui vient de passer au micro-ondes.

— Je comprends. Ecoute, je dois retrouver Angélique maintenant. Pourquoi ne pas venir avec moi et nous t'expliquerons tout ? Je n'ai pas beaucoup de temps devant moi, et si tu veux savoir ce qui se passe alors suis-moi.

Je devais absolument avoir quitté le lycée avant la fin de l'entraînement de Brendan.

— Je savais qu'Angélique était mêlée à ça à la minute où elle a entraîné Brendan avec elle, samedi dernier à la pizzeria, a-t-il marmonné.

Il est descendu avec moi au sous-sol, jetant des regards circonspects dans le couloir qui, quelques minutes auparavant, paraissait en proie aux flammes.

J'ai rassemblé mes affaires — et le message de Megan qui était tombé par terre — et nous avons rejoint Angélique dans le hall du lycée.

— Euh, salut Cisco, lui a-t-elle dit en nous voyant arriver, me décochant un regard qui voulait dire : « Mais qu'est-ce qu'il fabrique ici ? » Emma, il faut qu'on y aille. Sans vouloir te vexer, Cisco.

— Laisse tomber, a aboyé ce dernier. Je viens de surprendre Emma en train de déclencher un incendie dans le sous-sol et de terroriser Kristin Thorn. Donc, pourquoi ne pas nous asseoir, que vous puissiez me raconter ce qui se passe ?

Angélique m'a jeté un regard noir.

— Je me suis juste laissé un peu emporter par un sortilège… Quoi ? Je l'ai trouvé dans le grimoire de ta cousine, ai-je lancé, sur la défensive. C'est Kristin qui aide Megan depuis le début. Je l'ai surprise en train de déposer ce message dans mon casier.

J'ai tendu le papier plié à Angélique.

— Megan ? La folle ? Megan, celle qui laissait des oiseaux morts dans le casier de Brendan ? Cette Megan-là ?

— Elle faisait ça ? Beurk, ai-je lâché avec une grimace.

— Juste une fois. C'était une tentative ratée de jeter un sort pour contrôler l'esprit de Brendan, m'a expliqué Angélique.

— Je pensais qu'elle faisait ça juste parce qu'elle était dingue, comme les chats qui sont un peu dérangés, a murmuré Cisco comme s'il se parlait à lui-même.

— C'est pour ça que Brendan veut te protéger d'elle, m'a dit Angélique, il sait parfaitement ce dont elle est capable.

Ce qui m'a rappelé que l'heure avançait et que l'entraînement de basket touchait à sa fin. J'ai donc mis fin à la conversation.

— Nous devons aller ailleurs pour parler, *maintenant*, ai-je dit en les prenant par la main et en les entraînant hors du lycée.

Nous avons trouvé un endroit calme, dans la cour d'un immeuble en briques de la IIIe Avenue, à l'est de Vince A. Nous nous sommes installés sur le rebord d'une jardinière débordant de plantations qui commençaient à bourgeonner, Cisco au milieu.

— Vous voulez bien me dire ce qui se passe, nous a-t-il demandé. Je vais devoir me balader avec un extincteur ou un truc du genre ? Tu maîtrises le feu, c'est ça, tu es une pyro-machin — c'est quoi le mot au juste déjà ?

— Pyrokinésiste, a répondu Angélique machinalement. Non. C'est une sorcière.

— Angélique, j'ai toujours su que tu croyais en être une…

Elle lui a coupé la parole.

— Je *suis* une sorcière, je te signale.

— O.K. Comme tu veux. Ce que je veux dire, c'est que j'ai toujours supposé que tu étais fan de musique gothique et que tu aimais jouer ce rôle jusqu'au bout pour mettre les gens mal à l'aise.

Angélique a gigoté sur son siège, gênée, faisant bouffer son jupon de tulle.

— C'est en partie vrai, a-t-elle avoué à contrecœur.

— Le reste l'est aussi, si j'en juge par ce que je viens de voir, a répondu Cisco d'une voix lasse en se frottant les yeux. J'ai vu Emma au milieu d'un véritable brasier, qu'elle a éteint d'un geste du poignet. Ce que je veux savoir, c'est *pourquoi* ?

Il a enlevé la main de devant ses yeux et m'a regardée. J'ai soupiré. Il n'y avait pas trente-six façons de lui répondre.

— Angélique dit la vérité. Je suis une sorcière, ai-je expliqué simplement. Une *vraie* sorcière.

— Tu jettes des sorts, tu te déplaces sur un balai et…

— Ne sois pas ridicule. Un balai, et puis quoi encore…, a ironisé Angélique en secouant ses cheveux noirs en arrière.

— D'accord. Par contre, transformer le sous-sol en boule de feu, ça, c'est tout à fait réaliste ? a rétorqué Cisco, faisant taire Angélique.

— Tout a commencé la semaine dernière aux Cloisters.

Je lui ai raconté l'histoire. J'ai évité de parler du fait que Brendan et moi étions des âmes sœurs réincarnées ; sinon, nous aurions eu le temps de voir les bourgeons derrière nous fleurir… Mais j'ai évoqué Megan et son projet d'utiliser notre sang en vue d'un sortilège de vengeance. J'ai raconté ce qu'elle avait fait à Ashley. Ce qu'elle menaçait de faire à Brendan. Lorsque j'ai évoqué le rôle de Kristin, l'expression de Cisco a viré à la haine pure et simple.

— Tu aurais *dû* l'immoler, a-t-il éructé, furieux, avant de me regarder d'un air navré. Franchement, Emma, je ne comprenais rien à ce qui se passait dans ce sous-sol. Je sais que Kristin s'amuse à te torturer pour le plaisir mais... elle est aussi responsable des deux pires choses qui te soient arrivées depuis que tu es à New York.

— C'est vrai, mais je n'aurais pas dû perdre tout contrôle comme je l'ai fait, ai-je reconnu en passant la main dans mes cheveux. Je me suis comportée comme elle.

— Arrête. Kristin le méritait. Je crois que c'était de la légitime défense, d'une certaine façon. Aussi idiote soit-elle, elle est dangereuse, a répondu Angélique en ponctuant son propos de coups de bottines noires sur le sol. Megan ne serait jamais allée aussi loin sans l'aide de Kristin. C'est une imbécile qui ne réfléchit pas par elle-même, mais il n'empêche qu'elle arrive toujours à être au cœur de tous tes ennuis.

— J'ai tout de même abusé de mes pouvoirs. Et puis, pour être honnête, ai-je ajouté, les yeux baissés, je ne sais pas jusqu'où je serais allée si tu n'étais pas arrivé, Cisco.

— Ne te prends pas la tête, m'a dit Angélique avec gentillesse. Si cela peut t'aider, dis-toi que la punition arrivera tôt ou tard.

— *Génial.*

— Tout cela est tellement bizarre, a fait Cisco en

secouant la tête, incrédule. Il n'y a pas d'autre mot. *Bizarre.*

— Tu prends tout cela très bien, au final, ai-je souligné.

Il a haussé les épaules.

— J'ai des gens dans ma famille qui croient en la Santéria, donc ce n'est pas comme si je n'avais jamais entendu parler de pratiques de sorcellerie, a-t-il expliqué. Personne qui ait mis le feu à quoi que ce soit — que je sache — mais je sais aussi que la sorcellerie n'est pas réservée à des pays lointains plus mystiques que le nôtre. Et puis, a-t-il ajouté sur le ton du reproche, je savais bien que Brendan et toi me cachiez un truc. Je l'ai compris tout de suite quand je t'ai trouvée dans le parc des Cloisters. Tu avais soi-disant trébuché sur une branche d'arbre, mon œil ! Je t'avais entendue pousser des hurlements.

Il a marqué une pause.

— Et je viens de te voir transformer le sous-sol en haut fourneau, donc ce n'est pas comme si j'avais le choix de ne pas te croire.

— Il faut le voir pour le croire, a dit Angélique avec sagesse.

— Oui, enfin, cela voudrait dire que j'adhère à tous ces trucs dingues que tu viens de me raconter, a répliqué Cisco. Tout de même, j'ai du mal à croire… attends une seconde.

Il a sorti son portable de sa poche. Il a regardé le message sur l'écran et a froncé les sourcils.

— C'est Brendan. Il veut savoir si je t'ai vue.

— Dis-lui que non.

J'ai pris mon téléphone et vu que j'avais manqué plusieurs appels et SMS de Brendan.

— Em, je ne veux pas lui mentir, a argué Cisco.

— Tu es maintenant dans le club secret des sorcières, lui a lancé Angélique d'une voix théâtrale. Mentir fait partie du jeu malheureusement. Et puis, si tu lui dis la vérité, Brendan risque de se faire tuer. Megan est folle à lier et elle a dit très clairement qu'elle s'en prendrait à lui. La magie noire l'a rendue plus impitoyable que tu ne peux l'imaginer — elle a le cerveau complètement perverti.

Cisco a ouvert des yeux grands comme des soucoupes. Angélique a hoché la tête, et il a tapé frénétiquement une réponse négative à Brendan, qu'il m'a montrée avant de l'envoyer.

— Il faut qu'on y aille. Brendan va se mettre à ma recherche, je ne peux pas rester aussi près du lycée.

J'ai dit au revoir à Cisco — un Cisco perplexe, abasourdi — et Angélique et moi avons marché vers la 77e Rue, espérant éviter de croiser Brendan en prenant le métro à une station différente de la station habituelle. J'ai lu ses messages, de plus en plus angoissés.

Salut. Suis dans le hall. A tout de suite.

Appel en absence.

Suis dans le hall, je t'attends.

Appel en absence.

Tu me largues ?

Deux appels en absence.

Emma, tu m'avais promis.

Je l'ai rappelé dès notre arrivée chez Angélique. J'avais préparé ce que je voulais lui dire pendant le trajet. Brendan a répondu à la première sonnerie.

— Où es-tu ? m'a-t-il demandé frénétiquement.

— Brendan, je vais bien, ai-je prétendu, assise sur le canapé du salon. J'ai dû travailler sur le sortilège avec Angélique. Navrée, je sais que j'aurais dû t'appeler mais il fallait que nous voyions Randi avant qu'elle ne parte… en vacances.

— Tu aurais pu au moins envoyer un SMS. J'ai cru… je ne veux pas dire ce que j'ai pensé.

— Tu as raison, j'aurais dû. Je suis désolée, ai-je répondu sincèrement. J'ai tellement de choses à penser.

Ce qui n'était pas faux non plus.

— Pas de problème, je sais que tu ne l'as pas fait exprès, m'a-t-il dit avec douceur, et la culpabilité m'a saisie de nouveau. Je travaille sur les éléments juridiques dont je t'ai parlé. Tu veux venir ?

— Non, continue et je vais travailler avec Angélique sur le sortilège — au cas où. Je te retrouverai au parc près de chez elle vers 21 h 15, disons ?

Je mentais avec une grande aisance dans la voix, en dépit du tourment que je ressentais.

— Pourquoi pas chez elle ? m'a-t-il demandé.

— Euh… sa mère sera là et il ne faut pas qu'elle soit au courant de ce qui se passe.

— O.K.

Il te croit parce qu'il a confiance en toi. Menteuse.

— Près des jeux du parc entre la Dixième et la 48e, c'est ça ?

— Oui.

— A tout à l'heure.

Non, je ne serai pas là tout à l'heure.

J'ai raccroché, me sentant coupable de tous mes mensonges. Mais Angélique m'a rappelé de nouveau qu'il était nécessaire de le protéger. Elle m'a aussi rappelé qu'elle le rejoindrait, elle, dans le parc, et devrait affronter sa colère. Bien après le rendez-vous avec Megan sur le toit.

— Il ne t'en voudra pas, je te le jure. Je n'aurais jamais cru que ce gosse de riches avait un cœur mais, quand il s'agit de toi, il a un cœur énorme et tendre, m'a-t-elle dit en souriant, avant de reprendre le ton moqueur qu'elle réservait à Brendan. Sérieusement, si on lui faisait une radio, on verrait sans doute qu'il a une petite peluche à la place du cœur. Pour les autres, il a une vraie carapace blindée mais, pour toi, une peluche toute douce et soyeuse…

— Très drôle, ai-je coupé en dissimulant un sourire.

— Tu rêvasseras plus tard. Là, il faut nous préparer, m'a dit Angélique en se levant et en allant dans la cuisine.

Elle a sorti deux pizzas surgelées du congélateur — une quatre-fromages et une sans fromage, au *prosciutto* et à l'huile de truffe. J'ai choisi la quatre-fromages.

— De la pizza ? Et moi qui croyais être celle qui avait les penchants culinaires d'un enfant de cinq ans ?

— Ce sont des pizzas « gourmet », a-t-elle souligné en les mettant au four. Et je n'arrive pas à croire que cette folle a choisi l'endroit que *je* lui avais montré, a-t-elle grommelé en croisant les bras, le dos appuyé contre le bar.

— Tu parles du lieu de rendez-vous de Megan ? Je trouvais bizarre qu'elle choisisse le quartier de Hell's Kitchen, ai-je répondu en me versant un verre de limonade de la carafe posée sur la table.

— C'est *mon* endroit. Randi y allait avant, quand elle était au lycée, et elle me l'a montré quand j'ai commencé la sorcellerie. Parfois, tu sais, une sorcière a besoin d'un autel à l'extérieur.

— C'est quoi cet endroit, au juste ?

— Le toit d'un vieil immeuble. Facile comme tout, il suffit de prendre l'escalier de secours.

— C'est de l'effraction !

— Oh ! d'accord, Mme Je-mets-le-feu-au-sous-sol-pour-faire-peur-à-Kristin, ce n'est vraiment pas le moment de parler morale, m'a répliqué Angélique, la voix lourde de sarcasmes.

— O.K. On fait quoi maintenant ?

— D'abord, on mange notre pizza. Et ensuite on met Megan hors d'état de nuire, a ajouté Angélique avec sérieux.

17

— Tu n'as rien oublié ? m'a demandé Angélique pour la énième fois, alors que nous arrivions à la hauteur de l'angle entre la 48e Rue et la IXe Avenue.

La 48e, très fréquentée à cette heure, regorgeait de bars et de restaurants qui proposaient des boissons spéciales à l'occasion de l'éclipse de lune, aux noms évocateurs, comme « moon-tini ». Nous avons dû louvoyer entre les groupes de fumeurs invétérés, sortis griller une cigarette sur le trottoir et qui ne regardaient pas où ils mettaient les pieds. Ils avaient la tête levée vers le ciel, admirant le croissant de lune progressivement masqué par la terre. L'éclipse venait de commencer.

Nous avions pris la IXe Avenue au lieu de la Xe, au cas où Brendan m'attendrait déjà dans le parc à l'angle de la Xe. Je n'avais pas besoin de le voir pour savoir qu'il y était : une force inconsciente m'attirait comme toujours vers lui. J'aurais voulu le rejoindre et me jeter dans ses bras. Ressentait-il la même chose à ce moment précis ?

— Emma, réveille-toi ! m'a lancé Angélique, me tirant de mes rêveries.

— Quoi ? Ah oui, j'ai tout !

J'ai tapoté les poches de mon jean : à gauche, une copie de mon sortilège, au cas où ma mémoire me ferait défaut ; à droite, mon portable. J'ai touché la ceinture de mon pantalon, pour vérifier que l'objet qui énerverait vraiment Megan s'y trouvait bien. J'ai souri en pensant à sa réaction.

— Il est presque 9 heures, m'a fait Angélique.

J'ai hoché la tête, impassible. Nous marchions dans une semi-obscurité, à peine éclairée par la lumière fade des lampadaires. Quand nous sommes arrivées à un petit portail métallique entre deux anciens immeubles en briques rouges, Angélique l'a franchi et a ouvert la marche le long d'un passage humide entre les deux bâtiments. L'allée étroite était éclairée par la lumière crue d'une ampoule suspendue au-dessus d'une porte grise sur notre droite, juste en dessous de l'escalier de secours. C'était une impasse qui sentait l'eau croupie, l'urine et les ordures ménagères, sans doute à cause des poubelles qui débordaient le long de l'immeuble de gauche.

— Cet endroit sent toujours aussi mauvais ? ai-je demandé en fronçant le nez de dégoût.

— Comment ça ? Tu n'aimerais pas porter ce parfum tous les jours ? m'a répondu Angélique innocemment.

J'ai ri, reconnaissante de cet instant fugace de légèreté. Elle a levé en l'air l'immense parapluie qu'elle avait apporté et, à l'aide du manche noir, a tiré vers elle le premier barreau de l'échelle de secours. Celle-ci est descendue rapidement, faisant un bruit d'enfer.

J'ai agrippé les côtés de l'échelle — qui avaient la texture du métal rouillé qui a été repeint à maintes reprises avec de la peinture visqueuse bon marché. J'ai posé le pied sur le deuxième barreau et regardé Angélique avec optimisme.

— Bon, j'y vais, ai-je dit avec un enthousiasme feint.

Elle s'est contentée de me regarder à son tour, stoïque, et m'a prise dans ses bras. J'ai été tellement surprise de ce geste si peu caractéristique de mon amie que j'en ai trébuché. Mais fidèle à elle-même, l'étreinte a été brève.

— Angélique… pourquoi…

— Tu vois, tu exagères. C'est pour ça que je ne le fais jamais, a-t-elle grommelé en reculant.

J'ai repris un air neutre.

— Je suis juste étonnée que tu éprouves une émotion, c'est tout, lui ai-je rétorqué.

Elle m'a souri.

— Je préfère ça.

J'ai reposé mon pied chaussé de Converse sur l'échelle.

— Je te promets de parler à Brendan, a ajouté Angélique. Je plaiderai ta cause et, ne t'en fais pas, je ne lui dirai pas où tu te trouves. La dernière chose dont on a besoin est qu'il vienne ici en pensant voler à ton secours et que Megan lui lance un éclair ou je ne sais quoi.

« Il ne sera plus jamais le même. » A quoi songeait-elle ? A sa santé ? Sa personnalité ? Sa mémoire ? Les paroles de Megan résonnaient dans mon esprit et j'ai tressailli, fermant les yeux. Je ne pouvais pas à la fois me concentrer sur mon sortilège et m'inquiéter pour Brendan. J'ai regardé en haut de l'échelle et une poussée d'adrénaline m'a envahie, se répandant dans mes veines.

— Ouais. O.K. Assez perdu de temps. A plus tard.

J'ai agrippé de nouveau l'échelle. La peinture noire s'écaillait. Je me suis hissée au rez-de-chaussée. L'occupant de l'appartement à ce niveau avait installé une barrière de sécurité ; les stores et les rideaux étaient tirés. *Il fait sûrement plus sombre là-dedans que dans les égouts de la ville.*

La barrière, sans doute rarement utilisée, a grincé. J'ai grimpé lentement jusqu'au premier. L'échelle tremblait sous mon poids. Moins au troisième étage, et j'ai franchi les quatrième et cinquième facilement — beaucoup trop facilement. J'ai pris de l'assurance et j'ai fini par trébucher sur les lattes métalliques irrégulières. Je suis tombée sur le ventre mais me suis rattrapée à temps, évitant la chute. C'était peut-être l'adrénaline qui courait dans mes veines, ou mon cerveau qui protestait contre cette escalade insensée, mais j'ai failli m'évanouir en regardant le trottoir, cinq étages plus bas. Au point de manquer de tomber de nouveau.

Emma, qu'est-ce qui te prend enfin, espèce d'idiote ? Je me suis efforcée de me calmer avant que la panique ne me gagne complètement.

— C'est bon, j'arrête, on trouvera un autre moyen, ai-je murmuré, résolue à m'en aller et à oublier cette soirée.

J'ai agrippé l'échelle. Ma bague de Claddagh — celle que Brendan m'avait offerte — a cliqueté contre le métal. C'était une source de motivation suffisante. Je devais protéger Brendan. Je me suis hissée à l'étage au-dessus, je me suis redressée et me suis dirigée, avec une détermination nouvelle, vers la dernière échelle, celle qui menait au toit.

Je l'ai secouée pour éprouver sa solidité, et le son du métal frottant la brique a empli mes oreilles. J'ai grimpé aussi vite que possible sans me mettre en danger et j'ai posé les mains à plat sur les carreaux de fibre de verre qui couvraient le muret autour du toit. D'anciens réservoirs d'eau aux parois de briques brunes dominaient les toits des immeubles voisins. D'un volume imposant mais usés par les intempéries, ils s'élevaient à des hauteurs diverses. De l'autre côté de la rue, des décorations de Noël scintillaient joyeusement, au-dessus des fêtards, nombreux, qui s'entassaient sur le toit d'un immeuble moins élevé. Les flashes des appareils photo se succédaient, immortalisant le ciel d'éclipse. Au loin, le paysage urbain typique de Manhattan — immeubles de bureaux très éclairés et panneaux lumineux sur Broadway — se détachait dans le ciel nocturne, semblant se trouver à des kilomètres et non à quelques pâtés de maisons seulement. Et, tel un œil dans le ciel, la lune, tachée progressivement de rouille au fur et à mesure de la progression de l'éclipse.

J'ai scruté le toit goudronné. Au milieu, une petite structure de briques rouges, avec une porte servant aux résidents de l'immeuble, ai-je supposé. L'accès à un toit à Manhattan était peut-être très couru, mais je ne voyais pas pourquoi quiconque voudrait accéder à *ce* toit-là : il était jonché de feuilles mortes et de vêtements qui avaient sans doute passé plus d'une nuit à pourrir dans l'eau de pluie croupissant dans les coins. Sans compter les gouttières qui, si on ne les voyait pas, risquaient de vous faire trébucher à tout moment. *En revanche, je ne voyais pas Megan.*

La sonnerie de mon portable — celle spéciale pour Brendan — a retenti soudain, brisant le silence. *Je suppose qu'Angélique lui a tout dit.* J'ai fait taire mon téléphone et j'ai appuyé sur la fonction vibreur, avant d'envoyer un SMS rapide.

Désolée. Je devais le faire. Je t'aime.

Je venais d'appuyer sur « Envoyer » quand j'ai entendu une voix dure résonner dans l'obscurité.

— Tiens, on dirait que j'ai de la visite.

Le ton amical feint de Megan m'a retourné l'estomac. J'ai vu une petite lumière briller derrière l'escalier.

— Ouais. On dirait que j'entends une folle, ai-je répliqué avec la même amabilité forcée.

J'aurais voulu faire preuve de plus de repartie mais la nervosité m'en a empêchée. Mon cœur battait la chamade. *Calme-toi, Emma. Reste très froide, ça va la rendre folle. Enfin, encore plus folle qu'elle ne l'est déjà…* J'ai avancé prudemment sur le toit et contourné l'escalier.

J'ai poussé un petit cri. Megan avait installé une table pliante en guise d'autel improvisé. Sur la table reposait une coupe en étain très travaillée et plusieurs pots de tailles variées, contenant des herbes et des liquides. J'ai reconnu certains ingrédients, pas tous : des masses gélatineuses tremblotantes ou encore des précipités sombres qui tourbillonnaient dans de grands récipients de verre. J'ignorais ce qu'elle comptait en faire. Et je ne tenais pas à l'apprendre.

Mais sa petite cuisine infernale n'était pas le plus surprenant.

Sur le sol goudronné du toit, elle avait peint au spray un pentagramme rouge géant. Une mince traînée de sable noir en soulignait les lignes cramoisies et elle avait déposé des bougies noires et rouges à chaque extrémité. Les bougies étaient allumées et leurs flammes voletaient au gré du vent. Megan se tenait au centre du pentagramme, vêtue d'un jean et d'un sweat à capuche noirs. Elle portait aussi le masque qu'elle avait aux Cloisters.

— Folle ? Ce n'est pas une façon de traiter ton hôtesse, m'a-t-elle dit, un athamé à la main.

Elle appuyait le bout de la lame contre son doigt — pas assez fort pour se couper mais suffisamment pour le garder en équilibre pendant qu'elle le faisait tournoyer lentement.

— Joli masque. Mieux que ton vrai visage, d'ailleurs, ai-je répondu nonchalamment.

Angélique m'avait dit que Megan détestait ce genre d'insulte. Mais, cette fois, la pique a manqué sa cible. Elle s'est contentée d'éclater de rire, a abaissé la capuche et a découvert son visage. Ses cheveux bruns étaient filasse et sans volume. Elle ne portait plus son eye-liner. L'œil au beurre noir que je lui avais infligé apparaissait donc dans toute sa splendeur, l'ecchymose violette et jaunasse s'étalant jusqu'à sa joue gauche.

Megan a regardé autour d'elle, l'air surpris.

— Tu es venue seule, m'a-t-elle dit en tournant la tête pour scruter le toit.

Comme si Brendan, en dépit de sa taille, avait pu se cacher derrière moi !

— Oui et alors ? lui ai-je demandé d'un air de défi. Selon tes petites consignes, non ?

Megan m'a jeté un regard mauvais.

— Je croyais que tu te cacherais derrière tes amis.

— Pourquoi ? Tu ne me fais pas peur, ai-je raillé.

Alors même qu'en examinant son apparence presque maniaque je me rendais compte que oui, elle me faisait peur. Très peur.

— J'espérais vous donner une leçon — à toi comme à lui.

Elle a retroussé les lèvres en une grimace de déception et a fait tourner son athamé plus vite, perdue dans ses pensées.

— J'avais tout prévu, a-t-elle repris. Tu m'aurais suppliée d'arrêter, *il* m'aurait suppliée — pour une fois dans sa vie, le tombeur aurait dû ravaler sa fierté et implorer une fille…

A ces mots, Megan a fait un faux mouvement avec

la lame et une grosse goutte de sang est tombée. Elle n'a même rien remarqué, perdue dans son rêve maléfique, les yeux rivés sur le ciel. Un rêve où elle infligeait d'indicibles tortures à Brendan.

— Peut-on enfin commencer ? l'ai-je coupée abruptement. Je n'ai vraiment pas envie de parler des problèmes que tu n'as pas dépassés concernant *mon* petit ami.

— Tu devrais être plus gentille avec moi, m'a-t-elle lancé en avançant lentement vers moi.

Une autre goutte de sang est tombée par terre. Puis elle s'est arrêtée et m'a regardée, songeuse.

— Kristin m'a appelée, paniquée au sujet de ta petite démonstration de boules de feu. Je suis un peu étonnée que tu aies fait une chose pareille. Je ne m'attendais pas du tout à cela de *ta* part.

— Tu ne me connais pas.

Elle a ri de plus belle.

— Oh ! mais si. Je vous ai observés tous les deux depuis près de deux mois. J'ai cru que tu n'étais qu'une midinette amourachée. Je ne pensais pas que tu étais capable de faire vivre l'enfer sur terre à Kristin. Littéralement.

Puis, me scrutant avec soin, elle a ajouté :

— Tu sais, Emma, tu détestes Vince A autant que moi quand j'y étais. Et, d'après ce que Kristin dit de toi, tu n'as pas beaucoup d'amis. Pourquoi ne me laisses-tu pas prendre ton sang et, ensuite, on pourrait discuter de la manière de donner une leçon à tous ceux qui se sont moqués de nous ?

— Comme tu as donné une leçon à ma cousine ? ai-je sifflé entre mes dents, les poings serrés. Ashley n'a jamais rien fait contre personne !

Megan a haussé légèrement ses minces épaules.

— Dommage collatéral. Je pensais réellement te lancer un sort à *toi*, a-t-elle expliqué, comme si cela réglait tout. Sérieusement, Emma, réfléchis-y. Nul besoin de nous… affronter. On pourrait toutes les deux sortir gagnantes de cette histoire.

Elle a marqué une pause et a pointé son athamé dans ma direction. La lueur pâle de la lune se reflétait sur la lame. J'ai tressailli involontairement.

— Imagine. Faire voir des boules de feu à Kristin en cours de latin ? Avoir le pouvoir de faire sortir ce violeur d'Anthony Caruso de la planque quatre étoiles confortable où il se cache ? Je pourrais t'y aider. A condition que tu m'aides aussi, évidemment, a ajouté Megan avec un sourire enjôleur.

— Non merci, ai-je répondu, grimaçant de dégoût.

Megan a fait une moue presque enfantine.

— Dommage. Parce que tu sais que j'obtiendrai ce que je veux de toi, quand je veux. On n'a pas besoin d'être ennemies. On aurait pu être amies, Kristin et ses sanglots hystériques étaient ce que j'ai entendu de plus amusant depuis des mois.

Megan s'est immobilisée de nouveau, a rejeté la tête en arrière et a éclaté de rire. J'ai été encore plus honteuse de ma conduite.

— Tu trouves ça drôle que ton amie ait eu peur ?

— Kristin n'a *jamais* été mon amie ! a lâché Megan en ricanant.

Elle a fait tourner encore son couteau ; il faisait sombre mais le manche paraissait en argent tout simple. Pas de décorations, de têtes de mort grimaçantes, d'enfants démoniaques ou autres inventions maléfiques.

— Ah bon ? Vous avez beaucoup de choses en commun, pourtant.

— Pff ! Elle a été tellement facile à manipuler. Tout le monde sait qu'elle a failli se faire renvoyer de Vince A pour vous avoir mis…, Brendan — elle a trébuché sur son nom — et toi dans cette situation. Il a juste fallu que je fasse quelques tours faciles pour la convaincre que la magie est réelle. Je lui ai promis de jeter un sort à Brendan pour qu'il tombe amoureux d'elle et elle a fait tout ce que je lui ai demandé.

Megan a tendu la main qui tenait l'athamé et a inspecté son reflet dans la lame. Avec un petit sourire suffisant, elle a recoiffé ses cheveux, puis a levé les yeux vers moi.

— Il paraît que ça n'a pas marché.

Elle a ricané de nouveau et m'a souri comme si nous étions les meilleures amies du monde depuis toujours.

— Tu étais là quand il l'a envoyée balader lundi ? m'a demandé Megan, les yeux brillants d'excitation. Raconte, Emma. J'aurais donné beaucoup pour voir la tête qu'elle a faite. Je n'ai entendu que sa voix… Elle était furax quand elle m'a appelée !

Voilà pourquoi Kristin a abordé Brendan et a aidé Megan ! Elle pensait obtenir l'affection de Brendan en contrepartie. Quel stratagème grossier !

— J'ai entendu dire qu'elle n'était pas ravie, en effet.

— Ce n'est pas ma faute s'il est imperméable aux sorts d'amour. Enfin, peu importe. Brendan Salinger reste inaccessible, a-t-elle ajouté, sarcastique. J'ai essayé. *Deux fois*. Dommage.

— Dommage pour les autres, pas pour moi, ai-je répliqué en lui montrant ma bague. Il est tout à fait accessible en ce qui me concerne.

Elle a levé les yeux au ciel. *Raté.*

— Que c'est mignon ! J'imagine que c'est une bonne

chose que mes *autres* sortilèges aient fonctionné sur lui, non ? Sinon, je n'aurais jamais eu le plaisir de te rencontrer. Comment va Brendan, au fait ? Dommage vraiment qu'il ne soit pas venu. Je voulais vérifier si ses yeux avaient retrouvé leur apparence normale.

J'ai contenu ma colère, refusant de la laisser m'atteindre et jurant en mon for intérieur de lui coller un autre œil au beurre noir, assorti au premier.

— Tu as l'air de bien t'amuser à jouer les méchantes, style films de James Bond, on dirait ? Tu veux aussi me parler du fait que papa-maman te préfèrent Jenna, tant que tu y es ? lui ai-je demandé d'un ton faussement inquiet. Préviens-moi, que je puisse m'asseoir confortablement pour t'écouter.

J'ai pris un ton censé imiter celui de Megan :

— *Jenna est si parfaite, je ne lui arriverai jamais à la cheville... Mes parents l'aiment plus que moi... Je suis toujours laissée à l'écart...* Quelle tragédie ! Ton histoire pourrait figurer dans le *New York Times*.

J'ai ri, dédaigneuse.

Megan a grimacé, furieuse. *En plein dans le mille ! Mince... en plein dans le mille.*

— Tu as raison. On a trop parlé et tu sais quoi, Emma ? Je n'ai pas vraiment envie d'être ton amie.

Elle est sortie du centre de son pentagramme et a avancé vers sa boutique d'apothicaire du mal.

— Mets-toi au milieu, a-t-elle crié en pointant son index maigre vers moi.

Je me suis avancée à petits pas vers le centre du pentagramme, dissimulant ma frayeur derrière une assurance feinte. J'avais la sensation d'être sur un grand huit qui montait lentement la première grande courbe, consciente que la chute était imminente mais sans savoir si je la verrais arriver.

— N'oublie pas, Emma, je connais ton petit sortilège du feu, ne crois pas me faire peur avec ça.

— Même pas en rêve.

J'ai enlevé mon sweat bleu marine et je l'ai posé par terre. J'ai frissonné, les bras nus couverts de chair de poule dans le vent frais de la nuit.

— Que c'est aimable à toi d'avoir pensé à porter des manches courtes, mais je n'ai pas l'intention de t'entailler les bras — surtout après que tu t'es montrée si *peu coopérative.*

Elle a levé son athamé et a posé la lame sur sa joue. Elle l'a baissée lentement vers sa lèvre. Mon cœur a bondi dans ma poitrine : elle ne voulait pas que du sang. Elle avait l'intention de me mutiler.

— As-tu apporté mon athamé ? Jette-le-moi, m'a-t-elle ordonné, les dents serrées. Et souviens-toi, fais le moindre geste stupide et je provoquerai une crise cardiaque à Brendan quand tu t'y attendras le moins. Peut-être pas fatale, a-t-elle ajouté en haussant les épaules, comme si elle n'était pas en train de menacer la vie de quelqu'un, mais jamais plus il ne sera le même. Il ne pourra plus jouer au basket ou faire une quelconque autre activité. Il sera *fini.*

Elle a retroussé les lèvres en un sourire empli de méchanceté, ravie de sa menace pleine de sous-entendus. *Voilà donc ce qu'elle prévoit de lui faire.* Le dégoût et la colère m'ont envahie. Cela devait se voir sur mon visage, à en juger par la réaction satisfaite de Megan.

J'ai mis la main derrière mon dos et en ai tiré l'athamé que j'avais rangé dans la ceinture de mon jean. Je l'ai posé à plat sur la paume de ma main puis l'ai découuvert triomphalement, telle l'hôtesse d'un jeu télévisé au moment de montrer le gros lot.

— Viens le chercher, ai-je lancé, d'un ton provocant.

La froideur condescendante de Megan a viré à la fureur quand je lui ai mis sous les yeux mon œuvre d'art.

— Qu'est-ce que tu as fait à mon athamé ? a-t-elle hurlé, ses yeux sortant littéralement de leurs orbites.

Le manche brillait de mille feux. J'avais peint chaque horrible tête de mort avec un vernis à ongles à paillettes, d'une couleur pastel différente : rose chewing-gum, lavande, vert menthe, jaune poussin et bleu ciel, teintes que m'avait données Ashley à Noël pour me remonter le moral. Pour faire bonne mesure, j'avais aussi ajouté des cœurs, des fleurs et des smileys. Mon œuvre était tellement mignonne qu'elle en était écœurante.

— Oh ! c'est du vernis à ongles. Les petites brosses étaient parfaites pour atteindre le moindre recoin du manche, ai-je répondu avec naturel, avant d'ajouter d'une voix de petite fille : On dirait un mobile pour bébé licorne, n'est-ce pas, tellement il est adorable ?

Je la provoquais à dessein car je savais que je garderais l'avantage sur elle si elle s'énervait et que moi je restais calme.

— Garce ! a-t-elle hurlé en se précipitant sur moi, le couteau à la main.

Zut ! Voilà le moment de la chute du grand huit.

J'ai serré l'athamé dans ma main droite et me suis concentrée exclusivement sur son couteau. Dès qu'elle a été à ma hauteur, j'ai donné un grand coup de pied à l'intérieur de son poignet (merci le kick-boxing !). Elle ne s'y attendait pas et a crié de douleur, tombant en avant. Je l'ai poussée et elle s'est étalée de tout son long sur le toit.

Elle a lâché le couteau — un simple couteau de cuisine ! —, qui a glissé sur le sol en tournoyant sur lui-même pour atterrir dans une gouttière. La lame s'est coincée dans le tuyau, avec un bruit de grincement métallique. Megan s'est mise à genoux et a désespérément tendu son bras maigrichon pour essayer de le rattraper, la joue collée contre le sol souillé du toit. *Vas-y, Emma, commence le sortilège avant qu'elle ne mette la main sur le couteau et ne te poignarde.*

J'ai reculé, sans la perdre de vue, et entonné la formule.

« *En cette nuit et à cette heure,*
Je déclare que tu n'as pas de pouvoir.
Ton sort mourra sans que tu ne tues.
De ma propre main mon sang coulera. »

J'ai chanté d'une voix de plus en plus forte et Megan a entendu la fin de l'incantation. Elle a levé la tête.

— Qu'est-ce que tu viens de dire ?

Elle s'est mise à chercher le couteau avec une rage décuplée. J'ai pris son athamé et appuyé la lame au creux de mon coude, là où se trouvait la cicatrice de l'accident avec mon beau-père. Je me suis mordu la lèvre et j'ai fait une entaille plus petite, parallèle à la cicatrice. Le sang s'est mis à couler le long de mon bras et s'est agglutiné sur mon poing fermé. J'ai ouvert les doigts et des gouttes ont commencé à s'écraser sur le sol.

L'avertissement de mon frère, Ethan, m'est revenu à l'esprit. Il me disait d'imiter les intentions de Megan, tel le reflet d'un miroir. De faire le contraire de son sortilège donc et de me saigner moi-même. De me sacrifier. C'est pourquoi la vieille sorcière avait ri et dit

« Tu aurais dû te poignarder toi-même » dans le rêve sur ma vie passée. Tout comme Brendan s'était interposé entre Anthony et moi pour me sauver la vie, levant sans le savoir la malédiction qui nous condamnait, je devais à présent le sauver. Les signes étaient là, dans mes rêves. Et, cette fois, je les avais entendus.

— Qu'est-ce que tu fais ? Arrête tout de suite ! a crié Megan, paniquée.

Elle a sorti le bras de la gouttière — sans le couteau — et s'est jetée sur moi, les mains en avant telles des griffes. J'ai trébuché et suis tombée au centre du pentagramme, soulevant un nuage de poussière à l'odeur de soufre. L'athamé a atterri à côté de mon épaule gauche. J'ai saisi Megan par le poignet alors qu'elle s'en emparait, repoussant sa main en arrière.

— Donne-moi… mon… couteau ! a-t-elle hurlé, désespérée.

Je lui ai envoyé une gifle et griffé la joue, y laissant une marque rouge. Je l'ai repoussée de nouveau. Elle est tombée en arrière, sur l'épaule, et a crié de douleur. J'ai roulé sur le côté et saisi l'athamé. J'ai bondi sur mes pieds et me suis tenue au centre du pentagramme. Les mains en avant, en position de défense, j'ai répété le sortilège, plus haut. Le vent s'est renforcé, jouant avec mes cheveux et brûlant mes joues.

« En cette nuit et à cette heure,
Je déclare que tu n'as pas de pouvoir.
Ton sort mourra sans que tu ne tues.
De ma propre main mon sang coulera. »

J'ai prononcé le dernier vers avec force et conviction. Les yeux froids de Megan m'ont fixée derrière ses mèches de cheveux décoiffés par le vent. Elle s'est levée péniblement, poings serrés.

— *Sous cette lune, par ce serment…*, ai-je repris.

Megan s'est précipitée sur moi. Un cri bestial s'est échappé de ses lèvres.

— *Je bloque tes pouvoirs, je les bloque ici et maintenant !* ai-je crié au vent.

L'écho de mes paroles m'est revenu aux oreilles. Megan s'est immobilisée — on aurait cru que l'on venait d'appuyer sur la touche « Pause » d'un téléviseur. Elle a fait un bond en avant, comme si l'on venait de la frapper dans le dos. Je me suis écartée. Elle s'est effondrée, à genoux, au centre du pentagramme. Ses hurlements ont baissé peu à peu et se sont transformés en grondements sourds. Elle a roulé sur le côté et s'est mise en position fœtale. Sans m'en rendre compte, devant ce terrible spectacle, j'avais reculé jusqu'à heurter le muret en bordure du toit. Je m'y suis appuyée. Les yeux de Megan roulaient dans leurs orbites et elle avait les mains posées sur la poitrine. Un halo sombre entourait son corps — ce n'était pas une aura lumineuse mais plutôt comme une pulsation qui projetait des tentacules pointus et noirs tandis que Megan se tordait sur le sol.

Ces ombres ont continué de sortir de son corps et de s'évaporer tel un fin brouillard. La toxicité, le venin qu'elle portait en elle semblait la quitter, comme si ses pouvoirs maléfiques constituaient un être vivant à part entière. Un être qui pouvait me faire face de son propre chef. Les ombres menaçantes rampaient sur le toit et disparaissaient dans la nuit. Le vent qui faisait rage se mêlait au concert des cris de Megan : d'abord des grognements, puis des couinements, et enfin des geignements faibles. Puis elle a cessé de se tordre, un soupir lui a échappé et elle a haleté, à bout de souffle. Enfin, le silence s'est fait — même le vent a baissé et seule une petite brise faisait bruisser les feuilles d'un arbre non loin de là. A la lueur pâle du clair de lune — le vent avait soufflé les bougies — Megan regardait droit devant elle, les yeux vides. Seuls les mouvements de sa respiration qui soulevaient sa poitrine indiquaient qu'elle était toujours en vie.

— Megan ? ai-je demandé, circonspecte.

Pas la moindre réaction.

— Megan, réponds-moi, ai-je insisté.

A coup sûr, elle attendait que je baisse la garde pour revenir à l'attaque. *Et si tu l'avais plongée dans le coma ?* J'ai repensé à la manière dont j'avais brisé le tableau en cours de maths. Et si j'avais *brisé* Megan ? Une petite voix dans ma tête, peu morale, a argué que ce ne serait pas une si mauvaise chose…

J'ai serré l'athamé dans ma main et me suis accroupie à côté d'elle. J'ai posé la main sur son épaule anguleuse et je l'ai secouée énergiquement. Elle a levé les yeux vers moi et m'a pris le poignet. Un faible sourire a retroussé ses lèvres. *Peut-être était-elle possédée ? Peut-être l'ai-je seulement sauvée et ai-je exorcisé ses démons ?*

— *Subsisto corde*, a-t-elle murmuré d'une voix rauque, les yeux plissés par la concentration.

J'ai retiré ses doigts un à un de mon poignet et j'ai reculé, tremblante. *Exorcisée, mon œil.* Je savais pertinemment ce qu'elle venait de dire.

Arrête son cœur.

Megan s'est mise à quatre pattes. Ses mouvements étaient presque ceux d'un animal. Elle ressemblait davantage à un chien sauvage qu'à une adolescente. Elle m'a regardée dans les yeux et a répété la formule de son sortilège, surprise de ne pas me voir m'effondrer sur le sol, la main sur le cœur. *Avait-elle déjà jeté ce sort auparavant ? Qui en avait été la victime et à quel moment avait-elle prévu de l'infliger à Brendan ?*

— Economise ton souffle, j'ai bloqué tes pouvoirs, ai-je craché, les mains tremblantes. Mon cœur battait si fort que j'ai eu la sensation qu'il allait sortir de ma poitrine. Au moins était-ce signe que mon sortilège avait fonctionné. Mais mon corps continuait de réagir à ses assauts : j'avais les mains moites et j'étais couverte de sueur.

— Tu penses avoir gagné, n'est-ce pas ? m'a-t-elle dit avec mépris.

Elle s'est levée et a avancé d'un pas vacillant, puis de plus en plus assuré.

— Et tu penses qu'il y a un vainqueur dans cette histoire ? ai-je demandé d'une voix tremblante.

Elle a approché de la table couverte de potions, faisant tomber plusieurs flacons sur le sol. Ils se sont brisés dans un sifflement et les masses noires qu'ils contenaient se sont évaporées, avec un cri — faible mais audible. Megan a continué sa recherche frénétique du bon flacon, murmurant des formules désespérées sans doute destinées à provoquer ma mort. Si elle en avait encore le pouvoir…

— C'est terminé, Megan. Tu ne peux plus rien faire, ai-je crié, serrant l'athamé dans ma main moite.

— C'est moi qui en déciderai, a-t-elle hurlé en se saisissant d'un long tube de verre où tourbillonnait un brouillard trouble. Megan l'a jeté au centre du pentagramme. Le verre s'est brisé en mille morceaux.

Le brouillard s'est échappé du tube. De longues nappes grises et épaisses ont envahi l'air. Dans un sifflement, la brume sombre a tournoyé autour du toit comme un cyclone et m'a emprisonnée dans ses tourbillons denses. Mon athamé est tombé à terre. *Non, non, non !* J'ai répété ces mots comme un refrain dans ma tête. J'ai chuté sur le sol. Mes mains ont glissé le long de la surface goudronnée. La brume m'a brûlé les yeux et la gorge. J'ai repéré la pointe de la lame du couteau du bout des doigts, j'ai avancé à quatre pattes et me suis enfin emparée de l'athamé, soulagée.

Je me suis relevée tant bien que mal, désorientée par le brouillard épais. Je me suis dirigée vers la gauche, puis vers la droite, les bras tendus en avant pour repérer quelque chose, n'importe quoi, qui pourrait m'aider à m'orienter. J'ai continué d'avancer à l'aveuglette. Des formes, des masses apparaissaient puis s'évanouissaient aussitôt. Je ne savais pas où se trouvait Megan. Je ne l'entendais pas — mais je n'entendais plus *rien*. J'espérais qu'elle s'était enfuie — qu'elle s'était évaporée dans un nuage de fumée comme les méchants dans les dessins animés.

J'ai touché du genou le muret au bord du toit et tendu la main vers les carreaux râpeux de fibre de verre, soulagée de sentir un objet familier, tangible, signe que je me trouvais toujours sur le toit, dans le monde que je connaissais. Le brouillard s'est éclairci peu à peu, le nuage gris devenant un écran qui obscurcissait ma vision, sans la bloquer totalement. J'ai aperçu le sommet de l'escalier au centre du toit et la silhouette floue des réservoirs d'eau.

C'est alors que j'ai entendu quelque chose — des pas furieux se précipitaient vers moi. Je me suis retournée juste à temps. Megan a émergé de la brume qui se dissipait petit à petit. Elle s'est jetée sur moi en brandissant un morceau de verre. Le bas de mon dos a heurté le muret. Je l'ai saisie par les poignets, le buste en arrière. Elle s'est serrée contre moi, le morceau de verre à quelques centimètres seulement de ma gorge. Je voyais la ligne d'horizon à l'envers, pleine lune en bas et gratte-ciel en haut.

J'ai tenté de me dégager, à bout de souffle. Megan avait le dessus et pesait de tout son poids sur moi, appuyant le morceau de verre contre mon cou.

— Je *finirai* mon sortilège ! a grondé Megan en serrant plus fort son arme improvisée, faisant saigner sa main. Je te ferai *saigner* !

J'ai gardé une main sur son poignet et serré l'autre autour de ses doigts, enfonçant le verre davantage dans sa paume. Elle a poussé un hurlement, a perdu l'équilibre et est tombée à côté de moi, lâchant le morceau de verre taché de sang qui est allé se loger sur le muret, à quelques centimètres de ma tête.

J'ai saisi Megan par les cheveux, je l'ai tirée en arrière et l'ai plaquée à terre avant de me jeter sur elle.

J'ai levé mon poing loin derrière moi, me rappelant les conseils de Brendan. « Ne vise pas directement ta cible, vise *derrière* ta cible. L'impact de ton coup sera plus grand. »

J'ai visé derrière elle, loin derrière, pourquoi pas la Chine, et lui ai décoché un coup de poing sur la joue droite. Elle a gémi de douleur et a levé les mains pour se protéger le visage. Bien maigre protection. Je les ai écartées sans ménagement. Elles sont retombées mollement.

Voilà pour Ashley. Je lui ai donné un deuxième coup sur l'œil que j'avais déjà amoché.

Voilà pour Brendan. J'ai frappé de nouveau et entendu

un craquement qui m'a emplie de satisfaction. Je venais de la toucher dans les côtes, près du cœur — ce cœur qu'elle avait voulu détruire chez Brendan. J'ai levé de nouveau le poing, avec rage. Encore un coup, encore un cri. Cette fois, un cri plus faible. Et un autre.

J'étais à court de cibles. *Casse-lui le nez. Non, la mâchoire. Non, immole-la par le feu — fais-le vraiment, cette fois. Tu ne t'es pas encore servie de la magie. Mutile-la comme elle voulait te mutiler.*

Je me suis rendu compte que je souriais et mon poing s'est mis à trembler. Je voulais lui faire du mal. Je n'en avais pas terminé avec elle. Pourquoi arrêter ?

Megan s'est recroquevillée sur le sol, ses mains ensanglantées protégeant son visage. Elle hurlait de douleur.

Je n'étais pas meilleure qu'Anthony. Je n'étais pas mieux qu'Henry.

Ni que Megan.

Je me suis écartée d'elle et me suis appuyée sur le rebord du mur pour retrouver mon équilibre. Megan a roulé sur le sol, toussant et crachant du sang.

— Nous en avons terminé, ai-je lancé, à bout de souffle, tremblante.

— Non, m'a-t-elle répondu d'une voix faible.

Les paumes appuyées sur son pentagramme, la tête baissée, elle a toussé de nouveau. Puis elle a levé les yeux vers moi et a écarté ses cheveux de son visage d'un geste qui a laissé des traînées de sang sur ses joues. Elle s'est levée péniblement en se tenant les côtes, avec de petits cris de douleur. Elle a avancé, vacillante, vers le muret, s'est écroulée et a effleuré le morceau de verre coincé dans les carreaux du bout des doigts.

— Je peux encore lancer mon sort, je peux fabriquer

l'élixir, a-t-elle insisté, avec un regard brillant de folie. Tu ne peux pas m'arrêter.

— Je viens de le faire.

Megan a souri avec mépris.

— Il y a toujours Brendan, m'a-t-elle rappelé dans un petit rire — un rire faible, certes, mais déterminé. Je le ferai, a-t-elle repris, le corps secoué de spasmes de toux. Je l'obligerai à me supplier. Je vous forcerai *tous* à me supplier.

Elle a souri, les lèvres tachées de sang. *Elle va recommencer. Elle reviendra toujours.* La liste de crimes que Megan avait commis en si peu de temps était considérable et, s'il existait un tribunal des sorcières, elle serait sans doute condamnée à être enfermée à jamais au fond d'un donjon.

Mais ce tribunal n'existait pas. Il n'y avait qu'elle et moi sur ce toit. Et elle n'arrêterait jamais. Jamais. Si elle retrouvait ses pouvoirs, prendre sa revanche serait sa priorité absolue.

Elle tuerait Brendan. Elle me l'arracherait, l'arracherait à ce monde.

Megan était appuyée contre le bord du toit, affaiblie. Je pouvais la pousser. *Ce serait si facile.* Un geste et elle tomberait du toit. Tous nos ennuis seraient terminés.

Elle caressait le morceau de verre du bout des doigts, un sourire vague sur les lèvres, en répétant machinalement : « Bye, bye, Brendan. » J'ai fléchi les doigts et me suis approchée d'elle.

Je savais ce qui me restait à faire.

18

Angélique

J'ai vu Emma gravir l'échelle de secours, plus assurée que je ne l'avais jamais été à l'époque où je venais ici. Je me suis obligée à m'éloigner de ma meilleure amie alors qu'elle s'apprêtait à livrer courageusement bataille contre Megan.

J'aurais voulu la suivre, l'aider, mais je savais que ce combat était un combat qu'Emma devait mener seule. Et, en termes de magie, elle était aussi la seule à pouvoir lancer ce sortilège — l'amante véritable, celle qui pouvait verser son sang en sacrifice, et une sorcière par-dessus le marché. Le sort ne marcherait pas si je le jetais moi-même. La seule chose que j'avais vraiment aimée d'amour, c'était une console vintage Super Nintendo que j'avais héritée du grand frère de Randi. *Prends ma console, s'il te plaît ! Jette-la par terre et casse-la*. Mouais, ça ne marcherait pas.

Emma avait besoin de le faire — pour Brendan et pour elle-même. Elle voulait faire la preuve de sa propre valeur, montrer que Brendan n'avait pas toujours besoin de voler à son secours.

Pour lui, en revanche, c'était une autre paire de manches. Il vivait pour elle. Il irait au-devant du danger, toujours, pour Emma. Parfois, je me demandais si ce n'était pas un peu pour racheter ses erreurs passées. Il risquerait tout pour Emma. Elle était la seule chose qu'il avait réussie dans sa vie, pensait-il. J'avais toujours cru que son cerveau fonctionnait en quatre modes seulement : manger, filles, dormir et plus de filles. Puis Emma était entrée dans sa vie.

J'ai soupiré et refermé le portail du passage à l'odeur pestilentielle. Je devais retrouver Brendan. La conversation allait être pénible. Il serait forcément paniqué et je devrais l'empêcher de faire une bêtise. Comme lors de la soirée de la *battle*. Comment m'étais-je retrouvée à jouer le rôle de soutien de Brendan Salinger ? Je ne l'appréciais toujours pas particulièrement : il était tellement privilégié que ça en devenait comique, il était aveugle jusqu'à l'obsession pour tout ce qui touchait Emma, mais ce n'était pas un mauvais garçon. Mieux encore, Brendan voulait désespérément être quelqu'un de bien, ce que je trouvais admirable. D'autant plus qu'il pensait ne pas l'être, ce avec quoi je n'étais pas foncièrement en désaccord…

Il attendait déjà Emma dans le parc. Je n'avais pas besoin de recourir à mes dons d'empathie pour ressentir sa tension et sa nervosité : il faisait les cent pas et se passait la main dans la tignasse, au point qu'on aurait pu croire qu'il avait mis les doigts dans une prise électrique. *Il va avoir une attaque lorsqu'il saura qu'elle affronte Megan seule.*

— Salut, Brendan.

Il s'est retourné et m'a souri. Son soulagement était tellement palpable, incommensurable, qu'il était communicatif.

Mais ce soulagement serait de courte durée.

— Salut, Angélique ! Je commençais à m'inquiéter un peu.

Il a regardé autour de lui et son sourire a pâli. Un couple se promenait sur la xe Avenue. A la sortie d'un bar, un étudiant ivre montrait ses fesses à ses amis en criant : « Visez cette pleine lune-là ! ». Mais pas d'Emma en vue.

Je me suis préparée à son accès de colère et lui ai dit la vérité sans tourner autour du pot.

— Emma ne viendra pas.

— Qu'est-ce que tu veux dire ? Elle m'a dit…

La perplexité, puis la peine et enfin la colère se sont succédé sur son visage quand il a pris conscience de ce que je venais de dire.

— Elle est allée retrouver Megan, c'est ça ? Et toi ? Tu l'as laissée faire, tu lui as donné quelques sortilèges et tu lui as dit d'aller affronter cette dingue ? Non mais je rêve !

Il m'a jeté un regard glacial.

— Depuis quand Emma fait-elle ce qu'elle n'a pas envie de faire ?

C'est tout ce que j'ai trouvé à dire. Je me suis défendue tant bien que mal, érigeant un bouclier contre la culpabilité (dirigée contre lui-même) et la colère (dirigée contre moi) qui émanaient de lui.

Les mâchoires serrées, Brendan s'efforçait visiblement de garder son sang-froid.

— Où est-elle ? a-t-il hurlé en serrant les poings.

— Assieds-toi, il faut qu'on parle, lui ai-je répondu d'une voix aussi neutre que possible.

Il a secoué la tête avec obstination.

— Tu crois vraiment que je pousserais Emma à risquer sa vie s'il y avait un autre choix ? Tu crois que je n'aurais pas pensé à sa famille ? Tu penses être le seul à tenir à elle ? lui ai-je rétorqué.

Il m'a regardée, surpris.

— Eh oui, c'est dingue, le monde ne tourne pas autour de toi, Brendan.

— Je n'ai jamais dit cela, m'a-t-il répliqué, insulté.

— Dans ce cas, assieds-toi et écoute.

Je me suis dirigée vers un banc et m'y suis installée. Il m'a suivie à contrecœur et s'est assis au bord du banc en tapant du pied, impatient. Je savais que j'étais un peu dure avec lui, mais Brendan pouvait se montrer très têtu. Surtout quand il s'agissait d'Emma…

— Emma doit mettre fin à cette histoire. Elle *veut* y mettre fin.

Il m'a coupé la parole.

— Tu ne comprends pas. Emma n'a pas à tout faire toute seule. Il y a un autre moyen, m'a-t-il dit en sortant une pochette de son sac à dos et en la jetant sur le banc.

Des documents officiels ont glissé de la pochette.

— J'ai parlé aux avocats de ma famille aujourd'hui, a-t-il repris, pour obtenir une ordonnance d'éloignement contre Megan. On peut l'arrêter. Légalement. *Sans risques.* Il y a des moyens non magiques de régler les choses, tu sais, a-t-il ajouté d'une voix suffisante.

— Pas dans le cas de Megan ! Et puis, impossible d'obtenir cette ordonnance en quelques heures seulement.

— C'est *fait*. Il faut appeler la police, maintenant ! Megan viole déjà l'ordonnance à cette heure. Elle est provisoire mais valable.

Je l'ai regardé, perplexe.

— Et comment as-tu fait ça ? Parce que tout le monde est en *adoration* devant toi ? ai-je raillé à mon tour.

Il avait sans doute flirté avec une greffière. J'aurais

pu parier qu'on l'avait accueilli avec des pétales de rose au tribunal… Soupir. *C'est à cause de ce genre de truc que tu m'énerves, Brendan.*

— Non, rien à voir avec *moi.* Au risque de confirmer tous les stéréotypes que tu as à mon sujet, tu… sais qui sont mes parents, non ? a-t-il lâché, gêné.

J'ai levé les yeux au ciel malgré tout.

— Si cela peut éloigner cette folle de Megan, j'utiliserai toute l'influence que peut avoir mon nom de famille, a-t-il lancé. Elle se fera arrêter. Un dossier existe déjà depuis ma première année au lycée. On peut la faire coffrer et protéger ainsi Emma.

— Brendan, c'est vraiment adorable de ta part de vouloir prendre soin d'Emma et cette idée est… mignonne tout plein, lui ai-je répondu, m'efforçant, en vain, de ne pas paraître condescendante. Mais cela ne marchera pas sur Megan.

— Pourquoi ? Pourquoi la seule solution serait-elle de la laisser saigner Emma… — il a tressailli à ces mots — pour pouvoir l'arrêter ensuite avec un super-sortilège ?

— Parce que Megan peut faire beaucoup de mal même depuis une cellule de prison, ai-je argué.

Je me suis tournée pour lui faire face.

— Sérieusement, Brendan, tu ne sais pas à quel point Megan est folle ? Elle a possédé ton esprit et t'a obligé à attaquer Emma. A lui faire du *mal.* Tu as déjà oublié ?

Il a eu un mouvement de recul.

— Comment pourrais-je l'oublier ? m'a-t-il demandé d'une voix basse et chargée d'émotions. Jamais je n'oublierai. Je me demanderai toujours ce qui s'est vraiment passé. J'aurai toujours peur qu'Emma ne me fasse plus jamais pleinement confiance. Elle a minimisé la chose, mais je sais que c'était plus grave que ce qu'elle m'a raconté.

— Oui, ça l'était.

Il a fermé les yeux et a soupiré profondément. Je n'avais pas dit cela pour le blesser mais pour lui faire comprendre qu'Emma avait besoin de mettre un terme à cette lutte contre Megan. Un terme définitif, pour pouvoir passer à autre chose. Ne plus craindre que son petit ami soit possédé et qu'il ne s'en prenne à elle sans le vouloir. Mais le chagrin de Brendan m'a brisé le cœur, littéralement — aussi mélodramatique que cela paraisse.

— Pourquoi crois-tu que je me suis creusé la tête pour trouver une solution sans mettre de nouveau Emma en danger ?

Mince. Comme d'habitude, Brendan était pétri de bonnes intentions. Pénible, ce garçon.

— C'est louable de ta part mais tu ne pourras pas arrêter Megan avec l'ordonnance d'un tribunal, ai-je répliqué tout de go. Megan peut — elle l'a prouvé — s'emparer de ton esprit sans être à côté de toi. Tu crois qu'un simple juge l'empêchera de déclencher les tortures qu'elle a prévues à ton encontre ?

Je me suis plaqué la main sur la bouche. *Zut, je n'étais pas censée lui dire ça.*

— Qu'est-ce que tu veux dire ? s'est-il écrié en levant la tête.

— Rien.

L'expression de mon visage m'a trahie.

— Angélique, s'il te plaît. Pourquoi ne pas me dire la vérité ? Bon sang, j'en ai plus que marre qu'on ne me dise rien !

De frustration, Brendan a donné un coup de poing sur le dossier du banc, le faisant trembler.

L'espace d'un instant, j'ai envisagé d'inventer une histoire. Emma ne voulait pas que Brendan sache que Megan comptait s'en prendre à lui. *Sauf que le secret est éventé de toute façon.* Et puis, ai-je raisonné, quelqu'un qui a un tel complexe du héros comprendra qu'Emma ait voulu le protéger à tout prix. En outre, il n'avait pas tort : il méritait de connaître toute la vérité.

— Après que Megan t'a possédé, elle t'a menacé une nouvelle fois, ai-je avoué en jouant nerveusement avec un de mes bracelets en argent.

— Emma disait que Megan menaçait *tout le monde,* s'est-il étonné.

— Pas tout le monde. Emma n'a pas exactement tout dit…, lui ai-je expliqué. Loin de là. Megan t'a menacé, *toi,* précisément.

— Megan fait du chantage à Emma ? En menaçant de s'en prendre à moi ?

Il s'est levé et s'est mis à faire les cent pas.

— Non. Je ne la laisserai pas faire. Pas question. Angélique, dis-moi où est Emma. *Maintenant,* a-t-il exigé, mâchoires serrées.

J'ai explosé.

— Que crois-tu pouvoir faire ? Megan est une sorcière folle mais très puissante !

— C'est précisément ce que je dis ! Emma ne doit pas s'approcher d'elle.

— Brendan, écoute-moi : Megan a dit que tu ne serais plus jamais le même. Elle menace de te faire du mal. Tu ne dois *pas* t'en mêler.

Une immense frayeur s'est emparée de Brendan — invisible pour qui n'avait pas de dons d'empathie mais bien réelle.

— Et alors ? m'a-t-il dit en haussant les épaules pour donner le change. Je me défendrai. C'est mon problème, pas celui d'Emma.

Je devais reconnaître que Brendan était courageux et, plus encore, il était animé d'un désir authentique de protéger Emma. Soupir. Difficile de détester ce garçon dès l'instant où l'on commençait à le connaître un peu.

Il a sorti son portable et l'a collé à son oreille. Pas de réponse visiblement. Puis l'appareil a vibré. J'ai supposé qu'Emma venait de lui envoyer un SMS car son visage s'est assombri aussitôt.

— Non, tu n'avais *pas* à faire ça, a-t-il murmuré en posant le portable sur le banc.

Il s'est assis, effondré, le visage entre les mains.

— Angélique, *s'il te plaît*, dis-moi où est ma petite amie.

— Brendan, Megan pourrait effacer ta mémoire ou te plonger dans le coma. Elle a dit que tu ne serais plus jamais le même, tu m'as entendue ?

J'avais beau me répéter, le seul effet a été de me valoir un regard noir de la part de Brendan.

— Megan m'en veut à moi, donc qu'elle se venge sur moi ! Pas sur Emma, a-t-il dit.

J'ai tressailli, face à cet amour et à ce sentiment de protection inconditionnels qu'il ressentait pour Emma. Je me suis ressaisie.

— Ça va sans doute te surprendre, Brendan, mais il ne s'agit pas de toi.

J'ai marqué une pause, me rendant compte que ce n'était pas entièrement vrai. Megan voulait bien lui faire du mal.

— Enfin, pas seulement de toi. Il s'agit de pouvoir. De Megan qui cherche à s'élever au-dessus de ce qu'elle estime être sa petite place marginalisée dans la société.

— O.K., mais elle se sert de moi pour atteindre Emma, a-t-il dit avec amertume. Emma ne devrait pas être face à elle. C'est *moi* qui devrais l'affronter. Si Megan veut blesser quelqu'un, que ce soit moi.

— Elle ne peut pas s'en prendre à Emma comme elle le ferait avec toi.

— Je me moque de ce qui peut m'arriver, m'a-t-il fait, les mâchoires serrées.

— Mais Emma, non, espèce d'idiot, lui ai-je crié. (Bon sang, il était lent à comprendre !) Tu crois qu'elle tient à te perdre ? Ou à te voir souffrir alors qu'elle a le pouvoir de te sauver ? Tu tiens vraiment à aller te faire tuer et laisser Emma s'en vouloir à jamais parce qu'elle n'aura pas réussi à te protéger quand elle en avait l'occasion ?

Brendan s'est appuyé contre le dossier du banc et s'est mis à mâchouiller le cordon de sa capuche, très concentré. Puis il l'a enlevé de sa bouche et s'est adressé à moi.

— A-t-elle vraiment le pouvoir d'arrêter Megan ? Dis-moi la vérité, Angélique, m'a-t-il demandé d'un ton grave. Emma est-elle en train de se sacrifier ou peut-elle réellement s'en sortir sans dommages ?

— Oui. Je pense qu'elle peut y arriver, ai-je répondu avec sincérité.

Et je le pensais. Si Emma restait concentrée et arrivait à lancer son sortilège avant que Megan ne verse son sang, elle pourrait la vaincre.

— Ça me tue d'être planté là alors que ma petite amie se bat contre une psychopathe pour me protéger !

— Je crois que tu as déjà prouvé que tu n'es pas tout à fait une poule mouillée.

Il a haussé les épaules et a de nouveau mâchouillé le cordon de sa capuche. Je me suis retenue de lui demander s'il voulait de la sauce ranch avec.

— Brendan, tu ferais pareil pour elle.

— Ouais, mais moi je suis le garçon, c'est ce que je suis censé faire.

Cette déclaration m'a laissée bouche bée.

— Quoi ? m'a-t-il demandé, étonné. J'aime Emma. Je *veux* la protéger. En quoi est-ce que ça te gêne ?

— Eh bien, tu aimes une fille très forte. Dommage pour toi.

Je me suis appuyée contre le dossier. Je m'attendais à une réponse sarcastique de Brendan mais, au lieu de cela, il a pris doucement mon poignet pour attirer mon attention. J'ai sursauté — il ne m'avait encore jamais touchée volontairement. Je l'ai regardé, surprise. Ces yeux verts dont Megan et Emma m'avaient tant parlé se sont posés sur moi. Il avait vraiment de beaux yeux. Pff, plus énervant, tu meurs.

Il m'a lâchée dès qu'il a compris que je l'écoutais. J'avais rarement été effleurée avec tant de douceur, je dois avouer.

— Ne te trompe pas sur ce que je veux dire : je suis heureux qu'Emma soit forte. C'est ce que je préfère chez elle, a-t-il ajouté, sincère. J'ai juste besoin de savoir ce qui va se passer maintenant.

— Il faut attendre.

***

Au cours de l'heure qui a suivi, j'ai été assaillie par le kaléidoscope d'émotions qui émanait de lui : angoisse, culpabilité, inquiétude, amour et frustration.

J'ai levé les yeux vers le ciel pour regarder l'éclipse lente de la lune. J'ai été soudain tirée de ma rêverie par Brendan.

— Emma ! a-t-il crié en se levant à sa rencontre.

Il a sauté par-dessus un bac à fleurs comme s'il était monté sur des ressorts. Franchement, toute cette force athlétique qu'il avait héritée d'Archer et de son pacte était une injustice. Il aurait sûrement pu être un champion olympique s'il avait eu la discipline nécessaire. J'ai couru derrière lui, mais ma jupe m'empêchait d'aller aussi vite. J'ai dû me résoudre à sortir du parc et à longer le trottoir.

Je les ai rattrapés, enfin. La capuche grise de Brendan était couverte de taches de sang et il tenait les mains d'Emma. Le visage de celle-ci était baigné de larmes et elle avait l'air secouée.

J'ai ressenti alors l'autre sentiment qui la parcourait : la honte.

— Oh ! mon Dieu, ai-je murmuré. *Emma, qu'as-tu fait ?*

19

Emma

J'ai descendu le dernier barreau de l'échelle de secours. Mon cœur battait à tout rompre. Je refusais de regarder l'immeuble. Je refusais de regarder le passage. Je voulais juste sortir d'ici au plus vite, retrouver Brendan et Angélique, là, maintenant, et oublier cette terrifiante soirée sur le toit. Existait-il un sort qui me permettrait d'effacer tout souvenir de ce qui venait de se passer ?

J'ai couru le long de la 48e Rue et j'ai aperçu Angélique assise sur un banc, les yeux fixés sur l'éclipse, l'air inquiet. Brendan était assis à l'autre bout du banc et mâchouillait nerveusement la ficelle de sa capuche en regardant l'écran de son portable.

Comme s'il avait deviné ma présence, il a levé les yeux et a croisé les miens.

— Emma, a-t-il aussitôt crié.

Il s'est levé et s'est précipité vers moi. Angélique l'a suivi, mais il avait pris de l'avance en sautant par-dessus un bac à fleurs. Il m'a prise dans ses bras et m'a serrée contre sa poitrine. J'ai posé les mains sur son dos — *si seulement j'avais pu rester ainsi pendant des heures*. Mais Brendan s'est rapidement écarté et a pris mon visage dans ses mains.

— Qu'est-ce qui s'est passé ? m'a-t-il demandé, inquiet.

Il scrutait mon visage : pas de contusions, pas de fractures apparentes — en revanche, en voyant mes mains ensanglantées, il a pâli et les a prises dans les siennes.

— Tu vas bien ? Tu veux aller à l'hôpital ?

— Non. C'est sans doute *son* sang. Le mien un peu aussi, ai-je avoué, mais ça va. C'était juste pour le sortilège.

— Où ?

Je savais ce qu'il voulait dire.

— A côté de ma cicatrice.

Angélique est arrivée enfin, à bout de souffle, manquant de trébucher sur sa longue jupe rouge.

— Tu vas bien ? Ça a marché ?

— Oui. Les deux sorts ont fonctionné.

Je me suis appuyée sur Brendan.

— Dans ce cas, pourquoi as-tu l'air si… déprimée ? m'a fait Angélique, soupçonneuse.

J'ai pris Brendan par la taille. J'aurais voulu me fondre en lui et oublier que la semaine écoulée avait jamais eu lieu.

— Megan n'aurait jamais arrêté, ai-je répondu d'une voix rauque.

Brendan m'a caressé les cheveux.

— Elle a essayé de me tuer. Elle a tenté d'arrêter mon cœur de battre, ai-je repris.

Angélique m'a regardée, sous le choc.

— Qu'as-tu fait ?

— J'ai dû l'arrêter — une fois pour toutes.

Brendan s'est immobilisé. Il a levé mon visage vers lui et m'a regardée dans les yeux.

— Emma, *qu'est-ce que tu lui as fait* ?

J'ai hoché la tête et les larmes ont coulé sur mon visage. Je n'en pouvais plus.

— Faut-il que je nous réserve des billets d'avion pour Buenos Aires ? a demandé Brendan — et il était sérieux.

J'ai souri faiblement et je suis allée m'asseoir sur un banc. La soirée avait été épuisante.

— Emma…, a soufflé Angélique, hésitante.

J'ai secoué la tête.

— Non. Je n'ai pas fait ce que vous pensez, même si cela m'a bien traversé l'esprit, ai-je reconnu, honteuse. Disposer de tous ces pouvoirs vous monte vraiment à la tête, Randi avait raison.

J'ai soupiré. J'avais hâte de me soulager de ce poids.

— Je l'ai battue. Et j'ai failli la jeter par-dessus le toit. Je ne l'ai pas fait mais j'en avais envie.

— Qu'est-ce qui t'a retenue ? m'a demandé Angélique avec curiosité.

— Je ne voulais pas être comme elle.

La honte m'a envahie de nouveau comme je songeais à la manière dont j'avais jubilé en la frappant sur ce toit. Je ne voulais plus jamais avoir affaire à Megan. Jamais.

Brendan s'est assis à côté de moi et a glissé une main autour de mon dos.

— Qu'as-tu fait, alors ?

— J'ai utilisé une variante du sort qui t'a sauvé dans la bibliothèque. Je me suis dit que c'était la meilleure chose à faire. Elle n'aurait jamais arrêté. Elle veut à tout prix que sa famille la remarque, alors j'ai fait en sorte qu'elle y parvienne.

Je leur ai raconté comment je m'étais tenue derrière Megan, les mains tendues. Ce sort avait déjà fonctionné, donc je savais qu'il marcherait, même si je changeais quelques mots. J'avais regardé la lune — l'éclipse n'était pas terminée. J'avais encore des pouvoirs décuplés. Et je ne voyais de meilleur usage à ces pouvoirs que de mettre définitivement Megan hors d'état de nuire.

— Alors j'ai dit à haute et intelligible voix : « *Déesse pleine de grâce, je t'implore de montrer à la famille de Megan le vrai visage de son âme.* »

Elle avait lâché le morceau de verre et s'était tournée vers moi, les yeux vides. Puis elle avait répété la formule, envoûtée, tout comme Jenn l'avait fait en classe.

J'ignorais ce que Megan allait faire une fois chez elle mais j'espérais qu'elle recevrait les soins psychiatriques dont elle avait besoin. De préférence dans un établissement très loin d'ici…

— C'était une idée brillante, Emma, s'est exclamé Brendan, très fier.

Angélique a fait la moue.

— Mouais, j'aurais préféré que tu la pousses du toit, a-t-elle soupiré, déçue. Ou au moins, en bas de l'échelle. Ça ne lui aurait pas fait de mal.

Je me suis massé la main.

— Crois-moi, elle a pris pas mal de coups. La tuer aurait été aller trop loin — même si j'aurais pu plaider la légitime défense. J'ai déjà terrorisé Kristin aujourd'hui. Je crois que j'ai épuisé mon quota.

J'ai frissonné. Je m'étais sentie proche, trop proche de Megan — je ne voulais plus jamais avoir affaire à elle. J'avais hâte à présent que mes pouvoirs disparaissent et de redevenir la bonne vieille Emma avec ses capacités ordinaires.

— Sans doute… Des blessures de guerre ? m'a demandé Angélique.

— Pas grand-chose, quelques bleus et cette cicatrice.

J'ai montré mon bras droit. Mon sweat frottait contre

la plaie encore ouverte. *Je n'ai pas besoin de points de suture — oh non, pas de points de suture…*

— Allons chez moi nettoyer tout ça. Ensuite, tu pourras nous raconter les détails les plus sordides, m'a fait Angélique, les yeux brillants d'excitation. J'ai hâte de tout savoir ! Maintenant que c'est fini, vous ne pensez pas que c'est génial ?

Brendan a levé les yeux au ciel, irrité. Sur le coup, je me suis demandé si la trêve entre eux serait de courte durée, mais durant le trajet ils ont eu l'air de bien s'entendre, à quelques piques près. Une fois chez elle, nous nous sommes entassés dans la petite salle de bains aux carreaux blancs. J'ai nettoyé la plaie et mis quelques pansements, pendant que les insultes volaient entre eux deux. Angélique reprochait à Brendan de se montrer trop protecteur et lui enjoignait de se détendre, tandis qu'il l'accusait d'être capable de me pousser dans la fosse aux lions, tant qu'elle pensait en tirer un avantage magique. Je leur ai ordonné de se taire.

Puis nous nous sommes installés autour de la table de la cuisine et j'ai commencé mon récit. Angélique m'a fait répéter à plusieurs reprises la manière dont j'avais « exorcisé » les pouvoirs de Megan et m'a même demandé de dessiner les nappes de brume sur un morceau de papier. Jusqu'au moment où mes bâillements se sont faits trop rapprochés. L'éclipse était finie et j'avais épuisé à la fois toutes mes forces et mes pouvoirs décuplés.

Angélique, en revanche, a retrouvé les siens et par la même occasion une vigueur renouvelée — alors que moi je n'avais qu'une envie : m'allonger sur le sol de la cuisine et dormir.

— Je crois qu'on devrait aller se coucher, a dit Angélique en regardant Brendan avec insistance.

Il s'est tourné vers moi.

— Em, mes parents sont à une soirée sur le thème de l'éclipse. Franchement, je crois que c'est juste un prétexte pour boire et parler argent avec leurs amis, m'a-t-il dit en prenant mes mains dans les siennes. Tu veux venir chez moi ? Ta tante pense que tu passes la nuit chez Angélique...

— Chez toi ? Dans ta... chambre ? *Oh ! oh !* Et demain matin ?

— On est en plein milieu de la semaine, m'a rappelé Brendan. A l'heure où on va se lever, mes parents seront partis au boulot depuis longtemps. Mais tu peux rester chez Angélique si tu préfères...

J'avais envie d'être avec lui. Qui ne le voudrait pas ? J'ai regardé Angélique, qui a reniflé d'un air dédaigneux.

— Je n'aurai pas à supporter tes ronflements. Cool. Vas-y, ça m'évitera de devoir en prime ressentir ton envie de le voir, a-t-elle raillé.

Puis elle a fait craquer ses articulations.

— J'ai retrouvé mes pouvoirs, en plus. J'aimerais bien essayer de nouveaux sortilèges.

— Tu es sûre ?

J'hésitais, car je ne voulais pas être la fille qui s'appuie sur ses amies quand elle a des ennuis et les plante ensuite pour passer du temps avec son petit ami. Ce qui était exactement ce que j'étais en train de faire.

— Oui, vas-y. Amuse-toi. Je vais passer la nuit debout et je ne veux pas t'empêcher de dormir.

— Angélique...

Je me suis levée et je l'ai serrée dans mes bras. Elle a reculé sa chaise et a levé les mains en signe de protestation.

— Emma, je t'en prie, tu dépasses les bornes.

— J'imagine qu'une étreinte tous les dix ans est la limite maximale permise.

Elle a souri.

— Exactement… Je te serrerai dans mes bras dans dix ans, donc.

Brendan nous a regardées, l'air amusé.

— Qu'est-ce qui te fait rire, Brendan ? a demandé Angélique en croisant les bras sur sa poitrine.

— Je n'arrive pas à croire que tu aies fait ça. Je ne savais pas que tu étais capable de traiter des émotions, a-t-il dit froidement en se renfonçant dans son siège. Une erreur système, peut-être ? Il faut peut-être te redémarrer ?

— Tu ne t'es pas touché les cheveux depuis dix minutes, lui a-t-elle rétorqué. Tu es en phase de sevrage ? Ça va aller ?

— Et sur cette note joyeuse il est temps d'y aller, ai-je lancé.

Angélique nous a raccompagnés jusqu'à l'ascenseur. Je l'ai remerciée un million de fois et j'ai réussi à la prendre furtivement dans mes bras — à son grand désarroi et à la joie de Brendan. En bas de l'immeuble, une fois que nous nous sommes retrouvés seuls, il m'a enlacée. Nous sommes restés ainsi, en une longue étreinte muette, sans craindre désormais que Megan nous surveille. J'ai senti mes tensions s'apaiser et j'ai oublié totalement les passants qui nous dépassaient et leurs bavardages animés.

— Allons-nous-en d'ici, m'a-t-il dit en déposant un baiser au sommet de mon crâne et en se dégageant.

Il a hélé un taxi. Je me suis lovée contre lui, si près que j'étais presque assise sur ses genoux. Devant la maison, Brendan m'a cachée derrière lui et a fait le code du portail.

— Bonsoir, a-t-il lancé très fort en entrant. Maman ? Papa ?

Seul l'écho de sa voix lui a répondu. La maison était vide. Il m'a prise par la main — je devais encore avoir la main moite à cause du stress de la soirée et… du stress de me retrouver maintenant seule avec Brendan. Toute la nuit. *Dans le même lit.*

Heureusement que j'étais sportive. Que j'aimais courir et que j'étais fan de cardio. Parce que mon cœur battait à toute allure. A côté de la situation présente, le combat contre Megan ressemblait maintenant à une partie de plaisir.

Nous avons gravi l'escalier, la main dans la main. Il a appelé ses parents une ou deux fois encore, histoire d'être sûr, et moi j'étais de plus en plus nerveuse.

Il tenait mon sac dans son autre main. Une fois sur le palier du troisième étage, il a ouvert la porte de sa chambre d'un coup de pied. J'ai sursauté, me faisant l'effet d'une jeune fille d'antan enlevée par le héros conquérant — même si c'était moi, l'héroïne de la soirée !

Brendan a posé mon sac à côté de la porte de la salle de bains et a enlevé son sweat taché de sang, qu'il a jeté en boule par terre.

— Désolée.

Brendan a haussé les épaules.

— Ce n'est rien, Emma. Les taches partiront. Et sinon on s'en fiche. Ce n'est qu'un sweat.

Il a regardé le lit puis m'a regardée. Je m'attardais à l'entrée de la chambre, gênée. D'habitude, je me précipitais sur le lit sans hésiter et prenais la télécommande de son écran géant. Ce soir, les choses étaient un peu différentes.

Je sentais que Brendan éprouvait la même chose parce que lui, d'ordinaire si plein d'assurance, paraissait presque timide. Il a croisé les bras sur son torse puis, appuyé sur une jambe, il a plongé les mains dans les poches de son jean.

— J'imagine que tu veux prendre une douche ? m'a-t-il demandé.

J'ai jeté un coup d'œil sur mes vêtements sales et hoché la tête. J'ai avancé lentement vers la porte de la salle de bains.

— Euh… tu veux enlever tes vêtements ? Pour éviter que ta tante ne voie les taches de sang ? Je les mettrai dans la machine à laver, a bredouillé Brendan.

Il a ramassé son sweat et s'est littéralement précipité vers la sortie.

— D'accord.

Je l'ai regardé puis j'ai regardé la salle de bains. Il a dû remarquer ma gêne — sans doute parce qu'il ressentait la même.

— Je vais… te laisser. Je vais juste prendre quelques affaires. Je prendrai ma douche dans la chambre d'amis. Appelle-moi quand tu jetteras tes vêtements sales dans le couloir.

Brendan a ouvert le tiroir du bas d'une de ses commodes — sa chambre occupait tout l'étage, si bien qu'elle était meublée de plusieurs armoires, d'une installation pour DJ et même d'un canapé — et il a pris un T-shirt et un boxer.

— Il y a des serviettes dans la salle de bains, tu as besoin d'autre chose ? m'a-t-il demandé, très formel

— bien trop formel, étant donné qu'il avait ses sous-vêtements dans les mains.

— Non. Je prendrai les produits que tu as dans la salle de bains.

Il a souri et a tourné les talons, fermant la porte derrière lui.

Je me suis appuyée contre le chambranle. J'avais fait apparaître des boules de feu magique, lutté contre une sorcière maléfique, je l'avais battue à coups de poing, tout cela après une journée de cours. Et, maintenant, j'étais sur le point de me déshabiller sous la douche de mon petit ami.

Je pourrais peut-être aussi passer mes exams d'admission à la fac ce soir pendant que j'y étais.

J'ai enlevé mon jean sale — les entailles sur mes genoux s'étaient rouvertes — et mon haut, j'ai jeté le tout dans le couloir et j'ai appelé Brendan avant de refermer la porte rapidement. En revanche, pas question qu'il voie mes sous-vêtements sales — je les ai rangés au fond de mon sac. Je me suis dépêchée d'aller dans la salle de bains et j'ai fermé la porte, même si je savais qu'il n'entrerait jamais sans frapper.

Par chance, la douche m'a calmé un peu les nerfs. Brendan vivait dans une vieille maison, mais les installations étaient très modernes. L'eau, très chaude, a relâché les tensions de mon cou et de mes épaules et a détendu tous mes muscles. J'avais pris quelques articles de toilette en vue de ma nuit chez Angélique mais, à part mon rasoir et mon gel moussant pour le visage, je tenais à me servir des affaires de Brendan. Je me suis savonnée généreusement avec son savon, me suis lavé les cheveux avec son shampooing qui sentait bon le propre. Ces parfums familiers flottaient dans l'air embué de la salle de bains, sur ma peau humide, et je me suis sentie soudain en sécurité, protégée. Et je me suis sentie aussi un peu… sexy.

Seulement, les vêtements que j'avais pris n'avaient rien de sexy… Je pensais dormir chez Angélique et j'avais donc emporté un bas de pyjama à rayures roses et un vieux T-shirt. Mon grand T-shirt bleu des *Titans* du lycée de Keansburg n'était pas ce que j'avais imaginé porter lors de ma première nuit dans le lit de Brendan.

J'ai attaché mes cheveux mouillés en une natte lâche et je suis retournée dans sa chambre. C'était bizarre de me retrouver seule dans cette pièce — j'avais presque l'impression d'être entrée par effraction — donc je l'ai appelé. J'ai entendu ses pas lourds dans l'escalier. Je me suis appuyée contre la porte de la salle de bains, m'efforçant de paraître calme. Ce qui, évidemment, était impossible. Il a frappé à la porte.

— Tu es visible ? a-t-il fait, hésitant.

Oui. Si tu savais à quoi je pense en ce moment…

— Oui.

Brendan a passé la tête dans l'embrasure de la porte. Il était en short et T-shirt et apportait deux bouteilles d'Ice Tea et du pop-corn.

— Je ne savais pas trop si tu avais faim, m'a-t-il dit.

Effectivement, l'odeur du pop-corn m'a soudain donné très faim. Je lui ai pris le sachet des mains, je l'ai ouvert et j'ai enfourné une pleine poignée dans ma bouche.

— Excuse-moi, ai-je marmonné.

Un grain de pop-corn m'est tombé de la bouche. *Super, Emma, dire que tu t'inquiétais de ne pas lui plaire à cause de ton T-shirt ! On dirait une ado mal dégrossie à son premier rendez-vous.*

— Tu veux que je te fasse un sandwich ? m'a demandé

Brendan en me regardant, amusé, prendre une autre poignée de pop-corn et la faire disparaître aussi vite que la première.

— Non, merci, ça ira. Et puis tu as déjà fait ma lessive.

J'ai pris une gorgée d'Ice Tea. Puis je me suis rendu compte d'une chose.

— C'est la deuxième fois cette semaine que tu laves mes vêtements.

— Oui, je sais.

Il a jeté un grain de pop-corn en l'air et l'a attrapé au vol. Puis il m'a décoché un sourire.

— On dirait un film des années 1950 mais les rôles sont inversés.

— Dans un film des années 1950, on dormirait dans des lits séparés, ai-je souligné.

Brendan s'est immobilisé et le deuxième grain de pop-corn qu'il avait lancé a ricoché sur son front et est tombé par terre. Il a inspiré profondément, puis m'a regardée.

— Mais je pensais qu'on dormirait dans des lits séparés. J'avais prévu de dormir sur le canapé, m'a-t-il dit en indiquant le sofa de cuir usé installé contre un mur de briques nues.

J'ai remarqué alors un oreiller et des draps posés par terre.

— Oh ! euh… d'accord.

Je ne savais pas si j'étais secrètement un peu soulagée, ou surtout déçue.

— Ce n'est pas obligatoire, a répondu Brendan hâtivement en regardant tour à tour le canapé, le lit et moi. J'ai pensé que c'était ce que tu voudrais.

— Je veux dire, ça ne veut pas dire, tu sais que…

Quelle éloquence, Emma ! Tu as eu la meilleure note à

l'examen de rédaction et tu as la cohérence d'un gamin de maternelle.

Heureusement pour moi, Brendan était pire.

— Non, je sais. Je veux dire que je *n'essaierai* rien... A moins que tu ne le veuilles. Non pas que je veuille...

Il s'est tu, s'est appuyé contre le chambranle de la porte et a baissé les yeux.

— Brendan ? ai-je dit timidement.

Il a levé les yeux et les a plongés dans les miens.

— Je ne savais pas à quoi m'attendre ce soir. Lorsque Angélique m'a dit que tu étais allée retrouver Megan, je n'ai plus pensé à rien, à part à Anthony. A la manière dont tu avais de nouveau des ennuis à cause de moi. Dont on allait encore te faire du mal..., m'a expliqué Brendan d'un ton peiné.

J'ai posé le sachet de pop-corn par terre et je l'ai pris dans mes bras.

— Je ne pensais à rien d'autre, à ce que Megan pouvait te faire avec la magie, sans que je puisse t'aider, a-t-il ajouté en me serrant contre lui. Et ensuite, elle m'a dit que tu voulais me protéger, *moi*.

— Je sais que je t'ai menti, je suis désolée, ai-je murmuré.

Brendan est parti d'un rire amer.

J'ai levé les yeux, le menton contre sa poitrine.

— Pourquoi ris-tu ?

— C'est à moi de te présenter des excuses, m'a-t-il dit en écartant des mèches de cheveux de mon visage. Je ne t'ai pas laissée me parler.

— Tu ne m'aurais pas permis d'y aller.

— C'est bien le problème, m'a-t-il répondu en secouant la tête. J'imagine que je dois m'habituer au fait que tu es capable de te défendre.

— Si les rôles avaient été inversés, j'aurais agi pareil, ai-je avoué en glissant les mains sous son T-shirt.

Sa peau contre mes doigts était si douce.

— Tu sais que je ferais n'importe quoi pour toi, a-t-il ajouté.

Mon cœur, qui battait déjà la chamade, s'est emballé encore. J'ai jeté un coup d'œil vers le lit, qui m'a paru soudain immense. Et plus proche. Plus effrayant.

Brendan a remarqué alors ce que je regardais.

— Emma, au sujet de cette nuit..., a-t-il soufflé Je veux juste te tenir dans mes bras et m'endormir avec toi. Je veux juste savoir que tu es là, que nous sommes ensemble. C'est tout. Ça te va ?

Il avait à peine terminé que j'ai mis les bras autour de son cou et que j'ai attiré son visage vers le mien. Je l'ai entendu fermer la porte à clé. Puis il m'a prise pas la taille, m'a rendu mon baiser et m'a entraînée vers le lit. J'ai senti le pied du lit contre mes jambes et me suis allongée sur la douce couette bleu marine. Les baisers de Brendan se sont faits tour à tour tendres et pressants, puis de plus en plus passionnés.

Nous nous sommes enfoncés dans le lit, serrés l'un contre l'autre au beau milieu de l'immense matelas. Je me suis laissée aller dans ses bras et me suis perdue dans ses caresses, qui m'apaisaient et me stimulaient en même temps. Je me suis perdue dans son parfum, qui m'entourait et qui était sur ma peau. J'aimais ce parfum sur ma peau.

J'ai pris alors ma dernière décision de la soirée.

J'avais passé la journée — non, la semaine — à prendre des décisions difficiles. J'en avais pris une essentielle ce soir. J'avais peut-être détruit la vie de Megan. J'étais lasse de prendre des décisions. Lasse de penser aux conséquences de mes actes. Lasse de réfléchir, encore et toujours.

J'ai décidé de ne pas arrêter Brendan. Si lui aussi voulait aller plus loin, bien sûr. Si quelque chose devait se passer, qu'il en soit ainsi. Je l'aimais. Il m'aimait. J'avais besoin de me perdre, d'abandonner Emma et de vivre dans la peau de quelqu'un d'autre. Quelqu'un qui n'avait pas eu à envisager le meurtre aujourd'hui. Quelqu'un qui n'avait pas failli mourir aujourd'hui. Quelqu'un qui se contentait de ressentir, de respirer et de réagir, sans réfléchir à demain. Quelqu'un d'autre que moi.

Brendan a paru comprendre — ou peut-être était-ce juste qu'il avait besoin de sentir ma peau contre la sienne — car mon T-shirt a disparu en un tour de main. Ses caresses se sont faites plus prononcées mais ses lèvres étaient douces, tendres et embrassaient le creux à la base de mon cou.

Ça y est. Ça va arriver maintenant. Mon cœur s'est emballé, mon esprit s'est embrasé. Si Brendan avait porté un T-shirt, je ne m'en souvenais pas. Sa peau nue caressait la mienne et, en dépit de la chaleur dans la chambre, j'ai frissonné de le sentir si proche, pour la première fois.

Brendan a écarté mes cheveux, à bout de souffle, et s'est arrêté soudain, ses lèvres à quelques centimètres des miennes, ses yeux verts dans les miens.

— Pourquoi tu arrêtes ?

Il a fermé les yeux. Je lui ai caressé le dos et je l'ai serré contre moi.

— Je pensais ce que je disais tout à l'heure, m'a-t-il murmuré, baissant la tête et caressant ma peau de ses lèvres (et de sa langue !), traçant une ligne invisible de mon épaule à mon cou.

Sa main a glissé sur ma hanche mais il n'a pas touché à mon pantalon.

— Que disais-tu ? Oh…

Il venait de trouver un point particulièrement sensible juste au-dessus de ma clavicule. Il aurait pu me révéler le secret de la vie elle-même et je n'y aurais pas fait attention. Ni ne m'en serais souvenue.

Mais lui se souvenait de ce qu'il m'avait dit.

— Tu m'as pris par surprise en m'embrassant comme ça. Mais je pensais ce que je disais, je veux juste rester près de toi cette nuit, m'a-t-il murmuré à l'oreille.

Il a roulé sur le dos et m'a attirée contre lui, me couvrant d'un geste.

— Je crois que je veux… tu sais…, ai-je bafouillé, gênée, le visage contre sa poitrine.

— Tu veux quoi ? m'a-t-il demandé d'un air innocent.

J'ai eu soudain envie de me cacher sous le lit.

— Tu sais bien.

Brendan a pris mon menton et m'a obligée à le regarder.

— Si tu n'es pas capable de le dire, je doute que ce soit une bonne idée de le faire.

— D'accord. Je pense que j'aimerais… passer à l'étape suivante, ai-je ajouté, avalant à moitié mes mots, incapable de dire les choses plus clairement.

Il a défait ma natte et mes cheveux humides sont retombés sur mon dos nu.

— C'est déjà une étape importante pour moi, m'a-t-il murmuré.

Sa voix était sincère et j'ai contenu un rire nerveux, même si ce qu'il m'a dit ensuite m'a surprise.

— Aucune fille n'est jamais restée dormir.

J'ai relevé la tête.

— Comment est-ce possible ?

— Bon sang, Em ! Je n'étais pas un tel débauché, tout de même, m'a-t-il fait, vexé.

— Désolée.

— Pourquoi es-tu si étonnée ? Je t'ai dit que tu es la première fille que je ramène à la maison, a souligné Brendan en caressant mon dos du bout des doigts. Je sais que ce n'est pas la même chose en tout cas.

Il a haussé les épaules et a pris mon visage entre ses mains.

— Je sais que je pourrais le regretter demain parce qu'en dépit de ce que je viens de dire j'ai envie de toi. Vraiment.

J'ai baissé les yeux, à la fois gênée et flattée. Un peu excitée aussi.

— Mais je ne peux pas m'empêcher de me dire que tu ne fais que réagir à ce qui t'est arrivé ce soir, a-t-il ajouté.

— Oui, ai-je avoué d'une voix à peine audible.

— Je veux… Non, il faut faire les choses bien.

Il m'a obligée de nouveau à le regarder.

— Je crois que ce qui est bien, c'est que tu sois la première chose que je verrai demain matin en me réveillant, m'a-t-il dit avec simplicité.

J'ai failli m'évanouir à cette déclaration si merveilleuse. J'ai posé la joue sur sa poitrine et écouté son cœur battre, presque à l'unisson de la musique de sa chaîne hi-fi.

Ce n'était pas tout à fait la fin que j'avais décidée, mais ma première fois ne se passerait sans doute pas quand je l'aurais « décidé », justement. Et cela ne devrait pas se produire après que j'ai vaincu la sorcière maléfique qui avait possédé l'esprit de mon petit ami.

J'avais vraiment une vie bizarre.

— Je t'aime, ai-je murmuré.

Brendan m'a serrée contre lui.

— Tout va bien ? m'a-t-il demandé, l'air de rien, comme pour dissimuler le sens réel de sa question.

— Plus que ça : tout est parfait, ai-je soupiré en fermant les yeux et en laissant le sommeil me gagner.

Epilogue

Je savais que c'était un rêve. Même si le trottoir sur lequel je marchais me paraissait très réel sous mes semelles. Les racines d'un arbre avaient fait gondoler le bitume et je sentais chaque fragment sous mes pieds.

Il faisait noir mais je savais où j'allais. Je connaissais cette rue. J'ai longé la maison de briques rouges où Ethan et moi avions vécu avec notre mère, bien avant qu'elle ne rencontre Henry, bien avant que nos vies ne changent. Mais je ne me suis pas arrêtée, j'ai continué de marcher, près de la plage de Keansburg, à quelques blocs de la maison. Le sable a pénétré dans mes chaussures ouvertes tandis que je gravissais la première dune. J'ai admiré le ciel étoilé. Puis les eaux sombres de la baie de Raritan sont apparues.

Le parfum familier des embruns a empli mes narines et j'ai reconnu mon frère, marchant sur la plage. Je l'ai appelé. Et soudain je me suis retrouvée à son côté. Il a souri et m'a prise par la main, m'entraînant vers la vieille jetée. Les planches craquaient sous nos pas. Nous discutions à bâtons rompus, sans que je puisse saisir le sens de la conversation.

J'ai regardé les fentes entre les planches et les vagues se briser contre les pieux de la jetée sous mes pieds. Puis Ethan m'a tirée par la main pour attirer mon attention. Je l'ai regardé et il m'a montré un point, loin devant nous, au bout de la jetée. Une femme.

Elle s'est retournée. J'ai lâché la main d'Ethan et couru me jeter dans ses bras.

— Je suis si fière de toi, ma chérie, m'a-t-elle dit en me serrant contre elle.

J'ai respiré son parfum à pleins poumons.

— Je t'aime, maman.

Par chance, je me suis réveillée dans le lit de Brendan car, nerveusement, j'étais à bout. Je n'aurais jamais pu le cacher à tante Christine. Il m'a serrée dans ses bras toute la matinée. Nous parlions à voix basse, non pour cacher ma présence, mais parce que c'était plus intime. Nous nous sommes dit nos secrets et nos histoires, au creux de sa couette moelleuse. Nous n'avons quitté ce petit sanctuaire que pour faire taire nos estomacs, qui criaient famine.

Plus tard, Brendan s'est connecté à internet et nous avons appris que les parents de Megan étaient rentrés chez eux et l'avaient trouvée en train de dessiner des pentagrammes avec son propre sang sur leur canapé de cuir blanc, en disant qu'elle devait trouver des amoureux pour les sacrifier. Megan et sa grande sœur n'étaient décidément pas très proches, car la source de cette histoire c'était elle : Jenna, l'ancienne major de promo de Vince A, avait déblatéré sans retenue contre la petite dernière de la famille sur Facebook, l'accusant de l'embarrasser et de vouloir attirer l'attention sur elle.

Megan passerait les prochains mois dans un établissement sûr, où elle n'aurait accès à aucun objet coupant et où elle serait sous antipsychotiques.

Les premières vingt-quatre heures de mes vacances avaient été émotionnellement épuisantes. Brendan et moi avons passé presque tout notre temps ensemble, à récupérer mentalement de notre semaine infernale.

Angélique m'a même accordé une semaine de pause, libre de toute leçon de sorcellerie, décrétant que j'avais eu un cours accéléré et que je méritais un break. J'étais en partie d'accord avec elle — c'était bon de n'avoir ni emploi du temps précis ni devoirs, rien à faire à part passer du temps avec mon amoureux.

Mais une partie de moi rêvait d'en apprendre davantage. De perfectionner *plus* de sortilèges. Goûter au pouvoir était plus que grisant. C'était presque une drogue. Et une minuscule partie de moi-même compatissait avec Megan, surtout depuis que sa sœur avait publiquement ruiné sa réputation. Je savais ce que c'était que de se sentir sous-estimée et pas à sa place. Comme Megan, j'avais apprécié de tourmenter mon bourreau, même si ma raison me disait que ce n'était pas très glorieux de m'émoustiller de la terreur de Kristin dans le sous-sol du lycée en proie à de fausses flammes. Que serais-je devenue si je n'avais eu ni famille ni amis ? Aurais-je choisi la magie noire ? Aurais-je pu devenir une Megan, moi aussi ?

Cette pensée m'a empêchée de dormir jusque tard dans la nuit. J'ai fini par en parler à Angélique et elle a reconnu qu'elle tenait délibérément à m'éloigner de la sorcellerie quelques jours.

— Comment dire ? a-t-elle fait, à la recherche d'une de ses fameuses métaphores. Tu es comme une fêtarde qui serait sortie un peu trop souvent, il te faut une pause. Tu n'es ni alcoolique ni accro mais tu dois te calmer quelque temps, c'est tout.

— Je comprends.

D'ailleurs, l'envie de faire de la sorcellerie a décliné au

bout de quelques jours. Ce qui était une bonne chose, car je ne sais pas comment j'aurais réagi le jeudi avant la fin des vacances, après le coup de fil…

J'étais chez Brendan, dans sa chambre. Pourquoi aller ailleurs ? Il avait une grande télé, plus de jeux vidéo et de musique que dans un entrepôt de Sony et, mieux encore, ses parents étaient presque toujours absents. C'était en fin d'après-midi. J'étais assise, le dos contre la poitrine de Brendan qui, lui, était appuyé contre la tête de lit. Il me tenait dans ses bras, les mains sur les miennes pendant que je manipulais une manette de jeux très compliquée. Il essayait de me montrer comment tuer un type avec une arme… Bref, je n'y comprenais rien. Mon personnage tenait un lance-flammes, je crois.

Mon portable a sonné. Celui de Brendan a vibré quasiment en même temps. Nous nous sommes regardés, inquiets. Ashley m'appelait ; Cisco l'appelait, lui. Brendan a appuyé sur « Pause ».

Un millier de scénarios, qui impliquaient tous Megan, ont parcouru mon cerveau. J'ai décroché.

— Qu'est-ce que tu fais ? Tu es chez Brendan, n'est-ce pas ? J'espère que je n'interromps rien, m'a fait ma cousine sur un ton entendu.

— On joue à un jeu vidéo, qu'est-ce qu'il y a ? lui ai-je répondu, m'efforçant de rester calme.

J'ai entendu Liam. *Tiens-tiens.* Il parlait apparemment au téléphone, lui aussi. Ashley passait dernièrement *beaucoup* de temps avec lui, même si rien n'était vraiment officiel.

— Allume la chaîne d'infos, m'a-t-elle dit. Tout de suite.

J'ai regardé Brendan. Il a coincé son portable contre son épaule et a appuyé sur le bouton de la télécommande — à l'évidence, Cisco lui avait donné la même consigne.

— C'est fait. Qu'est-ce que je suis…

Soudain, je me suis tue : j'avais sous les yeux ce qu'elle voulait me faire voir.

— Rappelle-moi.

Elle a raccroché. J'ai laissé tomber le portable sur le lit.

— Ouais, je te rappelle, a dit Brendan.

Il m'a serrée contre lui et nous avons regardé la terrible nouvelle que le présentateur était en train de raconter.

— *« Il vivait dans les Caraïbes sous une fausse identité, il s'agit en fait d'Anthony Caruso, recherché pour agression et tentative de meurtre sur deux camarades de classe à New York, dont l'un est le fils du magnat de l'immobilier, Aaron Salinger. Les autorités ont découvert l'identité de Caruso lors d'un interrogatoire de routine concernant la disparition de l'étudiante en vacances, Andie Reed, disparue dimanche après avoir quitté une boîte de nuit. Caruso est le suspect numéro un dans l'affaire Reed… »*

Le reportage a montré alors des images d'Anthony — les cheveux plus longs et plus sombres désormais — emmené par la police, les menottes aux poignets, tête baissée. Malgré tout, il avait l'air dangereux.

— Emma, ça va ? m'a demandé Brendan.

J'ai secoué la tête.

— Sans moi, cette fille n'aurait pas disparu, ai-je murmuré en fixant la photo de la jeune fille à l'écran, jolie et souriante. Il ne serait pas allé là-bas.

Brendan m'a serrée plus fort.

— Sans toi, plus de filles auraient disparu.

— Peut-être, ai-je soupiré en m'appuyant contre lui.

Je me sentais coupable. Et soulagée — Anthony ne représentait plus une menace. Puis encore coupable, d'être soulagée d'un poids.

L'école a repris. J'avais l'impression que des projecteurs étaient rivés sur Brendan et moi. Des élèves à qui je n'avais jamais adressé la parole ont trouvé des prétextes pour venir discuter avec moi à la bibliothèque, me harcelant de questions sur Anthony.

Je trouvais la situation embarrassante. Brendan était irrité au plus haut point. Mais Kristin, en revanche, adorait se trouver ainsi au centre de l'attention générale et elle a même été jusqu'à s'inventer une version de l'histoire, où Anthony l'avait agressée, elle aussi. Elle a raconté à qui voulait l'entendre à quel point elle était soulagée de le savoir derrière les barreaux. La véritable victime, c'était elle — et elle ne se privait pas de le dire.

Franchement, elle devrait se poser des questions sur sa mémoire, car au bout de quelques semaines elle a repris son petit jeu habituel et m'a traitée comme l'ennemi public numéro un. Au début, elle m'ignorait en classe, n'osant même pas me regarder. Mais, au fur et à mesure qu'elle prenait de l'assurance grâce à l'affaire « Anthony », elle a gagné en audace. Elle entrait en cours et reniflait l'air autour de moi comme si je sentais mauvais. Puis, un vendredi, au début du mois de mai, elle s'est assise à sa place et a appelé Kendall à voix haute.

— Tu ne sens pas cette odeur, Kendall ? On dirait des ordures, a dit Kristin en penchant la tête vers moi, tout sourires.

J'aurais aimé retrouver mes pouvoirs amplifiés. Allumer un brasier sous elle et la terroriser.

J'ai posé les mains sur ma table et fixé la chaise vide de Brendan devant moi — *est-ce que j'aurais la force de la soulever et de la briser sur la tête de Kristin ?*

J'ai entendu alors la voix de Cisco. Et un bruit étrange.

— Kristin, tu devrais réfléchir à deux fois à ton comportement.

Je me suis retournée, curieuse. Cisco jouait avec un petit briquet rouge.

— Cela ne te rappelle rien ? lui a-t-il demandé en levant un sourcil.

Elle a reculé, bouche bée.

— Tu ferais bien de lui présenter tes excuses, lui a-t-il suggéré avec le plus grand sérieux. Je ne pourrai pas toujours retenir Emma de se venger.

Kristin a baissé les yeux, se refusant à croiser mon regard.

— Il fait chaud tout à coup ici, non ? a lancé Cisco en tirant sur le col de sa chemise.

— Désolée, a-t-elle marmonné d'une voix à peine audible.

— Je n'ai pas entendu, lui a rétorqué Cisco, la main contre son oreille.

— Désolée, a-t-elle dit plus fort.

Le talon de ses Louboutin tapait nerveusement contre le sol.

— Voilà qui est mieux, a fait Cisco.

Dès qu'elle s'est retournée, il m'a décoché un sourire triomphant. J'ai eu honte, l'espace d'un instant. Menacer Kristin de représailles magiques n'était pas digne de moi.

Ma honte a été de courte durée. *Qu'elle aille se faire*

voir. Elle le mérite. J'ai éclaté de rire, et quand Brendan est arrivé nous étions tous les deux pliés sur nos tables.

— Qu'est-ce qu'il y a de si drôle ? En tout cas, ça a l'air tordant.

— Oui ! Je te raconterai plus tard, lui ai-je répondu en essuyant des larmes de joie.

Ce soir-là, lorsque je lui ai décrit la scène, il a ri si fort qu'il a failli s'étouffer.

Il avait enfin mis à exécution sa promesse de cuisiner pour moi. Nous étions installés sur l'immense terrasse de toit de la maison des Salinger. La fumée se dissipait lentement dans la cuisine. Heureusement qu'il faisait doux dehors, parce que nous aurions risqué l'intoxication en restant à l'intérieur.

— Cette pizza est excellente.

J'ai mordu dans une part dégoulinante de fromage et de sauce tomate, l'arôme couvrant tant bien que mal l'épaisse fumée qui s'échappait encore des fenêtres ouvertes de la cuisine.

— J'ai suivi les instructions, je ne comprends pas ce qui s'est passé…, a dit Brendan, dépité, en relisant la recette sur son téléphone.

Son visage s'est éclairé soudain.

— Ah ! Trois cuillères à café d'huile, j'avais compris trois *verres*, a-t-il lancé, penaud. Je comprends maintenant que le poulet ait pris feu !

J'ai éclaté de rire. Prendre feu ? Le pauvre volatile avait subi une combustion spontanée, plutôt ! *Je lui prédis un avenir culinaire fait de nouilles déshydratées pendant ses années de fac.*

Nous écoutions de la musique et admirions le coucher de soleil qui embrasait le ciel de teintes roses, orangées et rouges au-dessus de l'Hudson.

— Tu sais, je viens de me rendre compte d'une chose, m'a fait Brendan, alors que la playlist passait à une chanson plus douce. Je n'ai pas encore dansé avec toi. Vraiment dansé, je veux dire. Bouger dans la foule à un concert, ça ne compte pas.

— Etant donné que je risque de ne plus jamais aller à une sortie organisée par le lycée, tu ne danseras sans doute pas avec moi avant des années.

— Ce n'est pas juste, si tu veux mon avis.

Il s'est levé et m'a tendu la main. Je l'ai prise. Il m'a attirée vers lui, a posé l'autre main sur mon dos et m'a fait tournoyer avant de me serrer dans ses bras.

— Pas mal ! Bien mieux que ta cuisine.

— Ma mère m'a obligé à faire de la danse de salon quand j'étais au collège, a-t-il reconnu, gêné.

Il m'a fait faire quelques mouvements gracieux.

— Ne raconte ça à personne, c'est un secret.

Il m'a décoché un sourire désarmant et m'a attirée de nouveau à lui. J'ai mis les mains autour de son cou, ravie d'être plus stable.

— Je ne dirai rien, je le jure, lui ai-je promis, souriant à l'idée d'un Brendan de treize ans en train de danser le cha-cha-cha. Lui qui était insupportable à cet âge-là…, m'avait-il avoué.

— J'aurais dû prendre des bougies, m'a-t-il dit en me faisant danser sur le sol carrelé du toit. J'ai du mal à voir ton visage.

— Je crois que je peux remédier à ça.

J'ai pris ses mains, fermé les yeux et reculé de quelques pas.

— *Illuminabit*, ai-je murmuré.

J'ai rouvert les yeux. De petites ampoules de lumière étaient apparues, brillant à nos pieds comme si nous dansions sur un lit de décorations de Noël. Puis elles ont voleté autour de nous, flottant comme sur un fil invisible et jetant une lueur chaude sur le visage de Brendan.

— Impressionnant !

La lumière douce se reflétait dans ses yeux verts.

— Tu vois, j'ai aussi quelques secrets.

— Je crois que les tiens sont plus intéressants, m'a-t-il dit en effleurant l'une des ampoules.

Elle a éclaté comme une bulle, projetant de petits morceaux dorés telles les graines d'un pissenlit.

— Merveilleux, a murmuré Brendan, un sourire admiratif sur les lèvres.

Je l'ai regardé, amusée.

— Je suis sûre que tu as encore des secrets.

Il a retroussé les lèvres en un nouveau sourire espiègle et m'a fait danser, s'arrêtant enfin pour me serrer dans ses bras, au beau milieu d'une lumière féerique.

— Peut-être quelques-uns, m'a taquinée Brendan en posant son front contre le mien.

— Dis-m'en un autre alors.

— Je t'aime plus que je n'ai jamais aimé quiconque.

— Pff. Je le savais déjà !

— D'accord, si tu le prends comme ça, m'a-t-il répliqué en faisant mine de réfléchir.

Il a levé mon visage vers le sien et a plongé son regard dans le mien.

— J'en ai un autre. *Je t'aimerai toujours.*

J'ai soupiré de bonheur. Il a déposé un baiser sur mes lèvres et les bulles de lumière se sont faites plus vives, avant de disparaître en un nuage d'or dans le ciel.

Remerciements

Merci à mon éditrice, Tara Gavin, ainsi qu'à toute l'équipe de Harlequin, de leur enthousiasme à faire naître et vivre Brendan et Emma. Merci à mon agent, Lynn Seligman, de son soutien et de m'avoir aidée à concrétiser mon rêve de devenir écrivain.

Un grand merci à ma famille et mes amis, je n'y serais pas arrivée sans vous. Maman, tu es une source d'inspiration pour moi et la femme la plus forte que je connaisse. Dave, je t'aime, un énorme merci de ton amour et de ta confiance en moi — et de ta compréhension quand je plonge dans mon univers pendant des heures.

Merci à Sarah Wefald et Anita Colby, qui étiez mes premières lectrices enthousiastes. Merci à Vanessa Dunn, Brendan et Emma n'auraient pas existé si tu ne m'avais pas rappelé Claire et Alex, les personnages qui nous accompagnaient il y a si longtemps. Un grand merci à Zena Burns, tu es la meilleure. Et à Dawn Yanek, qui a lu les premiers chapitres avant tout le monde, merci de ses conseils avisés et de m'avoir empêchée de faire des bêtises.

Je remercie également Janice Morris, Kristin Boehm, Aaron Parsley, Brian Orloff, Janet Mock et l'ensemble de l'équipe si créative et talentueuse de People.com, vous ne cesserez donc jamais de me surprendre ?

Et un immense merci à tous mes lecteurs et à tous ceux qui m'ont contactée sur Twitter ou Facebook. Merci de suivre les aventures de Brendan et d'Emma. Je vous serai toujours reconnaissante.

Déjà parus dans la collection DARKISS
par ordre alphabétique d'auteurs

Aimée Carter	Le Manoir des Immortels La reine des Immortels
P.C. Cast	La prophétie maudite Chamane
Kady Cross	L'étrange secret de Finley Jayne* L'étrange pouvoir de Finley Jayne
Melissa Darnell	Le baiser interdit
Laura Anne Gilman	Noire magie
Paige Harbison	Moi et Becca
Julie Kagawa	La princesse maudite Le passage interdit* La captive de l'Hiver Le serment d'une reine Dangereuse Faerie* Le prince exilé Je suis une Immortelle
Caren Lissner	La vie (pas) très cool de Carrie Pilby
Katie McGarry	Hors limites
Gena Showalter	Dark attirance Les fiancés de l'ombre Le pacte de sang
Cara Lynn Shultz	Envoûtement L'élixir magique
Rachel Vincent	Mon âme en sursis* De toute mon âme La voleuse d'âmes Sauve mon âme ! La rose et l'ombre Le Faucheur d'âmes* Survivante N'ouvre pas les yeux

* *exclusivement en e-book*

.../...

Déjà parus dans la collection DARKISS
par ordre alphabétique d'auteurs

Allison van Diepen	Les secrets d'une blogueuse amoureuse La blogueuse amoureuse se reconnecte !
Maria V. Snyder	Le poison écarlate Le souffle d'émeraude Les secrets d'opale Inside Out : Enfermée Inside Out : Menacée*

* *exclusivement en e-book*

Dès le 1er Mars,

3 nouveaux romans à découvrir

dans la collection

DARKISS

à partir de
14,50 €
seulement

14,50 €

Moi et Becca

de Paige Harbison — 400 pages

« Vous avez déjà essayé de vous mettre à la place d'un fantôme ? »

La nouvelle, l'intruse — voilà tout ce que je suis pour les élèves de Manderley. On ne me pardonne pas d'avoir pris la place libérée par Becca. La belle, la parfaite, l'irremplaçable Becca ! Un véritable fantôme accroché à mes basques, auquel tout le monde me compare sans cesse. Il faut dire que Becca n'a pas vraiment « quitté » Manderley : un soir, elle a mystérieusement disparu. Et je crois bien que, si je veux qu'on m'accepte, il va falloir que je découvre ce qui lui est arrivé…

14,50 €

La reine des Immortels

de Aimée Carter — 448 pages

« L'éternité n'est que le commencement… »

« Acceptes-tu le rôle de reine de l'Autre Monde ? ». — Au moment d'être couronnée, Kate est assaillie de doutes. Régner pour l'éternité au côté de Henry, qui se montre inexplicablement distant ? Sentir sans cesse planer l'ombre de ses rivales, Calliope et Perséphone ? Elle n'est pas sûre. Mais un coup de théâtre fracassant ne lui laisse plus le choix : sous ses yeux, en pleine cérémonie, Calliope fait enlever Henry…

Tome 2 de la série «Le destin d'une déesse»

14,50 €

L'élixir magique

de Cara Lynn Shultz 448 pages

« Leur amour est éternel. La malédiction qui les touche aussi... »

Je suis une sorcière réincarnée. Brendan, mon âme sœur, vient des siècles passés. Angélique, ma meilleure amie, est une sorcière. Alors qu'est-ce qui me dit que d'autres êtres surnaturels ne parcourent pas aussi les couloirs du lycée et les rues de Manhattan ? En tout cas, pour Angélique, une chose est sûre : la magie n'en a pas fini avec moi. Selon elle, quelqu'un, quelque part, cherche à reproduire un élixir, très puissant — un élixir qui doit contenir notre sang, à Brendran et moi...

La suite d'*Envoûtement*

Composé et édité par les

éditions HARLEQUIN

Achevé d'imprimer en Allemagne
par GGP Media GmbH, Pößneck
en février 2013

Dépôt légal en mars 2013